Elodie

UN GARS
ET SON CHIEN
À LA FIN DU MONDE

C.A. FLETCHER

UN GARS ET SON CHIEN À LA FIN DU MONDE

ROMAN

Traduit de l'anglais (Écosse)
par Pierre-Paul Durastanti

J'AI LU

Collection dirigée par Thibaud Eliroff

Retrouvez-nous sur Facebook :
www.facebook.com/jailu.collection.imaginaire

Titre original
A BOY AND HIS DOG AT THE END
OF THE WORLD

Pour les nageurs de minuit
– et tous les membres passés et présents
du Two O'clock Tea Club.

Surtout Jack, Ari, Molly et Hannah.

Puissent vos plages toujours compter des feux,
des chiens et des rires, quel que soit le temps.

À propos des spoilers

Les autres lecteurs – sans parler de l'auteur de ces lignes – apprécieraient sans doute que les découvertes effectuées au fil du voyage de Griz dans les ruines de notre monde restent un petit secret entre nous…

C.A.F.

Un homme m'a volé mon chien.
Je l'ai poursuivi.
Il est arrivé des trucs horribles.
Je ne pourrai jamais rentrer chez moi.

1

Fin

Les chiens nous tiennent compagnie depuis le début.

Chasseurs-cueilleurs, on a quitté l'Afrique pour essaimer dans le monde, et ils nous ont suivis. Ils gardaient nos feux durant notre sommeil, aidaient à abattre nos proies à l'aube de l'humanité, quand on traquait encore nos repas plutôt que de les cultiver ou de les élever. Plus tard, quand on a fini par devenir fermiers, ils ont défendu nos champs, nos troupeaux. Ils veillaient sur nous ; on veillait sur eux. Ensuite, quand on a bâti des villages, des villes, des banlieues, ils ont vécu dans nos maisons, dans nos familles. De tous les animaux qui ont parcouru à nos côtés la longue route du temps, ce sont eux qui ont marché au plus près de nous.

Ceux qui ont survécu sont encore des nôtres, ici, à la fin du monde. Peut-être que chacun se fait justice, mais si tu me voles mon chien, attends-toi pour le moins à ce que je te pourchasse. Si on néglige sa loyauté envers ce qu'on aime, quel intérêt ? Autant perdre la mémoire. Autant ne plus être humain.

Autant mourir, même si on continue de respirer.

À ce propos…, il s'avère que le monde n'a pas fini sur un boum. Ni même sur un murmure. Je vais parler clairement : il y a eu des boums, gros et petits, mais au tout début, avant que les gens se rendent compte de ce qui se passait.

Ce ne sont pas les boums qui ont fait baisser le rideau. Il s'agissait de symptômes, pas de la cause.

La cause, c'est la Castration, même si on n'a jamais su ce qui l'avait provoquée, à moins qu'on ne l'ait découvert trop tard pour y changer quoi que ce soit. Il y a eu autant de théories que de gens soudain privés de la perspective d'avoir des enfants : une salve de rayons cosmiques, une arme chimique qui avait mal tourné, un acte de bioterrorisme, la pollution (vous avez bien réussi à flinguer votre monde, vous autres), une mutation transmise par un virus spatial, ou même un dieu furieux, au choix du croyant. Le « comment » et le « pourquoi » ont perdu de l'importance quand les gens se sont habitués au « quoi » et rendu compte d'une vérité incontournable : le « quand » final et définitif se dirigeait vers eux tel un front d'orage que même les plus rapides, les plus riches, les plus futés ou les plus puissants échoueraient à distancer.

Le monde (du moins sa population humaine) était castré ou stérilisé – voire les deux. Les gens ont cessé d'avoir des enfants, point. Ça a suffi. La génération des Derniers-nés – les Boumeurs, comme ils se surnommaient, prouvant ainsi que l'humour disparaîtrait en dernier – s'est contentée de vieillir, encore et encore, jusqu'à mourir comme chacun le faisait depuis toujours.

Un jour, ils ont disparu. Ni boum ni murmure. À la rigueur, un soupir épuisé.

Une apocalypse molle, même si ceux qui l'ont vécue l'ont trouvée dure. Elle a eu lieu, et nous – ses ultimes vestiges toujours plus rares –, nous voilà seuls, coincés ici.

Comment je peux te raconter ça en étant encore en vie ? Je suis l'une des exceptions qui confirme la règle. On estime que 0,0001 pour cent de la population mondiale a échappé à la Castration. On a appelé ces gens les aberrations. Autrement dit, sur les sept milliards de Terriens, moins de sept mille ont pu avoir des enfants par la suite – soit un sur un million. Et même, puisqu'il faut être deux pour faire un bébé, un sur deux millions.

Tu veux savoir à quel point je suis une aberration ? Sur la vieille photo de toi que je possède, tu portes un maillot au nom d'une équipe de foot. Tu as l'air content. De toute mon existence, je n'ai pas croisé assez de monde pour rassembler l'effectif nécessaire à un match. Le monde est vraiment désert.

Faisons les présentations. Moi, c'est Griz – plaisanterie familiale à usage interne. J'ai un nom plus classe, mais on m'appelle comme ça depuis toujours. Bébé, je pleurnichais et je vagissais sans arrêt, à ce qu'il paraît. Plus maintenant. Selon Papa, je suis stoïque, ce qu'il apprécie. « Stoïque », ça signifie qu'on ne se plaint guère. Pour lui, j'ai évacué tout ça avant de savoir parler. Désormais, même si je pose trop de questions, je m'accommode de tout. Là aussi, il apprécie. À juste titre. Se plaindre, ça ne remplace pas le boulot.

Et du boulot, nous en avons des tonnes, ici, à la fin du monde.

Ici, c'est la maison, sur une île ; et nous, ma famille : mes parents, mon frère Ferg et ma sœur Bar. Et les chiens, bien sûr. Dont les deux miens, Jip et Jess. Jip est un terrier aux longues pattes, marron et noir, le poil rêche et le regard affûté. Aussi grande, Jess a le pelage lisse, les épaules plus étroites, la poitrine tachée de blanc. Ce sont des corniauds, le frère et la sœur, identiques mais différents. Jess se signale par sa rareté : les portées de chiots sont plutôt exclusivement mâles, de nos jours. Peut-être que ça vient de la Castration aussi – que les chiens partagent notre affliction, quoique atténuée. Il naît très peu de chiennes. On pourrait y voir un inconvénient spécifique, la punition de la loyauté canine, un dommage collatéral plus qu'injuste pour avoir tenu compagnie à notre espèce tout au long des siècles.

On est seuls sur l'île, ce qui nous convient, vu sa petite taille ; on s'y trouve bien à cinq, même si je me dis parfois qu'on y était mieux à six – moins confinés. Mingulay. De ton vivant, elle portait déjà ce nom. Elle se situe au large de la côte atlantique de ce qui était jadis l'Écosse. À l'ouest, il y a l'océan, puis l'Amérique, dont on estime avec une quasi-certitude qu'il ne reste rien.

Au nord, c'est Pabbay et Sandray, des basses terres où on fait brouter nos moutons et où on met nos chevaux en pâture. Au nord de ces deux îles-là, il y a Barra – plus grande, mais on n'y accoste jamais. Dommage, car elle a beaucoup de belles maisons et tout, mais on évite d'y poser le pied : un truc l'a rendue inhabitable. C'est bizarre de voguer toute sa vie en vue d'un endroit si vaste qu'il y a même un petit château au milieu du port, et de toujours s'en tenir éloigné. Imagine une démangeaison dans le dos : on a beau se tortiller, impossible de gratter là où il faudrait. D'après Papa, sur Barra, de nos jours, on chope bien pire qu'une démangeaison. Vu que ses parents en sont morts, on s'abstient. Elle porte malheur, cette île ; il n'y vit plus que des lapins. Même les oiseaux s'en méfient, y compris les mouettes, qui ne se posent jamais au-delà du sable humide sous la ligne de marée haute.

Au nord-est, c'est une longue enfilade d'îles, les Uists, et Eriskay, plates, hospitalières, qu'on fréquente. Personne n'y habite plus, mais les animaux y pullulent, et on y trouve en abondance des planches de patates sauvages. Une fois l'an, on y campe durant une semaine, juste le temps de récolter l'orge et l'avoine des anciens champs sur les dunes herbues. Parfois, on y joue les Vikings. « Jouer les Vikings », comme dit Papa, c'est quand on navigue plus d'une journée, qu'on dort en route et qu'on pille tels les marins des vieilles histoires, ces héros sur leurs drakkars. Nous, en revanche, on n'a rien de héros ; pour survivre, on se contente de récupérer les trucs utiles du vieux monde, les pièces de rechange ou les matériaux qu'on peut tirer des maisons à l'abandon. Et les livres, bien sûr. Les livres, ça résiste drôlement, si on les protège de l'humidité et des rats. Ils durent des siècles, sans problème. Lire, c'est une autre façon de survivre. Ça aide de savoir d'où on vient, comment on en est arrivé là. Et puis, même si je n'ai jamais rien connu d'autre que ces îles basses et désertes, un livre inconnu que j'ouvre, c'est une porte qui me permet de voyager loin dans l'espace et le temps.

Même le grand large et le vaste ciel se font oppressants si on ne s'en détourne jamais.

Voilà, ça, c'est moi. Ce qui ne laisse que toi. Au fond, tu sais qui tu es, du moins tu savais qui tu étais. Car tu es mort, bien sûr, comme presque tous les humains à avoir jamais foulé le sol de cette planète – et depuis longtemps.

Pourquoi est-ce que je parle à un mort ? On y reviendra. Mais d'abord, commençons l'histoire. J'ai lu assez de livres pour savoir qu'il vaut mieux expliquer les choses au fur et à mesure.

2

Le voyageur

Sans ses voiles rouges, on lui aurait moins fait confiance, je crois.

Le bateau se voyait à une grande distance, de bien plus loin qu'une voilure blanche dans la brume du nord-ouest. Cette couleur vive surprenait, attirait le regard et retenait l'attention, comme un cri brise un long silence. Quelqu'un qui voudrait vous prendre de court en choisirait une autre. Celle-ci avait l'éclat franc d'un coquelicot. Voilà peut-être les raisons pour lesquelles on a accepté ce bonhomme : ses voiles, son sourire, ses histoires.

Tant que tu ignores ses motivations, évite de te fier à un bon raconteur d'histoires.

J'aperçois ce gréement depuis les hauteurs de Sandray. Je me traîne de la fatigue et, surtout, de la colère. J'ai passé la matinée à récupérer une ancre perdue par le bateau de Ferg la semaine précédente, un labeur exténuant dont je pensais qu'il aurait dû se charger, même s'il prétendait que ses oreilles l'empêchaient de plonger aussi profond que moi et que les ancres ne poussaient pas sur les arbres. Ma tâche terminée, il m'a fallu essayer de choper un bélier tombé dans une crevasse où il restait coincé au-dessus de son pré. S'il ne souffrait que de plaies superficielles, il était têtu et ingrat, comme tout caprin qui se respecte, et il refusait que je lui passe une corde autour du cou. Deux fois, il m'a donné un coup de corne. Le premier, sous le menton, m'a fait sauter un éclat d'une dent inférieure droite ; j'ai gueulé et retenté de l'attraper, pour m'écorcher les phalanges quand il m'a écrasé la main sur un rocher. Je me redresse en me léchant le poing et en jurant tout ce que je sais lorsque j'aperçois le bateau.

La soudaineté de la couleur me coupe le souffle.

Dans ma surprise, je n'associe pas le goût du sang sur ma langue au rouge de ces voiles, mais je n'ai guère le don de prescience, et même pas du tout par rapport à mon autre sœur, Joy, qui savait toujours quand quelqu'un rentrait juste avant qu'il arrive ou qui sentait approcher la tempête par une belle journée. Ces trucs me laissent incrédule, mais, enfant, quand je réfléchissais moins et que je parcourais l'île avec elle sans me soucier de quoi que ce soit, sinon de l'heure du souper, j'y croyais dur comme fer. En ce temps-là, je trouvais son apparente prescience normale et aussi réelle que l'eau glacée de la source derrière la maison. Plus tard, quand j'ai grandi, et pensé davantage par moi-même, j'ai jugé que c'était la chance qui se manifestait – et, depuis que Joy a disparu par-dessus la falaise noire tout au sommet de l'île, une chance à laquelle il ne fallait pas se fier.

Si elle avait été douée de prescience, elle n'aurait jamais tenté de récupérer son cerf-volant et fait cette chute mortelle seule dans son coin. Si elle avait été douée de prescience, elle aurait attendu qu'on regagne l'île et qu'on l'aide. Après l'accident, j'ai vu le cerf-volant coincé dans une crevasse ; on l'aurait atteint avec la longue binette, sans aucun risque pour qui que ce soit. Mais non, elle a essayé toute seule et dégringolé ce gouffre de deux cents mètres jusqu'à l'endroit où les vagues – qui ont eu trois mille kilomètres pour prendre de l'élan – percutent le premier objet immobile de tout leur trajet : la falaise de pierre noire qui défend l'arrière de notre foyer. De toute façon, patienter, ça ne lui convenait pas. Joy était une boule de nerfs qui, même bien plus petite, passait son temps à courir après Ferg et Bar afin de les imiter. Elle sentait qu'il lui restait moins de temps qu'à nous, dirait Bar par la suite pour expliquer cette précipitation.

On n'a jamais retrouvé son corps. Mon enfance a disparu avec elle, même si je n'avais que huit ans, et elle juste un de plus. Deux anniversaires plus tard, je dépassais son âge pour toujours ; dans mon esprit, j'étais ce que je suis aujourd'hui, pleinement adulte. Même si, encore maintenant, des années plus tard, Bar et Ferg me traitent de bébé. Mais ils ont six et sept ans de plus que nous. Joy et moi, on était les bébés, oui. Ma mère nous appelait comme ça pour nous différencier des deux autres.

Après l'accident de Joy, Maman ne nous a plus donné de surnoms. Elle n'a plus jamais parlé. On l'a retrouvée à mi-pente de la colline que couronnait la falaise, et on a failli la perdre aussi ; apparemment folle de chagrin, elle devait courir à toutes jambes dans l'espoir vain de prendre le doris et de contourner l'île à contre-courant pour aller sauver un enfant qui n'avait pas pu survivre à sa chute, quand elle a trébuché pour tomber la tête la première sur un rocher, manquant de peu se fracasser le crâne ; elle avait la tempe enfoncée et un sang aqueux lui coulait des oreilles.

Ça a été le pire jour de ma vie, même si les suivants n'ont guère brillé. Elle n'est pas morte, mais elle a disparu, le cerveau trop atteint sur le plan physique ou mental pour lui permettre d'émerger. Du temps d'Avant, on l'aurait amenée à l'hôpital où on l'aurait opérée pour soulager la pression dans son crâne, a dit Papa. Mais on était Après, si bien qu'il a décidé de s'en occuper ; et il l'aurait fait, s'il avait trouvé la chignole, mais elle n'était plus à sa place. Le saignement tari, Maman a dormi longtemps et le liquide a cessé de couler de ses oreilles. Mieux valait sans doute qu'il n'ait pas pu lui forer un trou dans le crâne pour tâcher de la sauver.

J'espère avoir raison, parce que c'est Ferg qui a caché la chignole. Il m'a vu le regarder faire, mais on n'en a jamais parlé, autrement je lui dirais combien je l'admire d'avoir agi ainsi, vu que Papa aurait tué Maman et qu'on aurait dû vivre avec ça par-dessus le marché. Et même si elle est enfermée dans sa tête, on peut s'asseoir avec elle, lui tenir la main, et, parfois, elle vous serre la vôtre en souriant presque. Ça, c'est plutôt réconfortant : ce vestige fantomatique qui subsiste, la chaleur de ses doigts, la peau contre la peau. D'après Papa, il ne nous est jamais rien arrivé de pire, mais on a résisté, et on s'y est fait, tout comme le pire est arrivé au monde entier qui s'y est fait.

De temps en temps, il lui tient la main aussi, près du feu, dans l'obscurité, quand il s'imagine qu'on ne le voit pas. Il le fait en cachette, de peur qu'on prenne ça pour un signe de faiblesse : l'adulte qui a besoin de chaleur. Bon, admettons. Ou alors, la faiblesse dissimule le besoin, comme a dit Bar à Ferg un soir où elle était contrariée et où personne ne s'est rendu compte que j'écoutais.

J'ai eu le temps de planter là le bélier, de siffler mes chiens qui chassaient le lapin et de rentrer en traversant le chenal d'un mille avant que le voyageur débarque. J'aurais pu lever le pied, puisque Bar, avec sa vue perçante, a aussi aperçu les voiles rouges. Du coup, tout le monde attend sur le pied de guerre ; autrement dit, Papa et elle se tiennent sur la berge et Ferg brille par son absence. Bar se demande s'il faut qu'il se planque et qu'il nous surveille avec le fusil, car elle trouve que le bateau ressemble à celui des Lewisiens, qui ont peut-être trouvé de nouvelles voiles. Les Lewisiens, c'est une famille de six personnes qui vit cinq îles au nord, les gens les plus proches qu'on connaisse, et on les connaît bien. Bar porte une longue tresse qui lui tombe jusqu'aux reins ; le moment venu, elle se mettra avec l'un des fils. C'est ce qu'elle a décidé, même si, avec son esprit de contradiction, elle dit qu'elle ne voit pas pourquoi elle devrait se dépêcher de choisir parmi les quatre. Ils ne risquent pas de partir ni de trouver dans le coin quatre autres filles avec lesquelles s'installer. C'est une famille pragmatique, et parfois on fait équipe pour effectuer des tâches qui demandent plus de quatre paires de mains, mais on n'a jamais suivi leur suggestion de se rapprocher d'eux, et ils n'ont jamais songé à aller plus au sud. Ou s'ils y ont songé, ça ne les a pas tentés. Bref, ce sont nos voisins et les seules autres personnes à la ronde dans un rayon de cent milles. On les appelle les Lewisiens, mais ils portent un nom de famille, Little. Quand les voiles rouges approchent, on voit tous que Bar s'est trompée : le bateau est plus gros, et le barreur a les cheveux qui flottent derrière lui telle une bannière au vent. Tous les Lewisiens se coupent les cheveux ras par souci de propreté, même la mère, Mary, bien qu'elle soit assez hommasse malgré les quatre garçons qu'elle a eus.

Le voyageur aux cheveux longs se révèle être l'unique occupant du bateau, bien que ce dernier semble trop gros pour qu'une seule personne le manœuvre. Il aborde l'eau moins profonde sous le vent de la petite péninsule qui couronne notre plage, montrant qu'il a l'œil pour trouver un bon mouillage, puis il nous salue en jetant l'ancre. La voix rauque mais forte, il dit qu'il est seul et qu'il souhaite débarquer si ça nous convient. Il a des biens à troquer, et ce sont les Lewisiens qui lui ont parlé de nous ; il les a quittés l'avant-veille. Ils lui ont donné une lettre qu'il brandit, le papier tout blanc sur le fond noir de la mer derrière lui.

Comme Papa lui fait signe d'approcher, il mouille un petit dinghy pour rejoindre la plage à la rame. Je l'aide à accoster et on tire son esquif au sec ensemble.

Je sens la main de mon père sur mon épaule ; je crois qu'il m'indique que je suis trop enthousiaste et vulnérable, mais il m'ébouriffe les cheveux sur la nuque, toujours une marque d'affection de sa part.

Je suis Abraham, il dit en saluant l'étranger de la tête. Appelez-moi Abe. Et voici mon garçon, Griz.

Salut, Griz, l'autre répond avec un grand sourire qui me plaît : il fend sa grosse barbe rouge d'un éclair blanc.

Soudain, les chiens déboulent pour l'encercler avant que je puisse lui demander comment il s'appelle. Ils aboient, ils grondent, ils forment tout un amas de dents et de pattes, puis, quand il s'agenouille pour les accueillir, ils se mettent à remuer la queue et leurs grondements se changent en plaintes, car chacun semble vouloir se faire caresser le poil et tapoter la tête par l'étranger venu de la mer. Il sait s'y prendre avec eux, et il nous dit avoir perdu le sien à peine quelques semaines plus tôt, tombé par-dessus bord durant une tempête vers le cap Nord, et qu'il ne s'en remet pas. C'était une croisée husky appelée Saga, aussi futée qu'un être humain selon lui, tricolore avec un œil marron assorti à ses oreilles et un bleu accordé au ciel. Il la tenait à l'abri dans sa petite cabine sous le pont, mais lorsqu'il est tombé et qu'il s'est fait mal quand le bateau a dévalé un creux anormalement profond, Saga l'a entendu crier de douleur et – comme c'était une chienne futée – elle a levé le loquet avec sa patte et elle est montée l'aider. La vague suivante l'a emportée et il ne l'a plus revue, même pas sa tête à la surface des crêtes aussi hautes que des montagnes qui se dressaient à sa proue tandis que le vent l'emportait en le privant de la moindre possibilité de la retrouver. Il nous montre la cicatrice sur sa tête, et on voit bien, à la douceur de ses caresses pendant qu'il parle, que cette blessure a moins bien guéri que sa plaie.

J'insiste : une bonne histoire. Et, comme je l'ai découvert par la suite, en partie vraie. La chienne avec un œil marron, l'autre bleu, et l'intelligence d'un homme, ça, c'est aussi vrai que j'existe.

Observer un nouvel individu t'aurait moins intéressé que nous, je parie. Tu habitais un monde qui en regorgeait. Si tu vivais en ville, ils devaient t'entourer comme un banc de maquereaux, et tu n'étais qu'un sur des milliers, voire des millions – seul dans ta tête, sans doute, mais au sein d'un ensemble beaucoup plus vaste. Ici, chaque visage inhabituel est un événement, presque un choc ; rencontrer un inconnu, c'est si rare que ça revient à découvrir une espèce entière. Le voyageur ne ressemble à personne de ma connaissance. Déjà, il porte épais et bouclés ses cheveux longs couleur de flamme. Un rouquin. J'en ai entendu parler, j'en ai vu sur des vieilles photos, mais en croiser dans la vraie vie, c'est sans précédent. Sa chevelure stupéfiante est aussi étrange, aussi vive que les explosions de fleurs orange qu'on trouve sur les autres îles, toujours à proximité des vieux jardins, et que ma mère appelait des crocoz, du temps où elle parlait encore. Elle connaissait toutes les fleurs et les plantes. Bar m'a rapporté que, d'après Maman, les crocoz n'étaient pas originaires des îles, mais s'accrochaient à la vie, comme nous. Quant à l'arrivant, en plus des cheveux, il a aussi la barbe rousse, un vrai bloc qui saille autant de sa figure que les cheveux de son crâne. Il a la peau pâle mais tannée par les éléments, et ses yeux, qui contemplent le monde de sous la falaise de son front, sont d'un bleu dangereux. J'ignore pourquoi il me paraît dangereux ; c'est le mot qui me vient à l'esprit. Une hypothèse ? Ils se posent sur moi au même instant et, alors qu'il me surprend à l'observer, je les vois sans le sourire qui suit et je sais avec certitude que je le pense sur le moment et que je n'ai pas rajouté cette impression par la suite. Je songe bel et bien à un bleu dangereux, avant de me raviser et de balayer l'idée.

Peut-être que toi, qui nageais dans un monde où les choix et les différences abondaient, tu jugeais les gens davantage à l'instinct. Je n'avais guère d'éléments de comparaison, moi – c'est toujours le cas, d'ailleurs. Donc, je néglige ce bleu dangereux dans ses yeux quand il me sourit l'instant d'après et je pense que ce qui me frappe, c'est la différence : je n'ai vu que des yeux verts ou noisette, jusqu'alors. Accompagné du sourire, on peine à trouver le regard froid, mais ça peut expliquer pourquoi on a du mal à le cerner – il faut jongler avec le feu de la chevelure et la glace des yeux : le visage aussi dur qu'un marteau quand il ne sourit pas et le sourire qui réchauffe le monde quand il vous cible.

Vous avez l'air d'un Viking. Voilà la première phrase que je lui adresse. Et c'est vrai. Je l'ai vu, lui ou son portrait craché, dans les livres d'histoire et sur les vieilles images : des hommes en casque à cornes qui brandissaient une hache et transportaient du butin.

La deuxième phrase qu'il m'adresse, lui qui arrive tout droit du nord en bateau : c'est quoi, un Viking ?

Comme quoi, même une question peut être un mensonge quand on la pose de la bonne manière.

3

Qui es-tu ?

Toi, je t'ai trouvé un été où on faisait nous-mêmes les Vikings. Ferg a bien ri de me voir écrire ce qui se passait alors qu'il n'y avait personne au monde pour le lire ; Papa a dit que ça me venait des bouquins que je dévorais. D'après lui, en lisant beaucoup, on finit par penser en écrivain, de même que, en grandissant avec un violoniste à la maison, on finit par siffler et apprendre les airs sans le vouloir, comme Ferg. Oui, je lis beaucoup, j'y viendrai. Papa joue du violon. J'ai répondu que mon frère n'avait peut-être pas tort. Après tout, j'ignorais pour qui j'écrivais – tous les gens que je connais savent mon histoire, vu qu'ils en font partie, mais mettons que je veuille tenir un genre de journal intime. Alors il m'a conseillé d'écrire comme je parle, sans chichis, et j'ai dit quand on parle, c'est à quelqu'un, au moins la plupart du temps, et là, il m'a suggéré d'utiliser mon imagination : créer quelqu'un et le garder à l'esprit en écrivant. Du coup, j'ai pensé à toi, le garçon avec mon visage.

Toi, donc.

Tu figures sur une photo que j'ai trouvée à North Uist un été. Cette fois-là, on cherchait des pièces détachées pour l'éolienne qui nous fournit en électricité et Papa savait qu'il y en avait près de la vieille chaussée qui relie North Uist à Berneray. On y est allés avec notre lougre. Ferg et lui se sont occupés de dépiauter une turbine pendant que je fouillais le plus grand bâtiment, où on avait décidé de camper pour la nuit. On avait déjà exploré la maison, solide, en pierre, dont le toit vous protégeait encore du plus gros de la pluie. Mieux, elle contenait des bibliothèques bien garnies et une table de snooker.

C'était un des édifices les plus anciens de l'île, un corps de ferme agrandi au fil des ans – comparé aux autres demeures, il semblait s'étaler. Les murs étaient autrefois blanchis avec de la chaux dont il ne restait plus grand-chose ; c'était une maison grise au toit d'ardoises et aux vitres intactes qui me toisait tandis que je remontais l'allée. La carcasse d'une voiture rouillée reposait sur ses essieux dans l'herbe haute devant l'entrée de service, comme prête à bondir. La porte m'a semblé moins facile à ouvrir que lors de notre passage précédent, trois ans plus tôt, mais j'avais grandi et je l'ai forcée à coups de pied de sorte qu'on puisse la refermer en partant. Je l'ai laissée entrebâillée le temps que les chiens passent devant pour mettre les rats en fuite.

Jip et Jess se sont engouffrés dans la maison, leurs griffes dérapant sur le sol en plastique craquelé. Ils aboyaient et geignaient comme toujours quand l'excitation les prenait, mais je n'ai entendu aucun rat loin ou proche se faire tuer, et ils ont vite cessé leur raffut pour me rejoindre au trot, l'air déçu et vexé à leur manière, comme si je leur avais promis qu'ils allaient s'amuser, mais que la réalité les avait désappointés.

L'endroit avait changé. En quoi ? Aucune idée. Je ne voyais ni ne sentais rien qui me mette les nerfs en pelote, mais il y avait une différence. La dernière fois, on se serait cru dans une des baraques où on entrait : humide, moisie, et remplie d'un bric-à-brac qu'on pouvait trouver émouvant ou inutile, selon le point de vue qu'on avait sur le monde. Ainsi, Papa retournait les photographies des gens aux murs quand il traversait un bâtiment à l'abandon. J'ignore pourquoi. À ce qu'il raconte, c'est pour donner le repos aux esprits, mais il n'y croit pas, aux esprits, en tout cas, c'est ce qu'il dit. Bar en fait autant ; elle, ce serait pour empêcher tous ces yeux morts de nous observer.

Ça m'étonnerait.

Elle essaie plutôt de me ficher la trouille, vu qu'elle aime blaguer et vous taquiner quand elle est de bonne humeur. À part les livres, ce sont les collections que les gens mettaient sur leurs étagères qui me fascinent dans les maisons vides. Il ne s'agit pas juste des photos, dont la plupart sont si passées qu'on jurerait des papiers abîmés par l'eau, à moins qu'elles ne soient restées dans l'obscurité, mais des figurines, des bols, des pots, des bouts de verre ou de bois, et ainsi de suite. Les bibelots, les trophées, les souvenirs, tous ces trucs qui, aux yeux de leurs propriétaires, avaient de l'importance, du sens, au point qu'ils leur trouvaient de la place et les exposaient afin de les voir tous les jours. On n'a plus trop de bibelots ni le temps d'amasser des reliques. Nous, on doit survivre, avancer, continuer. On ne prend que l'utile, Papa dit quand on explore. C'est peut-être pour ça que j'ai voulu écrire ce journal – un souvenir que je trimballe dans ma poche. Bref.

La photo de toi.

Cette photo, c'était clairement une relique. Tu avais eu de l'importance pour quelqu'un, même si tu n'étais que toi. Je t'ai trouvé sous la table de snooker. Puisque c'était bizarre et secret, cette découverte, et qu'une photo est un tout petit objet, je t'ai pris sans que personne le sache et maintenant tu vis entre les pages du carnet où j'écris tout ça ; et jusqu'à ce quelqu'un le lise, j'imagine que tu vas rester un secret.

J'avais déjà vu cette pièce à notre dernière visite. La table la remplissait presque, couverte d'une housse de protection qui tombait en morceaux aux coins, là où, disons, cent ans à supporter son poids y avaient percé des trous. On avait retiré ce tissu et fait rouler les boules aux couleurs vives sur le tapis vert pâle en essayant de les projeter dans les poches. Il y avait des queues pour percuter les boules, autrefois, mais les râteliers étaient vides. Les trajectoires fluides des boules et leurs claquements nets quand elles rebondissaient les unes contre les autres me plaisaient bien. On n'a pas grand-chose qui fonctionne sans à-coups au quotidien, vu comment il faut tout rafistoler. Un mur de livres se dressait sur la gauche, flanqué à angle droit d'une fenêtre aux volets fermés. Je les avais déjà inspectés, mais j'avais grandi entre-temps : il m'a paru normal d'y revenir, au cas où mes quelques années de plus me permettraient d'en dénicher qui n'avaient pas retenu mon attention la fois d'avant.

Les volets étaient coincés ; j'aurais pu les forcer, mais j'ai préféré m'abstenir. Qu'aucune lumière ne pénètre dans la pièce aidait à préserver les livres, et je me doutais que je casserais les volets en les ouvrant, ce qui les rendrait plus difficiles à refermer. Les gonds, ça rouille, et sinon, ce sont les vis qui s'arrachent du vieux bois pourri. J'ai sorti mon briquet à amadou, allumé ma lampe à huile, mais j'ai lâché le briquet qui a roulé sous la table de snooker.

Lors de nos visites précédentes, tu nous avais échappé à cause des cartons remplis de carreaux de liège, pareils à ceux qui se décollaient du sol de la cuisine au bout du couloir, fourrés sous la table et comblant le volume disponible. On n'avait pas vu qu'au centre, il subsistait un espace vide, une petite grotte carrée, comme une pièce dissimulée dans une pièce. Mon briquet à amadou avait roulé dans l'intervalle entre deux cartons, et si j'ai découvert le secret, c'est parce qu'il m'a fallu en déplacer un pour l'atteindre.

L'huile de poisson pue davantage qu'elle n'éclaire, mais, malgré le peu d'éclat de ma lampe, j'ai bien vu que ce réduit avait servi de cachette. C'est le reflet de ma flamme sur les bocaux au fond qui a attiré mon attention – ils contenaient des bouts de chandelles. Comme les vieilles bougies brûlent mieux que celles que fabrique Bar, j'ai décidé de récupérer leurs moignons et de vérifier si certaines étaient encore entières. Il m'a suffi de ramper pour découvrir la chambre des secrets.

Bien longtemps auparavant, quelqu'un avait dormi là. En témoignaient le sac de couchage roulé, les couvertures, les oreillers. Alignés sur les murs de cartons, il y avait des livres, des conserves, des boîtes de médicaments. Tout le long de la corniche sous le plateau de la table était scotchée une guirlande lumineuse comme on en mettait sur les sapins de Noël des photos que j'avais vues. Elle était éteinte, bien sûr, et le resterait à jamais. À sa vue, j'ai songé à l'aspect que ce réduit secret devait avoir du temps où on pouvait encore l'allumer

– confortable, guilleret, voire un peu magique. Sur le fond de la table, en ardoise, on avait collé des carreaux de liège pour faire un plafond décoré – doublé d'un panneau d'affichage couvert de photos et de dessins.

Peut-être à cause de cette guirlande qui ne s'allumerait plus jamais, j'ai voulu voir à quoi cet espace ressemblerait une fois mieux éclairé que par ma lampe à huile de poisson qui fumait. J'ai allumé plusieurs des bouts de chandelles avant de m'allonger sur le sac de couchage plissé, senti la bourre en synthétique tomber en poussière sous mon poids, et c'est là que je t'ai vu. Tu étais la photo juste au-dessus des oreillers, la dernière chose que la personne qui dormait là voyait à l'extinction des feux et la première qu'elle voyait au réveil le matin. Ou cette personne, c'était toi, et cet endroit ton repaire. En tout cas, tu avais de l'importance pour quelqu'un. Quelqu'un qui t'aimait. Soit il te pleurait, soit il te glorifiait. Voire les deux.

La photo te montre faisant un saut en étoile sur la plage. À côté de toi, il y a une fille, sans doute ta sœur. C'est une belle journée ensoleillée. Vous vous ressemblez drôlement. Elle est plus petite. L'image vous a capturés l'un et l'autre à l'apogée de vos sauts respectifs, figés pour toujours entre le sable et le ciel, bras et jambes en extension, les yeux brillant de joie, riant aux éclats. Tu regardes l'objectif. Elle, c'est toi qu'elle regarde, si heureuse et surexcitée que j'en ai le cœur serré. De l'autre côté, un terrier court sur pattes saute aussi, la gueule fendue par un aboiement ou un sourire. Bon, je trouve que tu me ressembles, mais la fille aussi me paraît familière. Si je plisse les yeux et que je fais travailler mon imagination, elle m'évoque ce que Joy aurait pu devenir. C'est peut-être pour ça que j'ai emporté la photo. Car, bien sûr, je n'en avais aucune de celle qui était ma grande, mais resterait désormais ma petite sœur. J'ai dû croire que ça m'aiderait à me la rappeler quand, avec l'âge, de nouveaux souvenirs viendraient combler le volume qui était occupé par ceux de Joy et moi. Ou peut-être que notre vague ressemblance suffit à expliquer pourquoi je t'écris. Je sais que je n'ai jamais vu d'image qui m'apporte autant de joie et de tristesse à la fois. Et même sans la fille – quand la photo est pliée pour tenir dans mon carnet, on ne voit que ton chien et toi –, on jurerait qu'il s'agit des derniers êtres heureux à la fin du monde, avant la suite.

Ou peut-être que je te décris ma vie parce que les gens auxquels je pouvais parler ont disparu ou ne peuvent plus me répondre. Papa dit que je parle trop. Que je pose trop de questions. Que l'absence de réponses me chagrine. J'ignore si c'est vrai. Je sais qu'il les déteste, mes questions. Comme si ne pas connaître les réponses le diminuait, lui. Je ne veux que des informations. Je ne lui demande pas d'endosser la responsabilité d'un truc si énorme qu'il le dépasserait dans tous les cas. Et puis, pourquoi il passe tout son temps, sauf quand il travaille ou qu'il joue du violon, plongé dans un livre pratique, s'il ne cherche pas des réponses, lui aussi ?

Voilà ce que j'ai pris d'autre dans la chambre des secrets. Les livres. La personne qui avait fabriqué cette cachette en avait une rangée, tous du même côté, et après avoir maté les photos au « plafond », j'ai roulé sur le flanc pour inspecter les bouquins. J'ai passé en revue leurs dos, plusieurs fois, puis j'en ai sorti au hasard, en lisant les descriptions sur les couvertures. Ce n'étaient pas des livres pratiques, comme les manuels d'histoire ou de technologie que Papa veut qu'on lise pour éviter que le savoir important se perde, une activité que j'ai baptisée par la suite la leibowitzation. Non, c'était de la fiction, des inventions. Il m'a fallu quelques minutes pour cerner ce qu'ils avaient tous en commun, mais y arriver m'a donné un coup au cœur, même si j'ignore pourquoi ça m'a fait autant d'effet. Dans tous ces romans, ton monde – l'Avant – s'était effondré. Ces écrivains décrivaient mon présent – l'Après – sans savoir à quoi il ressemblerait.

J'ai bourré mon sac à dos, puis déniché au grenier un sac ordinaire que j'ai rempli avec le reste. Papa et Ferg ont bien essayé de me persuader de laisser le tout, mais avoir trouvé deux pièces détachées en bon état sur les éoliennes les avait mis de bonne humeur, et les trois caisses et demie de vieilles bougies leur plaisaient. En revanche, je ne leur ai pas parlé du réduit sous la table, et j'ai remis le carton en place derrière moi : si c'était ton endroit secret, il l'est resté. Pour autant que je sache.

Cet automne, j'ai lu tous ces livres, certains deux fois (et commencé à qualifier l'obsession de Papa pour les textes techniques et scientifiques la leibowitzation, d'après *Un cantique pour Leibowitz*, qui parle de moines dans un futur lointain qui essaient de rebâtir ton monde en ruines à l'aide d'un manuel d'électricité trouvé dans le désert). Je les ai lus dans l'espoir d'y dénicher de bonnes idées, mais je n'en ai retiré que des nuits de cauchemars et des semaines entières d'une sorte de chagrin.

Je sais bien qu'on ne peut pas éprouver de nostalgie pour ce qu'on n'a jamais connu, mais c'était ce sentiment que les livres m'évoquaient le plus souvent. Papa détestait que je les lise. Selon lui, il n'y avait pas plus inutile que ces prophéties qui, en plus d'être dépassées, ne s'étaient jamais réalisées. Je les appréciais, moi. Je les apprécie toujours. Ils manquent peut-être de précisions sur la vie après la fin, mais si, durant leur lecture, on laisse vagabonder son esprit, on constate qu'ils en disent beaucoup sur le monde d'autrefois. On dirait des réponses à des questions qu'on n'avait pas les éléments nécessaires pour poser. Mais un argument pareil le fâcherait encore plus. Le passé a disparu. On n'a plus que le présent, il dit. Les seules réponses qui nous serviront seront celles qui nous permettront de survivre – d'affronter le futur.

4

Les histoires du voyageur

L'étranger aux voiles rouges dit s'appeler Brand.

Il porte un sac, assez lourd pour lui faire baisser l'épaule alors qu'il monte la pente en longeant les râteliers de séchage chargés de poissons. La pluie s'annonce, sans tomber encore. On fait halte pour admirer les derniers rayons du soleil couchant depuis le banc devant la maison. Il pose son sac à ses pieds avec précaution, acceptant un mug d'eau du ruisselet.

Elle est bonne, cette eau, il dit. Propre, fraîche.

Il regarde les cabillauds et les maquereaux qui sèchent sur les râteliers.

Si vous avez des poissons en trop, j'ai de quoi troquer, il ajoute.

On a tout ce qu'il nous faut, Papa dit.

Il vous manque le convertisseur de tension de l'éolienne, le voyageur réplique en souriant. On en parle demain, peut-être. Vos amis de Lewis disent que vous avez eu des soucis.

Papa fait la tête comme si l'autre le roulait au cours d'une négociation non déclarée, mais oui, l'éolienne déconne. Ça vient du convertisseur, selon lui. Depuis un an, il ronchonne qu'il va falloir partir tâcher d'en trouver un de rechange.

Hum ! il fait. Dînez avec nous. Pour le troc, oui, on verra demain. Il y a le temps.

D'après mon expérience limitée, Papa pose toujours deux questions aux rares voyageurs qu'on croise : il y a d'autres personnes ? elles vont venir ? J'ignore s'il le demande avec espoir ou avec crainte, même si le fait qu'on ne parte jamais à leur recherche m'incite plutôt à pencher pour la seconde option.

Avant ma naissance, Maman et lui ont gagné la terre ferme loin au sud de nos îles, et remonté le fleuve, la Clyde. Ils ont pris un bateau, mais au retour, ils pilotaient chacun le sien et en remorquaient un plus petit, les quatre chargés de la plupart des affaires avec lesquelles j'ai grandi. Le mien, c'est celui que ma mère remorquait. J'ai longtemps cru qu'elle l'avait choisi parmi les autres à cause de son nom, le *Doux-espoir*. Papa m'a dit plus tard que, de tous les yachts de la marina abandonnée depuis longtemps où ils avaient fait leurs emplettes, c'était celui qui sentait le moins mauvais à l'ouverture de son écoutille.

Ils ont encore fait deux expéditions dans Glasgow désert, mais n'y sont jamais retournés. Un jour, Ferg lui a demandé pourquoi, et Papa a répondu qu'il y avait là-bas un truc qui leur échappait, mais qui sapait l'énergie et le moral, au point que ni l'un ni l'autre n'avait envisagé de troisième voyage malgré la richesse du butin restant. Du temps où elle parlait, Maman m'a décrit l'immense bibliothèque, ses kilomètres de rayonnages, ses portes grandes ouvertes. Ils y ont passé plusieurs nuits, installés dans leur tente au milieu d'une forteresse de livres. Elle a fermé en repartant pour empêcher les chats et les renards d'entrer. À l'entendre, c'était la seule chose qui aurait pu la convaincre d'y retourner.

Quand elle en avait encore la capacité, elle adorait lire, surtout des histoires, et je suppose qu'elle m'a transmis cet amour.

En tout cas, Papa pose ses questions et Brand répond oui, mais pas beaucoup et de moins en moins chaque année, et non, personne ne va venir.

Ensuite, sans qu'on ait besoin d'insister, il nous raconte son histoire. Il s'exprime bien. Sa voix de basse et son sourire aimable vous captivent peu à peu, tout doucement. Pour que vous mordiez à l'hameçon, il faut que son regard perçant croise le vôtre, et même là, il semble plaisanter. Jamais on ne se douterait qu'il s'agit d'un appât.

Ce qui évoque un appât, ce sont les tentations qu'il tire sans cesse de son sac et dispose dans l'herbe à nos pieds en parlant, comme s'il voulait juste les mettre de côté le temps de trouver ce qu'il cherche tout au fond. Bientôt, un large éventail d'objets intéressants l'entoure : des couteaux, des jumelles, des trousses de premier secours – militaires, à vue de nez – et une paire de talkies-walkies à manivelle, en plus de conserves et de bouteilles dont il dévoilerait sans doute le contenu si on se décidait à l'interroger.

Je l'ai là, obligé, il dit avant de poser avec insouciance un nouveau trésor par terre et d'enfoncer plus profondément sa main dans son sac sans fond.

Si on se dévisage par-dessus sa tête baissée, aucun de nous ne trahit davantage que de l'intérêt. Le regard de Papa ne véhicule aucun avertissement, et la seule réserve qui se manifeste à l'égard de notre invité, c'est le nez froncé que Bar me mime.

Je comprends. Elle parle de son odeur – non qu'il sente mauvais, c'est juste une odeur différente.

Quand le monde était plein, tout le monde avait-il la même odeur ? Ou chacun la sienne ? Je vois sur les vieilles images à quoi ressemblait la foule, mais ça sentait quoi ? Ça faisait quel bruit ? Je me le demande. Les voix devenaient-elles un grand bruit unique, comme les cliquetis des cailloux sur une plage s'additionnent en un rugissement et un battement dans les vagues ? Voilà ce que j'imagine, ou ces millions de voix distinctes entendues à la fois t'auraient rendu fou. Elles l'ont peut-être fait, d'ailleurs. Bref. Brand finit par localiser ce qu'il cherchait et le tire du fond de son sac en grognant de satisfaction : une haute bouteille en verre transparent qu'il tend à Papa avec un large sourire.

Cadeau de remerciement pour votre hospitalité, il dit.

Il nous avertit d'y aller mollo. C'est fort et, si on en boit trop, on finira dans le cirage. Papa rigole et explique qu'on connaît l'alcool : on fait notre bière de bruyère et notre hydromel. Mais la bouteille vient d'Avant et elle est restée bouchée. Le liquide est assez clair, comme de l'eau tourbée, et même si l'étiquette a disparu depuis longtemps, les lettres en relief se détachant autour du goulot épellent « AKVAVIT ».

Une bouteille intacte du lointain passé, c'est peu courant. Après tout, les Boumeurs avaient beaucoup de chagrin à noyer. Mais Brand minimise son cadeau. À l'en croire, il en a plein d'autres. Il est tombé sur un navire militaire – norvégien, peut-être –, échoué et couché sur un estran tout au nord, qui contenait des caisses de conserves périmées et des fournitures médicales. Et de l'Aquavit en quantité. Qui est bon, d'après lui, mais qui a un goût d'herbe – d'aneth ? Inattendu, quoique supportable, une fois qu'on s'habitue.

On rentre avec le crachin, en aidant Brand à porter le contenu de son sac qu'on redispose sur le tapis de cheminée, puis Papa débouche la bouteille tandis qu'on fait le souper, Bar et moi : ragoût de stockfish et de patates. Chacun en boit un verre, sauf Maman, assise près de l'âtre, comme toujours, et qui ne quitte pas des yeux le rouquin. Ça se comprend, puisque le visiteur est une nouveauté et qu'elle n'en voit guère, même si elle semble moins fascinée qu'horrifiée. Papa explique qu'elle s'est fait mal des années plus tôt, et Brand la salue de la tête et sourit avant de lui porter un toast.

À la dame de la maison, il dit. *Skol*.

Je manque de recracher ma gorgée. Il me semble avaler du feu et je crois que Brand nous a empoisonnés, mais il boit son verre d'un trait et me sourit.

De l'eau-de-feu, il dit.

C'est exactement ce que ça me fait, me réchauffer de l'intérieur. Je tousse et j'acquiesce.

Mieux que ça, Papa déclare en nous toisant tour à tour. Un voyage dans le temps.

Une longue pause s'ensuit. Je ne comprends pas.

On goûte le passé, Bar suggère.

Exactement, Brand dit. Chaque fois, ça me fait cet effet. Voilà ce qu'ils aimaient boire. Voilà le goût de l'Avant.

Amer. Âpre. Et sans une note de douceur. Rien à voir avec notre hydromel.

Ce soir-là, il ne nous fait pas cadeau que d'un voyage temporel lors de ce troc inégal. Il a un autre tour dans son sac, plus rusé : celui qui nous a eus. Comme toujours avec lui, il s'accompagne d'une histoire si prenante qu'on ne voit pas le danger arriver.

Il nous dit venir du sud, de l'autre côté de la terre ferme. Sa famille, deux sœurs et un père, est morte de maladie, il y a un bail. Depuis, il se balade. Ça nous étonne : on croyait tous la terre ferme déserte. Il répond que, désormais, c'est le cas, pour autant qu'il sache, mais qu'il a grandi sur une étendue sauvage de roseaux, un coin oublié de la côte sud-est, les Broads, inhospitalier au point, pendant un temps, de paraître sûr. Avec les siens, ils habitaient une grande maison sur un îlot tout plat, au beau milieu d'un estuaire, un lieu si proche de la berge de part et d'autre qu'on pouvait la rejoindre à la nage au lieu de vivre comme nous sur les flots agités, au bord du monde.

Son père était bricoleur, selon son expression, un homme qui comprenait les vieux mécanismes et savait les fabriquer, les réparer. Il s'y entendait pour frankensteiner, Brand dit, avant d'expliquer qu'un Frankenstein est un monstre d'une vieille histoire, fait de morceaux d'êtres humains. J'évite de le corriger : j'ai lu le livre et je sais que Frankenstein, c'est le savant fou qui crée le monstre. Bref, son père savait convertir de vieux engins spécialisés et les remonter pour qu'ils effectuent des tâches différentes. Une roue hydraulique récupérée sur la terre ferme lui permettait ainsi d'alimenter une pompe mue par la marée afin de puiser de l'eau pure dans un forage sur son île. Papa en a les yeux qui brillent. On est tous des Frankenstein maintenant qu'il ne se fabrique plus rien de neuf et qu'on doit improviser nos machines avec les bouts intacts qui subsistent. Ce talent, Brand le tient de son père, mais, une fois qu'il s'est trouvé sans famille, il a quitté les Broads et pris la mer pour, selon lui, chercher du monde.

Il dit se voir comme cartographe des gens, vagabond et marchand, mais, vu la rareté des rencontres, il vit moins de commerce que de pêche et de cueillette. Cependant, avec nous, il veut troquer, et même s'il parle de stockfish, de légumes et de tous les mets dont on pourrait se passer, je constate qu'il admire nos chiens. Surtout les miens. Jip et Jess lui plaisent beaucoup, je m'en suis aperçu dès le début – il ne fait d'ailleurs aucun effort pour le cacher. Il s'accroupit pour les caresser tout en leur retroussant les babines pour détailler leur gueule. Au premier abord, on les croit petits, mais ils ont de longues mâchoires et des dents tranchantes sous leur pelage. Il finit par hocher la tête en signe d'approbation.

D'excellents chasseurs, vos chiens, je parie, il dit en regardant mon père.

Les chiens de Griz, répond Papa. Et vous avez raison. Le fléau des lapins, ces deux-là.

En effet, si Jip et Jess ont un défaut, c'est de considérer les lapins comme un défi et de les chasser du matin au soir si on leur en laisse le loisir. Il n'y en a aucun sur notre île, au moins depuis ma naissance, mais il reste des tanières sur Sandray, et les Uists – à présent que plus personne n'y vit – en regorgent. Cette obsession, ils doivent la tenir de leurs parents : partie chasser le lapin, leur mère Freya n'est jamais revenue, et pourtant, on l'a cherchée. Leur père Wode est si âgé maintenant qu'il se remue encore moins que Maman, aux pieds de laquelle il dort toute la journée, mais il a aussi eu sa période enthousiaste. Jip et Jess se mettent à geindre chaque fois qu'on s'éloigne d'un kilomètre de nos côtes pour rejoindre les grandes îles et sautent le plat-bord dès qu'on accoste, pour foncer à travers les dunes jusqu'au *machair* où les lapins prennent le soleil. Les seules proies qu'ils traquent de façon plus obsessionnelle, ce sont les rats, qui infestent les maisons désertes. Les lapins, ils jouent à les poursuivre dans l'herbe et le sable avec un abandon aussi meurtrier que joyeux, alors que les rats leur posent un problème qui relève de l'affront personnel : c'est la guerre, pas du sport. Quand on entre dans un bâtiment abandonné, on les envoie en éclaireurs pour qu'ils se chargent de ces saletés.

En les caressant, Brand raconte qu'il a passé treize ans à voyager pour chercher des gens et voir le monde. Il a parcouru la Baltique et les fjords de Scandinavie avant de suivre la côte européenne déserte tout du long jusqu'à Gibraltar, puis la côte atlantique d'Afrique. Il n'est jamais entré en Méditerranée, même s'il a remonté assez haut certains des fleuves navigables du continent. On se penche tous vers lui pour ne pas en perdre une miette, notamment quand il décrit les trois familles qui habitaient une grande et vieille maison sur l'archipel de Stockholm, un semis d'îlots autour de l'ancienne capitale suédoise.

Quand je les ai repérés, je les ai pris pour des fantômes, il dit. On aurait juré des copies : pâles, les yeux bleu glace, les cheveux blanc-blond qui frisottaient comme de l'herbe à coton.

Il trouvait les femmes très belles mais perturbantes, et pas seulement à cause de la forte ressemblance de tous ces gens entre eux. D'après lui, elles souriaient un peu trop. Il n'a pas souhaité s'étendre. Les quitter ne l'a pas gêné, pas plus qu'en garder des souvenirs déstabilisants et leur habitude de dire *skol* à chaque toast.

Il nous parle d'un étrange navire, surgi un jour sans vent sur la mer du Nord, qui a brusquement viré sitôt hélé avant de disparaître dans un banc de brouillard, un bref épisode que Brand attribuerait à une hallucination si le sillage de la mystérieuse embarcation – qui semblait (un mystère, là encore), faute de brise, avancer par ses propres moyens, quoique sans bruit – n'avait secoué son bateau l'instant d'après.

Il a traversé la Manche, puis fait voile sur la Seine pour trouver non seulement Paris réduit en cendres, mais, à l'estuaire, le seul équivalent d'un village qu'il ait jamais vu, cinq ou six familles qui vivaient dans les mêmes conditions que nous, de pêche et d'agriculture.

Je les adorais, il dit. Je me disais que le jour où j'en aurais assez de voyager, je retournerais là-bas, apprendre leur langue, m'établir avec eux.

Mais deux ans plus tard, au retour de son grand voyage le long des côtes espagnoles, puis africaines, ils avaient disparu.

Sans laisser de traces, il dit. Les champs envahis par les mauvaises herbes, à croire qu'on ne les avait jamais cultivés – comme si j'avais rêvé la fois d'avant.

Un moment, les yeux dans le lointain, il ne voit plus le feu devant lui.

En Afrique, il faisait vraiment chaud ? Bar demande.

Tout le temps, il répond.

Elle ne tient pas compte du regard de Papa. J'aimerais beaucoup voyager. Rien que pour savoir à quoi ressemble un autre endroit.

Ensuite, Brand se lève et dit qu'il doit sortir pisser, et je trébuche sur le bazar par terre pour me dépêcher de lui montrer l'abri des toilettes sèches. En fait, j'essaie d'éviter qu'il sorte en premier et, peut-être, surprenne Ferg dont je sais qu'il se tient non loin de la porte ouverte afin d'écouter la discussion.

Je vois mon frère s'esquiver pendant que je m'arrête sur le seuil pour lui donner un peu de temps en éternuant, après quoi je finis d'émerger dans le soir tombant et je pointe mon doigt vers les W-C extérieurs. Le grain est passé et la pluie a cessé de crachoter.

Voilà, je dis.

Brand considère la cahute haute – qui, bien sûr, fait tache parmi les autres dépendances basses en pierres sèches. Merci bien ! il dit. Je n'aurais jamais trouvé vos toilettes tout seul.

Je lui ai peut-être donné des soupçons ? Mais non, son sourire atténue le sarcasme. Je le regarde fouler la bruyère pour rejoindre sa destination et, remarquant qu'il promène son regard à la ronde sur l'île, je songe qu'il se sait surveillé.

Vu ce qui se passe après et la façon dont ça se passe, je ne sais plus trop quoi penser. Mais le résultat est tout aussi détestable.

5

Marmelade

Le ragoût est bon, la discussion encore meilleure, et l'attrait d'un nouvel interlocuteur donne à notre repas un caractère festif. On n'oublie pas les fêtes, car Papa tient à ce qu'on commémore le passage du temps et les saisons, donc on célèbre les anniversaires, le solstice d'été, et Noël, bien qu'on n'ait aucune religion à lui associer. J'ai de la peine pour Ferg qui surveille caché dehors. Je jette des regards à mon père dans l'espoir qu'il cède et déclare que son autre fils ne tardera plus – ça servira de signal à mon frère qui attendra un moment, puis rentrera, tout innocent, pour se joindre à nous cinq autour du feu –, mais il reste inflexible.

Bar lance aussi un regard à Papa qui secoue la tête de façon presque imperceptible. Au bout d'une minute, elle se lève et passe derrière Brand pour prendre la marmite sous prétexte qu'elle n'a pas de morue dans sa part, rien que des patates. Je discute avec lui, mais je la vois ouvrir la lucarne près de la cheminée et tendre un bol dehors dans l'obscurité.

Navrée, elle dit quand le visiteur, sentant le froid sur sa nuque, se retourne. Ça finit par sentir le renfermé, ici.

L'air pur et un bon vent dans le dos ne me gênent pas, il répond. J'ai vécu en mer si longtemps que j'ai la bougeotte quand je reste trop coincé dans une maison. Je ne peux plus dormir à terre du tout. Il me faut la mer qui me berce.

Papa, posé près de Maman, la nourrit à la petite cuiller, une pour elle, une pour lui, comme toujours. Bar, assise en vis-à-vis, lui essuie le menton quand elle bave. Une scène si banale pour moi que je n'ai jamais imaginé que d'autres la trouvent bizarre ou gênante. Même si, bien sûr, je ne me suis jamais vraiment demandé ce que des gens de l'extérieur pourraient penser de nous et de notre mode de vie, vu le peu de monde qu'on croise.

Mais voir une adulte nourrie comme une enfant paraît mettre Brand dans l'embarras. Il détourne les yeux et avise une pile de livres contre le mur. Me surprenant en train de le regarder, il me demande à quoi ils servent. On en parle afin de laisser à Maman l'intimité que de toute évidence elle mérite, selon lui. Quand j'explique que ce sont les miens – des histoires, pas des trucs utilitaires –, il entreprend de m'interroger sur ce que j'aime lire et pourquoi. C'est sans doute pour cette raison que j'accepte de me confier là-dessus.

Je dis préférer les apocalypses et les dystopies, car c'est fascinant de voir comment l'Avant envisageait l'Après. Il ne connaît pas le mot dystopie, alors je le lui explique. Puis il me demande quelle est la pire. Sans même avoir à réfléchir, je cite *La Route*, où un père et son fils traversent ce qui me paraît être l'Amérique. Je la voyais mal finir dès le début et j'avais raison. Je la lui raconte, et il acquiesce comme si je lui sortais une pensée profonde au lieu de résumer vite fait un bouquin que j'ai lu.

Peut-être que c'est ce qui s'est produit en Amérique à la toute fin, il dit. Qu'après l'Échange, il restait un nombre suffisant de vieux salauds vigoureux pour se donner la peine de provoquer ce genre d'horreurs.

J'espère que non, je dis sans mentir.

C'est un futur que nul n'aurait dû vivre. Même pas les gens assez tarés pour prendre part à l'Échange Limité.

Le sujet ramène Papa dans la conversation qui, comme Maman a fini de manger, englobe Bar quand Brand nous demande quelles histoires on connaît là-dessus. Papa répond que personne ne sait qui a commencé : dans chaque camp, les survivants ont accusé l'adversaire. C'est quand le monde dialoguait encore que les pays se sont inquiétés pour la dernière fois de ce que les autres pays pensaient, avant de tous se replier sur eux-mêmes. Cinq ou dix ans plus tard, ils ont cessé de discuter. Brand hoche la tête. Ça correspond à ce que lui ont dit son père et sa mère.

Ça se passait soixante-dix ans après la Castration. Une vie entière, d'après la Bible. Je le sais, parce qu'un Boumeur l'a tagué sur le mur de la vieille église de South Uist et que les intempéries ne l'ont pas effacé, même si, d'année en année, on voit, quand on passe par là-bas, l'inscription s'estomper peu à peu.

LE NOMBRE DE NOS ANNÉES S'ÉLÈVE
À SOIXANTE-DIX ANS
ET, SI NOUS SOMMES VIGOUREUX,
À QUATRE-VINGTS ANS ;
ET LEUR AGITATION N'EST QUE PEINE
ET MISÈRE, CAR CELA PASSE VITE,

ET NOUS NOUS ENVOLONS.
PSAUMES 90.10[1]

L'auteur du tag devait être dans sa phase peine et misère, car les lettres semblent à la fois tremblées et rageuses. Bar y voit un cri de la génération des Derniers-nés.

À cette époque, la population mondiale s'est effondrée. Papa m'a posé le problème sous la forme d'un exo de math, donc je connais les chiffres. Au moment de la Castration, on était 7,7 milliards. Au bout des fameux soixante-dix ans, ça a dégringolé à moins de dix mille. J'ai le vertige rien qu'à essayer d'envisager d'aussi grands nombres, et à contempler la chute de notre espèce, aussi abrupte que la falaise au bout de l'île. En soixante-dix ans, ça s'est réduit à huit mille cinq cents personnes. Mais le taux de mortalité devait être encore pire, bien sûr, vu qu'il y avait plein d'autres trucs qui foiraient.

On en sait moins sur les événements plus récents comme l'Échange, la Convulsion, ou la Famine, même, que sur ce qui s'est passé bien avant, vu que l'histoire attestée vient des livres, qui ne manquent pas. Mais après la Castration, ils se sont raréfiés avant de se tarir, de même que la population, comme si on trouvait inutile d'écrire pour une postérité qui n'existerait pas. Ou alors, on écrivait sur l'Internet, une toile d'araignée de réseaux électriques qui a disparu. Les récits des dernières années sont donc oraux. Quoique plus proches de nous, ils évoquent davantage les mythes et légendes que ce qui les a précédés, parce que les événements plus anciens

1. La Bible, traduction de Louis Segond, dite « à la Colombe ». *(N.d.T.)*

ont été couchés sur le papier pour former l'histoire. Voilà pourquoi, quand des étrangers se rencontrent, ils évoquent toujours les derniers jours de l'Avant – le Long Adieu – afin de permettre aux gens de comparer les versions qu'on leur a rapportées, dans l'espoir que le nouveau venu détienne une pièce encore inconnue du puzzle, qu'en vérité on ne pourra jamais terminer.

Et les récits transmis dans notre famille manquent d'une vue d'ensemble, car nos aïeux n'ont guère qu'entendu parler des événements, et de toute façon, durant un certain temps, ils étaient tenus à l'écart du monde, ni tout à fait internés dans des camps, ni vraiment libres, jusqu'au jour où les Boumeurs ont estimé que les étudier afin d'inverser la Castration ou mettre leur petit nombre à contribution pour tâcher de repeupler le monde ne servirait à rien. C'est alors que les parents de Papa sont venus ici, à l'écart de tout, pour rester loin du monde jusqu'à ce qu'il finisse de disparaître. Je crois qu'ils l'ont fait par courtoisie autant que pour tout autre motif, car Papa se rappelle sa mère disant que les Boumeurs, qui avaient déjà tous nettement plus de cinquante ans, les regardaient, eux, les jeunes à la peau sans ride, avec une lueur étrange dans le regard, quelque chose qui oscillait entre le chagrin, la jalousie et une colère le plus souvent – mais pas toujours – maîtrisée.

Ils nous ont ouvert les portes et laissé sortir, elle disait. Même s'ils ont souligné qu'on en avait le droit dès le début, le fait qu'ils prennent la peine de le déclarer nous a appris que c'était l'inverse. Bref, on est partis, on a mis un bras de mer entre eux et nous, et on a attendu la fin.

Attendre sur une île n'avait rien de bizarre, Papa dit.

Brand acquiesce. D'ailleurs, on le sait : voyager par voie de terre devenait toujours plus difficile et dangereux durant l'agonie de l'Avant.

Alors que la mer vous amène partout, il dit avec une note d'orgueil dans la voix, comme si les courants étaient son royaume. Mais après tout, à l'entendre, il a fait la moitié du tour du monde, donc il a peut-être bien le droit d'en tirer fierté.

Ces îles étaient bien moins isolées avant que les routes domestiquent la terre, Papa dit. Elles formaient une sorte de grande artère du monde vraiment ancien.

Il nous le répète souvent. C'est pour ce motif que l'un des premiers adeptes d'un dieu chrétien est venu construire cette maison à cet endroit qui nous paraît le plus isolé au monde, au sud d'ici – sur une île, Iona, dont j'ai entendu parler sans jamais y mettre les pieds. Il ne l'a pas choisie pour s'éloigner de tout, mais pour se positionner sur une voie navigable fréquentée. C'est vrai. L'histoire l'atteste, et je le sais parce que Papa adore cet épisode, mais aussi parce que je l'ai lu, et pas qu'une fois, dans plusieurs de nos livres.

On en vient à parler des croyances, des sectes, des modes toutes plus bizarres les unes que les autres apparues pendant le Long Adieu. D'abord, Papa dit, les dingues ont gagné en dinguerie, ceux qui avaient les plus gros bâtons se sont impatientés le plus vite, et ça a donné des trucs du genre l'Échange. L'Échange, ça voulait dire qu'on n'avait plus de pétrole du Moyen-Orient, ces pays secs et chauds désormais encore plus secs et chauds. Ensuite, on a eu les Ordonnés qui voulaient mettre leurs affaires en ordre au cas où ça aiderait les survivants – ou ceux qui découvriraient notre monde quand on aurait disparu, si c'était ce que l'avenir réservait à l'espèce. Ils ont laissé un immense caveau de semences à Svalbard et, partout dans le monde, des réserves de gènes baptisées Arches, mais ils ont aussi entrepris de rassembler des voitures.

Et au moins essayé de sécuriser les réacteurs nucléaires vieillissants, Brand ajoute.

Ça, ça a le plus souvent foiré, je dis, même si j'ignore encore, à ce moment-là, ce que ça signifie en réalité. Quand j'étais petit, avant de savoir lire, lorsque j'entendais « nucléaire », je comprenais « nu et clair » et je voyais mal pourquoi on se faisait autant de souci pour quelque chose qui me paraissait tout propre. Plus tard, j'ai appris que ça désignait un truc très crade. Et qui durerait très longtemps.

Ces Ordonnés étaient l'opposé des Gloutons, à ce que je crois comprendre, Brand dit. Ces nazes ont décidé de tout gaspiller sous prétexte que personne n'en aurait besoin après qu'eux auraient disparu.

Ils ont bouffé toutes les parts de tarte, Papa fait. Ce qui revient à dire que leur cupidité ne connaissait aucune limite.

Je parie que c'est eux qui ont mangé les chiens à la toute fin, Bar dit.

Ça, c'est l'aspect horrible de l'Avant auquel j'ai du mal à croire, même si, d'après Ferg, Maman lui a dit que sa mère à elle l'avait vu de ses yeux et que ça expliquait pourquoi les chiens sont aussi rares que nous. Même si ça n'explique pas pourquoi les chiennes le sont encore davantage.

Moi, j'ai entendu raconter qu'on les a empoisonnés quand les villes se sont vidées, Brand dit.

Les gens redoutaient qu'ils forment des meutes et retournent à l'état sauvage. Je ne sais pas quelle version croire.

Les deux sont atroces, je réponds.

La discussion suit cette voie obscure, Brand et Papa comparant leurs versions familiales respectives du passé. Ils s'accordent sur le fait que certaines personnes se sont donné la mort, surtout de manière douce, souvent ensemble, pour éviter la souffrance et l'impuissance lorsque, devenus vieux, ils ont constaté qu'il restait trop peu de gens plus jeunes et valides pour s'occuper d'eux.

Ou alors, ils sont partis en avance pour éviter la cohue, je dis. Je comprends mal ce gag trouvé dans un vieux livre – je n'ai jamais vu de foule –, mais il est censé faire rire et je veux impressionner le nouveau venu par mon astuce.

Brand et Papa me jettent un regard distrait, sans sourire. Je hausse les épaules à l'adresse de Bar, laquelle lève les yeux au ciel, comme si j'étais un enfant qui n'aurait pas dû essayer de se joindre à la conversation des adultes.

Les autres se sont cramponnés telles des berniques, Brand reprend. Ils ont attendu de voir au moins à quoi ressemblait l'Armageddon avant de plonger dans la nuit éternelle.

Et maintenant, ils ont tous disparu, je me dis. Je le vois me dévisager comme s'il lisait dans mes pensées. Il hoche la tête.

Et enfin la vague ultime, les Boumeurs, il dit. Là, c'est le Nouveau Moyen Âge, peut-être même le Dernier Moyen Âge. Puis il fait un grand sourire, comme pour dissiper la solennité qui a remplacé notre humeur festive.

Bon, les pays chauds t'intriguent ? il lance à ma sœur. Vise-moi ça.

Il replonge dans son sac et, cette fois, il trouve vite ce qu'il cherchait, ressortant un pot de verre rempli d'un truc aussi orange que ses cheveux. Il s'agit d'une gelée et non d'un liquide comme l'Aquavit – quand il le penche, les tortillons plus sombres en suspension ne bougent pas. Ça me rappelle la perle d'ambre que Maman porte à son cou, avec un morceau d'insecte pris dedans. Éclairé à contre-jour par les flammes du foyer, ça évoque un bout de soleil couchant qu'on aurait arraché au ciel et enfermé dans un bocal.

C'est de la confiture ? Bar demande.

Presque, mais non, il dit. De la marmelade.

Comme le chat ? fait ma sœur en me regardant. Orlando, celui du livre ?

Elle nous lisait un livre d'images sur un chat couleur de marmelade, le préféré de Joy – avec un ouvrage intitulé *Les Mythes grecs* –, et si apprécié qu'il a fini par tomber en morceaux et qu'on l'a renforcé avec une pince à dessin. Je n'ai aucune idée de ce qu'il a pu devenir. Si ça se trouve, quelqu'un l'a caché parce qu'il lui rappelait trop Joy. Je n'y ai plus pensé depuis des années. Son souvenir me pince le cœur et me pique les yeux.

Tu n'y as jamais goûté, hein ? il fait. À la marmelade.

C'est fait avec des oranges, Bar dit en levant le menton, désireuse de montrer qu'elle sait des trucs.

Vous avez déjà goûté une orange ? il demande en nous regardant tour à tour.

On secoue tous la tête.

Ça s'est réchauffé, par ici, Papa dit, mais il fait encore trop froid pour les agrumes.

Les agrumes. Il n'aime pas non plus qu'on le prenne pour un ignare.

Brand dévisse le couvercle – un petit déclic – et tend le bocal.

Voilà à quoi ressemble un pays chaud, il dit. Humez !

On se penche tous pour inhaler. Je n'ai jamais senti pareille odeur : propre, mais épicée. Piquante, tranchante, et pourtant – je prends ça pour un miracle – ensoleillée.

Vous avez du pain, du beurre, il dit. En dessert, on va se faire des sandwichs à la marmelade. Une gourmandise. Histoire de vous remercier pour votre hospitalité.

Il a un large sourire blanc au milieu de la rousseur de sa barbe, avant d'agiter les sourcils comme si le monde était une blague et qu'on avait de la chance d'être au courant.

Et de vous amadouer, il ajoute, vu que demain, je vous emmène à mon bateau, je vous montre le convertisseur et j'essaie de vous soutirer beaucoup trop de poisson et de provisions en échange. J'irai peut-être jusqu'à vous demander cette jolie chienne.

Bar rit, lui sourit en retour et dit : Il va falloir tuer Griz.

Oh ! On n'en viendra jamais là, il répond. Juste une idée en passant. Mais c'est un bien bel animal.

On trouvera à troquer, s'il s'agit du bon modèle, Papa dit.

Je pense que la vague tension dans sa voix vient de ce qu'il n'aime pas trop voir ma sœur et l'étranger se sourire.

Selon vos amis sur Lewis, oui, c'est le bon, Brand fait. Mais vous le constaterez par vous-même. Demain.

On coupe le pain, on beurre les tranches, puis il rajoute une couche de marmelade sur chacune.

C'est quoi, les morceaux ? Bar demande.

La pelure, il répond. Que j'ai coupée moi-même. J'ai suivi la recette d'un vieux bouquin. En Espagne, où il n'y a plus d'habitants et bien trop d'oranges. J'ai trouvé le sucre dans un hôtel en ruines. C'est doux et amer à la fois. Même si vous n'aimez pas, ça vous donnera une idée du Sud quand vous y goûterez.

Incroyablement forte, riche, la saveur est plus complexe que tout ce que j'ai pu manger auparavant, piquante et douce, mais d'une douceur différente du miel : l'intensité vous remplit la bouche. En revanche, je ne sens pas le soleil, parce que ma dent ébréchée par le bouc réagit au sucré en me tenaillant la mâchoire. J'ai l'impression que ma propre bouche me mord.

Même si j'ai tressailli, personne ne s'en rend compte. Tout le monde apprécie sa gourmandise à sa manière. Bar rigole. Papa ferme les yeux, comme si exclure le monde renforçait l'expérience. Brand dévisage ma mère.

Je replie la tranche et je cache le sandwich dans ma main.

Incroyable, Bar dit. Une bouchée d'été.

Le goût vaut l'odeur, Papa dit. Merci. Merveilleux.

Chacun semblant devoir s'exprimer, je dis : meilleur que l'eau-de-feu.

Allons, reprenez-en, Brand fait en s'emparant du pain. Dès qu'on ouvre le pot, la saveur se perd. Demain, on jurera de la bouillie. Il faut l'apprécier tant que la magie persiste !

Je m'éclipse, sous prétexte de devoir pisser aussi. Ferg attend toujours dehors dans le noir, à écouter.

Avant qu'il puisse demander, je lui tends le sandwich. Il me fait un grand sourire et me flanque un coup de poing dans le bras, sa marque d'affection habituelle.

Puis il contourne la maison et le mange. Je scrute sa figure et je vois le bonheur qu'il en retire.

Ça a vraiment le goût du soleil, il dit. C'est génial.

Ça me pourrit la dent, je réponds. Je t'en filerai d'autres en douce dès que possible ou je cacherai le pot quand il ira se pieuter. Il paraît qu'il dort toujours à bord de son bateau.

J'espère qu'il est crevé, Ferg dit en resserrant les pans de son manteau. Je me caille, là.

Je me demande si Papa lui fait confiance, maintenant.

Typique de Papa, mais ce n'est pas grave. Allez, rentre, avant qu'il se demande ce que tu trafiques.

À mon retour, Brand parle du convertisseur à mon père qui sourie, bâille et décrète qu'il sera bien assez tôt pour négocier demain matin. Bar boulotte son second sandwich, et Maman s'est endormie.

Ma sœur et moi, on lève la table, puis j'empoche le sandwich qu'ils m'ont laissé. Bar me voit faire et hoche la tête sans un mot. Elle sait que je le garde pour Ferg. Ce qu'elle ignore, c'est que je n'ai pas mangé le premier à cause de ma dent.

Papa bâille de plus belle, déclare qu'il est temps de se coucher et mène Maman vers leur chambre en la réveillant et en la poussant devant lui. Il dit à Brand qu'il peut dormir par terre s'il le désire, mais l'autre répond qu'il va bavarder avec Bar et moi, puis qu'il ira dormir sur son bateau, comme de coutume.

Ma sœur bâille aussi, maintenant, et pendant que lui et moi, on évoque les livres que j'aimais et ceux qu'il a lus, elle s'avachit, pour s'endormir sur la table à côté de moi. Je continue de parler, et je sais pourquoi : j'apprécie cette relation, un nouvel ami me paraissant aussi exotique que la marmelade aux autres.

Pendant notre discussion, Brand ébouriffe le poil de Jess et la gratte derrière les oreilles. De nouveau, je sens mon cœur se serrer, mais les chiens sont généreux, et envier leur affection ne sert à rien, si bien que j'ignore mon accès de jalousie et que je commence à disposer les bols du petit déjeuner. Je ne me rappelle plus au juste quels sont les livres dont on a discuté, d'autant qu'on a continué un bon moment, comme si chacun attendait que l'autre avoue sa fatigue sans vouloir le faire en premier. Je me souviens d'avoir cité une ligne d'un roman intitulé *Terre brûlée* que j'ai trouvée dérangeante. Elle ne se trouve pas vers la fin, quand la société se délite et que les gens se mettent à tuer, à violer, à devenir des bêtes, mais au début, avant que l'herbe, le blé et les récoltes commencent à mourir et la famine à se répandre. C'est une phrase toute simple, du genre « les enfants rentrèrent pour les vacances et toute la famille partit en voiture à la mer ». Il n'a rien à voir avec l'Après, cet Avant où on envoyait les enfants loin de chez eux pour suivre l'école. Tout ce que je sais – un rayon, car, avec la leibowitzation de Papa, on se remplit la caboche de tout ce qui peut se révéler utile et qui ne doit surtout pas se perdre –, je l'ai appris à la maison, ou dans les parages. Aller en vacances à la mer ? Je n'ai jamais perdu l'océan de vue pendant une journée. Je n'ai pas la moindre idée de l'effet que ça ferait. J'ai la mer dans le sang. Brand hoche la tête, avant de tendre la main pour qu'on se fasse un poing à poing. Je lui dis me demander si je respirerais aussi bien sans voir de l'eau scintiller au loin.

Amen ! il fait.

C'est le dernier échange qu'on a, vu que je dois bâiller et m'endormir dans la minute sous l'effet de la chaleur et de l'amitié.

Je me trompe du tout au tout, et je découvrirai bientôt comment je respire loin du havre de l'océan, mais, pour le moment, je l'ignore encore.

6

Le vol

Dès mon réveil, je sens qu'il y a un gros souci. J'ai mal à la tête et, quand je me lève avec peine devant l'âtre froid, j'ai l'impression que mes jambes ont oublié comment fonctionner en cadence. Personne d'autre n'est debout, et le silence règne dans la maison. Dehors, en revanche, un bruit retentit. Je titube jusqu'à la porte, avant de sortir sous une fine pluie oblique.

Le bateau aux voiles rouges a appareillé.

Il contourne le promontoire au sud de la baie, la proue déjà cachée par les rochers. Brand tient la barre. On se voit au même instant et, juste avant que la langue de terre déchiquetée l'avale, il sourit, un éclair blanc reconnaissable entre tous dans l'orangé de sa barbe, avant d'esquisser un haussement d'épaules et un salut, puis de disparaître.

Deux détails m'arrêtent, outre le fait qu'il parte sans dire au revoir ni tenter de troquer le convertisseur qu'il se vantait de posséder. D'abord, il porte l'imperméable de mon père, le bon, jaune à capuche pointue, ce qui m'égare. Ensuite, la signification – que je comprends à retardement – du sourire, du signe de la main et du haussement d'épaules : un adieu, doublé d'un aveu de culpabilité étrange, quasi débonnaire. Dans sa posture, il y a de l'honnêteté et de la malhonnêteté entremêlées, comme la trame des tissages de Ferg. Brand, là, se révèle double, mais une seule chose importe.

Il m'a volé ma chienne.

Je le sais avec une froide certitude en apercevant Jip qui, tout seul, nage dans la baie, si loin qu'il a dû tomber ou être jeté du bateau dans le sillage duquel il se débat. À voir sa tête ballotter, à entendre ses aboiements déraper dans les aigus, je comprends que Brand emmène Jess qui n'est nulle part en vue.

Je hurle pour réveiller la maisonnée et je cours au lougre. L'autre n'a pas coupé les amarres de nos bateaux, mais il a jeté les rames à l'eau et la marée les entraîne peu à peu vers le large.

Dans ma course, je remarque, sans m'arrêter, que nos râteliers qui regorgeaient de poissons mis à sécher la veille sont vides. Il a aussi volé nos provisions.

Je brave l'eau glacée pour récupérer les rames et je gagne le lougre en pataugeant. Je vais le désamarrer pour rejoindre mon bateau – mouillé du côté sous le vent du cap derrière lequel Brand vient de disparaître – lorsque je vois, tout en reprenant mon souffle, Jip regagner la rive par ses propres moyens. Le doute s'installe : que faire une fois que j'aurai rattrapé le voleur ? Appareiller pour récupérer Jess m'a paru naturel : un réflexe. Mon idée initiale, c'est de repêcher Jip, puis de hisser la voilure du *Doux-espoir* et d'entamer la poursuite maritime sans perdre un seul instant – sachant que le moindre retard accroît la distance entre ma proie et moi.

Me rendant compte qu'il me faut peut-être une arme, je laisse le lougre amarré pour retourner à la maison au pas de course, dans l'idée de prendre mon arc et un fusil. Je crains que les autres soient tous morts, car personne ne bouge, personne ne répond à mes appels ni aux aboiements de Jip.

Ils ne sont pas morts mais drogués, et – après que je les ai réveillés à force de les secouer – nauséeux, désorientés. Il leur a administré un produit dans la marmelade. Le bouc têtu qui m'a ébréché une dent la veille m'a épargné un bel empoisonnement : sans la douleur causée par le sucre, j'aurais mangé une quantité suffisante de confiture pour me retrouver dans un sale état, et notre voleur aurait pris la fuite sans qu'on sache dans quelle direction ni où commencer sa traque.

Par la suite, je songerai que ça n'aurait pas forcément été la plus mauvaise option.

Mais dans l'instant, sous l'effet du sentiment de trahison rehaussé par l'adrénaline et la colère, je ne pense qu'à me lancer à sa poursuite au plus vite. J'essaie d'expliquer ce qui se passe à Bar, la moins affectée par la drogue, tout en fourrant de la nourriture dans un sac. Ensuite, j'embrasse Maman, qui me jette un regard vide, mais qui semble me rendre ma pression sur sa main quand je lui dis partir récupérer Jess, je vérifie que Ferg gît sur le flanc et ne s'étouffera pas dans son vomi, je prends son fusil, je décroche mon arc et le carquois de flèches de leur support près de la porte, et je cours au lougre où Jip m'attend en donnant de la voix pour m'encourager à me dépêcher.

Papa, trébuchant derrière moi et marmonnant je viens, attends juste que je reprenne du poil de la bête, essaie de m'arrêter, mais ensuite il se penche pour vomir tout ce qu'il a dans le ventre, et je réponds que je ne peux pas attendre. J'ignore s'il a entendu, parce qu'il reste plié en deux par ses haut-le-cœur jusqu'à ce que Bar sorte pour l'aider à se relever, sur quoi je les plante là pour courir jusqu'à Jip et au lougre. En quatre minutes, j'atteins le *Doux-espoir*, je balance le chien à bord, je passe dans le cockpit et je jette mon matériel par l'étroite descente qui mène à la minuscule cabine. Au bout de deux autres minutes, je laisse la bouée de mouillage derrière nous et je tire des bords vers le large en cherchant du regard ce rouge révélateur, symbole de traîtrise.

Quand je repère la tache de couleur vive à mi-chemin de l'horizon et que, l'esprit libre, je tourne la tête pour faire signe de la main, j'ai déjà contourné le promontoire : je ne vois plus ni ma maison ni ma famille.

Un départ sans adieu.

Ni bénédiction.

Ni certitude qu'ils vont vraiment se rétablir.

On peut quitter sa vie tranquille aussi vite que ça, et rien de ce qu'on croyait savoir ne sera plus comme avant.

Ces pensées viendront plus tard.

Sur le moment, dans le vaste désert du monde, tout ce qui compte, pour Jip – en position du chien d'arrêt à la proue – et pour moi, c'est l'écharde rouge sur la mer droit devant.

La chasse a commencé.

Les choses sont simples.

On croit poursuivre un voleur de chien. Mais ça, c'était avant d'atteindre la terre ferme et de découvrir qu'on traque tout autre chose, qu'on ignorait même avoir perdu.

C'est ainsi que je finis par tracer mon long chemin. Par visiter les ruines de ton univers. Par voir ce que je vois. Par faire ce que je fais.

Et ce que je fais m'amène ici, où je ne peux parler qu'à la photo d'un garçon mort avec son chien et sa sœur. Où je ne peux qu'écrire pour des gens qui ne me liront jamais.

La solitude, c'est une forme de folie.

Tout comme l'espoir.

7

Courir sous le vent

Pas de voile rouge. Le vent souffle du nord-est et Brand a quitté l'abri de la grande falaise à l'arrière de notre île un bon quart d'heure avant que je puisse lancer le *Doux-espoir*, qui est petit, même si on peut dire que c'est un yacht. Pourvu qu'elle se démène, une personne suffit à le manœuvrer, mais il vaut mieux être deux, comme le rappellent les couchettes jumelles. J'ai l'habitude de me débrouiller. Le temps que je sorte de la baie et que je contourne le promontoire rocheux au sud, l'autre a eu le loisir de hisser toutes ses voiles et de profiter du plein vent, ce qui lui a permis d'accroître son avance tandis que je lutte pour sortir de notre poche de calme.

Et je lutte bel et bien. J'ai l'impression que le bateau se traîne dans une tourbière. L'effet de ma frustration, bien sûr, mais la mer paraît collante, comme si elle tentait d'adhérer à la coque et de nous ralentir. Jip doit éprouver la même sensation. Campé sur la plage avant, il aboie de frustration dans les embruns et se retourne vers moi de temps en temps, comme si je pouvais nous faire aller plus vite.

La visibilité est bonne, je devrais voir Brand en observant la mer déserte devant le bateau – mais non. Vu la force et la direction du vent, il file plein sud, logiquement. Je veille donc à augmenter notre vitesse et à déployer toute la toile possible, puis quand je finis par sentir l'air gonfler la voilure et par entendre l'eau pétiller de part et d'autre de l'étrave, je prends le temps de descendre pour me munir des jumelles.

Jip a dû apercevoir Brand, car il a cessé d'aboyer pour rester figé, toujours à l'arrêt, sur la proue, les pattes arrière frémissantes – Papa appelle ça le tic du terrier, ce que, pour ma part, j'assimile à une excitation contrôlée. Une minute plus tard, je repère loin devant les voiles sombres qui filent vers l'horizon.

Alors, je sens mon estomac se dénouer. Si je ne les avais pas vues, Brand et son larcin seraient devenus un cauchemar pour la vie – une vie qui aurait peut-être duré plus longtemps que celle qui m'attend. Je croirais sa disparition impossible, au point d'envisager qu'il soit un être surnaturel. D'où mon soulagement : je constate que les murs bâtis avec soin afin de protéger ma perception du monde ont tenu bon. Toi, dans ton univers grouillant qui incluait des distractions comme l'Internet, le foot, les gens, tu n'as peut-être jamais ressenti l'appel de l'étrange. Moi, à présent que je me trouve ici sans rien d'autre à faire que rédiger cette histoire et réfléchir, je me rends compte de tout le temps que j'ai passé dans mes livres, à remplir le vide de mon cadre de vie et à laisser les pages dissiper les ombres dans mon dos. Je m'efforçais de ne pas croire au surnaturel. On le faisait tous. Des récits qu'on se lisait à tour de rôle au coin du feu, aucun ne relevait du fantastique. Par choix, bien sûr. Les maisons abandonnées qu'on croisait auraient pu sembler pleines de fantômes, si on l'avait accepté. Mais Brand s'évaporant sur la mer fendrait ce mur de protection sans me laisser la moindre possibilité de le réparer.

Et j'ai peur, moins de mon voleur – je lui en veux à mort – que de ce que je vais devoir faire. Je n'ai aucun plan. J'ai un but : récupérer Jess. Mon regard se pose sur le fusil et l'arc que j'ai jetés dans la cabine. Je n'ai pas peur pour moi. Je suis jeune et ma rage est telle qu'elle interdit l'angoisse, même si ça n'équivaut pas à du courage : jeune et colérique, ça ne veut pas dire brave. Sur l'instant, je ne crains pas Brand, ce qui est une autre idiotie. Non, j'ai peur de *moi*. Des extrémités jusqu'où je peux aller.

Dans la photo que j'ai trouvée, ton visage ne reflète que le soleil et la joie. Tes yeux brillent alors que tu restes figé à l'apogée de ton saut en étoile, plus léger que l'air, pris entre l'herbe et le ciel, entre une sœur et un chien qui t'adorent. Jamais tes pensées n'ont supporté le fardeau ténébreux qui m'accable de tout son poids tandis que je contemple mon fusil.

Une poursuite en mer par vent arrière, ça se traîne, et j'ai tout le temps de réfléchir pendant que les milles nautiques s'accumulent. Et sur les flots qui s'étendent entre les îles les plus au sud et la terre ferme, on se gèle. J'ai dans la cabine un manteau sans manches fait de trois peaux de mouton cousues, la laine à l'extérieur. Je le mets, en le ceignant de ma ceinture pour l'ajuster. L'odeur de la laine me rappelle la maison, tout comme le bonnet dont je me suis couvert les oreilles, un truc que Bar m'a taillé à partir d'un vieux pull trouvé en bon état dans un sac en plastique au fond d'une armoire alors qu'on explorait une maison basse sur Eriskay l'été précédent. Le fil a un bon siècle et le truc est tellement surpiqué pour assurer sa tenue qu'il montre plus de coutures que de tricot, mais j'y vois ma sœur, si bien que le porter atténue un peu ma solitude. À regarder Bar y travailler tout un mois d'hiver, j'ai fini par le convoiter secrètement. Et puis, contre toute attente, avec désinvolture, elle m'en a fait cadeau.

Il te faut un chapeau, elle a dit. Ce n'était rien, mais ça a compté, sur l'instant et durant longtemps. Si Bar parlait peu, elle faisait beaucoup. C'était de cette façon qu'elle montrait ses sentiments. Ça m'a tenu aussi chaud que le bonnet.

Penser à Bar me fait retourner dans la cabine prendre la ligne à maquereau. La poursuite risque de s'éterniser et ma sœur dirait qu'avoir faim ne sert à rien. Je suis capable de mener deux activités de front.

De les mener, mais mal, car en attrapant la ligne je sens une vive douleur : l'un des hameçons vient de se planter dans mon doigt.

Il ne reste qu'à serrer les dents et sortir mon Leatherman qui m'accompagne partout, comme mes chiens. C'est ma plus précieuse trouvaille, un long rectangle d'acier épargné par la rouille qui, lorsqu'on le déploie, devient une pince coupante avec des couteaux, des scies, des tournevis et autres outils rangés dans ses poignées. Je l'ai déniché au fond de la boîte à gants moisie d'une voiture sur Eriskay. Il n'y a pas plus utile. Tout en me reprochant ma bêtise, je pousse l'hameçon hors du coussinet de chair sur le côté de mon doigt pour que l'ardillon ressorte, après quoi je le coupe avec la pince, ce qui me permet d'extraire la pointe sans aggraver ma plaie.

La longue masse des deux îles suivantes se profile alors que je finis de me dépêtrer du crochet. J'immerge la ligne à maquereau. Je tiens à l'œil les voiles rouges que l'arrière-plan de terre émergée camoufle. Le temps que le détroit se dessine, j'ai treize poissons vidés dans le seau à mes pieds et les mains tout ensanglantées de les avoir nettoyés.

Il y a sur la rive un vieux phare et je me rends compte, en le dépassant, qu'il se situe au point le plus méridional que j'aie jamais atteint. Quant à l'île de l'autre côté du détroit, on se contentait de la scruter, comme Barra, sans y aborder. La fois où on a poussé si loin au sud, on venait chercher des pièces détachées de turbine dans la forêt d'éoliennes renversées au cap nord de l'île, mais soudain la mer s'est bosselée de phoques morts, une bonne trentaine. On a senti les cadavres. À leur vue, Papa, qui tenait la barre, a fait demi-tour en disant que la mer était souillée, ici. Cette mer souillée justifie qu'on ne soit jamais revenus.

Vu mon tout jeune âge, l'expédition me mettait en joie. Je croyais trouver un vrai butin dans la petite ville portuaire censée se situer sur la côte est de l'île. Mais non, ce que j'ai rapporté chez moi ce jour-là, c'était une autre nouveauté – le souvenir de la peur que j'ai vue sur le visage de mon père avant qu'il songe à la dissimuler.

La mer ne semble pas souillée – aucun phoque au ventre gonflé en vue. L'air est frais, le vent soutenu. Le jour décline lorsque je prends la décision qui change tout. Je la crois alors mineure, un simple détail de trajet, la meilleure façon de naviguer dans le détroit sans m'échouer.

Jusqu'alors, je n'ai jamais dépassé cette limite sud de mon univers.

Quelque part au fond de mon esprit, une voix me souffle que ce seuil, c'est le bon endroit où rebrousser chemin. Je regarde Jip et je pense à Jess. Elle est aussi coriace que lui, mais alors qu'il garde toujours une certaine réserve, même quand il se laisse gratter ou choisit de dormir blotti contre moi en hiver, Jess donne tout. Elle remue la queue un petit peu plus vite et elle le devance toujours d'une foulée quand ils courent nous accueillir à notre retour. La voix dans ma tête se demande si c'est cette nature si ouverte qui a permis à Brand de la capturer, mais penser à la gentillesse de ma chienne ne fait que me piquer les yeux, si bien que je chasse le murmure et que je scrute le passage inconnu qui s'ouvre devant moi pour y trouver hauts-fonds et récifs. Ainsi, en me concentrant sur l'immédiat, je traverse la frontière de mon milieu familier sans prendre garde au moment précis où ça se produit.

Dans le détroit séparant Coll de Tiree, tout change. Le ciel s'obscurcit et le vent, jusqu'alors constant dans mon dos, se décale, devenant irrégulier. Comme s'il sentait lui aussi qu'une limite invisible a été franchie, Jip finit par baisser la tête et se lover contre moi sur le banc. Il garde les yeux ouverts, mais pose le menton sur ses pattes, soupire et, tout abattu, scrute la cloison aveugle du cockpit devant lui. Sa mine me décourage, mais la chaleur de son corps contre ma cuisse a quelque chose de réconfortant.

Le *Doux-espoir* fendait jusqu'à présent sans à-coups la houle puissante de l'Atlantique, mais, derrière la barrière insulaire, il se met à peiner parmi les remous soulevés par le vent. La visibilité a été bonne durant la journée, pourtant, au bout du détroit, des grains vont et viennent comme s'ils attendaient notre arrivée. En cinq minutes, l'un d'eux s'interpose entre les voiles rouges et nous, puis une bourrasque de pluie surgie de nulle part nous frappe. J'ai juste le temps d'enfiler mon ciré par-dessus ma peau de mouton. Jip se laisse tomber du banc pour filer se mettre à l'abri dans le cockpit où il s'allonge de tout son long sur un bloc de filet de pêche, de sorte que ses yeux restent braqués sur moi par l'écoutille étroite.

Le grain passé, l'éclaircie me permet de constater qu'une vaste tourmente a englouti les voiles rouges. Relevant la capuche dégoulinante de mon ciré, j'observe la tempête, sans parvenir à discerner – une première ce jour-là – la proie qui se trouve forcément devant nous. Je l'ai perdue de vue trop peu de temps pour que Brand ait réussi à s'esquiver, mais sa disparition me trouble.

La colère me rend si stupide que j'ai du mal à y croire, avec le recul. À part nos disputes familiales, qui nous étaient aussi normales que l'eau pour les poissons, je n'ai aucun antécédent en la matière, encore moins avec un étranger mal intentionné. Prendre le fusil indique que je sens d'instinct l'éventualité du danger, mais l'arc et les flèches m'accompagnent partout, tout comme toi tu trimballais un téléphone où que tu ailles dans ton monde bondé. Loin de chez soi, sans provisions, il est plus rapide d'abattre un lapin que de le prendre au piège, et chasser pour se nourrir nous était une seconde nature à tous, sur notre île comme en expédition.

Perdre de vue les voiles rouges est alarmant, mais ça contribue aussi à me détourner du chemin qui m'obsède et à m'en suggérer d'autres que mon avenir risque de suivre. Même si la dernière image que je garde de Brand, c'est ce sourire rageant, je dois envisager qu'il puisse me faire du mal. J'en doute, toutefois. Si c'était un monstre de ce genre-là, tels ceux de nombreux récits que j'ai lus, il aurait très bien pu nous tuer dans notre sommeil pour piller la maison à son gré, mais il s'est contenté de nous dévaliser et d'essayer de filer avant qu'on se réveille. Un voleur, donc, pas un tueur. Cela dit, un voleur confronté à son crime peut devenir violent.

Il se trouve que partir en chasse sans plan bien défini est une idée stupide. Presque aussi stupide que se croire doté d'une intelligence supérieure. Si je l'avais été, j'aurais rebroussé chemin. Ou alors, je l'aurais traqué jusqu'à ce qu'on se retrouve à portée de voix, puis je l'aurais abattu. Je n'étais du genre ni à abandonner ni à tuer quelqu'un.

Je n'ai changé sur aucun de ces deux points.

Mon plan futé consiste à combattre le feu par le feu. Je ne me vois pas convaincre Brand de me rendre son butin. Et je n'arriverai jamais à l'emporter sur lui par la violence. Combattre le feu par le feu signifie donc voler le voleur. Ce qui implique discrétion et ruse. La première, je sais la posséder ; l'autre, je le crois. Dans l'idée, il ne doit pas me voir. Ce qui, en mer, pose problème. Regarder alentour me permet alors de constater qu'on n'est plus sur l'océan, mais dans l'archipel intérieur. Il aura le soleil, qui se couche dans mon dos, en plein dans les yeux. Mieux, la masse sombre de Coll et de Tiree se trouve aussi derrière moi tandis que le soleil plonge vers les collines. Ma proie aura du mal à me distinguer. Et au vu du dernier croissant argenté fin comme l'ongle au-dessus des aiguilles de pierre dominant la maison la veille au soir, la nuit qui vient sera noire et sans lune.

Devant moi, au loin, j'aperçois le tertre de l'île suivante et, au-delà, la terre ferme qui s'étend de part et d'autre du grain dans lequel Brand se dissimule. Discerner les deux extrémités de l'île me permettra de voir s'il va vers la droite ou la gauche, ce qui me pousse à tenter un truc qui, sur l'instant, me paraît drôlement futé.

J'affale les voiles, puis je mouille l'ancre flottante. Avec le cône rempli d'eau et le câble tendu, le bateau restera stable malgré le vent et la marée, et moi, j'observerai, en profitant du camouflage offert par le soleil couchant et la terre à l'arrière. Brand croira qu'il m'a échappé ou que j'ai eu peur de le suivre entre les deux îles.

Mon plan si astucieux se fonde sur le fait que personne ne naviguerait de nuit, surtout par ici. Brand est un menteur et un voleur, pas un idiot. Les parages de ces îles grouillent de rochers et de récifs, et voguer dans le noir reviendrait vite à se noyer.

Le *Doux-espoir* a une ligne de flottaison basse et, bien que mon mât dénudé s'élève au-dessus de moi, je garde un genou sur le plat-bord, comme si ça pouvait m'aider à me dissimuler. Comprenant qu'il se passe quelque chose, Jip a quitté sa couche de filets pour me rejoindre.

Je garde contre ma cuisse la barre que je sens réagir aux forces jumelles du vent et de la marée pour tenir le cap. Puis, tandis que le soleil s'éclipse, refroidissant le monde, le grain se déporte sur la droite et un surcroît de visibilité me révèle les voiles de Brand contournant un promontoire que la masse de l'île derrière m'avait masqué. Il ne peut, me soufflait mon intelligence supérieure, que se réfugier pour la nuit dans une crique, voire tenter de m'échapper. Jip gémit alors que je me redresse. Je pose une main sur son crâne et je lui dis de se taire. Le bruit porte loin sur l'eau.

Je ne me tiens plus. Ce qui se passe n'est bien sûr qu'une coïncidence, mais dans ma vanité, dans ma morgue, je crois qu'il tombe dans un piège que je lui ai tendu. Tu dois savoir ce que morgue signifie. Moi, la première fois que j'ai croisé ce mot dans un livre, j'ai dû le chercher dans le dictionnaire. Si tu l'ignores, ça veut dire que tu chopes la grosse tête au point de louper la saloperie qui te tombe dessus par-derrière.

Dans ma surexcitation, sitôt les voiles rouges disparues, je hisse les miennes en oubliant l'ancre flottante. Le vent du soir, qui se lève toujours juste après que le coucher du soleil, gonfle la voilure, me prenant au dépourvu. Le bateau gîte, manquant me jeter par-dessus bord, et la barre pivote pour m'asséner un coup si violent sur la tête que je vois trente-six chandelles et que je crois avoir le crâne fêlé.

Je pousse un juron, Jip aboie sans que je lui dise de se taire – il faut que je me relève et que je règle le problème. Trois minutes plus tard, le chien s'est tu, l'ancre flottante est remontée et j'ai repris ma route, droit vers la petite île.

Je termine ma traversée avant que l'obscurité la rende trop dangereuse, mais, en vérité, ma destination n'a rien d'idéal. La rade se trouve exposée aux intempéries et les récifs y pullulent, avides de crocheter le *Doux-espoir* et d'en arracher le fond. En fin de compte, je jette deux ancres pour mouiller un peu plus loin que je n'aurais pu le faire s'il avait fait moins sombre. Je vais désangler le kayak pour rejoindre la terre à la rame. Jip, je le laisse ici. Il détestera ça, mais la discrétion l'exige : je le vois mal se retenir de donner de la voix.

Pour réussir, je ne dois compter que sur moi.

De la ruse, de la morgue, et un plan à peine ébauché.

La réussite garantie, non ?

8

La baie derrière l'océan

Plus tard, je trouverai le nom de cette baie sur de vieilles cartes, mais, depuis la mer, elle paraît trop insignifiante pour qu'on ait pris la peine de la baptiser. Derrière la porte du cockpit, Jip gronde avec réprobation alors que je fais glisser le kayak sur la proue et que je le maintiens à l'eau le temps d'y monter, avant de m'écarter du voilier en poussant sur la coque. Faute de garantie si je dois presser la détente, j'ai préféré laisser le fusil. Les munitions dont il dispose ont été fabriquées il y a un bail, et la moitié font long feu. Je n'ai aucune envie de me contenter d'un simple clic face à quelqu'un qui prendrait mal que j'essaie de l'aligner et qui réagirait plus efficacement.

La violence ne m'intéresse pas. De toutes les histoires que j'ai lues, les pires, ce sont celles qui se terminent dans la violence. J'avais une pile de vieux comics. J'adorais leurs couleurs vives, l'exubérance des scènes d'action donnant l'impression que tous ces super-héros allaient jaillir de la page et envahir mon univers. Ils se baladaient dans leurs tenues très ajustées et, même si les scénaristes essayaient de le dissimuler, même si tous ces personnages avaient l'air de s'interroger, tous les récits se terminaient par une grande bagarre. Selon Papa, c'était parce qu'on les concevait pour de très jeunes garçons, en réalité. Je les aimais bien, jusqu'à ce que je m'en lasse. Quand je m'en suis rendu compte, j'ai compris pourquoi : tout visait à préparer le combat final. Comme s'il n'y avait pas d'autre moyen que la force pour résoudre un problème. Peut-être que ton monde aimait le conflit au point d'estimer devoir y préparer les gamins en leur racontant ce genre d'histoires ou, au contraire, parce que c'étaient ces histoires qu'on vous racontait dans votre enfance. Je ne tiens pas à ce que mon histoire se termine par une grande bagarre. Tout ce que je veux, c'est récupérer ma chienne.

Je ne me sens ni super-héroïque ni même héroïque, en m'éloignant du *Doux-espoir* et en pagayant pour contourner les rochers qui bordent le rivage incurvé. J'ai la bouche sèche et mon cœur bat fort au point de couvrir le bruit du vent dans mon oreille gauche. Mon arc, d'habitude porté en bandoulière d'une manière si naturelle que je n'y fais plus attention, semble désormais me tenailler le dos au moindre geste, tel un coude pointu qui essaierait de me rappeler un truc que j'ai oublié.

Je vois bien dans le noir, mieux que Bar ou Ferg, mais la nuit tombe vite. Si je discerne les obstacles évidents, je racle un rocher en embuscade sous la surface alors que je longe avec prudence le promontoire bas. Par chance, la mer a lissé les aspérités qui auraient arraché le fond de mon kayak et mis prématurément fin à mon plan. Je godille encore un peu, puis je laisse la marée montante m'entraîner dans le chenal sans utiliser ma pagaie autrement que pour assurer mon équilibre. Je ne tiens pas à ce qu'un bruit d'éclaboussures prévienne Brand s'il surveille la baie qui se dévoile tandis que j'y pénètre en dérivant sans bruit.

Il ne surveille rien et la baie n'est pas une baie. En fait, j'ai découvert un chenal rugueux séparant la petite île de la masse terrestre à ma droite. L'autre bateau n'est nulle part en vue. Je redoute d'abord que Brand ait réussi à m'avoir en enfilant ce chenal pour retourner de l'autre côté de la petite île. Dans un moment d'angoisse absolue, je l'imagine qui, à bord du *Doux-espoir*, me vole aussi Jip en riant de moi. Mes muscles se bandent déjà de leur propre initiative pour faire pivoter le kayak quand mon esprit intervient et leur ordonne d'arrêter : mes yeux ont repéré un détail.

S'il n'avait pas débarqué, je n'aurais jamais localisé son bateau dans le noir. En fait, je surprends, issue d'un édifice qu'il explore, une lueur étrange – à cause de la fenêtre qui la délimite. Le bâtiment est vaste, et ancien, au sens où il date non pas des débuts de la Castration ou d'une centaine d'années plus tôt, mais de plusieurs siècles. J'ai croisé ce genre d'architecture dans des livres : la fenêtre en voûte, les murs en pierre, le toit aux hautes poutres que la lanterne tenue par Brand a brièvement illuminé. Ce n'est pas un château mais une église, bien sûr. Et même une abbaye. Mais il s'agit surtout d'une opportunité. Car l'autre repère que cette lueur surgie dans les ténèbres comme une forme découpée par des ciseaux bien aiguisés a souligné, c'est la silhouette du mât de son navire. Il l'a aligné et amarré contre une jetée en pierre, si près que j'aurais pu le longer en pagayant dans le noir sans le voir.

Je retrouve le moral. Puisque Brand n'est pas à bord, il me suffit de m'approcher en kayak, de m'amarrer à sa rampe de poupe et de monter tirer Jess de la cabine où elle doit être enfermée, puis de regagner le *Doux-espoir* sans que mon voleur se doute de quoi que ce soit.

J'agis vite, à l'instinct. Le kayak glisse sur l'eau sans un bruit. Il fait partie de moi : je n'ai pas plus besoin de penser à le diriger que toi de penser à comment nager ou courir.

Une fois à côté de son bateau, je compense l'inertie de la marée en posant ma main contre le bordé. Je n'entends que le clapotis des vagues et le vent dans le gréement, alors je plaque une oreille contre la coque, mais je ne capte pas plus de bruit sous le pont.

Je hale le kayak jusqu'à la proue, utilisant une main après l'autre et veillant à ne pas heurter bruyamment la coque, avant de l'attacher à l'aide d'un nœud qu'une traction suffira à défaire.

Monter sur son bateau me paraît bizarre. Je ne me sens pas à ma place. Même si cet homme nous a dépouillés, c'est chez lui. Je refoule cette impression de mon mieux, traverse en catimini le cockpit pour gagner l'escalier d'accès aux cabines et mets l'oreille contre l'écoutille, fermée. Aucun bruit. Ni humain ni – et c'est ce que j'espérais entendre – canin. Je crains que Jess me sente et se mette à gémir ou, pire, à aboyer. Je ressors la tête pour regarder vers l'île, au cas où Brand serait sur le chemin du retour, mais la lumière sort toujours par la fenêtre de l'abbaye, ce qui doit indiquer qu'il s'y trouve.

Je prends le risque de siffler. Aucune réponse de derrière la porte. Ce qui n'a rien de surprenant : une fois que j'ai ouvert l'écoutille et jeté un coup d'œil dans la cabine, je ne vois ni chienne ni Brand. En revanche, c'est un beau foutoir. Il y en a partout – des caisses, des bouteilles, des pièces détachées et des sacoches qui, à juger par l'odeur et la taille, contiennent nos poissons séchés. De grands sacs pendent du plafond. Le seul espace libre, c'est la table à cartes. Je n'aimerais pas qu'une mer agitée me cantonne dans ce réduit. Me baissant pour éviter les sacs, je me fraie un chemin jusqu'à la petite porte dans la cloison. J'y vois l'endroit idéal pour enfermer un chien pendant qu'on part explorer une île : dans la cabine avant, derrière cette porte en bois fin dotée d'une grille en lamelles métalliques.

Je siffle de nouveau. Aucune réaction derrière le battant. Brand a dû emmener Jess à terre. Du bout des doigts, je trouve un cadenas muni de sa clé, mais déverrouillé. Je le retire. La porte pivote, révélant une obscurité soutenue et une puanteur qui l'est davantage. Toutes deux me dissuadent de m'aventurer là-dedans à tâtons. Je rajuste le cadenas sur le moraillon avant de m'accroupir – sentant le ressac sous mes pieds, je tente de surmonter ma déception. Mon plan simple a coulé à pic. Je vois mal ce que je peux faire. D'ailleurs, je ne vois rien dans cette cabine encombrée, par cette nuit sans lune. Ça peut venir de l'odeur des poissons. J'ai l'impression d'être Trucmuche dans le ventre de la baleine. Tu connaissais l'histoire ? Pas celle de la Bible, une meilleure. Celle du fabricant de jouets dont le petit garçon n'est pas ce que tout le monde croit, mais un pantin de bois. Pinocchio, c'est le nom du garçon, pas celui du vieux dans le ventre de la baleine. Son nez s'allonge chaque fois qu'il dit des mensonges. Il n'est ni mauvais ni méchant, ce quasi-garçon, seulement pas assez grand pour avoir un cœur. Ce conte qui me plaît, Bar dit qu'il me correspond, surtout après que Joy a disparu et qu'on a dû s'adapter coûte que coûte.

Bref, cette infection et ces ténèbres m'ont déclenché une attaque de ce que Brand appelle la bougeotte. Il me faut vaincre la panique en m'efforçant de calmer ma respiration. C'est Bar qui m'a appris ça, ainsi que la différence entre la panique et la peur. La peur n'a rien de répréhensible – elle a son utilité dans les circonstances adéquates, quand il s'agit d'adopter une réaction adaptée à un danger. La panique ne sert qu'à perdre la boule et – l'issue la plus probable – à se jeter dans la gueule du loup.

Je ne vois vraiment pas grand-chose dans cette cabine. En regagnant le cockpit à tâtons, je me cogne les tibias sur une arête dure, puis un autre objet m'entrave et je m'affale sur la table à cartes en me cognant au passage la tempe contre un sac suspendu. La carte fixée par des aimants dérape et, sous l'impact, se déchire un peu. Je me rétablis en plaquant une main sur la cloison, et quand je tends l'autre pour m'aider à me redresser, je sens une piqûre d'abeille : je viens de me planter dans le gras du pouce l'aiguille de l'un de ces trucs qu'on utilise pour tracer des cercles. Je la retire avec un juron, avant de suçoter la plaie minuscule mais douloureuse.

Je prends le temps de réfléchir. La grande feuille qui a glissé sous moi m'a donné une idée. Brand doit tenir à cette carte. C'est ainsi qu'il se guide. Je vais donc la lui piquer. Une fois debout, je la plie et la glisse dans mon manteau sans manches, puis je regagne le cockpit. Sans m'en rendre compte, j'ai dégainé le couteau à ma ceinture : je me suis dit que ce serait une bonne idée de trancher les cordages, voire de taillader les voiles. Saboter ne me vient pas naturellement – j'ai passé une trop grande partie de ma vie, comme nous tous, à fabriquer, réparer, rafistoler, redonner de l'utilité. Et un bon bateau en état de naviguer, même celui d'un salaud, reste un truc que je ne me sens pas en droit d'endommager. On appelle ça un scrupule. Il y a toutefois d'autres façons de le ralentir.

Baissant la tête, je regagne avec précaution la cabine, puis la porte de la cabine avant dont j'emporte le cadenas. Un œil sur la fenêtre éclairée à terre, je longe le bateau et j'atteins la chaîne d'ancre que je hisse jusqu'à obtenir assez de mou pour pouvoir la cadenasser à un anneau fixé sur le pont. Si l'on en arrive à ce qu'il me poursuive et veuille appareiller vite, il aura du mal avec une ancre empêchée de remonter. Visualiser la scène me tire un sourire. Et même si je n'ai pas endommagé le bateau, je m'offre le petit plaisir de lâcher la clé dans l'eau sombre de l'autre côté du plat-bord.

J'envisage bien de piller sa tanière, quitte à emporter des affaires avec lesquelles, au pire, négocier la restitution de ma chienne, mais, en restant à bord, je me sens sale. Bizarre, je sais. Même si maintenant, je ne me l'explique pas, c'est l'impression que j'ai alors. Ça ne vient pas du fait que je commets une violation de propriété, non. Ça vient du bateau même. Cette puanteur dans la cabine avant, on ne la sent pas qu'avec ses narines. Une histoire s'y rattache et, bien que j'en ignore la teneur, je la devine aussi triste que détestable. Je le répète, je ne crois ni aux fantômes ni aux créatures imaginaires. Mais je crois aux atmosphères. Et l'atmosphère sur ce bateau dans la nuit noire, sans occupant, sans lune amicale dans le ciel, me paraît plus vivante qu'elle ne devrait. Comme si on m'observait, me surveillait, attendant que je commette une erreur. Simple atmosphère, simple impression, admettons – sauf que cette chose voit mieux dans l'obscurité que moi.

Je saute dans mon kayak avant que l'ambiance me glace davantage les os, alors que la nuit est douce pour la saison. Contrairement à ce que j'ai prévu, le nœud d'amarrage ne se défait pas d'un coup, et je mets plus longtemps à le démêler que je n'aimerais, mais mon kayak peut enfin s'éloigner et, mes bras gonflés par le soulagement, je pagaie vers la terre « ferme » qui se révèle glissante : des fucus vésiculeux et du varech tapissent les rocs. Retrouver le plancher des vaches me soulage, même si je dois pister Brand dans le noir sans plan adéquat pour l'affronter ou – mieux – récupérer Jess à son nez et à sa barbe.

Je traîne mon embarcation dans l'herbe au-dessus de la ligne de marée, puis regarde alentour sans parvenir à repérer le canot du voleur, mais il y a tant de creux et de bosses dans l'obscurité que je passerais un temps fou à chercher. Je renonce donc à mon vague projet de le flanquer à la baille pour me diriger vers l'église.

L'herbe formant un tapis souple, je marche sans mal à pas de loup, mais, même si je faisais plus de bruit, j'entendrais ce qui me fige sur place.

C'est de la musique, évidemment. Elle n'évoque cependant ni nos chants autour du feu, ni les trilles de Bar sur le flûtiau qu'elle a trouvé emballé avec son livret dans la boutique abandonnée de l'Art Centre sur Uist, ni les accords que Ferg tire des guitares qu'il récupère.

On croirait des anges en pleurs.

Je sais que les anges n'existent pas plus que les fantômes, mais s'ils existaient et s'ils pleuraient un truc immense – la mort du monde, par exemple –, voilà ce qu'on entendrait. Car les anges sont censés être purs, et cette musique est un ensemble que je découvrais, où domine la pureté. Nette, soutenue, la mélodie s'élève, puis les notes aiguës ayant atteint l'apogée pour danser leur ballet retombent avec une tristesse et un désespoir inévitables qui me trouent le cœur et me nouent la gorge au point que, malgré mes efforts, je n'arrive plus à déglutir. J'en ai les larmes aux yeux. Cillant pour les chasser, je pense à Joy. J'ai déjà senti ce trou dans ma poitrine, quand sa chute nous l'a arrachée. Écouter ce chagrin terrible se répercuter dans l'église ravive son souvenir, mais me donne aussi la sensation d'avoir commis une trahison en laissant les années estomper la perte. Oublier, c'est trahir un peu, même si le chagrin finit toujours par s'atténuer. Je suppose que le temps ne peut que tout émousser.

Ma petite taille m'interdisant de regarder par la fenêtre pour voir ce qui produit ces harmonies, je tourne l'angle du bâtiment afin de rejoindre la porte – entrebâillée, elle laisse jaillir un trait de lumière sur l'herbe au-dehors. Je frôle le mur en pierres antiques tout du long. Enfin, je peux jeter un coup d'œil dans l'église.

Le bruit vient de Brand, bien sûr. Il a une lanterne à ses pieds et il a allumé un feu sur les dalles au centre de cette salle caverneuse. Je n'ai jamais vu de plafond si haut – il disparaît tout le temps dans les ombres projetées par les flammes du petit foyer.

Vêtu du manteau de mon père, Brand a un violon logé sous la longue pointe rouge de sa barbe. Me tournant le dos, il promène un archet sur les cordes. Paupières closes, il se dandine, sa longue chevelure se balançant en contrepoint de sa danse. Sa musique paraît un rêve qu'il échafaude et dans lequel il se perd.

Comme il a les yeux fermés, je l'observe plus longtemps que je ne le voudrais, et comme il joue une musique si belle, si inattendue, si nouvelle, je cesse – un instant – de penser à Jess et à réussir à la récupérer.

Se perdre dans la musique. On disait ça, autrefois. Sur Eriskay, il y a une maison dont une étagère porte non des livres, mais de fins étuis en carton imprimés de couleurs vives contenant des galettes en plastique noir. D'après Papa, ce sont des disques qui emprisonnaient la musique, mais l'appareil pour la jouer se trouve sur une table près d'une fenêtre brisée du côté de la bâtisse le plus exposé aux éléments, si bien qu'on ne la libérera jamais. À défaut, j'ai passé un jour entier à sortir les étuis l'un après l'autre pour les étudier. L'un des disques s'intitulait *Se perdre dans la musique* : je me rappelle que les quatre personnes sur la pochette me ressemblaient. Enfin, ils n'avaient pas mes traits, mais une couleur normale, la nôtre, au lieu du blanc froid de Brand, dont la peau laiteuse et les yeux d'océan détonnent dans le feu de ses cheveux.

La musique – même ce merveilleux violon –, c'est un piège aussi subtil que d'autres. Si je faisais attention, j'entendrais le truc qui se faufile dans mon dos : il gronde, aboie et me percute entre les omoplates pour me projeter par la porte coincée. Sous le choc, je m'évanouis avec un grognement surpris.

9

Y en a

Le monde est revenu, et il m'oppresse. Un poids écrasant plaque ma hanche et mon genou contre le sol en pierre. C'est cette souffrance, surtout, qui fait que je me retrouve dans l'obscurité, sur le flanc, les yeux dans les flammes, la joue sur les dalles. Mon front m'élance là où il a heurté le bord de la porte à l'endroit précis où la barre l'a percuté auparavant. Il me semble avoir le crâne fêlé.

Quand je veux le tâter pour voir si je saigne, je découvre que j'ai les mains bloquées dans le dos – pas moyen de les bouger. Je panique au point de me débattre pour tâcher de me relever, de me libérer, et le poids écrasant – Brand, bien sûr – finit de me ligoter les poignets avant de se redresser.

Mon genou et ma hanche s'en portent tout de suite mieux, mais le regard qu'il me lance en s'écartant n'a rien pour me soulager, lui : froid, féroce, aussi menaçant que le couteau qu'il prend sur la chaise près du feu et qui possède une lame tranchante comme un rasoir – je le sais parce que c'est mon couteau et que je l'aiguise à chaque fois que je m'en sers.

Où ils sont ? il demande.

Qui ? je réplique sans pouvoir m'en empêcher.

Les autres, il fait. Ton père. Ton frère. Le reste de ta famille. Tu ne serais pas venu tout seul.

Le feu crépite. Le sang bat à mes tempes. Mon crâne va se fendre.

Dehors, je dis à présent que j'ai eu le temps de réfléchir.

Il me regarde.

Vous avez volé ma chienne, j'ajoute.

Ils sont venus à combien ? Ne mens pas, et ne les appelle pas, ou je te coupe la langue.

Vu le choix offert, mieux vaut que je m'abstienne de l'un comme de l'autre. Je me le tiens pour dit.

À combien ? il répète.

Vous n'auriez pas dû me prendre ma chienne.

Il m'observe toujours, mais la tête penchée. Je vois bien qu'il tend l'oreille.

Je reprends mes esprits : je me rappelle ce qui s'est passé de l'autre côté des ténèbres d'où on vient de me tirer, et je me demande ce qui m'a frappé par-derrière tandis que mon voleur jouait sa magie nostalgique dans la nuit. Le Brand campé devant moi paraît très différent du musicien replié sur lui-même et perdu dans le rêve de sa création. Celui-ci est sur les dents, les nerfs à vif, tous les sens aux aguets.

Soudain, il porte deux doigts à sa bouche et siffle. Fort. Dans les aigus. Deux fois.

Une réponse vient de l'obscurité derrière la porte. Un aboiement. Pas celui de Jess ni de Jip, pas un aboiement de terrier, clair et rauque à la fois – plutôt un grondement dans les basses, le bruit d'un gros animal.

Assez pour percuter quelqu'un dans le dos et le projeter contre le bord d'une porte.

Brand me toise. Tu restes là, il dit. Tu ne bouges pas. Tu ne cries pas. Si tu obéis, peut-être que tu garderas ta langue.

Puis il se faufile hors de l'église au pas de course, la tête baissée, me laissant contempler les ombres projetées du feu qui dansent sur le haut plafond en voûte.

Menteur, je me dis. Voleur, menteur.

Son chien n'est pas mort. Mais où est Jess ?

Ça n'a aucun sens. Il l'a volée, mais elle n'est ni sur le bateau ni ici. Elle aurait aboyé en sentant mon odeur. Peut-être qu'il lui a fait un truc atroce. Ou qu'elle a sauté à la mer pour rentrer à la nage et s'est noyée. Dans mon obsession à ne pas perdre les voiles rouges, j'ai pu louper la tête d'une chienne pétrie de loyauté. Je l'imagine aboyant, soulagée de me voir approcher, puis regardant le *Doux-espoir* s'éloigner, la laissant seule et perplexe dans ce désert de vagues, tandis que le froid l'emporte.

Les idées se répètent, les images empirent, se précisent. Plus j'essaie d'éviter de penser aux derniers instants de ma chienne, plus ils s'imposent à moi. Le vent a pu couvrir un aboiement, Jip ne pas sentir une odeur. J'en ai le vertige. Ma conviction s'accroît. On l'a trahie. Je l'ai trahie.

Ça me fait aussi mal que de perdre Joy. C'est même pire, car je n'étais pour rien dans la disparition de ma sœur. Le temps que Brand revienne, après ce qui me paraît une bonne heure, j'ai acquis la certitude que Jess est morte, et de la façon épouvantable que j'ai imaginée.

À son entrée, je le trouve plus grand qu'à son départ. Plus lent, plus calme – il ne baisse plus la tête. Un gros chien au poil fourni le suit, gris et noir, la tête blanche, les yeux les moins canins imaginables – bleus, tels ceux de Brand, mais je ne les verrai jamais se réchauffer. Eux restent froids et fixes. Les chiens détestent soutenir le regard. Pour Saga, il en va autrement. Un rocher ne lui ferait pas baisser les yeux.

Bon chien, il dit. Assis.

Le chien s'assied face à moi et m'observe. Brand a utilisé des chaises pour faire le feu. Il dispose d'une belle réserve. Elles s'alignent derrière lui, rangée après rangée, en attente de fidèles qui ne viendront plus. Il saisit la plus proche, la réduit en petit bois à coups de talon, puis nourrit le foyer qui est devenu en son absence un monticule gris et rouge. Une étagère murale porte des livres rouges assortis. Il en sort un, lui arrache des pages qu'il insère entre les braises et le bois, attise le feu à l'aide de sa couverture. Enfin, il démantibule un autre siège dont il rajoute les morceaux sur les flammes crépitantes.

Il prend une chaise, l'approche du foyer pour pouvoir s'y asseoir et se chauffer les mains tout en me surveillant.

Tu es venu seul, il dit. Je ne m'y attendais pas.

Je garde le silence.

Pas besoin que tu confirmes, il dit en désignant l'animal d'un coup de menton. Saga et moi, on a sillonné l'île. S'il y avait d'autres personnes, elle les aurait senties.

Je ne sais pas si tu as déjà eu les poignets attachés. C'est horrible, surtout dans le dos. Sans l'usage de ses mains, on est exposé à tout. On a du mal à respirer normalement. Brand me regarde et il fait ce machin troublant dont il semble parfois capable : entendre ce que tu te dis dans ta tête. Il sourit. Sans méchanceté, avec chaleur.

Tu peux parler, il reprend.

Il tire mon couteau de sa ceinture et le fiche dans l'assise de la chaise voisine. L'arme reste plantée, à refléter la lueur du feu dans ma figure.

Je ne vais pas te couper la langue, il ajoute. Ce serait terrible d'infliger ça à quelqu'un. J'aï dit ça pour attirer ton attention. Histoire que tu te taises.

Je continue à me taire. Encore une fois, avoir les mains ligotées dans le dos rend impuissant. Comme je ne contrôle plus que mes mots, je détourne la tête en serrant les dents pour me retenir de parler.

Ce n'était qu'une menace, il dit. Ne le prends pas mal. Quand on profère un mensonge, il vaut mieux y mettre une note de vérité pour le rendre convaincant, non ? Avec une menace, il faut ajouter une image spécifique qui s'implante dans l'esprit de ta cible. Elle la remâche, ce qui l'aide à bien digérer la menace. En un rien de temps elle l'intègre et elle y croit beaucoup plus volontiers qu'à de simples mots, tu vois ?

Je ne vois pas, mais je me demande qui lui a enseigné cette ruse dans le vaste désert du monde. Et sur qui il l'a pratiquée. Il l'a peut-être dénichée dans un livre.

Mon silence le dérange, je crois.

Dis quelque chose, il lance. Les tiens, ils te suivent ?

Saga aboie après moi. Ce bruit profond et la proximité de ses crocs m'arrachent une phrase sans que je le veuille.

Où est Jess ?

Qui ? il demande.

Ma chienne. La chienne que vous avez volée.

Jess, il répète. Et il se penche en arrière avec un sourire en grattant Saga derrière les oreilles pour la récompenser de m'avoir extirpé une réaction.

Je ne connaissais pas son nom d'avant, il dit. J'allais la baptiser Freya.

Qu'est-ce vous lui avez fait ?

J'ai dû la punir. Elle avait mordu Saga.

Bien, je me dis. Bon chien, Jess.

Je l'ai enfermée dans un appentis par là, il dit en pointant son doigt. Tout petit, rien à bouffer. Après sa nuit à même le sol, elle se tiendra mieux ou elle restera affamée.

Un chaud soulagement monte en moi, balayant les images d'une mort solitaire au milieu des vagues.

Ici, c'était un lieu saint, il dit en regardant alentour. Cette table, là-bas, c'était l'autel. Où ils faisaient leurs sacrifices et le reste. Il y a une plaque avec une inscription dehors, près de l'appentis. Elle explique tout. Si tu sais lire. Elle ne parle pas que de l'église, mais de l'île entière.

Je ne veux pas l'écouter parler. Surtout de cette façon, amicale, posée, comme s'il ne menaçait pas de me couper la langue il y a un instant.

Donnez-moi ma chienne.

Y en a, il dit.

D'autres ? Je m'en fiche. Vous l'avez volée.

Il me regarde d'un air bizarre, puis il sourit, lève les yeux au ciel et lâche un rire.

Non, il dit, c'est le nom de l'île.

Un nouveau sourire, puis il l'épelle.

I-O-N-A. Iona. Pas Y-en-a.

Son regard redevient froid et grave.

Je veux ma chienne, je dis. Vous l'avez volée.

Tu n'as que ce mot à la bouche, il dit. Volée.

Normal, je fais. Vous êtes un voleur.

À relire ce que je disais près du feu dans ce lieu sombre rempli d'écho, on croirait que j'avais du courage, mais non. J'étais en colère, j'avais peur, et mes mains attachées dans mon dos me laissaient sans protection. Comme bouclier, je n'avais que mes paroles.

Un voleur, hein ? il dit. On croirait qu'il découvre le mot. Un voleur ? Mouais. Ça n'a pas l'air bon.

On s'en fiche de quoi ça a l'air, je dis. Rendez-moi ma chienne. Et les poissons. Et le manteau de mon père.

Il sourit en baissant les yeux sur le ciré jaune.

Un chouette manteau, mais à moi, il dit. Je l'ai troqué. De même que la chienne : elle était à toi, elle est à moi.

C'est faux, je dis.

Comment est-ce que tu le saurais ? il dit. Tu dormais.

Il me regarde sans détour, avec franchise. Dans ses yeux, il n'y a aucune accusation. Peut-être une vague déception.

Ah, Griz ! Je nous croyais amis, il dit. Ton père comprend la nature d'une proposition. Le troc n'est pas du un contre un. Il tenait à sa pièce détachée d'éolienne et, pendant ton sommeil, on a trouvé un accord.

Le sourire chaleureux et le ton suave me déstabilisent, au point que je doute pendant une seconde. Est-ce que j'ai filé avant que quelqu'un puisse me dire que je me trompais ? Est-ce que la turbine déchargée sur la rive m'a échappé ? Tous les autres étaient-ils trop malades pour me retenir en me disant la vérité ?

Et un menteur, je dis. Un voleur et un menteur.

Ah, Griz ! il fait. Des mots pareils, c'est un poison pour l'amitié, tu vois ?

Je sais que vous mentez, je dis. Si vous aviez passé un marché, vous n'auriez pas fui et vous ne m'auriez pas demandé si le reste de ma famille me suivait. Un homme honnête n'aurait jamais réagi comme ça.

Son sourire ne flanche guère, je dois le reconnaître.

Ma foi, il dit, personne n'aime qu'on pense du mal de lui.

Vous devriez me relâcher, je dis. Ils arrivent. Ils étaient juste derrière moi.

Il secoue la tête.

Ça fait deux menteurs, il dit. Et dans une église. Double dose de poison. Tu ne crois pas ?

Je me tais. Aucune des réponses qui me viennent aux lèvres ne paraît digne d'expression. Il s'étire, puis il pousse un pied de chaise vers le cœur du feu.

Ils ont empoisonné les chiens, tu sais ? il demande. À la fin. Ils leur ont donné une saloperie quelconque. C'est pour ça qu'il n'y en a pas plus. Qu'ils sont si rares.

Je garde le silence. Il n'aime pas ça. S'il a une faiblesse – et j'ignore toujours si c'en est une –, c'est de détester le silence en société. Il aime parler. Il aime être au centre de l'attention. Peut-être parce qu'il passe tant de temps seul. Je vis avec quatre personnes – autrefois cinq. Je n'ai nul besoin de me faire entendre. Si je veux savoir comment je parle, il me suffit d'écouter Papa, Bar et Ferg. Ils parlent exactement comme moi.

Les vieux saligauds avaient peur que les chiens forment des meutes, il dit. Voilà pourquoi ils les ont empoisonnés.

Je pourrais lui demander comment il le sait. Parce que, bien sûr, c'est forcément un truc qu'il a entendu, remontant à une époque où ni lui ni moi n'étions nés. Une fable. Une rumeur. Un mensonge. Une histoire. Je garde le silence.

Ce qu'ils leur ont donné, ça a surtout affecté les chiennes, il dit. À ce que je vois, celles qui restent ont des portées qui contiennent moins de femelles qu'avant. Moins de femelles, moins de chiens à terme. Seuls, les mâles ne se reproduisent pas. Des mâles en meute qui ne peuvent pas se reproduire ? Tu peux comprendre qu'ils deviennent méchants, Griz. Tu es assez grand pour qu'on croie que ton corps te le donne à ressentir, mais tu n'as pas encore de poil au menton, donc tu n'as peut-être aucune idée de l'effet que ça te fait de désirer sans pouvoir avoir. Quand ça viendra, souviens-toi bien de ce que je dis. Les hommes qui ne peuvent plus se reproduire sont les créatures les plus redoutables au monde.

Le regard qu'il m'adresse me déplaît, mais il se reprend vite, comme si sa surprise égalait ma gêne, et, haussant les épaules, il le remise dans le recoin d'où il a jailli.

En tout cas, il dit en grattant Saga derrière les oreilles, les chiens restants sont peut-être moins nombreux, mais ils sont clairement plus dangereux. Au lieu de résoudre le problème, les gens de l'Avant l'ont juste concentré, assombri. Comme un bouillon d'os.

Si je n'ai jamais entendu le terme, je sais ce qu'il désigne – on a toujours une marmite qui mijote sur le fourneau. J'ai l'impression de la sentir, et son odeur évoque le bien-être, la sécurité, l'opposé de ma situation actuelle : en grand danger et le moral à zéro.

Il y a peut-être du vrai dans cette histoire de chiens empoisonnés. Peut-être. Bousiller la capacité d'une pauvre bête à engendrer une portée normale, ça évoque drôlement ce qui est arrivé au genre humain. Si j'étais d'humeur à discuter, je répondrais que la Castration me semble la cause la plus probable de la raréfaction des chiens. Je vois mal l'humanité d'autrefois – les Boumeurs – céder à l'envie puis prendre le temps d'administrer aux chiens un produit nocif par pure méchanceté.

À ce moment-là, j'ignore encore quelle méchanceté les Boumeurs ont pu montrer. Je me demande juste qui pourrait vouloir empoisonner des chiens. Ça me paraît absurde. Mais j'ai grandi sur une île. Je n'ai jamais vu ce qu'une meute de chiens ou de loups peut faire quand elle a soif de sang. Ça viendra plus tard.

Il tend la main dans son dos et tire à lui une sacoche dont il sort un sac de couchage.

Maintenant dodo, il dit. Pour moi comme pour toi. Passer une nuit à même les dalles ne te fera pas de mal. Et si tu as froid, tu ne pourras t'en prendre qu'à toi. Reste près du feu et ne tente rien. Je ne suis peut-être pas du genre à couper la langue de quelqu'un, mais Saga t'égorgera en un clin d'œil. Je l'ai vue faire. Et tu peux me croire sur parole.

Et sans autre forme de procès, il se fourre dans son sac, s'allonge et ferme les yeux. La chienne se couche entre nous deux en gardant les siens ouverts et fixés sur moi.

Comme je ne risque pas de dormir dans cette position, je tâche de calmer ma respiration et de soutenir son regard.

Une heure plus tard, mon inconfort a empiré plus que tout et mes mains s'engourdissent.

J'envisage de réveiller Brand pour le lui dire, mais, alors que je m'apprête à passer une nuit blanche, le sommeil me tombe dessus.

10

Pagayer à l'aveugle

Le réveil, c'est l'horreur. J'ai si froid, je suis si raide, que j'entends mes os craquer quand j'essaie de me dresser sur mon séant. J'ai mal partout. Et ma migraine a empiré. Mon œil a enflé au point de se fermer et il est si collant que je dois faire toute une gymnastique pour arriver à l'ouvrir. Mais une pâle lueur entre par les fenêtres en ogive et me réchauffe un peu, bien que le feu soit réduit à des cendres. Par ailleurs, Saga a disparu.

Brand, assis sur une chaise, remballe son couchage.

Voilà ce qui va se passer, il dit alors que mon cœur saute un battement quand je le vois retirer le couteau de la chaise. Je dois partir. Au cas où tu dirais vrai, que ta famille arrive, je ne veux pas traîner. Le jour se lève et on voit les rochers dans l'eau.

Il éventre vite fait deux livres rouges à l'aide de sa lame, et jette les pages sur les braises, puis casse une autre chaise à coups de talon et met le petit bois par-dessus.

Souffle là-dessus et ça repartira, il suggère.

On voit bien qu'il est beaucoup trop pressé pour ranimer le feu à ma place.

Je ne suis pas un monstre, il dit, mais je fais ma vie, Griz. Crois-moi. Je n'ai aucune envie que toi et les tiens, vous me suiviez. Vous êtes à l'abri là-haut, sur votre île loin du monde. Restez bien tranquilles. De temps en temps, il y aura du monde pour débarquer et vous piquer un truc, mais vous vous en sortirez. Tu sais ce que c'est, une taxe ?

Je le sais, mais je secoue la tête.

C'était un truc que les gens payaient, de l'argent qu'ils sacrifiaient. Il servait à ce qu'on les laisse tranquilles, qu'on les aide, à ce qu'on m'a raconté. Alors quand on passe, moi ou quelqu'un d'autre, ce qu'on prend, c'est une taxe.

Ça ne tient pas debout. Je m'intéresse beaucoup plus à la manière dont il soupèse son couteau.

Si je te vois bouger avant que je m'en aille, il dit, je vais le prendre mal.

Vous devez me délier les mains, je dis.

Ce n'est que de la corde, il dit. Et je te laisse ton couteau. Tu as dû voir un cimetière en venant. Dedans, il y a une pierre tombale différente. Je poserai ta lame dessus. Il te faudra attendre le plein jour, mais tu la trouveras. La pierre attirera ton attention – obligé. Je ne suis pas un monstre.

Saga surgit dans son dos, en cliquetant, car elle mène Jess par une chaîne rouillée. Ce lien, elles l'ont au niveau du cou. Il a la bonne longueur pour que la plus grosse puisse mordre la plus petite qui doit boiter à ses côtés, deux pas pour un – sans pouvoir mordre, elle, du fait de sa muselière.

Ça ne l'empêche pas de gémir d'excitation quand elle me voit. Sa queue bat si fort que son arrière-train bouscule Saga qui gronde, puis la mord. Deux fois. La muselière n'étouffe guère la plainte de Jess qui tente de lui rendre la pareille, vu qu'aucun terrier n'a jamais su céder du terrain, mais elle ne parvient qu'à donner un coup de museau dans le flanc de Saga qui la domine de toute sa taille, et ne récolte en retour qu'un feulement et une nouvelle morsure à l'endroit précis des deux autres.

Enchaîner le nouveau cabot au vieux, ça lui apprend les bonnes manières, Brand dit. En un rien de temps, on l'aura brisé.

Voir la souffrance et la confusion dans les yeux de Jess, c'est pire que l'image de sa noyade solitaire que je m'étais mise dans la tête. Elle me dévisage. Il n'y a qu'une réponse possible à la question dans son regard – tu ne m'aides pas ? Mon corps réagit avant que mon cerveau l'anticipe. Je me lève d'un bond, me rue vers elle, et Brand s'interpose et me frappe du plat de la main au sternum, ce qui m'endolorit, me coupe le souffle et me fait reculer en titubant. Sans l'usage de mes mains pour rétablir mon équilibre, j'ai toutes les chances de me fracasser le crâne sur les dalles.

Comme s'il en avait conscience, il se précipite et me rattrape par les revers de mon gilet. L'espace d'un instant, on se retrouve face à face, et j'ai bien envie de lui donner un bon coup de tête dans le pif, mais Jess gronde, plonge vers moi pour essayer de me défendre, et Saga la mord encore, fait volte-face et détale, la traînant dehors.

Une fois de plus, ma chienne a de meilleurs instincts que moi. Une fois de plus s'impose à moi la pire vision de ma vie – Saga la traînant derrière elle comme une patte cassée.

Brand m'assied sur l'une des chaises, enfile son sac à dos, puis ramasse un étui qui doit contenir son violon et son autre identité.

La briser ne veut pas dire qu'elle gardera des séquelles, il dit, mais qu'elle aura la bonne attitude, qu'elle saura à qui va sa loyauté maintenant. Et ne t'en fais pas. Je la traiterai bien tant que je l'aurai. Elle est pleine de fiel, comme toi. Un truc que j'apprécie chez un cabot.

Un nuage revient assombrir son visage.

Ça ne veut pas dire que je l'apprécie chez toi, il fait. Ni que je t'apprécie, toi. Je ne veux plus te revoir. Autrement, jeune Griz, ça ira mal – il y aura peut-être un mort. Donc, tu restes là jusqu'à ce que le soleil soit au zénith et que j'aie disparu à l'horizon.

Il indique la direction d'un coup de menton.

Rentre chez toi et restes-y, il dit. Le monde n'est pas ce que tu crois, mais peu importe, ici, tout au bord. En revanche, il est vraiment désert. Inutile de m'y chercher. Quand je parle de disparaître, je ne plaisante pas.

Vous m'avez volé ma chienne, je dis.

Encore ? il soupire. Tu radotes.

Il esquisse un salut, un sourire, se détourne, puis sort, me plantant là avec les chaises, les livres moisis et un feu que je n'ai aucune envie d'entretenir. Du coup, je me lève et je fais le tour de l'église pour trouver de quoi couper la corde.

Une lueur métallique m'attire derrière l'autel, mais il n'y a là qu'une croix sur trépied, sans bord tranchant. Je frotte mes liens sur l'un des angles de l'autel, mais l'arête est trop émoussée et la corde trop résistante.

Alors la colère me reprend et je me retrouve sur le seuil à regarder vers là où le bateau était ancré : l'eau, rien d'autre. Je m'avise soudain que si je ne le vois pas, il ne me verra pas non plus, donc je sors de l'église et je cherche le cimetière. Il est moins envahi de mauvaises herbes que je ne l'aurais cru, pour une raison évidente, même si le premier mouton que j'aperçois du coin de l'œil me fait sursauter : je l'ai pris pour Saga. Bref, il y a des moutons sauvages – je vois trois brebis et un bélier me surveiller pendant que je m'aventure dans le jardin de pierre. Je m'attendais à ce qu'il soit plus vaste, mais c'est une petite île et, outre l'église, les édifices que je distingue encore ne pouvaient pas accueillir beaucoup de monde.

Toutes les pierres tombales sont rectangulaires, usées par les intempéries. Je ne prends pas la peine de lire les noms, contrairement à ce que je fais quand je longe des stèles sur les Uists. Je me contente de rejoindre la seule qui soit ronde – un rocher que personne n'a retaillé.

Il porte une inscription gravée annonçant que je me tiens sur la sépulture d'un nommé Smith. Mon couteau se trouve dans l'herbe à l'ombre du rocher. Je me cale contre la pierre tombale, je plie les genoux afin que mes mains atteignent la poignée derrière moi, puis je me redresse. Sans un mot, je dis merci : même si les fantômes n'existent pas – quand on est mort, on le reste –, ça paraît poli. Je regagne l'église, je recule contre l'épaisse porte, je pique la pointe dans le bois de toutes mes forces, je mets mes poignets de part et d'autre de la lame et je commence à scier.

Le couteau tient mal. Je dois le ramasser comme je peux et le replanter deux fois avant de réussir à me libérer. Une fois que je retrouve l'usage de mes mains, je pousse un cri perçant et j'escalade en courant la pente jusqu'à la crête de l'île pour jeter un œil sur le *Doux-espoir*.

Qui a disparu.

Si Brand ne l'a pas pris en remorque – au loin, je repère ses voiles rouges –, il a dû en trancher les amarres, peut-être afin de se venger de mon sabotage. J'aperçois ensuite mon voilier, plus proche, mais trop distant pour que je le rejoigne à la nage. D'autant qu'il continue de s'éloigner, poussé par la marée.

Mon cœur bat fort, mais je maîtrise ma peur en dévalant la pente pour atteindre l'autre côté de l'île, où se trouve mon kayak. J'irai vite en pagayant, plus vite que la marée : même si ça prend du temps, je rattraperai mon bateau.

Il le faut. Parce que c'est mon bateau, et surtout parce que Jip y est enfermé. Si le *Doux-espoir* m'échappe, mon chien mourra de faim et de soif. Lentement. Et persuadé qu'on l'a oublié.

L'idée me donne des ailes – une bêtise, vu que je tombe, que je me tords la cheville et que je dois parcourir les cent derniers mètres en boitillant.

Brand a déniché mon kayak, qui l'a irrité. La pagaie gît brisée sur la berge – il l'a jetée à l'eau, et les vagues l'ont ramenée en deux morceaux. Il a piétiné le kayak et crevé le pontage, tout près de la baignoire.

Je jure et je le retourne pour inspecter la coque, avant de pousser un soupir de soulagement. On voit l'empreinte de sa chaussure, mais il n'y a pas de trou.

En me pressant trop, je lâche l'arc en le sortant du kayak. Je le laisse par terre et ramasse la pagaie cassée. Là encore, je vais trop vite, au point de manquer m'ouvrir le pouce en tranchant un bout de l'amarre roulée au fond du bateau pour utiliser mon arc comme éclisse sur les deux morceaux. Mes doigts ont tout oublié : mon nœud d'ancre censé lier le tout n'arrête pas de se défaire. Fermant les yeux, je m'oblige à compter jusqu'à vingt, puis je serre si fort l'amorce de la ligature que j'en ai mal aux mains, mais j'arrive enfin à bien assujettir l'arc et les morceaux. J'apporte un soin particulier au nœud final, puis je teste la pagaie réparée – encombrante, mais solide.

Au lieu de perdre du temps à me retourner vers l'église, je serre les dents, je me dis que ça va, que je n'ai ni faim, ni soif, ni mal partout, et j'embarque.

Je contourne la pointe en ramant et scrute le large. Aucun signe des voiles rouges, ce qui me rassure, ni du *Doux-espoir*, ce qui m'inquiète. Sentant la panique revenir, je jette un coup d'œil à la ronde afin de me repérer, en tâchant d'évaluer où je me trouvais sur la crête de l'île, puis de me rappeler en gros la direction vers laquelle le bateau dérivait.

Ce faisant, je songe que si je ne le vois pas, c'est peut-être parce que je regardais depuis une hauteur, alors que je suis désormais au niveau de la mer. Et ses voiles affalées le rendent d'autant plus difficile à distinguer.

Se mettre debout dans un kayak est presque impossible, mais je m'y emploie. Avec d'énormes précautions. Soudain j'aperçois le mât, puis la coque. En me rasseyant, je constate que je les vois toujours, comme si la panique m'avait bandé les yeux. Persuadé de l'avoir perdu, je l'avais perdu.

Le vent forcit et souffle dans le sens de la marée, ce qui pose problème. Le regard fixé sur le *Doux-espoir*, je me lance à sa poursuite dans les eaux écumeuses entre la grande île et la terre ferme. Un œil sur les collines au loin, je m'efforce de suivre la dérive du voilier en les utilisant comme point de repère. Si l'intervalle avec mon kayak augmente, à cause du temps ou de ma fatigue, je devrais quand même le trouver en tenant le cap.

J'ai conçu ce plan pour me porter bonheur, pensant que je n'aurais pas besoin de le mettre en pratique. Une heure plus tard, je suis toujours aussi loin, j'ai les bras qui tremblent et du gravier dans les articulations de mes épaules.

Puis un grain se lève derrière moi et je porte le regard sur le trou dans le pontage du kayak en me demandant si la pluie risque de remplir la coque. Je me dis que je ferais bien d'ôter mon gilet en peau de mouton et de le fourrer dedans afin d'empêcher les infiltrations d'eau. Lorsque je relève la tête, je ne vois plus le *Doux-espoir* ni les montagnes.

Une fois de plus, je refuse de céder à la panique.

Pourtant, j'en ai envie.

À la place, je ferme les yeux pour mieux sentir le kayak et le courant.

Quand tu pagaies en eau libre, il y a une tension entre la mer, le bateau et toi. Tu veux atteindre A, la mer te dirige sur B et ton corps ressent la tension entre ces destinations à chaque coup de rame : il combat l'attraction vers B et réoriente le kayak vers A. Je pagaie de toutes mes forces depuis plus d'une heure, voire deux, et une habitude et des sensations se sont installées sans effort conscient de ma part. Je me contrains à retrouver cette tension – à recréer l'attraction de l'eau et ma résistance afin de pousser l'esquif dans le sens que je veux.

Je pagaie à l'aveugle, littéralement.

Ça m'évoque le jeu auquel je jouais sur les grandes et larges plages d'Uist : fermer les yeux et voir quelle distance on arrive à couvrir avant de devoir les rouvrir. Sur le sable tassé, il s'agissait de compter ses pas et d'apprécier la pente afin d'éviter de dévier vers les vagues. Au début, c'était facile, puis on commençait à redouter la traîtrise du cordon d'algue ou du bout de bois flotté sur lequel on risquait de trébucher. Je finissais par souffrir d'une sorte de vertige horizontal et par rouvrir les yeux pour découvrir une plage dégagée : les chausse-trappes n'existaient que dans ma tête.

Je compte jusqu'à cent, je recommence, et à mi-chemin de la troisième centaine, je sens la pluie s'arrêter, je soulève mes paupières et le *Doux-espoir* m'apparaît, droit devant ou presque. Je souris, optimiste, puis enthousiaste en constatant qu'il est plus près que je ne m'y attendais. Tout d'un coup, j'entends des aboiements ténus et je me calme, la réflexion prenant le pas sur l'excitation.

Le voilier pivote lentement. Et il est plus proche que je ne le pensais parce qu'il a accroché un récif. Les hauts-fonds de rochers acérés affleurent en abondance autour des îles, prêts à déchiqueter la quille des bateaux distraits. Le *Doux-espoir* continue d'embarder, dévoilant une traînée d'écume là où une dent de pierre crève la surface.

La peur qui envahit mes bras tremblants me communique un surcroît d'énergie inattendu. Les aboiements deviennent plus aigus, plus frénétiques à mesure que j'approche, ce qui me motive aussi.

Je ne suis plus qu'à une centaine de mètres – et j'en viens à me dire que tout va bien se passer – quand un craquement retentit et que le bateau repart en sens inverse tel un ivrogne. Le courant l'a détaché d'un rocher et accroché à son voisin. Imaginant la scène dans la cabine en cas de voie d'eau, je me mets à crier et à siffler pour indiquer à Jip que j'arrive.

Dans sa hâte de partir, Brand s'est contenté de trancher les cordes d'ancre pour laisser dériver mon bateau. Dans la brise qui forcit, elles fouettent le flanc de la coque. Je tends la main, j'en empoigne une au vol et je m'en sers pour me hisser. J'appelle Jip, je tape sur la coque pour l'encourager, et tandis qu'il aboie plus fort, je balance ma pagaie dans le cockpit et je finis de basculer sur le pont, manquant perdre le kayak puis tomber à l'eau.

Je suis là, Jip ! je lance. Tout va bien !

Tout ne va pas bien. La quille frotte sur les rochers alors que je tire le kayak par-dessus le tableau arrière. Vaut-il mieux que je l'attache comme toujours, ou que je le laisse détaché au cas où il faudrait évacuer en urgence mon bateau qui coulerait ? L'habitude l'emporte : je l'amarre à l'aide d'un nœud qui se desserrera vite. Puis je me laisse tomber dans le cockpit et j'ouvre à la volée le panneau de la cabine. Jip me percute tel un boulet de canon à fourrure, sautant de joie, la queue battant la mesure tandis qu'il s'efforce de me grimper dessus et aboie à tout va. Comme tous les terriers, il est moins mélo en temps normal, mais, de toute évidence, sa captivité l'a effrayé, ainsi que l'absence d'un visage connu alors que le voilier partait à la dérive.

Pardon, mon gars, je regrette, je lui dis en le serrant dans mes bras.

Je m'autorise à enfouir longuement ma figure dans son pelage tandis qu'il me lèche le cou. Lui et moi, on a besoin de ce contact physique avec quelque chose de familier, avec quelque chose qui nous aime.

Puis le bateau embarde de nouveau et je repousse Jip, en baissant la tête pour passer dans la cabine. Il faut vraiment que je voie si on prend l'eau. Un coup d'œil montre que la coque est intacte, le sol sec jusqu'au compartiment de proue. Voilà de bonnes nouvelles, mais d'ici les raclements me paraissent plus forts, et je les sens résonner dans les semelles de mes bottes. De près, je perçois un grincement inquiétant, comme si un truc pliait sous le bateau – peut-être la quille, coincée dans une crevasse ? Dans ce cas, il y a d'énormes risques pour qu'elle se casse ou s'arrache. Debout dans l'écoutille, le chien m'observe, pantelant.

J'attrape la vieille casserole qui sert d'écope et d'écuelle, et je la remplis à ma gourde. Jip dégringole l'escalier pour laper l'eau propre avec avidité. Je promets de lui donner à manger plus tard, puis remonte dans le cockpit. Me baissant pour éviter la bôme, je regarde par-dessus la bande opposée à la marée pour tâcher de distinguer ce qui nous retient.

Pas des rochers. Dans le cas contraire, les vagues auraient davantage endommagé le *Doux-espoir*. Ce qui accroche le voilier, c'est un objet mobile, lui aussi poussé par la marée. Au début, je le prends pour un bateau immergé, mais ses angles droits me détrompent : c'est un conteneur en métal de la taille d'une maisonnette. Il y en a un, tout rouillé, posé sur une remorque près de la chaussée d'Eriskay. La peinture de celui-ci a presque disparu. Il exhibe une grosse barbe de bernacles et d'algues retenue par le filet de pêche en nylon qui l'entoure. Passé de l'autre côté du cockpit, je découvre que le filet englobe un autre conteneur englouti à la verticale – le premier doit retenir de l'air qui accroît sa flottabilité. La quille paraît logée dans l'intervalle entre les deux. Comme le voilier se situe pour l'essentiel au-dessus de l'eau, le vent tente de le pousser plus vite que le courant les conteneurs, ce qui maltraite la quille.

Je vais devoir découper le filet alors qu'il est immense et que le vent forcit. Il faut que j'en termine avant que la quille s'arrache. Si elle cède, le fond peut suivre, ou le bateau se contenter de chavirer.

Avec la gaffe et mon couteau, j'entame le boulot. Je croche l'enchevêtrement, je l'attire à la surface et je me mets à scier. Au départ, je n'ai aucun plan d'attaque, mais la poussée du courant et le déplacement du bateau assurent sa tension : j'arrive à couper la même rangée, maille après maille. Le plastique que vous fabriquiez, vous autres, c'était du solide. On en trouve encore plein – il nous survivra peut-être. Le filet se défend âprement. Sous ma lame, ses brins tranchants se sectionnent d'un seul coup et m'égratignent le dos des mains. Ma paume droite se couvre d'ampoules qui crèvent et me piquent sous la morsure de l'eau salée.

Il me reste peu de souvenirs de l'après-midi : cette tâche répétitive m'épuise, reposer sur le pont en me penchant sur l'eau me tenaille le flanc, m'incliner par-dessus le plat-bord met mon dos à la torture. Je me revois buvant à ma gourde et fabriquant une dragonne pour retenir le couteau – j'avais si mal à force de crisper ma main sur la poignée que je redoutais de le lâcher dans la mer, ce qui m'est arrivé à plusieurs reprises ensuite, tandis que la clarté du jour diminuait, et, chaque fois, je l'ai remonté à bord pour continuer de scier les mailles en plastique dur. Je revois aussi le filet se défaire et m'entailler le bras à l'aide d'un chapelet de coquillages qui l'a colonisé. J'en garde les cicatrices jumelles. Puis, la partie du filet la plus exposée à la lumière du soleil ayant dû pourrir davantage que les brins par lesquels j'avais débuté, le tout se désintègre et le conteneur le plus lourd plonge. Comme il se situait déjà sous l'eau, il n'y a aucun bruit : une disparition définitive mais morne. Son compagnon se démarque – débarrassé du contrepoids, il remonte sous l'effet de l'air qu'il renferme. J'ai beau réagir au quart de tour, la rangée de bernacles qui marque sa ligne de flottaison m'arrache un lambeau de peau sur l'avant-bras. Poussant un juron, je roule sur le côté.

Il se retourne lentement à la surface, comme une baleine paresseuse exposant son ventre, puis il s'éloigne sans hâte, en toute innocence.

Le *Doux-espoir*, libéré, semble différent sous mon dos. Il rue sur la mer agitée – fougueux, tout à coup –, comme s'il voulait vraiment repartir. Je préférerais me poser et piquer un somme, mais je donne raison au voilier. Et je dois hisser les voiles et trouver un mouillage pour la nuit.

Là encore, je n'ai guère de souvenirs du reste de l'après-midi – je hisse les voiles, je chope une bonne brise et Jip me rappelle de le nourrir. Le bateau ne réagit pas tout à fait comme d'habitude, mais je décide que ça peut attendre. Ce qui me marque, c'est que malgré ma forte envie de mettre le cap au nord pour regagner la maison, je prends au sud-est, en direction de la terre ferme. Sur le moment, je me dis qu'elle est plus proche et m'offre la meilleure chance de trouver un mouillage sûr. À présent, je crois plutôt que je savais déjà une chose : il m'importait par-dessus tout de récupérer Jess. Et puis, je n'avais jamais mis les pieds sur la terre ferme.

Tu vois, la curiosité, ce n'est pas qu'un vilain défaut.

11

Se battre contre des géants

Il ne s'agit pas d'un mouillage exceptionnel, mais la toute petite crique que je trouve suffira à protéger le *Doux-espoir* pour une nuit clémente. Par chance, j'ai encore à mon bord l'ancre de Ferg que j'ai passé la journée à récupérer avant l'arrivée de Brand, sinon j'aurais été dans la mouise, car les autres gisent encore par le fond à l'ouest d'Iona. Ça paraît un bon présage. Quand, mes nœuds bien vérifiés, je la jette par-dessus bord et que, après avoir patienté avec anxiété, je constate qu'elle accroche et nous retient, je me sens mieux. Puis je descends dans la cabine faire les deux trucs que j'ai attendus toute la journée : manger les galettes d'avoine et le mouton séché pris dans la cuisine chez nous, et tirer de mon gilet la carte volée à bord du bateau de Brand pour l'étaler sur la table.

Pendant que je l'étudie, Jip saute sur ma banquette et se roule en boule, le menton sur ma cuisse. Quand il fait ça à la maison, Jess l'imite souvent du côté opposé : je me retrouve à lire entre ces deux serre-livres. Je lui gratte les oreilles et, d'instinct, je tends ma main libre dans l'autre sens avant que mon cerveau me souffle que ma chienne n'est pas là. Ça me prend au dépourvu, si bien que je me concentre sur ce qui se déploie devant moi – une carte de la terre ferme dont le haut est imprimé sur le recto, le bas sur le verso, surchargée de noms de lieux ainsi que de lignes multicolores représentant les routes. La mer disparaît sous les multiples mentions et les chiffres manuscrits qui me laissent perplexe. Il faut que je retourne la feuille pour voir briller la lumière de la lanterne par de nombreuses piqûres d'épingle. Je les crois aléatoires jusqu'à ce que je la retourne de nouveau pour découvrir la clé du mystère : ces trous correspondent à des points sur le rivage des deux côtés – la moitié d'entre eux paraissent donc placés au hasard à l'intérieur des terres sur le mauvais côté de la carte. Me souvenant du compas avec lequel je me suis piqué le doigt dans le noir, je comprends que cette carte porte la trace de ses trajets – effectués, prévus, ou les deux.

Le plus intéressant, c'est la zone criblée de petits trous. Située en pleine mer d'un côté, elle se niche de l'autre juste au-dessus du lieu que, dans mon enfance, je considérais comme les fesses du pays – je trouvais qu'il ressemblait à une personne assise, vue de profil. Nulle part ailleurs sur la carte, il n'y en a une telle concentration, ni autant de lignes colorées qui en rayonnent. Quand j'y regarde de plus près et que je lis le mot *Norfolk* à côté, je ressens un coup au cœur. Brand a dit avoir grandi sur les Broads, dans le Norfolk.

En tentant de s'excuser d'avoir menacé de me couper la langue, il a dit qu'un mensonge fonctionne mieux quand on y ajoute un grain de vérité. Je pense que c'est ce qu'il a fait, et que ce grain, c'est le Norfolk. Le mensonge, c'est d'avoir prétendu en être parti et ne jamais y retourner. Je veux peut-être une piste valable pour le retrouver, ou un prétexte pour explorer, c'est possible – j'y ai beaucoup réfléchi. Mais en tout cas, je sais – là encore, peut-être qu'il me faut une certitude qui m'évitera de partir à la dérive – que ces trous, c'est chez lui. Là où il emmène ma chienne.

Je m'assoupis sur la banquette, Jip à mes côtés, et je dors bien malgré tout. J'ai le corps perclus de fatigue, mais, après la décision que j'ai prise, l'esprit au calme, je peux profiter de mon repos.

Le trou le plus proche sur la carte – le premier que rejoint un trait de crayon – est une ville loin au sud, Blackpool. À mon réveil, l'envie de rentrer chez moi me reprend, mais le vent souffle du nord et, campé à la proue, mon chien lui tourne le dos, comme s'il savait où va Jess. On la suit donc.

Ce trajet, aujourd'hui, est flou. M'aider d'une carte n'est pas mon fort, car j'ai toujours navigué à vue le long d'une petite chaîne d'îles, sans jamais dévier de mes repères, mais je me débrouille pour lire une boussole, je sais où le soleil se lève et se couche, et le tout doit me permettre de suivre la côte à tâtons, ce que je fais, dans tous les sens du terme.

Je te rappelle qu'à ce moment-là, je n'ai toujours pas posé le pied sur la terre ferme, mais plus je m'éloigne de chez moi et plus elle se rapproche, à ma gauche, telle une sentinelle attentive, attendant que je la regarde en face et que je sente qu'elle m'attire irrésistiblement. On jurerait l'attraction obscure de l'aimant. Toujours présente. Toujours invisible. Impossible à ignorer.

Si je disposais de cartes marines au lieu de cartes routières, j'aurais sans doute moins de difficultés à me diriger. Deux jours de navigation rapide s'écoulent. Je passe une nuit au bout d'un large estuaire qui repique au nord en contournant une grande île et mène sans doute au fleuve que Maman et Papa ont remonté il y a une éternité à la recherche du *Doux-espoir*, lorsqu'ils ont dormi dans la bibliothèque dont ils ont fermé les portes en repartant pour préserver les livres. Une fois encore, l'envie me prend d'aller voir, et je manque y succomber, mais Jip est à la proue, le regard tourné vers le sud, et on suit donc la direction qu'il pointe du museau.

Longer les maisons et les hameaux sur le rivage me paraît plus étrange que dans mes îles. Là-bas, je sais que tout est désert. Plus je vois des habitations, moins j'en ai la certitude ici. Certains des bâtiments montrent des vitres intactes à leurs fenêtres, malgré leurs nombreuses années d'abandon, et le verre reflète le soleil pâlot à notre passage – autant de vifs clins d'œil. Chaque fois, j'ai l'impression qu'on tâche d'attirer mon attention. Souvent, mes poils se hérissent sur ma nuque, comme si ces édifices complotaient derrière mon dos, qu'ils riaient sous cape, qu'ils savaient que je commets une grossière erreur.

La solitude permet de laisser les idées noires s'enraciner. Dans ton monde surpeuplé, tu avais des moments de calme où ton esprit avait la place de te traquer, de se jouer de toi ? Ou il y avait trop de gens pour te donner le loisir d'écouter les chansons qu'il voulait te chanter – les mauvaises comme les bonnes ? À ce stade, j'ignore le nombre de personnes qu'il comptait, puisque je n'ai pas commencé à le parcourir, mais je ressens mon isolement au point de sortir ton portrait de mon sac – où il sert de marque-page au livre que j'ai emporté – et de l'épingler sur la carte afin de disposer d'un compagnon en plus de Jip. Comme je ne possède aucune photo de ma famille, il faut que tu la remplaces, j'imagine. Avoir un visage supplémentaire à contempler, ça m'aide.

Puisque la navigation est parfois monotone et que l'esprit tend à s'égarer, plus d'une fois je m'arrache à des rêveries en redoutant d'avoir baissé ma garde – la présence que je sens me surveiller ne peut qu'être réelle, et un sixième sens me souffle que Brand rôde dans les parages. Dissimulé sur le fond obscur de la terre, il me traque, et non l'inverse. Dans ces moments-là, je jette à la ronde des regards affolés pour trouver le moindre signe de lui. Mais il n'est jamais là, jamais visible. Il n'est que dans ma tête.

Jip passe des journées immuables. Il se réveille, se plante à la proue jusqu'à ce qu'on appareille, puis s'assied dans le cockpit avec moi, en prenant des pauses pour manger, pisser et chier. Il montre l'embarras approprié pour ces deux dernières activités, qu'en temps normal il déteste effectuer quand on l'observe, mais on a un pacte : je fais semblant de ne pas le voir pendant l'acte, et il fait semblant de ne pas me voir tandis que je lave la pisse à grande eau (de mer) ou que je balance les étrons avec la truelle rouillée que je garde à bord pour ces moments gênants. Quand vient mon tour, je vais me jucher sur le plat-bord en veillant à garder le vent dans le dos et Jip prend soin d'ignorer mes contorsions.

Sur mes bras, les coupures et égratignures infligées par les coquillages guérissent moins vite que je ne l'aimerais, ce que j'attribue au sel et à l'écume. Si je mets des manches, c'est pire, de sorte que je les laisse à nu dans l'espoir que l'air frais finira par leur permettre de sécher et de cicatriser. L'eau de mer devrait au moins prévenir l'infection. En tout cas, elle pique assez fort pour avoir un effet.

À mi-chemin entre une grande masse qui doit être Man et la terre ferme, je tombe sur une scène étrange : une forêt penchée d'éoliennes brisées comme celles des îles par chez moi, sauf que celles-ci se trouvent en pleine mer. Quand je les aperçois, j'ai du mal à imaginer ce qu'elles peuvent être. Je me souviens de cette histoire sur le vieil Espagnol qui se croyait un chevalier en armure, prenait les moulins à vent pour des géants et partait les combattre sur un cheval chenu et décharné comme lui. Sauf que ces éoliennes décolorées par les intempéries ressemblent davantage à son canasson osseux, voire à des squelettes de géants, une pale intacte ici et là pointant vers le ciel telle une épée.

Je m'approche de cette forêt tubulaire, puis je relâche les voiles pour courir sur mon erre le temps de les regarder qui nous surplombent. Le moment d'étrangeté et de silence se prolonge tandis qu'on traverse les ombres zébrées qu'elles projettent sur la mer alentour.

Jip aboie après eux. Elles paraissent s'en ficher.

Quoi que ces gardiens aient défendu, en admettant qu'il s'agissait de mes géants imaginaires, ça a disparu depuis un bail. Aujourd'hui encore, je les vois comme des protecteurs, car, une fois passé leur poste, tout un monde de merveilles s'offre à moi.

Quand je me détourne des éoliennes pour contempler la terre ferme, je découvre un spectacle si remarquable que je hisse de nouveau les voiles pour louvoyer dans sa direction : une tour immense se dresse au-dessus du plus vaste amas de maisons et de bâtiments que j'aie jamais vu. Une métropole, je me dis. C'est à ça que ressemble une métropole.

Le soleil qui plonge à l'ouest rougit tout ce qu'il éclaire, donnant au monde une lueur dorée. La tour en métal évoque un peu celle de Paris dont j'ai vu des photos, mais l'autre ne sort pas du toit d'un palais en briques comme ici. Dès que je la vois, je sais que je vais l'escalader juste pour voir à quoi ressemble le monde de là-haut. Juste pour voir ce que voit un oiseau.

Ça te fascinerait moins, je parie. Tu avais des aéroplanes, après tout. Et des hélicoptères. Grimper en haut de cette tour, c'est le meilleur équivalent du vol que je puisse espérer. Et tu saurais que cet endroit n'avait rien d'une métropole. Il ne s'agissait que d'une ville.

La marée est haute. Une clôture métallique longe les bâtiments jaillissant de l'eau, et des lampadaires et des mâts la hérissent tout du long, eux aussi les pieds dans l'eau – certains penchent tels des ivrognes à l'image des éoliennes dans mon dos, mais la plupart restent à peu près droits.

Une grande jetée s'avance dans la mer. Je décide d'aller y apponter. En m'approchant, je m'aperçois qu'elle supportait autrefois des bâtiments et un pont, le tout détruit par le feu. Renversée, une roue métallique géante tordue dépasse du côté à moitié englouti de la jetée. J'avance avec beaucoup de prudence, au cas où il y aurait des décombres à faible profondeur, mais je passe sans encombre et m'amarre contre une colonne de soutènement qui me paraît conserver assez de fer sous la rouille pour tenir bon.

Puis, après l'excitation que j'ai ressentie à l'idée de poser enfin le pied sur la terre ferme… je m'abstiens.

Je m'assieds sur le plat-bord du voilier avec Jip, je scrute la ville et j'essaie de comprendre ce qui a pu se passer ici.

Derrière la clôture engloutie, la mer lèche les façades. Ça n'a rien de très surprenant. Je sais que le niveau des eaux monte depuis des années. Si la Castration n'avait pas eu lieu, peut-être qu'on aurait construit un mur pour protéger la ville. À présent, ce sont les bâtiments qui en tiennent lieu. Je les balaie du regard, en me demandant à quoi ils ressemblaient quand ces portes laissaient entrer les gens et non les vagues. Les devantures portent des inscriptions effacées ou illisibles, leurs vestiges formant des expressions absurdes. _ALLE D_ BA_ MAN_GE ! COM_DIE __TRACTIONS ! _ORTIES _ATEAU _AS_NO _ORA__S __AGES SUP__ _INGO ! _OLD__S BI__VENUS

Je les lis tout haut à Jip. Il n'a pas l'air d'y comprendre grand-chose non plus.

Un kilomètre plus loin sur le front de mer, un autre amas enchevêtré de métal fondu rappelle un peu la roue géante. Il entoure des structures qui me laissent perplexe – s'élevant, s'abaissant, décrivant des boucles. Sans atteindre celle de la tour, il possède une hauteur considérable. Je me demande à quelle sorte d'installation il fallait une telle clôture. Le vent qui vient toujours du large avec le couchant me mordille la nuque. Je m'enroule dans mon gilet en peau de mouton. Au loin, quelque chose glapit. Peut-être un oiseau.

Demain, Jip, je dis. On ira à terre demain. En plein jour.

12

Débarquement

Je ne m'en suis pas souvenu, et la corde d'arc s'en fiche.

La flèche transperce l'énorme lapin juste devant le point que je visais au niveau de l'épaule et lui broie la trachée, le tuant net. C'est un beau tir, mais je ne m'en félicite pas. J'ai oublié que les coupures et les écorchures de mon avant-bras avaient du mal à guérir, si bien que je pousse des jurons en le soutenant de mon autre main : la corde, une fois détendue, a emporté les croûtes et les ampoules au passage. De nouveau, il est à vif et il me fait un mal de chien.

Plus tard, je dépouillerai le lapin avant de le rôtir, mais là, c'est moi qui ai l'impression de me faire dépiauter.

Lorsque je vais le ramasser, l'énorme lapin se révèle être autre chose. Plutôt un lièvre. Même si j'ai tort, c'est ainsi que j'appelle désormais ce genre de lapins – les oreilles sont plus longues, les pattes beaucoup plus puissantes. En tout, je n'en ai tué que deux de plus, car ils sont plus difficiles à prendre au dépourvu que les lapins ordinaires. Peut-être que leurs longues oreilles entendent mieux. Jip essaie toujours de les attraper, mais il n'a jamais réussi à en tuer un seul par ses propres moyens, ce qu'il tient pour un affront. Chaque fois qu'il arrive sur un lièvre, l'animal le repère et détale. Ou alors, l'espèce entière aime taquiner les terriers parce qu'elle dispose d'une accélération qu'elle peut enclencher à volonté.

La construction que j'ai vue la veille, c'est un grand huit et non une clôture géante. Je l'apprends, car en entrant dans son ombre, j'aperçois une vieille enseigne cloquée, rouillée, mais encore lisible. Et je sais ce qu'est un grand huit, parce que j'en ai vu dans un livre sur les loisirs en Amérique. Il y avait des wagonnets où on pouvait s'asseoir qui circulaient à toute allure, et les passagers levaient les bras au ciel dans les descentes et hurlaient. Bon, sur l'image, on les voyait sourire et hurler, mais le texte disait qu'ils criaient d'excitation.

Personne ne crie, là. Hormis les grincements et les craquements que le vent tire de la structure métallique et des bâtiments abîmés en dessous, seul le silence règne.

Je pensais qu'on commencerait par escalader la tour une fois à terre, mais, dès le soleil levé, la marée a reflué et la quille du *Doux-espoir* a raclé le sable. De peur qu'elle casse si le niveau de la mer baisse encore, je jette l'ancre et je donne du mou aux amarres qui relient le bateau à la jetée, puis je prends mon sac à dos, mon arc et mes flèches, et je descends avec précaution le long du flanc de la jetée pour rejoindre le rivage. J'ai la carte pliée dans le sac, car je me suis dit que si j'atteins le sommet de la tour, elle m'aidera à me repérer par rapport à ce que je verrai de là-haut. Emporter mon bagage, c'est habituel, mais dans ce cas précis, ça va me sauver. On a toujours veillé à transporter la boisson, les provisions, et de quoi allumer un feu ou soigner une blessure. Personne ne va nous aider si on a un souci. C'est devenu un instinct. J'ai aussi deux grosses bouteilles en plastique qui pendent à mon cou et que je compte remplir à la première occasion.

L'eau fraîche et la nourriture, ce sont les priorités dans tous nos déplacements, mais ce jour-là, j'ai envisagé de déroger à la règle et de fêter mes premiers pas sur la terre ferme en escaladant la tour pour admirer la vue. Jip ne l'entend pourtant pas de cette oreille : il refuse que je le transbahute. Négocier le squelette de la jetée est déjà pénible avec le sac à dos, l'arc, les flèches et les deux bouteilles qui dansent à mon cou, si bien que je laisse tomber le chien à l'eau – ravi, il rejoint la berge à la nage.

En se retirant, la mer a découvert la bande de terre devant les maisons situées un mètre et quelques au-dessus du niveau de l'eau. Du sable mouillé obstrue en partie les portes et les fenêtres ouvertes, et les carcasses de vieilles voitures à demi enterrées jonchent le front de mer. Certaines, le toit bossu, évoquent des scarabées géants ; d'autres, bousculées par les tempêtes, présentent au ciel des pneus pourris et des essieux rouillés. Jip sort de l'eau, s'ébroue, jette un regard vers moi, remue la queue, puis se détourne pour aller renifler tout un monde nouveau d'odeurs inconnues et enthousiasmantes.

Je le rejoins sur le rivage avec un peu plus de mal. Le feu a éventré la jetée : je dois assurer chacun de mes pas. Une fois le dernier – ou le premier, question de point de vue – effectué, je lâche mes bouteilles avant de jeter un regard à la ronde. La tour domine la silhouette des immeubles. Dans la lumière du matin, le palais qu'elle surplombe n'est pas doré, mais rouge brique. Il me paraît immense. Jusqu'à présent, le plus grand édifice que j'aie vu, c'est l'église où Brand jouait du violon. Ce palais mesure plusieurs églises. De son côté, Jip a suivi sa truffe sur la droite le long du front de mer, vers le grand huit – même si, à ce moment précis, je crois encore qu'il s'agit d'une mystérieuse clôture géante. Je prends une flèche, je l'encoche au cas où on lèverait un lapin, toujours par habitude, puis je suis le chien. Ça n'a rien d'une partie de chasse, car je n'ai pas la tête à ça : trop de distractions. Il y a une drôle d'odeur, pas détestable, qui évoque un brasier consumé. Je me dis qu'elle provient de la jetée, bien qu'elle subsiste tout le long du front de mer pendant que je regarde par les fenêtres brisées et que je lis les bouts d'enseignes qui donnent des indices énigmatiques sur la nature des divers bâtiments. Je découvre qu'ORTIES ATEAU proposait des sorties en bateau et que TRACTIONS signifiait attractions : la grande salle au sol sablonneux, dont le plafond bas ploie de façon menaçante, ne m'attire pourtant guère, même si les rangées de machines à sous corrodées et éventrées coincées dessous exhibent des dessins de BD qui devaient jadis être plus vifs et plus colorés.

Derrière moi dans le sable, il n'y a que mes empreintes, et devant, celles de Jip. Je le suis vers l'amas de structures qu'entoure le grand huit.

On s'arrête près des portes grandes ouvertes du _AS_NO où des panonceaux indiquent qu'il s'agit d'un casino. Ça aussi, je sais ce que c'est, et je voudrais bien voir à quoi ressemble un endroit où les gens venaient se faire admirer et perdre leur argent, mais il règne dans le hall une puanteur de charogne. Jip rebrousse chemin et je le suis de nouveau, pour retrouver l'air frais. Des trucs meurent, ils se décomposent, et on n'est pas obligé d'aller les triturer.

L'enceinte que délimite le grand huit contient Pleasure Beach, ce dont atteste le sable par terre. Sur un mur, un crâne immense coiffé d'un casque viking de trois fois ma taille nous regarde approcher, l'air furieux. Tes semblables devaient trouver ça drôle – je le sais. J'y vois une présence sinistre aux dents de travers et à la méchanceté bien réelle. Pleasure Beach est un étrange village, rempli de trucs aussi grotesques que ce crâne. Il y a des maisons en pain d'épice à l'air suintant, construites de travers pour pencher vers vous de façon alarmante. Il y a toutes sortes de cages métalliques et d'engins délabrés – la plupart dotés de sièges en plastique décolorés par les intempéries qui pendent dans le vide et qui devaient autrefois servir à projeter leurs passagers dans tous les sens – évoquant une torture plus qu'une attraction. Il y a du verre brisé partout, donc je marche avec précaution. Me déplacer aussi lentement me permet d'approcher en catimini un animal que je n'avais jamais vu, et je manque le flécher avant de voir que c'est un ours en peluche à moitié enterré.

J'aperçois des oiseaux géants genre autruches debout dans un bout de verdure et, même si je comprends vite qu'ils sont en plastique, je saute au plafond quand, à ma droite, je vois un lézard de la taille d'un cheval qui, accroupi au milieu de buissons rachitiques, m'observe d'un air méchant, les dents assez pointues pour me valoir une fin terrible s'il me saute dessus. Il me glace le sang et je me fige. Il faut que Jip s'en approche, lève la patte et lui pisse sur la queue pour que je comprenne qu'il s'agit aussi d'une sculpture, en béton. Le regard de mon chien paraît dire « tu parles d'un dinosaure ! ».

Une fausse bestiole. Évidemment. Les dinos sont encore plus morts que toi. Mais j'ai éprouvé une terreur bien réelle. Je gagne la base de l'énorme clôture enchevêtrée, où il y a moins d'ombre. Là, je tombe sur le panneau qui l'identifie comme un grand huit et je sens Jip se mettre à l'arrêt près de moi : un lièvre qui vient de jaillir des fourrés marque une pause pour froncer le nez vers la mer.

Je l'abats d'une flèche, je l'accroche à mon sac, puis le chien décide de remonter sa piste dans le sous-bois qui a envahi ce coin de Pleasure Beach tandis que j'escalade le grand huit. Au départ, je ne comptais monter que de deux ou trois mètres pour tâcher de suivre son avancée, mais la structure tient le coup sans frémir, si bien que je continue mon ascension. Je prends pied sur la voie dont je négocie les fins tabliers qui la flanquent d'une volée de marches. Il y a sans doute plus intelligent comme idée, mais je prends soin de me tenir à la rampe. Les solides constructions du Vieux Monde ont eu le temps de se fragiliser dans l'Après et je n'ai aucune envie de mettre un terme à mon aventure en tombant dans un trou quelconque. Et oui, c'est une aventure. Je veux récupérer Jess, je n'en démordrai pas – mais voir, toucher et fouler un monde que je ne connais que par la lecture ou des récits sujets à caution m'enthousiasme. Et plus je prends de la hauteur, plus je sens cet aspect de moi s'ouvrir et s'aérer dans une atmosphère purifiée. De toute évidence, j'ignorais que mon petit monde me confinait avant de voir qu'un vaste univers s'ouvrait à moi pour m'offrir davantage.

Il y a un wagonnet garé tout au sommet. S'il n'était pas là, je repartirais peut-être. J'ignore si ça changerait un truc. Va savoir. Bref, à le voir là-haut, je me dis que ce sera sympa de l'atteindre, de m'asseoir dedans et de me reposer un peu en admirant la vue.

Jip, revenu au pied du grand huit, aboie après moi, heureux de me montrer le lapin qu'il a posé dans le sable devant lui. J'agite la main et je crie que je redescends dans une minute. Le vent forcit de nouveau et le ciel s'assombrit, mais je me focalise sur la marche suivante, puis celle d'après. Je n'ai pas besoin de regarder les nuages qui s'amassent derrière moi ; je me doute bien que la pluie arrive – je la sens même dans l'air. Je vais m'asseoir au sommet, me reposer un moment, et redescendre avant qu'elle tombe. Je veille surtout à éviter de regarder en bas sous peine de tituber et d'avoir un nœud à l'estomac. Comme si j'avais le mal de mer sur le plancher des vaches.

J'atteins le wagonnet, où je trouve un squelette : un amas d'os tassé au fond. Ils commencent à tomber en poussière au milieu des lambeaux de vêtements. De longs cheveux gris s'enroulent autour du crâne. Un tibia émerge d'une botte en caoutchouc fendue, craquelée. Un sac à dos en plastique épais de couleur noire a perdu ses sangles mais conservé son capuchon assurant son imperméabilité. Fourré sous le siège, donc abrité du pire des intempéries, il semble avoir protégé son contenu.

Au sol, parmi les vieux ossements, il y a aussi un pistolet.

Le climat l'a réduit à un morceau de ferraille inutile, mais il est bien là. Tout comme les trous dans le crâne : un petit rond à la base du cerveau, là où le canon appuyait contre le palais, et un gros déchiqueté dans l'occiput. La triste histoire ne fait aucun doute : le type est monté poser un tout dernier regard sur le monde avant de se brûler la cervelle pour s'en échapper.

Je demande pardon au tas d'os, puis j'ouvre le sac à dos, qui crisse, et je m'aperçois de mon erreur. Il contient un tas de photos, toute une vie en images, mais aussi, posés dessus, un tube de rouge à lèvres, des pots de maquillage, un miroir, une brosse à cheveux – et une sorte d'urne métallique où j'espérais découvrir plus intéressant que des cendres grises, grossières. Je comprends que cette femme ait voulu mourir en montrant son meilleur visage : faire bonne figure face à ce qui l'attendait me paraît admirable. En revanche, effectuer cette ascension en trimballant un truc aussi dénué de sens qu'une urne de cendres m'échappe. Je soupèse le récipient. Il n'est pas léger. Et, à en juger par les cheveux gris qu'elle a laissés, elle devait être âgée. Y réfléchir m'aurait-il permis de percer le mystère ? J'en doute, et il s'avère que je n'en aurai pas le loisir.

D'instinct, je me retourne vers la tour, deux kilomètres plus loin sur le front de mer. Même de cette distance et de cette altitude, on voit bien qu'elle est beaucoup plus haute que le grand huit. Elle paraît toucher les nuages gris massés au-dessus. Seul le nuage noir qui s'élève de la mer en contrebas l'éclipse.

Sauf qu'il ne s'agit pas d'un nuage noir, mais du panache de fumée émis par un brasier : le *Doux-espoir*.

Je devrais redescendre les marches, vite. Toutefois, le temps de parcourir ces deux kilomètres, même en courant, j'arriverai trop tard – beaucoup trop tard. Alors je m'assieds et je contemple le désastre.

Cette impression qu'on me surveillait ? Mon imagination, en partie. Mais la réalité, pour le reste. Je venais chercher Brand, et les rôles se sont inversés.

Je ne le vois pas. Je ne vois pas son bateau. Je ne vois même pas où il pourrait se trouver sur l'étendue de côte qui s'incurve vers le promontoire au nord. Aucune cachette ne m'apparaît. Sauf s'il y a une crique derrière ce promontoire. Je ne vois même pas sa foutue Saga ni ma Jess.

Tout ce que j'entends, c'est Jip qui aboie frénétiquement, comme s'il sentait ce qu'il ne peut pas voir d'où il est.

Écrit dans le sable près de l'extrémité de la jetée, sous le panache qui monte du bûcher funéraire de mon bateau, il y a un message en lettres assez grosses pour que je le lise, même à deux kilomètres.

JE T'AI PRÉVENU, GRIZ. RENTRE CHEZ TOI.

13

La tour

Ces quelques mots dans le sable prouvent que Brand sait écrire. Cependant, je doute qu'il ait lu les mêmes livres que moi. Sinon, il aurait peut-être quand même volé ma chienne, mais il se serait gardé de brûler mon bateau.

C'est ce que je pense aujourd'hui, après tout ce qui s'est passé. Alors, du haut du grand huit, je regarde brûler le *Doux-espoir* sans réagir. Je me sens coupable. Et j'ai peur, bien sûr. J'ai fait une bêtise – plusieurs, en série – et voilà le résultat. Sans réfléchir, j'ai filé au débotté, sans attendre de soutien, bien que mon père ait essayé de m'arrêter. Je ne l'ai pas écouté. Je n'ai écouté que mon cœur et ma colère, et j'ai ignoré mon intelligence. D'où ma bêtise. Bar, Ferg et Papa allaient croire pendant longtemps que j'avais trouvé la mort, parce qu'il allait justement me falloir longtemps pour rentrer sans bateau. Même Maman se rendrait compte que je ne lui tenais plus compagnie le soir, je l'aurais parié. À un certain niveau, elle remarquerait ma disparition. Et si jamais ils se lançaient sur ma trace ? Comment me retrouveraient-ils ? Comment pourrait-on éviter de se louper dans l'immensité du monde ? Ils risquaient de s'exposer au danger en me cherchant.

Notre foyer pourrait se désintégrer. Papa a vu juste toutes les fois où il m'a reproché d'être une forte tête. Brand s'est borné à voler un chien et des poissons. Il n'est qu'un de ces soucis que la vie vous inflige, comme une tempête ou une maladie, et qu'il faut endurer. On ne discute pas avec la foudre ou la fièvre. Elle n'a aucune jugeote. Elle se contente d'exister.

Moi, j'ai de la jugeote. Pourtant, j'ai trahi notre mode de vie.

S'il y a jamais eu un bon moment pour pleurer, le voilà. Et j'en ai envie. Je sens la piqûre des larmes qui veulent couler. J'ai la gorge serrée par les sanglots qui attendent leur moment. Personne ne le saura. La vieille dame par terre à mes côtés l'ignorera. Elle n'entendra rien, ne verra rien. Elle n'est qu'un squelette privé d'oreilles et d'yeux depuis belle lurette. Mais je ne pleure pas. *Moi*, je le saurai. Ou Papa a raison et mon entêtement me retient. Surtout, je sais que ça ne servira à rien. Ce qui est fait est fait.

Si je descends les marches avec moins de précautions que je ne les ai gravies, j'évite toutefois de courir et de risquer la chute. Quand j'arrive au pied du grand huit, Jip paraît plus enclin à manger son lapin qu'à me suivre, mais quand je prends mon sac et mon arc, il le ramasse dans sa gueule et court sur mes talons tandis que je me dirige vers la jetée. Je devrais peut-être faire plus attention, envisager que Brand ait pu allumer le feu pour m'attirer et me tendre une embuscade, mais avec des si, on finit par se perdre, par n'aller nulle part. Moi, j'ai besoin d'action.

Et je sais, spontanément, qu'il est parti. S'il me tendait une embuscade, il n'aurait pas eu besoin d'écrire ces mots. Pourtant, je balaie du regard les alentours, à la recherche de la tache rouge de ses cheveux, tandis que je regagne la jetée en foulant l'asphalte du front de mer. Mais il a dû s'esquiver depuis longtemps. Puisqu'il a laissé un message écrit, il n'a pas besoin de s'attarder pour le prononcer.

Il m'a aussi laissé mon kayak.

Ça me surprend, au point que je tressaille – je manque céder à ces fichues larmes. Le kayak, c'est une partie de moi au même titre que la maison et le *Doux-espoir*. Il gît sur la plage juste en dessous de l'inscription, et la rame rafistolée repose en travers.

Un autre message indique qu'il n'est pas un monstre. Il y tient, à ça. Et il y croit sans doute. J'imagine que personne n'est le monstre de sa propre histoire. Question de point de vue.

Le bateau, calciné jusqu'à la ligne de flottaison, crache encore son panache noir : un cadavre entre deux eaux. Les voiles et les cordages sont en cendres. Irrécupérable. Les amarres qui le reliaient à la jetée ont cramé, mais en dérivant, il est allé se coincer dans l'amas métallique de la roue effondrée. Brand a dû mettre le feu dans la cabine et filer aussitôt. À en juger par la puanteur de caoutchouc brûlé et la fumée noire persistante, il aura mis le feu à un vieux pneu. On en brûle pour envoyer des signaux de fumée en cas d'urgence – cette pensée me redonne le mal du pays.

M'asseyant par terre, je regarde le bateau mort. Combien de temps ? À quoi je pense ? Aucune idée. Je me sens vide, les jambes molles – je m'en souviens. Il me paraît préférable de rester là, dans cette position : si je me redressais, le vent m'emporterait, je parie.

Assis dans le sable, Jip lève les yeux vers moi, les restes de sa proie dans sa gueule. Il adore garder les lapins après les avoir tués. Parfois, il les trimballe pendant une éternité, aussi fier de leur tenir compagnie que de les attraper. Il les lèche, comme s'il leur faisait la toilette. Oui, ça peut virer au macabre.

Il finit par gémir à mon adresse. Si ça se trouve, il gémit depuis un moment pour essayer d'attirer mon attention. La surprise m'a valu hébétude et surdité. Il remue la queue, pousse le cadavre du bout de la truffe.

Bon chien, je dis. On va devoir chasser pas mal à présent.

Quelque chose a dévoré la journée sans que je m'en rende compte. La pluie qui menaçait n'est pas arrivée. Le soleil a traversé le ciel et plongé dans d'autres nuages menaçants à l'horizon.

Toutes mes réserves de viande et de poissons séchés et de flocons d'avoine ont brûlé avec le bateau. Il me reste assez de nourriture dans le sac à dos pour deux ou trois jours.

Et, bien sûr, j'ai le lièvre.

Voir Jip avec son lapin me le rappelle, ce qui me pousse à me relever. Mes jambes ne sont plus molles, mais raides, et elles détestent devoir bouger après cette période d'immobilité. Je me force à rejoindre le toit plat de l'une des voitures enfouies, qui me sert de table pour étaler le contenu de mon havresac afin d'évaluer les provisions et les outils dont je dispose face à ce qui nous attend.

J'ai la carte et mon carnet – celui dans lequel j'écris en ce moment. Et j'ai ma photo de toi, bien sûr. Et plus de bouffe que je ne m'y attendais : il traîne au fond du sac des biscuits d'avoine que j'avais oubliés. J'ai un K-way, un allume-feu, un canif, des jumelles, des chaussettes de rechange, un pull. Je n'ai pas mon sac de couchage, qui, lui, va me manquer, tout comme la grosse boussole à bord du bateau, mais j'ai la petite en cuivre fixée au rabat du sac, ouf. Le nord reste le nord, quelle que soit la taille de ta boussole. Et j'ai mon kit de premier secours. En résumé, la carte, une boussole, des provisions, des outils, des vêtements secs et, avec Jip et toi, deux visages amicaux. Je me dis que ça pourrait être pire.

Je répète au bénéfice du chien : ça pourrait être pire. Il bat le sable de sa queue et continue de lécher son lapin.

Un regard alentour. De nouveaux nuages de pluie. Aucun signe de Brand. Ni d'un bateau à voiles rouges. Je lève les yeux vers la tour.

Viens, mon gars, je dis. Prenons de la hauteur.

Avant qu'on entre dans le palais en briques et qu'on tâche de trouver l'accès à la tour, je décide de haler le kayak plus haut sur la plage afin d'éviter que la marée l'emporte tandis qu'on mène notre exploration.

Et je découvre le sac de couchage. Brand a pris la peine de le fourrer dans le canot avant de mettre le feu au *Doux-espoir*. Je me réjouis de le voir, même si ça m'énerve qu'il me croie trop fragile pour pouvoir m'en passer ou trop naze pour arriver à en improviser un nouveau.

J'ai l'impression qu'il me prend de haut. Je ne présente aucun danger : je suis seulement casse-pieds.

Ce type reste un monstre, je dis, en tirant le kayak au-dessus de la ligne de marée. Il reste un monstre.

Les portes du palais, gauchies, sont coincées. Afin de les ouvrir, je dois passer ma frustration dessus à coups de botte. Jip me regarde patiemment leur taper dedans, puis entre au petit trot avec son ami lapin mort, sans m'attendre.

Même si le sol disparaît sous les décombres du plafond, la magie du lieu subsiste. Le hall à colonnades est vaste, mais quand on passe dans la salle de bal indiquée par un panonceau estompé, elle se révèle d'une taille inimaginable. Ses côtés enfilent deux niveaux de balcons incurvés – pas de lignes droites, des courbes, des vagues. Des fragments de la peinture dorée d'origine soulignent encore les détails, même si l'essentiel des surfaces n'est plus que gris moucheté. Le parquet, quand il n'est pas déformé, est pourri – et là, des arbrisseaux optimistes s'enracinent, maigres, ébouriffés, qui s'élèvent de l'obscurité vers l'orifice déchiqueté et la clarté au-dessus. Quelque chose est tombé par la fenêtre du toit et, maintenant que les intempéries ont trouvé un passage, je me rends compte que le bâtiment ne durera plus guère. Papa dit volontiers qu'un trou gros comme le poing dans le toit des vieilles baraques d'Uist suffit à ce qu'elles s'effondrent dans les deux ans.

C'est la première fois que j'entre dans un tel édifice, tout droit sorti d'un livre de contes. Au bout de cette salle, il y a une scène encadrée de piliers qui soutiennent un toit encore plus complexe, tout en courbes. Quand je m'approche et que ma vision s'ajuste, j'aperçois une femme qui, campée sur l'estrade, baisse les yeux sur moi.

Puisque c'est ma première véritable statue, le frisson qui me parcourt l'échine et me fige sur place se conçoit. Quand je constate qu'elle est en plâtre dont la dorure s'écaille, qu'il lui manque la moitié d'un bras d'un côté et que, de l'autre, elle tient la main d'une seconde statue dont il ne subsiste rien de plus, je me détends.

Je dis quand même bonjour.

Ce qui attire l'attention de Jip, mais pas celle de la statue. Il s'approche pour l'examiner et la renifler. Une partie de l'inscription gravée à sa base a survécu : JE CHARM_RAI. L'espace d'un instant, elle m'a jeté un sort d'immobilisation – elle ne ment pas. Je sens son regard sur moi tandis que je regagne la sortie en évitant les débris de verre des lustres tombés tout autour des jeunes arbres, comme s'ils servaient à protéger leur croissance.

Je regagne le hall où je frotte les panonceaux jusqu'à trouver celui qui indique la porte de la tour, en direction de l'entrée. Là, on gravit les volées de marches à l'intérieur de la structure métallique en treillage.

Quand tout fonctionnait, un réduit suspendu à des câbles convoyait les gens jusqu'au sommet – mais, sans électricité, on doit effectuer cette ascension crevante à pied. Le temps d'arriver à mi-hauteur, mes jambes rejoignent la liste incluant mes plaies au bras (qui guérissent mal), ma tête (qui m'élance de tout un côté) et ma dent (qui me tenaille la mâchoire). Me trouver dans la cage rouillée de la tour ne m'abrite guère. Et plus je m'élève, plus la brise fraîche tourne au vent glacial. Je marque une pause pour écouter Jip gémir dans le treillage métallique. Il a vaillamment grimpé jusqu'ici, mais quand il me voit repartir à l'assaut des marches, il me regarde, puis se remet à la toilette mortuaire de son lapin chéri.

Quand j'atteins la porte en haut, je transpire et halète. Elle comporte une fenêtre qui se présente comme « l'œil de la tour », par laquelle j'aperçois une vaste salle dotée d'autres fenêtres. Elle est verrouillée, ou sinon, le pêne a rouillé et ne bouge plus. La journée a été nulle. Je ne suis pas d'humeur à laisser une saloperie de porte la rendre pire, pas après avoir escaladé toutes ces marches. Je me cale contre la rambarde et je donne des coups de talon dans la poignée, avec l'espoir que l'impact la débloque. J'y vais de bon cœur, puis j'essaie de nouveau, en pesant dessus de tout mon poids.

La serrure a tenu, mais les gonds ont cédé. Le battant tombe du mauvais côté de l'encadrement en pivotant sur lui-même. Je parviens à lever le bras pour parer de mon mieux, mais c'est un lourd panneau et il me projette contre la balustrade, me cogne la tête au passage, fait la culbute, puis s'écrase tout de guingois dans l'angle du palier inférieur.

Je hurle tous les jurons que je connais, mais quand je me relève et que je me tâte, les dégâts se révèlent moins graves que je ne l'aurais cru. J'ai une bosse de l'autre côté du crâne pour équilibrer l'œil au beurre noir – mes doigts reviennent rougis de sang, donc j'ai aussi écopé d'une plaie. Là encore, c'est surtout ma fierté qui a dégusté : je prends note de faire plus attention. Quoi qu'il puisse advenir, j'entame un long voyage et je n'aurai personne pour m'éviter de me blesser par idiotie.

J'enfreins aussitôt mes bonnes résolutions en grimpant les dernières marches et en entrant dans la salle pour admirer le paysage immense derrière la vitre. Si j'avais déjà croisé une vue panoramique, j'aurais accordé davantage d'attention au sol.

En moins de temps qu'il ne faut pour le dire, j'ai les deux pieds posés sur du vide – quand je baisse les yeux, rien ne me sépare du sable dur cent cinquante mètres plus bas. Mon instinct de survie s'enclenche, mes jambes ploient, puis se détendent, pour me projeter en arrière dans un cri d'horreur. J'atterris sur le coccyx et je pédale à tout va pour me traîner en arrière jusqu'à ce que mon dos percute l'encadrement de la porte. Là seulement, je m'immobilise. Là seulement, ma raison l'emporte : elle tâche de comprendre par quel miracle j'ai pu pousser de toutes mes forces sur le néant et pourtant réussir à bondir en lieu sûr.

J'y retourne à quatre pattes. La périphérie du sol est un ruban de verre. Comme les vitres, sauf que celles-ci ont enduré des décennies d'intempéries, sans parler des chiures de mouette qui les rayent, tandis que le sol – horizontal et abrité – reste presque immaculé. En tendant la main pour le tapoter, je le trouve vraiment épais, solide comme le roc. Regarder en bas à travers me vaut un premier accès de vertige, beaucoup plus prononcé que ma nausée au sommet du grand huit. Même si ce verre est de toute évidence conçu pour qu'on puisse marcher dessus, je viens de constater par moi-même, au niveau de la porte, la fragilité de la structure métallique qui le maintient.

En faisant le tour de la pièce, je découvre l'autre côté du bloc central. Quelqu'un a campé ici, jadis – en témoignent une pile de couvertures, deux chaises, ainsi qu'une table qui porte une lampe de camping et un vieux lecteur de musique flanqué d'enceintes. Des bouteilles vertes vides s'alignent le long de la paroi en verre. Si la lampe, rouillée, ne vaut rien, je déniche une boîte en plastique. À l'ouverture, son fermoir s'arrache et ses gonds cassent, car le plastique vieillit mal et tombe en morceaux, mais elle contient quatre bougies qui, comme les couvertures, ont survécu parce que cette salle au sommet de la tour est une sorte de coffre-fort de métal et de verre où les rats et les souris n'ont jamais réussi à entrer. Les bougies, c'est une trouvaille, vu leur rareté. Il y a aussi une paire de béquilles, ce qui me paraît bizarre. La montée est déjà assez difficile pour quelqu'un de valide. Sur l'instant, je me dis que la personne qui a effectué l'ascension tenait vraiment à admirer le paysage. Étrangement, le fait que du monde soit venu ici camper en plein ciel, écouter de la musique et boire des coups me réconforte. Ça me paraît une affirmation de la vie dans un monde qui, selon toute probabilité, se mourait, et j'espère que la personne a pris son pied. J'empoche les bougies. Beaucoup plus tard, je comprendrai enfin que si les béquilles sont restées là, c'est parce que leur utilisateur n'en a pas eu besoin une fois la boisson et la musique finies. Pour redescendre, un raccourci l'attendait.

Un dernier escalier mène à une plateforme panoramique au-dessus de la salle. Sa porte bloquée est assez entrebâillée pour me laisser me faufiler. Le vent m'assaille. Autrefois, un garde-fou en métal l'entourait complètement, ses poteaux montant au-dessus de ma tête puis repiquant, mais il en manque presque tout un côté, au nord. À en juger par l'état du reste, cloqué et écaillé comme si la rouille qui le dévorait était un champignon, ce pan a dû succomber à la corrosion avant de tomber dans la salle de bal. C'est peut-être sa chute qui a crevé le toit et livré passage aux arbres.

Comme face au tas d'os et de haillons dans le wagonnet du grand huit, j'éprouve un accès de tristesse devant une pile de vêtements – bien préservés, sans le moindre ossement en vue. Pliés avec soin, ils servent de coussin aux bottes logées sous la barre la plus basse du garde-fou, près de la brèche à la verticale du trou dans le toit tout en bas. Il n'y a là qu'une pile de vêtements et une paire de chaussures, mais j'imagine un homme – vu la taille des bottes et le blouson rouge à capuche au-dessous – qui se déshabille comme un nageur et se tient nu dans le vent avant d'effectuer son haut plongeon final par la verrière de la salle de bal. J'ai l'esprit qui a tendance à échafauder des rêveries à partir des indices les plus ténus. Quand on était petits, Bar nous mettait au lit, et après avoir raconté une histoire, elle nous attribuait à chacun trois éléments pour qu'on invente les nôtres. Elle choisissait toujours des choses sans rapport les unes avec les autres, un phoque, une montagne, un parapluie, par exemple, et j'inventais un conte qui se transformait bientôt en rêve suivi d'une bonne nuit de sommeil.

Sous l'effet de la brise, quelque chose oscille au bord de la cassure de la rambarde : une chaîne, de collier sans doute, faite de nombreuses billes argentées. Au bout, un pendentif se balance et c'est cet objet, reflétant la lumière au gré des sautes de vent, qui a attiré mon regard. Je décroche le collier pour examiner le pendentif : un rectangle aux coins arrondis au bas duquel jaillit un tube court, plein mais pointillé de trous aléatoires de tailles différentes qui criblent sa surface tels de minuscules cratères piégeant la lumière. Il doit être en acier inoxydable pour avoir résisté aussi longtemps sans se ternir. Je n'en ai jamais vu de pareil et, même si je l'ajoute à mon histoire des derniers instants de mon plongeur nu imaginaire – il l'a ôté et laissé avec ses vêtements –, il ne me paraît ni triste ni menaçant. En fait, j'y vois un porte-bonheur, car le symbole gravé au milieu du rectangle n'est autre que mon numéro fétiche – le 8. Un cercle l'entoure, d'où des flèches irradient vers tous les points cardinaux. Le petit conte que je me crée sur ce pendentif, c'est qu'il s'agit d'un charme qui m'est destiné : comme mon numéro fétiche occupe le centre d'un symbole signifiant « tu peux aller n'importe où », le porter paraît normal. D'autant que retrouver Brand et Jess dans ce vaste monde inconnu où j'ai échoué va requérir un maximum de chance. Donc je prends le collier, je le passe à mon cou et je glisse le pendentif sous ma chemise.

Bien entendu, je sais que la superstition, c'est idiot, et que dans ce monde, la chance, ça se travaille, sauf que là, dans ma solitude, avec le moral au plus bas, je cherche un truc, n'importe lequel, pour me redonner du courage. Même sur l'instant, j'ai conscience de tenter le tout pour le tout, mais quand on se noie, on se raccroche à ce qu'on peut.

Derrière le palais, il y avait autrefois une ville : c'est de là que provient l'odeur de brûlé qui a rivalisé toute la journée avec la brise marine. L'étendue urbaine et la végétation qui a recolonisé les rues ont pris feu – très récemment, puisque rien n'a repoussé dans la cicatrice gris-noir qui s'étend vers l'intérieur des terres. Parfois, sur les îles, un impact de foudre peut enflammer la bruyère, puis le vent pousse les flammes sur les versants, laissant des zones noires qui auront reverdi au printemps suivant et disparu deux ou trois ans plus tard, en un patchwork que le temps estompe, corrige et, au bout du compte, efface. Je retrouve ici ces formes sculptées par le vent. L'incendie récent (il remonte à cette saison, sinon à ce mois ou à cette semaine) a retiré la couverture verdoyante qui floute encore les rues intactes au nord-est et révélé sous les feuilles et les herbes le motif des artères et des bâtiments, tel un squelette mis à nu. Les rangées de maisons remontent le versant avant de suivre les volutes des collines et les détours des vallées. La procession des coquilles évidées par le feu me semble trop droite, trop régulière pour être naturelle. Ces maisons détruites paraissent aussi se tenir par la main pour former une chaîne, comme si trouver du réconfort dans le nombre leur procurait un surcroît de force. C'est en tout cas ce que je me dis sur le moment, mais je viens de recevoir un coup sur la tête.

Les rues ont brûlé aussi. Ça a dû être un vrai brasier. Les deux années passées ont été plus arides que jamais : pour Papa, chaque année est la plus chaude, ce qui explique que les vieilles jetées des îles se retrouvent souvent englouties, y compris à marée basse. La pluie tombe moins souvent, mais avec davantage de force, les îles recevant des précipitations à peu près équivalentes, quoique plus violentes. Les sources jaillissent, les ruisseaux coulent, les petits lacs subsistent. La bruyère et l'herbe ont beau s'assécher plus tôt dans l'été, les berges saturées se confondent avec la mer alentour.

Au sommet de la tour, le manque d'eau ne va poser aucun problème immédiat non plus : alors que je scrute la brûlure pour tâcher de discerner le paysage au-delà, un nuage noir arrive au-dessus de nous. La pluie, d'abord modérée, tourne vite au déluge.

Je bats en retraite à l'intérieur et j'écoute l'averse fouetter les vitres. La mer commence à se hérisser de longs rouleaux écumeux. Être à l'abri me fait plaisir. Je me demandais si je verrais jusqu'à chez moi, mais non : c'est trop loin. La côte et les îles ne ressemblent guère au souvenir que j'en garde après les avoir vues au niveau de la mer.

Une vive rafale claque la porte du haut. Je sursaute, mais la solidité des murs et du sol me rassure. Je me demandais si la tour risquait de s'effondrer sous le poids de quelqu'un qui s'y baladait après toutes ces années de vent et de rouille, or, bizarrement, la tempête me rassure. La salle panoramique est étanche et ne tremble pas. Si elle est restée debout toutes ces années, cent ans après sa dernière visite d'entretien, le risque qu'elle tombe cette nuit – sur les trente-six mille cinq cents qu'il y a eu depuis – paraît si minuscule qu'il ne vaut pas la peine de s'en inquiéter.

Par ailleurs, j'ai l'impression d'occuper une cabane dans les arbres. J'ai lu deux ou trois bouquins où des gamins en avaient une pour y jouer. Je rêvais de dormir dans un arbre, avec les feuilles qui bruisseraient sous le vent, comme des vagues. Le problème, c'est qu'il n'y a pas d'arbres sur nos îles – pas vraiment. Le vent arase ce qui dépasse la hauteur de la bruyère et les rares qui parviennent à se cramponner font au mieux la taille d'un humain. On ne risque pas de les escalader, sans parler d'y bâtir quoi que ce soit. Cette salle panoramique me fait l'effet de la meilleure cabane dans les arbres au monde.

Ceux qui m'ont laissé des bougies sont restés à s'amuser ici alors que le monde, qui vieillissait et mourait, devait leur paraître atroce. Avec le recul, c'est fou de ma part de penser à une cabane dans les arbres, un truc amusant, alors que tout le reste est devenu ce que j'ai connu de moins amusant dans ma vie.

Entendant Jip aboyer en bas, je vais lui dire que ça baigne et qu'on reste là ce soir. Il y a des couvertures en nombre suffisant pour qu'on dorme confortablement tous les deux. La tempête passée, je compte étaler la carte de Brand par terre pour relier ce que je vois du paysage aux dessins sur le papier. J'ai donc un motif raisonnable de passer la nuit dans le ciel.

J'ai abandonné mon sac à dos sur le palier à mi-hauteur de la tour pour m'éviter de devoir le transporter tout du long et je descends donc le récupérer et ramener mon chien qui n'a guère envie de me suivre.

Dès qu'il le voit, il déteste le sol en verre. Il prend soin de se cantonner au disque central, opaque, où il s'allonge avant de me regarder. Il a l'air de croire que j'ai perdu la tête pour le traîner ici.

La tempête qui se déchaîne ensuite ne plaisante pas. Elle obscurcit, puis noircit le ciel, et emplit l'atmosphère d'épais rideaux gris de pluie battante. Je les vois sans mal balayer la mer par-delà les crêtes blanches des rouleaux qui filent vers le rivage.

J'aurais aimé vivre du temps où on pouvait prendre l'avion. Pas seulement pour contempler la terre et l'océan, mais pour m'élever au-dessus des nuages. Tu l'as fait ? Prendre l'avion, et voir à quoi ressemble le sommet d'un nuage ?

Je confectionne un matelas de couvertures, j'attends que le chien s'installe à mes côtés, puis j'en drape deux autres autour de nous avant de m'asseoir pour observer les éclairs sur la mer. Jip n'a jamais aimé le tonnerre et, à l'abri sous les couvertures, il lui répond en aboyant, serré contre ma jambe. J'enfouis ma main dans le poil raide sur sa nuque, et je lui dis de ne pas s'en faire, demain matin tout ira mieux.

Un peu apaisé, il arrête d'aboyer, se bornant à gronder. Je voudrais croire à ce que je lui raconte. Je me dis que je me sentirais mieux si je mangeais un morceau, mais la fatigue m'assomme et je m'endors tout contre lui.

À mon réveil, si le tonnerre roule encore, la pluie a cessé et le bruit s'est éloigné. Les intervalles entre les éclairs et les coups de tonnerre m'indiquent que l'orage s'abat désormais à quinze ou vingt kilomètres de nous. Jip s'agite dans son sommeil. Prenant soin d'éviter de le réveiller, je m'installe plus à mon aise dans le nid de couvertures et je baisse les yeux vers la jetée.

La mer moutonne toujours, mais les nuages se sont levés pour laisser un croissant de lune se refléter à sa surface. Il me semble apercevoir la carcasse du *Doux-espoir* parmi les ruines de la grande roue – je me fais peut-être des idées. Je partirai dès l'aube, mais d'ici là, j'aurai pris ma décision, et voir le bateau n'aurait fait que me conforter dans celle-ci. La mer a effacé l'avertissement de Brand. Le relire ne me ferait pas non plus changer d'avis. Encore une fois, sa phrase prouvait qu'il savait écrire, pas qu'il avait lu les bons livres ou retenu les bonnes leçons. Autrement, il n'aurait peut-être pas brûlé mon bateau. Il ne m'aurait pas non plus conseillé de rentrer.

On brûle ses navires pour que ses soldats restent se battre faute de pouvoir prendre la fuite. C'est la solution qu'Énée a adoptée quand il a amené les survivants de Troie en Italie et fondé un nouvel empire à Rome. Tout comme l'explorateur espagnol dont j'ai oublié le nom lorsqu'il a débarqué en

Amérique du Sud avec ses troupes. Il a fini par s'emparer du continent tout entier, or et argent compris, avec une poignée d'hommes armés de fusils qui ne pouvaient plus rentrer. La violence m'est étrangère, je ne suis pas un homme et je n'ai aucun fusil. Mais Brand, en brûlant mon bateau, a décidé à ma place, quel qu'ait été le message qu'il croyait m'envoyer.

Je ne rentre pas. Je ne vais pas chez moi, mais chez lui. Je récupère mon chien. Je lui prends son bateau. Ensuite, oui, je rentrerai.

Comme je disais, j'ai pris un bon coup sur la tête.

14

Une lueur

Ça ne s'arrête pas là. Il y a une autre raison. En fait, cette histoire de brûler ses navires a sans doute pu être un prétexte inventé par la suite durant mon voyage à pied. Il faut avouer que j'ai eu le temps de réfléchir. Et des motifs, à mesure que tout se compliquait, de m'élaborer une bonne excuse pour justifier les dangers auxquels je m'exposais. Tu t'es déjà écrasé un doigt avec un marteau ? Ça fait plus mal qu'un coup normal, parce que c'est toi qui te l'es infligé.

Avant qu'il fasse jour, mais après que la tempête a filé et que le tonnerre lointain s'est tu, emmenant les éclairs hors de vue derrière les collines au nord, je me réveille avec l'envie de pisser. Je gravis l'escalier et je sors sur la terrasse à ciel ouvert, détrempée par la pluie, où j'ajoute à l'humidité ambiante en tenant compte de la direction du vent. C'est en me redressant que je vois un truc qui me fige instantanément.

Il y a une lueur dans l'obscurité. Un point minuscule vers l'horizon, au sud-est, si petit qu'on pourrait le prendre pour une étoile qui se couche. Sauf qu'il est orange, que je n'ai jamais vu d'étoile de cette couleur, et que les nuages voilent le ciel – aucun élément de comparaison. Je redescends les marches dans un fracas de métal pour prendre mes jumelles et la boussole, ce qui tire Jip du sommeil. Je lui ordonne de ne pas bouger, car je n'ai aucune envie qu'il tombe du côté ouvert de la plateforme d'observation, puis je remonte.

La lueur brille toujours, mais très, très loin. Les jumelles échouent à la rapprocher – assez pour permettre de deviner de quoi il s'agit, du moins. La boussole ne sert à rien dans le noir. Papa me l'a donnée à l'occasion de ma première sortie en solitaire. Il l'avait eue enfant et il disait que les repères brillaient dans le noir, mais ils se sont usés. Je redescends chercher deux bouteilles vertes, puis je remonte et, sur la plateforme plongée dans l'obscurité, je les aligne avec soin afin que les goulots indiquent l'étincelle orangée. Ensuite, je retourne dans la salle vitrée où je dors étonnamment bien, sachant qu'une fois le soleil levé, je pourrai utiliser ma ligne de visée de fortune pour voir ce qu'il y a au bout.

Je rêve, aussi : des moments heureux où j'entre dans un village comme celui qui figurait toujours à la dernière page d'une série de BD que j'adorais dans mon enfance. On y voyait un mur d'enceinte fait de pieux, et des villageois festoyant autour d'un grand feu alors que le barde, ligoté quelque part dans l'image, semblait furieux qu'ils n'aiment pas sa musique. Ce que ces villageois adoraient, c'était se bagarrer avec les soldats romains et manger du sanglier rôti. Dans mes rêves, en plus des inconnus, le village accueille Bar, Ferg, Papa et même Maman, qui rient et distribuent de la nourriture ; il y a aussi une fillette qui court autour du feu pour faire voler son cerf-volant, qu'elle lâche en me voyant pour courir à ma rencontre les bras grands ouverts, et c'est là que je me réveille.

Enfin, voilà ce dont je crois avoir rêvé. Se souvenir de ses rêves, c'est comme ramasser une petite méduse : ça te glisse entre les doigts. Pas moyen de savoir si tu as fait ce rêve, ou si tu l'as ajouté à ton souvenir du rêve. Parfois, c'est à se demander si on se rappelle un rêve, ou le souvenir d'un rêve. Et si ça ne rime à rien, bah… les rêves non plus.

Il n'y a rien au bout de ma ligne de visée quand je regarde le matin venu, ce qui me déçoit terriblement – pas de village inattendu plein de villageois accueillants prêts à m'aider. Je ne m'attendais pas vraiment à y trouver Maman ou la fille au cerf-volant, mais, en m'endormant, je me demandais si des gens vivaient dans ce désert, des gens dont on ne nous aurait jamais parlé. Mais il n'y en a pas, ou il n'y en a aucun signe, et comme le seul truc qui n'a pas changé depuis la fin du monde, c'est qu'on a toujours besoin de petit déjeuner, l'absence de fumée paraît dissiper l'illusion optimiste qui a bercé mon sommeil.

À l'horizon, seule se détache une butte trop éloignée pour voir s'il s'y trouve un bâtiment. Je déplie ma carte, j'utilise ma boussole pour l'orienter, puis je prends un relèvement à l'aide des goulots des bouteilles, et enfin je me sers d'une béquille pour tracer une ligne droite sur la carte en partant de la tour.

Puis, comme l'étincelle orange se trouvait à peu près dans la direction où je situe la base arrière de Brand, je décide d'aller par là. Je pourrai jeter un œil, avant de continuer jusqu'à atteindre l'autre côté de la terre ferme, où j'avais la certitude qu'il habitait.

Jip est ravi de retrouver le plancher des vaches. Je tire le kayak dans le hall du palais. Le bâtiment risque peut-être de s'effondrer, avec la salle de bal exposée aux intempéries et envahie par de jeunes arbres, mais j'estime qu'il faudra un certain temps et que le kayak sera à l'abri en attendant. Au moins jusqu'à ce que je repasse ici pour rentrer chez moi.

Aujourd'hui, je me demande s'il est encore là.

On part vers l'intérieur. J'ai envie de regarder en arrière, mais je m'abstiens : si je le faisais, j'aurais des doutes, alors que j'ai pris ma décision. Il y a de quoi nourrir ma curiosité tandis qu'on traverse le squelette calciné de la ville. Jip, en éclaireur, trottine de-ci de-là, la truffe au sol, à la recherche d'odeurs intéressantes.

Les coquilles vides des maisons s'épaulent tout le long de la route qui monte depuis le front de mer. L'incendie a consumé la végétation qui recouvrait la chaussée, mettant à nu le vieux goudron fissuré et déformé au fil des ans par la pousse des buissons et des arbrisseaux qui ne sont plus que des troncs et des branches décapés par les flammes. L'air sent le brûlé – et pas l'odeur propre du feu de bois, mais la puanteur huileuse de l'essence. Arpenter ton monde, songer au nombre de gens qui résidaient dans cette rue, au nombre de rues semblables devant moi, ça me chamboule. Mais les fenêtres vides me toisent d'un autre regard que les maisons abandonnées sur les îles. Le brasier a peut-être calciné les derniers résidus des habitants d'autrefois.

Là où le feu s'est arrêté, les maisons continuent, certaines dotées d'un toit, presque intactes. L'atmosphère change : si le paysage reste désert, la vie reprend ses droits. Je vais plus lentement

– l'enchevêtrement des fourrés et des petits arbres me fait obstacle –, mais je n'ai guère de mal à avancer, bien qu'il m'arrive de perdre Jip de vue durant plusieurs minutes. À mon passage, les vitres restées intactes me reflètent la chiche lumière du soleil dans la figure. Je me rappelle une maison dont la façade affiche le mot PARTIS à la peinture jaune en lettres plus hautes que moi. Des oiseaux entrent et sortent par les fenêtres des étages supérieurs où ils doivent nicher depuis des générations. J'y vois un spectacle joyeux, comme celui des écureuils gambadant sur les toits et les branches : la nature utilise tout ce que vous avez laissé derrière vous.

Je n'ai jamais vu d'écureuils ailleurs que dans les livres, mais ces longues queues touffues m'indiquent que ce ne sont pas des rats. La vitesse et l'agilité avec laquelle ils courent et bondissent si haut au-dessus du sol me ravissent. Jip, qui ne partage pas mon enthousiasme, prend ça pour un affront. Il aboie à tout va et essaie de les choper – il saute en l'air, tente de grimper à un arbre. Comme il n'a jamais lu de livres, il les prend peut-être simplement pour des rats à la queue plus épaisse. En tout cas, ils s'ajoutent sur-le-champ à la liste des bestioles qu'il se doit de chasser. Je me demande ce qu'ils peuvent bien penser de nous. Ils n'ont jamais vu de gens. On jurerait qu'ils nous ignorent en s'élançant d'une branche à l'autre, parfois d'un arbre au suivant en une belle acrobatie qui défie la pesanteur avant de se réceptionner et de reprendre leur course comme si de rien n'était malgré le miracle d'équilibre et d'assurance qu'ils ont accompli. Je pourrais passer la journée à les admirer. Je décide alors que j'adore les écureuils autant que Jip, mais d'une manière complètement différente.

Passé la limite de la ville, la campagne paraît se refermer sur nous, alors que j'aurais cru qu'elle s'ouvrirait. La raison, là encore, ce sont les arbres, plus grands, qui surplombent la vieille route envahie par la mousse et les herbes folles. Chez moi, sur les îles, je le répète, il n'y a aucun arbre proprement dit, et les rares survivants sont des avortons déformés par le vent qui profitent du moindre abri pour survivre. Un bois de pins nains pousse sur un versant de North Uist, mais il s'agit d'un lieu obscur, impénétrable, que je n'ai jamais exploré.

Marcher sous de vrais arbres aux feuilles larges, je ne l'ai jamais fait. C'est exaltant. Après une vie passée sous un ciel gris ou bleu, se retrouver sous un plafond vert – de nuances de vert, en fait – me surprend. La variété des arbres ne suffit pas à justifier cette mosaïque de teintes : le soleil transforme certaines feuilles en langues d'émeraude dont l'éclat met en relief la masse plus sombre du feuillage ombreux. Ils sont grands, les vieux arbres sur cette première portion de route, le tronc épais. La voûte de leurs branches soutient un épais couvert – il a dû écarter les rejetons qui essayaient de percer le goudron sous la mousse et l'herbe. La preuve ? Au bout de trois kilomètres, j'atteins un point où deux géants se sont abattus sur la chaussée et, dans l'espace dégagé, un baliveau pousse qui dépasse déjà ses congénères restés dans l'ombre. Les racines des arbres ont extirpé du sol de grands disques de terre en tombant, et les examiner me permet de constater qu'un vaste réseau de racines s'étend sous la surface comme pour refléter l'envergure des branches.

Un arbre, c'est une merveille.

Des lapins ont creusé leurs terriers dans la terre mise à nu. Jip en attrape deux avant que je le persuade de me suivre, et comme je veux couvrir le plus de distance possible avant la tombée de la nuit, je les vide avant de les accrocher à mon sac pour les écorcher plus tard.

Bon chien, je dis. Tu t'es occupé du souper.

La plupart des maisons qu'on longe, privées de toit, sont envahies par les ronces ou effondrées par la végétation qui y a pris racine des dizaines d'années plus tôt, mais il en reste de moins abîmées par le temps et les éléments – à première vue, du moins. La pierre paraît résister mieux que la brique, la brique mieux que le préfabriqué. Les murs des maisons en préfabriqué ont éclaté sous l'effet de l'humidité. Ici et là, des lambeaux du revêtement en plastique claquent comme des drapeaux blancs. Je me revois sur la route, émergeant de sous les arbres, pour me retrouver face à mon reflet dans la longue paroi en verre d'un édifice qui devait servir à acheter de l'essence ou recharger ses batteries. C'est étrange de se voir de taille si réduite, Jip à mon côté. Évidemment, j'ai déjà aperçu mon reflet dans des miroirs ou des fenêtres, mais c'est la plus grande vitre que j'aie jamais vue : elle me fait paraître minuscule sur l'arrière-plan du paysage qui s'étend partout alentour. Il n'y a que moi, mon sac et mon arc, puis les arbres qui se dressent de toute leur hauteur et l'entrelacs de fourrés, de haies, de brousse. Le monde a l'air immense, moi, microscopique – moins que mon chien, mais il semble à sa place dans la nature. Mes proportions ont quelque chose d'étrange, trop grandes et trop petites à la fois. Plutôt qu'à moi, je ressemble à un personnage de conte. Quand je repars, je me demande si ça donne cette impression quand on regarde un film ou une émission de télévision : quelqu'un de minuscule dans un cadre géant. Papa dit que les gens faisaient ça – ils s'asseyaient dans l'obscurité avec plein d'autres personnes pour suivre une longue histoire qui se passait sur un écran devant eux. Tu as dû en voir, des films. Je me demande ce que tu aurais pensé de Jip et moi.

Ce qui se voit aussi dans la vitre, comme le nez au milieu de la figure, c'est que l'un de mes bras est beaucoup plus rouge que l'autre.

C'est logique, car il me démange beaucoup plus. Les écorchures infligées par le filet n'ont pas eu le temps de guérir ni les irritations dues au sel de se calmer. Je veux continuer, mais mieux vaut prendre le temps de soigner ces bobos avant qu'ils s'aggravent. Je rejoins donc la station-service où je découvre la carcasse d'une voiture rouillée jusqu'au châssis. Comme pour la plupart des véhicules sur les îles, ce sont les essieux, les roues et le bloc-moteur qui ont le mieux résisté. Posant le sac à dos, j'en sors ma trousse de secours dont j'étale le contenu sur la culasse.

À ton époque, tu avais ce que Papa appelle des « cillines » – des médicaments antibiotiques qui empêchaient comme par miracle les plaies de s'infecter. On a fabriqué les cillines restantes bien avant la mort du monde et, même emballées dans du papier d'aluminium, elles se sont gâtées. On trouve parfois de vieilles pilules lors de nos expéditions, mais elles ne font presque plus effet. Par chance, Papa tient d'autres remèdes de sa mère, qui d'après lui était une guérisseuse d'exception, et on emporte tous dans nos sacs des trousses d'urgence, utiles si on chope une saleté alors qu'on est tout seul. La déballer me donne le mal du pays, car, bien sûr, tout ce qu'elle contient sort des mains de Papa, Ferg ou Bar. Je me souviens de Joy mettant à bouillir le drap en coton qu'on avait trouvé dans une vieille baraque pour faire des bandages, et j'ai récolté le miel qui se trouve dans le petit récipient étanche en métal. Si Ferg a concocté l'onguent que contient la boîte de cirage, je l'ai aidé à cueillir l'épiaire qui entre dans sa composition – j'ai bourré des vieilles taies d'oreiller de fleurs violettes. Bar a lu dans un livre d'herboristerie qu'on l'appelait aussi « bétoine » et « foyer-de-la-terre ». J'ouvre la boîte et, en la humant, je songe à la distance qui me sépare du foyer de ma terre. Puis je la rebouche et je me nettoie le bras avec un peu d'eau de ma gourde. Je laisse le vent le sécher, et j'enduis de miel aromatisé les irritations et les écorchures les plus rouges, ce qui me permet de sentir la chaleur dans mon bras tel du feu sous ma peau. J'aurais dû traiter ces blessures il y a deux jours. Décidément, je manque de jugeote dans divers domaines.

Par-dessus le miel vient le bandage de Bar, que j'attache, puis on repart. Bien sûr, maintenant que j'y prends garde et que je l'ai traité, mon bras me préoccupe, il me démange et me fait mal. Parmi les remèdes que j'ai dans ma trousse, outre la pâte de consoude et l'achillée millefeuille, il y a de la poudre de poivron rouge – Bar le cultive sous verre. Si les bobos ne se sont pas arrangés d'ici la nuit, je me dis que j'en ferai un baume dont je les enduirai. La poudre de poivron brûle, mais elle chasse toujours l'infection, surtout quand on la mélange avec l'ail qu'elle cultive aussi, mais ça, je n'en ai pas. En sautant d'un rocher sur la plage de sable d'Uskentyre, l'une des filles des Lewisiens s'est planté un couteau – je parle bien du coquillage – dans le pied. Il l'a tuée petit à petit. Ça a été moche et brutal, parce que l'infection a gagné tout son pied. Ils ont bien envisagé de l'amputer, mais comme scier le pied de ta fille n'a rien d'évident, ils ont tardé et ça s'est étendu à son mollet. Quand ils se sont résolus à lui couper la jambe sous le genou, ils ont cru avoir paré au pire, sauf que la gamine ne s'est jamais réveillée. Avant la fin du monde, vous aviez vaincu les infections. Il leur a simplement suffi de patienter jusqu'à ce que les usines de médicaments ferment toutes, faute de personnel assez jeune pour y travailler, pour faire leur grand retour.

Je me sais robuste, donc mon bras ne m'inquiète pas trop à terme, mais je me fais juste assez de souci pour nourrir un léger doute. Rien d'épouvantable : une vague gêne, comme un caillou dans la chaussure.

Avant de repartir, j'en ramasse d'ailleurs quelques-uns et je les mets dans ma poche droite. Puis, tout en marchant, je tâche de compter mes pas, un truc que Papa nous a appris sur les longues plages de South Uist. Un kilomètre, c'est mille mètres, et après avoir calculé à combien de tes pas ça correspond, tu vois quel trajet tu parcours dans la journée. Ou tu peux regarder une carte et, si tu connais la direction que tu suis et la distance que tu couvres, tu sauras toujours où tu es. C'est du moins la théorie. À ce moment-là, j'ignore encore que je vais la mettre à l'épreuve pour un résultat nul. J'essaie de décompter mille trois cent cinquante pas, ce qui correspond à mon kilomètre. Il y a beaucoup à voir tout en marchant et je dois me concentrer sur mon calcul. Pour m'aider, chaque fois que j'atteins mille trois cent cinquante, je transfère un caillou de ma poche droite dans la gauche, au cas où je perdrais le compte.

Ce premier jour, j'ai marché vingt-cinq cailloux. Je me le rappelle. C'est un chiffre rond. J'ai effectué tout ce trajet sur la route embroussaillée, car elle suit la visée que j'ai réalisée du haut de la tour à l'aide de mes bouteilles en verre et de la lueur orange. Sachant qu'une fois au sol, la crête où j'avais vu le feu me resterait invisible, j'ai marqué le repère le plus proche sur la ligne : une aiguille qui m'a parue petite, mais qui, peu à peu, se révèle dominer tout le paysage alentour. Il s'agit d'un clocher griffant le ciel de la petite croix tordue à son sommet. De tous ceux que je vais croiser ensuite, c'est celui qui me semblera le plus haut, le plus pointu. Ce qui devient évident à mesure que j'approche, c'est qu'il se trouve au milieu des vestiges d'une ville. En écrivant cette phrase, je me rends compte que je ne connais pas vraiment la différence entre une ville et un village, à part que l'une est bien plus grande que l'autre. Si j'avais un dictionnaire, j'imagine que je pourrais vérifier. Mais le seul livre en ma possession, c'est celui où j'écris. Cette ville-ci, en tout cas, dépasse en taille celle que j'ai quittée ce matin et n'a pas été détruite en grande partie par un incendie. Ou alors, il remonte à loin et la verdure a eu le temps de repousser et de masquer les cendres. Ça ne veut pas dire qu'elle est intacte. Elle retourne déjà à la nature – je le répète, celle-ci s'emparera de n'importe quel bâtiment si on lui en laisse le temps. La pluie s'infiltre, le froid change l'eau en glace pendant l'hiver, la glace élargit les fissures où des graines germent au printemps, et il suffit d'attendre que les racines poussent davantage les murs et les toits, laissant entrer plus de graines, de pluie et de glace, et tout s'effondre enfin, ici, sur la terre ferme, comme là-bas, sur les îles.

Je me demande si tu t'attristerais que la nature reprenne ses droits sur le monde que tes ancêtres et toi avez dompté. Sans doute, surtout quand je vois les trucs incroyables que vous avez construits. J'en ai croisé que je n'aurais jamais imaginés, malgré les images que je scrutais dans les vieux livres flétris chez moi. J'ai exploré les ruines d'édifices que je n'aurais pas crus possibles. Je me demande comment on a pu entasser ces énormes masses de pierre aussi haut avec un tel soin qu'elles tiennent en équilibre. Et outre les bâtiments, il y a les ponts, les tunnels. La puissance et l'intelligence dont vous avez témoigné m'épatent d'autant plus que vous deviez trouver ça banal. Mais les constructions ne diffèrent guère des arbres, en vérité – ni des gens. Elles finissent par tomber et mourir.

J'entre dans la ville. Les vestiges paraissent grandir et me presser de toutes parts à mesure que j'approche du clocher. Il me faut deux cailloux pour l'atteindre depuis l'orée de la campagne. Les animaux ont tracé des pistes qui sinuent dans les herbes et les buissons qui remplissent les intervalles, ces intervalles qui étaient autrefois les rues. Dans la boue et la couche de feuilles, je repère des empreintes de pattes – de lapins, certaines très grosses –, mais aussi de sabots. J'ai tort de m'en étonner, car on élève des poneys sur les îles, mais je n'imaginais pas qu'il puisse y en avoir sur la terre ferme. À un carrefour, je me retrouve nez à nez avec un renard. Gros, de la taille de Jip, il arbore une fourrure d'un orange profond, à part une tache blanche sur son poitrail et au bout de sa queue. Il me toise posément, mais avec l'immobilité de statue de l'animal qui se prépare à fuir dès qu'il estimera pouvoir te tourner le dos sans danger.

Il se tient au bas du dernier étage d'un bâtiment effondré qui forme une longue pente. Tous les sols sont en béton. Aucun mur. Il devait abriter des bagnoles. Bref, les sols s'entassent tels des biscuits renversés. Le gris du béton est découpé en cases de la taille d'une voiture par des lignes d'un jaune délavé qui évoquent une échelle dès que le renard tourne les talons et détale en remontant la pente, poursuivi par Jip. Il disparaît par une porte – SORTIE, indique une inscription passée – au sommet, et le chien s'engouffrerait sur ses talons s'il ne pilait en m'entendant siffler, fort. Il me jette un regard de reproche, pisse sur le montant de la porte, puis redescend au trot jusqu'à la route.

J'adorerais visiter les vastes bâtiments que je longe, mais j'ai tout ce qu'il me faut à ma ceinture ou dans mon sac et je refuse de me laisser distraire de mon plan. Ou plutôt, j'adorerais me laisser distraire par ces pans inconnus de paysage qui s'ouvrent alentour, mais je tiens en premier lieu à récupérer ma chienne. J'ai calculé le temps qu'il me faudra pour aller à pied de la tour jusqu'à l'endroit de la côte opposée où les marques sur la carte me font croire que Brand vit. Si j'arrive à couvrir trente kilomètres par jour, il m'en faudra dix ou douze pour y arriver. Douze jours, ce n'est pas longtemps. Et je pourrai mener mon exploration au retour, avec Jess. Voilà ce que je me dis. J'espère que Brand rentre tout droit chez lui, ce qui me semble probable, vu que son bateau est chargé jusqu'au plat-bord de tout ce qu'il a récolté au cours de son voyage. Bon, je n'ai aucune idée de la manière dont je pourrai la secourir, mais je parie que je trouverai une fois que j'aurai tâté le terrain. Mon plan comporte des tas de défauts : entre autres, il se fonde entièrement sur la carte que j'ai volée, et toutes mes hypothèses reposent sur les traits de crayon qui rayonnent de ce fameux point sur la côte est.

Donc, pas d'exploration. Et pour m'en tenir à mon plan, je devrais parcourir encore cinq cailloux avant de camper, mais je tombe de fatigue. La forêt, la masse de bâtiments envahis par la végétation, tout ça, c'est nouveau pour moi, au point que j'en ai le vertige – il faut que je digère ma journée. Je me rattraperai demain. Pour conforter ce choix, je décide de grimper au clocher pour fixer le repère suivant sur le relèvement. Trouver l'église ne pose aucun problème, même si je dois négocier un dédale de petites rues où des maisons en briques s'effondrent dans les fourrés qui engorgent les artères. Une fois à destination, je découvre qu'elle se dresse sur une sorte de promontoire au-dessus de ce qui paraît une rivière d'arbres bifurquant de part et d'autre. Plus loin, je vois une vraie rivière qui brille au soleil. J'ignore alors – je l'apprendrai par la suite – que la rivière d'arbres est en fait l'ancienne voie ferrée. Si leurs sommets sont à ma hauteur, c'est parce qu'ils poussent dans la tranchée par laquelle les trains circulaient. Les voies ferrées se remplissent d'arbres plus vite que les routes, les cailloux soutenant les rails étant plus perméables que le goudron d'une chaussée. Si tu veux suivre une ligne de chemin de fer sur une vieille carte, il vaut donc mieux la longer par les champs voisins que tenter de se frayer un passage dans la végétation qui a reconquis les rails avec enthousiasme. Ce sont des voies verdies plutôt que des voies ferrées.

Les portes de l'église sont verrouillées, ou bloquées par la corrosion. Au lieu de pourrir, leur bois épais semble avoir durci. La clôture irrégulière de grilles rouillées autour du bâtiment n'a rien d'accueillant, et la croissance des herbes et des arbrisseaux déforme la cour pavée, mais les fenêtres, du moins celles que je pourrais atteindre, demeurent intactes. Il y en a une grande et ronde à une extrémité, telle une fleur de pierre géante aux pétales de verre multicolore. Elle présente des vitres brisées, sans toutefois me permettre d'entrer.

Je laisserais bien tomber, mais Jip détale soudain derrière une bestiole agile et rapide sous l'arche soutenant la tour du clocher. En suivant ses aboiements excités, je découvre qu'il a poursuivi sa proie dans l'édifice par une entrée latérale qui m'avait échappé. La porte est verrouillée, mais une gouttière au-dessus a cédé : de l'eau ruisselle depuis des années sur le mur, comme en témoigne une traînée noirâtre, et s'accumule au fond d'un creux au pied de la tour. Une chatière est ainsi apparue dans le battant vermoulu, par où il est passé. Je l'agrandis à ma taille et j'entre en rampant.

Dedans, c'est grandiose et affreux. Les fenêtres, ternes du dehors, irradient de la lumière et des couleurs dans l'édifice haut de plafond. Le verre montre des images vivaces de barbus en robe qui s'activent et de femmes en fichu levant les yeux au ciel et tenant des bébés. Une structure complexe forme le plafond, pyramide de poutres qui montent jusqu'au sommet, et sur chaque support disponible, il y a des statues, de barbus là encore. Plus jeune, j'ai lu une Bible pour les enfants qui racontait les principales histoires, donc j'ai la certitude que la plupart des femmes peintes sont la Marie, car elles ont toutes le même visage – seules les couleurs de leur fichu et de leur robe diffèrent, ainsi que ce qu'elles tiennent : soit un bébé, soit un truc plus étrange, comme une roue ou une flamme. Si tous les barbus ne peuvent pas être le Jésus, je sais que les nus cloués à une croix le sont. Les statues ne se trouvent pas que sur les supports du toit. Il y en a partout, petites et grandes, posées au sol ou accrochées aux murs. L'église sur Iona en exhibait deux, mais ici, c'est une foule. Jamais je n'ai vu un espace aussi encombré, et une idée noire me vient : elles attendaient que, moi ou un autre, on vienne troubler leur quiétude.

Bien qu'un bout du bâtiment soit presque intact, à l'autre il y a un amas de longs tubes métalliques là où l'orgue – je crois – est tombé. Dans les livres, les gens allaient à l'église pour trouver la paix, parler à un dieu ou simplement côtoyer leurs voisins. Je doute que ce soit le bon endroit pour parler à un dieu. Les statues expriment trop de souffrance, et on les a faites ainsi avec trop de délectation. C'est le mot, puisqu'il décrit le plaisir pris à faire quelque chose. Il me semble que tous ces sculpteurs ont montré un penchant pour la douleur de se faire clouer sur une croix. Ou ce n'est pas leur faute, et c'est mon ignorance qui parle. Peut-être qu'apprécier la douleur se conçoit quand on croit à l'invisible, comme à ce dieu. Me voilà loin du sens de cet engouement. Comme s'il s'agissait de la chute d'une plaisanterie dont j'ignore le début. J'aurais peut-être dû lire une Bible destinée aux adultes, mais durant mon enfance, on manquait de temps à consacrer aux dieux. Leur heure avait sonné. Ils étaient morts, comme vous tous. Ce ne sont plus que des histoires. Bar le soutient : les dieux étaient des histoires donnant un sens à la vie de ceux qui voulaient qu'on les prenne en charge au lieu de mener leur barque.

Elle a lu d'autres livres que moi. D'idées, pas d'histoires. Et des manuels : comment fabriquer ou cultiver. Ça ne m'a jamais autant plu qu'une fiction qui parle des gens, mais j'aime sa tournure d'esprit.

Je déniche une petite porte donnant sur l'escalier de la tour. À mesure que je le gravis, ma gorge se serre, tant on y est à l'étroit. J'ai l'étrange impression de monter vers une impasse et je me demande comment je me sortirais de cette spirale de pierre si la porte du bas claquait et celle du haut refusait de s'ouvrir. Un moucheron dans une bouteille ! Ma raison sait que la porte du bas ne va pas claquer, car le vent ne l'atteindrait pas s'il soufflait – or, c'est le calme plat – et que nul ne pourrait la pousser, puisque le monde n'est qu'un vaste désert. Ma peur a d'autres arguments. En haut, la porte s'ouvre après que j'en ai cassé l'un des gonds à force de tirer et de pousser. J'émerge sur une plateforme en pierre qui court autour de la base du clocher. En levant les yeux, je vois sa hauteur et la croix penchée au sommet. Le poids de toute cette pierre en équilibre me paraît une menace. Tu as déjà été au bord d'une falaise et ressenti une sorte d'attraction, sinistre mais exaltante, qui te donnait envie de sauter ? La masse de ces blocs perchés là-haut semble exercer la même.

Reste là, elle dit. Ne bouge plus. Bientôt, on va tomber pour t'écraser.

J'effectue un relèvement à la boussole. Au loin, je vois une encoche dans une éminence derrière laquelle s'élève une colline plus claire. En gardant ce sommet juste à droite de l'encoche – comme avec un viseur –, je tiendrai mon cap. Je sors la carte, je dessine la silhouette du repère sur un bout de mer en guise d'aide-mémoire, puis je redescends.

J'avais envisagé de passer la nuit dans l'église, mais il y aurait trop d'yeux posés sur moi pendant mon sommeil. Ils ne sont pas humains : même si les statues te fixent, la façon dont on les a sculptées n'a rien qui te touche. Contrairement à la femme en jaune. Non, je vais trop vite en besogne. En tout cas, je m'installe sur l'autel pour partager de la viande séchée et du biscuit d'avoine avec Jip avant de repartir. Assis là, à scruter la salle, je me rends compte que j'admire la même vue que le prêtre du dieu quand les rangées de bancs regorgeaient de monde. J'essaie d'imaginer le bruit que les tuyaux éparpillés tel un mikado géant à l'autre bout de la salle pouvaient faire, en vain. Quand je quitte l'édifice, j'emporte le souvenir, non pas des statues ni de la torture dont elles semblent se réjouir, mais de toutes ces vitres aux couleurs glorieuses. Elles vont me rester comme autant de joyaux.

La femme en jaune habite, au centre-ville, un temple grec qui se tapit, menaçant, sur une place dallée. Il ne s'agit pas d'un vrai temple grec, bien sûr, mais on jurerait la version obscure de celui du recueil de mythes qu'on a dévoré, Joy et moi, devant la cheminée il y a une vie de ça, l'édifice blanc où vivait Zeus ou Athéna. Les mêmes piliers soutenant un énorme triangle de pierre créent un vaste porche au fond duquel s'ouvrent portes et fenêtres, ces dernières bouchées par du contreplaqué, peut-être pour protéger le verre. Il me faut un long moment pour déchiffrer ce que dit l'inscription sculptée du fronton. À LA LITTÉRATURE, AUX ARTS ET À LA SCIENCE, je crois.

La double porte est juste assez entrouverte pour que je me faufile après Jip. Derrière, une seconde double porte, en verre celle-là, a protégé l'intérieur des éléments et des animaux. Je l'ouvre non sans difficulté, et j'entre. Comme les fenêtres de l'étage supérieur ne sont pas barricadées, je monte. Cet endroit, c'était un musée. Je l'ai vu en lisant les panneaux muraux, mais tout le contenu a disparu, sauf dans la grande salle centrale, encore un espace vide. Il y a là un fauteuil et, face au fauteuil, une dame en robe jaune qui me dévisage. Je dis « dame », car c'est plus chic que « femme », et la robe est aussi chic que tu peux l'imaginer, longue, luxueuse, et du jaune le plus soutenu, aux bordures rehaussées de noir. C'est le genre de robe dans laquelle on ne fait rien d'utile – elle gêne les mouvements –, mais parfaite pour se prélasser et dévisager. Et les yeux me dévisagent avec intensité. Cette femme, ce n'est qu'un tableau, avec plus de vie dans ses deux yeux que dans ceux de tous les Jésus et les Marie de l'église réunis. Elle me regarde, et je sais qu'elle me voit, avec la même acuité que l'artiste a dû la voir. Elle te regarde, et tu te sens… lié à elle. Sinon à elle, à la vie. C'est ça que l'artiste a capté, que l'artiste a aimé. Sa vie. Peut-être la vie en général. Je vais m'asseoir dans le fauteuil et je lui rends son regard.

Salut, je dis. Moi, c'est Griz.

Et j'éclate de rire. Je parle à un tableau ! Sa mine indique qu'elle comprend la plaisanterie – elle ferait la même si elle pouvait s'exprimer. Je ne me voyais pas dormir avec toutes ces statues qui me dévisageaient, mais j'ai l'impression que ce sera très différent ici, dans cette pièce, avec juste la dame pour me regarder.

Quelqu'un d'autre a dû trouver reposant de partager cette pièce et un regard avec elle : voilà pourquoi on a placé le fauteuil devant le tableau.

J'imagine qu'un des tout derniers Boumeurs a voulu voir un visage jeune, tous les autres ayant disparu – morts ou âgés. Ça devait être triste, sans nouvelle génération qui grandissait. S'asseoir dans ce fauteuil aura permis à cette personne de renouer une dernière fois avec la vie. Je laisse mon sac de couchage par terre et je descends pour m'occuper des lapins.

Je me laisse détourner de ce but par une pièce au rez-de-chaussée. Le panneau indique BOUTIQUE DU MUSÉE et, même si le capharnaüm et les traces dans la poussière montrent que des gens – sans doute nombreux – l'ont pillée depuis longtemps, il reste des choses intéressantes. Surtout des bouquins, mais aussi des crayons, que j'emporte, et un petit taille-crayon en cuivre dont la lame en acier n'a pas rouillé. Le rayon librairie favorise les livres d'art, trop gros pour que je les prenne, mais une étagère de guingois offre des volumes tenant dans la poche : des guides sur des sujets comme les fleurs, oiseaux, minéraux et d'autres choses qu'on peut voir en se promenant et vouloir identifier. En ajouter deux à mon sac ne me surchargera pas. Le plus évident montre des mûres et des framboises en couverture. Je le consulte : un guide des plantes sauvages comestibles. Il inclut beaucoup d'excellentes photos qui aident à identifier ce qu'on peut manger sans risque de s'empoisonner. Si je dois traverser la terre ferme en pratiquant la cueillette, un livre m'indiquant ce qu'il faut éviter parmi les plantes inconnues sur ma route me sera profitable. Moins indispensable à première vue, j'en choisis aussi un sur les arbres, parce qu'il me plaît – je viens de découvrir un monde entier rempli d'arbres véritables. À y repenser, tous deux contribueront à ma survie par la suite, mais un seul me sauvera. Et pas celui qu'on pourrait croire.

Je sors une pile des ouvrages moins transportables que je lis après avoir fait un feu sur le porche entre les colonnes. Tandis que les lapins cuisent, je me régale de ces pages dont les couleurs restent vives après plus d'un siècle. Puis je mange ma viande brûlante. Jip attend que la sienne tiédisse et va la déguster sur le perron dans l'intimité qu'il a toujours préférée. Jess se comporte autrement. Elle mange vite, mais en vous regardant et en remuant la queue, comme pour vous inclure dans sa joie. Penser à elle me fend le cœur. J'espère que Brand la nourrit bien et qu'elle est en sécurité, où qu'elle se trouve. Je me rappelle alors qu'elle est enchaînée à Saga, ce qui dissipe mes illusions.

Pendant que Jip se restaure, je défais avec grand soin mes pansements au bras que j'inspecte dans le jour déclinant. Il m'a l'air d'aller mieux. Je rajoute du miel sur mes bobos et je refais les pansements avec autant de soin. S'il ne va pas vraiment mieux, je me dis, il ne semble pas aller plus mal. C'est déjà quelque chose. Au matin, je remplirai mes deux bouteilles d'eau à la rivière que j'ai vue, si bien que je bois le reste, je pisse en regardant le soleil se coucher du haut des marches, puis je rentre dans le musée pour dormir.

Tu trouverais que c'est très tôt pour aller au lit, mais tu avais la lumière électrique pour rythmer ta journée comme tu l'entendais, non comme le soleil te l'imposait. Et après avoir marché plus que jamais en une journée, j'ai mal aux pieds, mon bras m'élance et la sangle de mon sac m'a donné une ampoule à l'épaule. Je ferme les portes derrière moi, je déroule mon sac à dos devant le portrait et je m'allonge. Jip explore les coins de la salle avec, comme toujours, l'espoir de lever un rat, puis revient et s'endort près de moi. Je regarde la dame en jaune dans les yeux en m'efforçant d'imaginer la vie qu'elle a pu mener. Son visage exprime la gentillesse et l'intelligence, et le sens de l'humour, mais je me demande si, pendant qu'elle posait, elle a songé à ce qu'il adviendrait d'elle, à ce qu'il adviendrait du monde. Je doute qu'elle ait rêvé de voir son regard assuré survivre à ses arrière-arrière-arrière-petits-enfants pour nous toiser, Jip et moi, pendant qu'on dormait après la fin du monde.

D'ailleurs, je dors. D'un sommeil profond, jusqu'au cœur de la nuit.

Puis je me réveille et je me fige, écoutant le grondement qui émane de Jip.

Le genre de bruit qu'on n'a aucune envie d'entendre au réveil. Il me colle un frisson dans l'échine.

Il fait noir comme dans un four, mais en tendant la main, je sens qu'il se tient tout raide, le poil hérissé, tremblant.

Je me redresse sur mon séant et sors mon couteau.

Je laisse ma main libre sur son dos, pour lui dire que tout va bien par le toucher et non par le son. Je tends l'oreille : je veux savoir ce qui l'a inquiété. Il ne gronde plus, mais il ne se recouche pas et la fourrure rêche entre ses épaules reste hérissée.

Ça bouge dehors, devant les fenêtres, au niveau du sol. Je perçois une sorte de bruissement – rien d'aussi précis qu'un pas ou une respiration, plutôt un mouvement, ténu, presque inaudible, un déplacement d'air, mais il s'agit d'un véritable bruit produit par quelque chose de plus gros qu'un rat ou un écureuil. Je gagne la fenêtre à pas de loup pour regarder en bas, tâcher de voir de quoi il retourne. L'angle mort m'en empêche. Même s'il faisait jour, je ne verrais rien. Il me semble juste que ce bruit approche de la façade. De la façade et de sa porte ouverte.

Je retourne chercher mon arc et mes flèches en faisant le moins de bruit possible, avant d'emmener Jip sur le palier où je lui dis de rester là, une des suggestions qu'il suit parce que je les utilise à la chasse sur les îles. Il s'assied, et moi, je m'agenouille dans le noir face à la porte en bas. D'instinct, j'encoche une flèche. Je pose les autres à portée de main, là où je pourrai les prendre sans regarder. Ensuite, on imite – très bien – les statues de l'église, tous nos sens aux aguets.

La chose (ou la personne – Brand ? je l'imagine qui me traque) atteint le perron, monte sur le porche, toujours aussi discrète. Alors j'entends renifler : elle examine notre feu de camp et les deux carcasses de lapin. Un horrible craquement d'os, un silence, puis de nouveau ce bruit ténu de mouvement en direction de l'entrée. Et encore un silence, si long que je dois changer de genou d'appui pour éviter la crampe, et qui s'éternise jusqu'à ce que je me demande si je n'ai pas rêvé. Je me détends au point de soulager mes genoux en décidant de m'asseoir sur la dernière marche.

Soudain, un gros choc ébranle la porte, qui grince. Jip fait un pas, le poil hérissé de plus belle, avec un grondement très reconnaissable, tandis que je bande mon arc dans l'attente de ce qui va entrer.

Et rien n'entre.

Rien, toujours rien, encore rien. Puis un oiseau glapit au loin, une chouette, je le sais – je reconnaîtrais entre mille ce *hou-hou*, même si je n'en avais jamais entendu. Le silence retombe et s'allonge.

Je ne sais plus quand j'ai fini par me détendre, même si je me souviens que Jip s'est rassis au bout d'un long moment. Je ne me rappelle pas non plus avoir cédé au sommeil dans cette posture inconfortable.

Je me réveille avec le soleil dans les yeux et un superbe torticolis, du fait que j'ai dormi contre le mur, le dos tordu, en position plus ou moins assise.

Avant de laisser sortir Jip, je comptais aller voir s'il n'y avait aucun danger, mais dès que j'ouvre la porte intérieure en verre, il fonce entre mes jambes pour jaillir sur le porche et regarder dans tous les sens.

Je me sens particulièrement stupide en sortant la tête par la porte entrebâillée, l'arc bandé tandis que je cherche notre visiteur nocturne sur la place au cas où il nous attendrait en embuscade.

Le chien n'a pas mes scrupules : il court partout, truffe au sol, dans sa frénésie à trouver sa piste. Il tourne à un coin de rue, disparaît quelques minutes, revient l'air plus enjoué, lève la patte à l'angle du musée, là où on a entendu l'intrus se frotter, puis il trottine jusqu'au centre de la place, le nez sur les pavés, jusqu'à ce qu'il découvre un gros tas de merde fraîche. Elle ne semble pas humaine, mais je n'en ai jamais vu de pareille. Trouver quel est l'animal inconnu qui a pu laisser ça, Jip s'en fiche – levant de nouveau la patte, il marque son territoire.

Il paraît content de lui, attitude qui me réconforte. Entre sa joie et le soleil, je sens mes terreurs nocturnes se dissiper. Si mon bras me démangeait et me tirait moins, ce serait une façon idéale de commencer la journée.

15

La fièvre

Je salue la dame en jaune, prenant soin de fermer toutes les portes derrière moi afin d'éviter que les éléments et les animaux entraînent la destruction prématurée du musée. Une fois assez loin pour en voir une plus grande partie, je remarque quelques jeunes arbres qui poussent d'un côté du toit – la fin se profile déjà. Si j'avais le *Doux-espoir*, je crois que je prendrais la dame avec moi. J'aimerais bien que Bar et Ferg la voient qui les dévisage. Papa trouverait ça débile. Maman apprécierait sans doute la compagnie de son sourire.

Je n'ai pas besoin de trouver le chemin de la rivière pour remplir mes bouteilles : on tombe au beau milieu de la rue sur un ruisseau vif et clair. Parfois, quand il fait sec et chaud durant longtemps puis qu'il pleut, l'eau glisse sur le sol sans avoir le temps de l'imprégner autant que si elle tombait sur une terre humide. Je mets en bouteille les précipitations de l'orage auquel j'ai assisté du haut de la tour.

À force de grimper, on quitte la ville pour retrouver la campagne et se diriger vers l'encoche loin dans les collines. Le terrain moutonne. On marche à travers champs, sans plus suivre d'ancienne route désaffectée, même si on va dans le même sens que la voie ferrée qu'on longe pendant quelques cailloux.

Quand on descend dans une vallée, je perds l'encoche de vue, mais on la retrouve toujours une fois gravi le versant opposé. En chemin, je prends des repères plus proches mais sur la même ligne, ce qui nous permet de garder le cap toute la matinée. Les arbres à feuilles larges ici et là donnent un aspect boisé au paysage. Les espaces ouverts, autrefois des champs cultivés, sans doute, sont devenus de la lande que quadrillent d'épais taillis qui ont dû commencer sous la forme de haies. D'après mon tout nouveau guide des arbres, il y a là de l'aubépine, des hêtres et des noisetiers – et sinon, des ronces, assez abondantes pour que je mette mes bottes. Même si négocier les taillis ne pose guère de problème, car les animaux ont ouvert leurs propres sentes au fil des ans, et que je ne peux pas m'empêcher de chercher des marques de pas humaines parmi les empreintes de sabots et de pattes, je ne m'attends pas à en trouver, et je n'en trouve pas. Dans les intervalles, ce sont de vastes étendues d'herbe et de fougère ponctuées de buissons. Jip adore la lande : elle lui offre un terrain de chasse idéal et tous les lapins dont il peut rêver.

Il cavale sans arrêt. J'en viens à craindre qu'il se fasse du mal. D'après Papa, les terriers sont parfois bêtes au point de courir jusqu'à se tuer, mais j'ai du mal à le croire. Avec le recul, je me rends compte que c'était un inquiet dissimulant ses angoisses sous des accès de sévérité et de rage survenant sans prévenir, comme des orages par beau temps. Redouter que des terriers fassent des crises cardiaques, c'était céder à la peur. La peur de quoi ? Aucune idée. Il s'inquiétait peut-être simplement de pouvoir perdre un chien précieux. Bref, Jip rapporte trois lapins avant de se reposer en me tenant compagnie. Quand un lièvre jaillit d'un bouquet d'ajoncs à proximité, il s'élance, puis s'immobilise aussitôt et se tourne vers moi, remuant la queue et tirant la langue. Il est ravi de prendre le soleil. Moi aussi.

Il fait chaud. L'ampoule sous la sangle de mon sac se met à me faire mal vers midi, quand le soleil atteint le zénith. On est à la saison des baies : j'en ai dégusté et ramassé pendant toute la matinée. On fait une pause au bord d'un étang, sous un saule. Je mange mes baies restantes et un bout de viande séchée. Jip boit à grand bruit et dérange un truc qui, dans un vacarme d'éclaboussures, traverse l'eau pour filer en bruissant dans les hautes herbes sous la jetée de la berge opposée. Le chien suit cette fuite des yeux, oreilles dressées, mais s'assied sur son arrière-train pour haleter dans l'ombre d'un noisetier.

J'inspecte mon bras, qui paraît en voie de guérison, avant de me demander comment gérer mon ampoule douloureuse à l'épaule. Il y avait des touffes de laine sur les ronces – j'aurais dû en ramasser pour confectionner un coussinet qui amortisse la pression de la sangle. Je décide de rectifier le tir dès qu'on repart. Cette laine accrochée aux ronces indique la présence de moutons dans les environs. Et si j'en tirais un à l'arc ? De la viande fraîche tomberait à pic, et je pourrais en fumer un peu pour l'emporter. Mais les lapins et les baies ne manquent pas, et tuer un animal aussi gros me paraît un gaspillage sur le moment. Je n'ai aucune intention de passer assez de temps sur la terre ferme pour devoir faire des réserves, sans parler d'en transbahuter. Je trouverai à me nourrir, je parie. Désormais, j'en sais davantage sur la faim, mais à l'époque, je crois aller vite et voyager léger. J'ignore encore qu'il vaut mieux parfois se hâter lentement. Là, tout de suite, j'ai même un peu honte de me reposer à l'ombre des arbres et d'utiliser un chouette bouquin tout neuf pour les identifier. Je devrais plutôt faire l'effort de marcher toute la journée, sans perdre une heure de soleil.

Je revois dans ses moindres détails cette étape au bord de l'étang, y compris les couleurs vives des libellules planant et voltigeant au-dessus de l'eau. Je me revois m'allongeant de tout mon long pour admirer le ciel bleu derrière l'écran vert pâle des feuilles de saule. Je rappelle avoir songé qu'au lieu de tuer un mouton, je pourrais faire sécher au grand air de la chair de lapin sur mon sac à dos afin d'avoir à manger si Jip et moi, on fait chou blanc. Ensuite, on repart vers l'encoche, et je n'ai presque aucun souvenir des deux ou trois jours suivants, parce qu'en fin de compte, mon bras ne guérissait pas si bien.

Je marche dans une sorte d'hébétement, en comptant mes pas, les cailloux, et en dormant sous les arbres. Je sais qu'on a longé des maisons, beaucoup de maisons, mais je n'ai aucun souvenir d'en avoir visité une. Je sais que je me suis rendu compte à un moment que j'avais oublié de transférer mes cailloux d'une poche à l'autre, alors que je n'avais pas oublié de compter mes pas. Je bois de l'eau en quantité. J'arrête de parler à Jip. Mon bras m'a donné de la fièvre, je crois. L'encoche dans les collines ne se rapproche plus. Je compte toujours mes pas. Un jour, je m'endors sous un chêne pendant le repas de midi et, à mon réveil, je tremble de froid, il fait nuit et le chien aboie après moi. Je me réfugie dans mon sac de couchage et j'y reste. Pendant deux ou trois jours, je ne fais que dormir, frissonner, sortir du sac de couchage en titubant pour chier, puis, quand je n'ai plus rien à évacuer, j'avale les derniers biscuits d'avoine et je me dis que c'est idiot de mourir ainsi. Jip ne m'abandonne pas : il me communique sa chaleur la nuit et me tient compagnie le jour. Parfois, il s'esquive pour rapporter des lapins, mais je n'ai pas la force d'allumer un feu, alors il les mange et je le regarde faire.

Si j'ignore combien de temps je suis malade, je sais à quel moment je décide de partir. J'ai rampé jusqu'à l'eau où je remplis mes bouteilles quand, soudain, le silence tombe.

Les oiseaux se taisent. Le vent se calme et les feuilles au-dessus de nous cessent de bruire. Je me tourne vers Jip qui, statufié, scrute le bois sur la berge opposée. Les poils se hérissent sur ma nuque. Je ne vois rien. Peu à peu, les bruits réintègrent le monde, mais, l'espace d'un instant, j'ai eu la certitude absolue qu'on m'observait. Sans bienveillance. Et même si j'ai encore de la fièvre et que je vomis presque tout ce que je bois, il me paraît impossible de rester là. Je regagne tant bien que mal ma tanière où, aussitôt, j'encorde mon arc et je pose une flèche à côté. Puis, un œil sur ce bois, je fais mon sac à dos, je sors de la forêt de saules et je gagne la lande. J'ai une migraine épouvantable et les articulations pleines de gravier : le moindre mouvement est aussi disgracieux que pénible. Malgré tout, l'impression que j'ai ressentie près de l'eau est si intense que je dois m'éloigner au plus vite.

Il n'y a peut-être rien, ce jour-là. À part le souvenir de ce qui s'est frotté contre l'angle du musée quelques nuits plus tôt. Mais il se peut aussi qu'une créature voie en moi une proie, comme je considère les lapins ou les daims. Ou les moutons.

Malade, je tremble et titube. Pourtant, toute la journée, je vais marcher, l'arc brandi, une flèche encochée. Quand je m'arrête enfin, au soir, j'ai la main si engourdie que je dois la masser pour la ranimer.

Je fais halte dans une maison. Je veux des portes et des murs. Elle est en briques, à étage, avec un toit intact, et elle se dresse au bord d'une grande mare au milieu d'un bosquet qui a envahi le jardin alentour. J'entre par une fenêtre brisée au rez-de-chaussée. Les jeunes arbres poussent si près des murs que leur feuillage assaille les vitres intactes – on ne voit presque rien dans l'ambiance confinée. L'escalier paraît sûr, même s'il grince quand je le gravis avec prudence pour rejoindre l'étage supérieur, moins sombre, où je trouve deux chambres et une salle de bains – celle-ci a une cheminée, mais, bizarrement, pas les autres pièces. Je suis dans un état pitoyable. De toute évidence, cette journée de marche était une erreur. Je tremble sans arrêt. Jip doit penser que j'ai un souci, car il n'a pas entamé la chasse aux rats par laquelle il marque normalement son entrée dans une maison inconnue. Planté à mes côtés, il lève la tête pour ne pas me quitter des yeux.

Dormir, je dis. Je veux dormir. Et un feu. J'ai froid.

Le soleil de cette chaude journée n'est pas encore couché, mais j'ai les dents qui claquent. Je casse des chaises à coups de talon, puis j'allume un feu dans la cheminée de la salle de bains. Il prend vite, car elle tire bien. Je retourne dans les chambres extraire les tiroirs de la commode, je saute dessus à pieds joints, et j'entasse le bois près de la grille du foyer. Ensuite, je déroule mon sac de couchage et, alors que je me trouve dans une maison qui comporte deux chambres, je m'allonge par terre dans la salle de bains. Je m'endormirais tout de suite si mon bras me démangeait autant que depuis mon accostage, mais le fait même que je ne le sente plus commence à m'inquiéter et à m'obséder. Je me demande si l'infection n'a pas empiré au point de tuer ses terminaisons nerveuses, et si j'ai fait tout ce chemin, sur un coup de tête, pour finir en tas d'os et de haillons anonyme sur le sol d'une maison déserte où nul ne passera jamais plus – une mort solitaire, loin de la mer.

Je me dresse sur mon séant et me force à dénouer le bandage, ne sachant que trop bien que j'aurais dû le changer depuis des jours. Je m'attends à voir des chairs putréfiées, noircies, mais, en fait, le miel a commencé à agir. Je devrais faire bouillir le pansement avant de le remettre. Tandis que j'envisage un plan d'action et que j'essaie d'évaluer si j'ai l'énergie de le mettre en pratique, je fais la seule chose dont je sois capable.

Je m'endors. Sans transition, je me réveille en plein jour, la bouche sèche comme de la paille et une odeur de cadavre dans les narines. Au bout d'un moment, je me rends compte que l'odeur vient de moi. La honte m'envahit, même s'il n'y a que Jip qui me voie. Il s'approche et me lèche la figure pour me montrer qu'il s'en fiche, au moins je suis toujours en vie, puis il sort, sans doute pour chasser.

Je bois goulûment à ma bouteille, puis je me lève un peu vite, ce qui me vaut un haut-le-cœur. Quand je marche, mes jambes semblent se plier dans tous les sens et la pièce pivote de façon alarmante. J'ôte mes habits crasseux que j'emporte en bas, prenant appui contre le mur de l'escalier.

Je ressors par la même fenêtre et je gagne à pas prudents la mare alimentée par un petit ruisseau qui dévale le versant qu'elle jouxte. L'eau n'est donc pas stagnante. J'y bois un peu, puis j'entreprends de laver mes fringues. Il faut que je frotte et que je rince plusieurs fois pour les ravoir propres, mais je finis par y arriver. La puanteur ne venait pas que de mon vomi : il y avait aussi la sueur dont j'avais détrempé le reste de mes vêtements pendant ma fièvre. Et ma saleté. Je les étends sur un fourré, je m'immerge et je me frotte sous toutes les coutures avant d'en faire autant pour mes cheveux, la tête dans la mare. Elle est glacée, mais je n'ai jamais nagé dans de l'eau chaude : les picotements ont quelque chose de réconfortant, à leur manière. Je me retourne sur le dos et je nage jusqu'au milieu où je fais la planche en contemplant le ciel. Je ressens l'exultation qui arrive quand on a été si mal qu'on en a oublié ce que c'est qu'aller bien. Je suis encore fragile, voire un peu malade, mais le pire est passé. En voie de guérison, comme dit Papa.

Tu peux travailler aujourd'hui parce que tu es en voie de guérison.

Mais la chaleur tombe et le soleil descend. En flottant là, je m'avise que j'ai dû dormir vingt-quatre heures d'affilée. Il va bientôt refaire nuit.

Jip rapporte un lapin au bord de l'eau et le laisse choir en poussant un jappement qui m'indique que c'est pour moi.

Je sors, je ramasse la bestiole, mon linge, puis je rentre. Je fracasse d'autres meubles et je rallume le feu dans la salle de bains. J'ai repris assez de forces pour fouiner, ce qui me permet de dénicher deux marmites et un bon couteau dans la cuisine, ainsi qu'un pot en plastique au couvercle plat et à l'étiquette passée : SAVON À BARBE. Il sent vaguement le propre – le fantôme d'un parfum. Du coup, je décide de mettre de l'eau à chauffer dans une des marmites et de relaver mes fringues à l'aide de ce savon. Le couvercle casse quand je l'ouvre, mais, aujourd'hui encore, il m'en reste un morceau minuscule enveloppé dans un bout de tissu. L'odeur a fini de se dissiper, mais il m'arrive de le déballer pour le sentir, et je m'imagine capter le souvenir de ce qu'il a été.

Ce soir-là, j'essore mes vêtements qui embaument et je les étends devant le feu : ils sécheront durant mon sommeil. Je fais bouillir le lapin avec une branche de romarin que j'ai cueillie près de la porte de la cuisine. Ça n'a pas beaucoup de goût, mais je dévore tout, puis je plonge dans un sommeil profond. Je me réveille une fois, pour voir Jip allongé par terre face à l'escalier. Il monte la garde, au cas où quelque chose monterait voir ce qu'on fabrique, ce qui me rassure. Je lui murmure que c'est un bon chien et je me rendors.

À mon réveil, il n'est plus là.

16

Abattre l'albatros

Je m'habille et je vais l'attendre près de la mare, puis je me balade en le sifflant et en l'appelant jusqu'à en avoir mal à la gorge. Quand l'attente devient intolérable, je laisse mon sac, afin qu'il sache que je reviens si on se loupe, je prends mon arc et je vais à sa recherche pour de bon. Je remonte l'itinéraire qu'on a emprunté pour arriver, puis je rebrousse chemin et je décris des cercles toujours plus larges autour de la maison en continuant de siffler, d'appeler et d'écouter. Je me fige plein de fois, à l'écoute d'un bruit ténu dans les bois, avec la conviction qu'il va devenir un fracas dans les broussailles qui prendra fin quand Jip, épuisé mais joyeux, accourra vers moi en bondissant. J'attends en vain. Quand j'y pense, je mange des baies, mais je n'ai pas le cœur à chasser un lapin ou trouver autre chose à manger, car je n'imagine rien de plus triste que de manger en solitaire à la fin de la journée si je n'ai pas retrouvé mon chien.

Je ne le retrouve pas et il ne me retrouve pas non plus. Ce qui me tombe dessus, c'est l'obscurité, qui paraît venir plus tôt que je ne l'aurais cru, et une longue nuit dans la maison, sans feu. Je n'en allume pas, de peur que ses crépitements couvrent des bruits, au-dehors, qui pourraient être ceux d'un chien blessé tâchant d'attirer mon attention. En vérité, je me doute déjà que je ne saurai jamais où il est allé. Ni pourquoi. Ou s'il comptait revenir et n'a pas pu. Les accidents, je me dis, ça arrive. Même à un terrier. Imaginer quel accident va m'empêcher de dormir la moitié de la nuit.

Je me réveille avant l'aube et j'attends que le noir cède la place à la grisaille, mais les premières lueurs ne ramènent qu'une petite pluie déprimante, pas un chien.

Sur le plan physique, je me sens mieux, mais j'ai le moral à zéro. Je suis si triste et pessimiste que j'ai presque autant de mal à réfléchir qu'au plus fort de ma fièvre. L'averse passée, je m'assieds dans l'escalier et j'écoute les gouttes qui tombent des arbres pressés contre les fenêtres en tâchant de prendre une décision réaliste. J'ignore si c'est le bon choix, mais je me résous à chercher Jip pendant une journée encore – puis à repartir.

Au fond de moi, je pense que je l'attendrais toujours si je croyais qu'il reviendrait. Je ne tournais pas qu'autour de la maison et du bois avoisinant, mais aussi de la vérité cruelle et brutale : jamais Jip ne me quitterait de lui-même. Ça ne lui ressemblait en rien : même s'il avait passé toute la nuit à chasser, il serait revenu. Je consacre tout de même encore des heures à arpenter le bois, à regarder dans les terriers de lapins, à les écouter, même, au cas où il serait coincé dans un tunnel dont il ne réussirait pas à ressortir. J'ai vu sur quelle distance il était prêt à creuser dans les dunes chez nous s'il croyait pouvoir ainsi choper sa proie aux longues oreilles – trois mètres et plus, parfois.

Je me tapis sans bruit près d'un de ces trous quand, levant les yeux, j'aperçois les deux blaireaux. Plantés sur un carré d'orties, ils m'observent, identifiables entre tous avec leur tête blanche où deux larges bandes noires remontent de part et d'autre du museau, par-delà les yeux, jusqu'aux oreilles. Le premier que j'ai vu, c'était dans un livre sur un rat et une taupe qui partaient à l'aventure. Ce blaireau-là était sage, coriace et austère, mais amical quand on faisait appel à lui. J'ignore si ces blaireaux-ci sont sages, mais ils paraissent coriaces et austères, et même s'ils n'ont rien d'inamical, ils ne semblent pas spécialement préoccupés par la venue d'un être humain. En revanche, je les voyais plus petits, en chair et en os. Non seulement ils m'ont l'air assez grands, mais je les imagine assez robustes pour rendre coup pour coup lors d'un combat contre un terrier de la taille de Jip. Une fois qu'ils se désintéressent de ma personne et disparaissent dans les fourrés, traînant les pieds, je me demande si mon chien a pu s'attirer des ennuis autrement qu'en creusant avec trop d'enthousiasme.

J'allais renoncer quand je trouve le cadavre. J'ai failli le manquer, mais j'ai dû remarquer du coin de l'œil le pelage et la patte brune qui pointe vers le ciel contre le tronc gris-vert d'un hêtre. Ou la régularité géométrique des os de la cage thoracique au milieu des formes chaotiques des broussailles. D'instinct, ma tête pivote pour me donner à voir ce que j'ai failli longer sans le remarquer. Je sens mon estomac et ma gorge se serrer.

Je reste immobile le plus longtemps possible, puis je me vois aller vers le cadavre comme sous l'effet d'un aimant auquel, malgré toute ma volonté, je ne peux pas résister.

Jip est plus que mon chien ; c'est mon ami, mon frère, un membre de ma famille.

Ce n'est pas ce renard mort au pied de l'arbre.

Mon soulagement est tel que mes jambes cèdent : je me meurtris les genoux sur un amas de brindilles et de cupules de faîne. Je halète, comme si je retenais mon souffle depuis longtemps. C'est peut-être le cas. Depuis le jour où Joy nous a été enlevée sur la falaise au bout de l'île quand j'étais petit, je m'enorgueillis de rester stoïque quand je souffre ou que je suis à la peine, donc je ne pleure pas, mais les goulées d'air que j'aspire pourraient le faire croire s'il y avait quelqu'un pour me voir.

Je passe une dernière nuit dans la maison en briques que j'en viens à détester puisque j'y ai perdu mon autre chien. Je m'assieds sur mon sac de couchage devant la cheminée de la salle de bains et je lis le livre sur les arbres à la lueur du feu. C'est là que j'apprends que l'arbre près duquel le renard est mort est un hêtre, son fruit à trois côtés une faîne et sa coque pelucheuse une cupule. Et que ces noix se mangent. C'est à peu près tout ce que cette nuit m'apporte – je dors mal, là encore. Le vent souffle, les arbres qui pressent la maison de toutes parts griffent les fenêtres, leurs feuillages bruissent. Quand le sommeil vient, je rêve de créatures qui essaient d'entrer, d'arbres qui marchent et de triffides – eux sortent d'un livre que j'ai lu, sur une fin du monde qui n'a rien à voir avec celle qu'on côtoie, toi et moi. Ton monde n'a pas succombé à des météorites rendant la population aveugle, ni à des végétaux tueurs. Même si Ferg disait qu'une des théories qu'il tenait des Lewisiens, c'était que vous autres aviez mis dans les plantes un produit qui avait envahi le corps de chacun avant de devenir contagieux et de finir par empêcher la reproduction. Bon, c'est ce qu'il racontait. Moi, je trouve ça aussi délirant que les triffides. Ou les krakens – issus d'un autre bouquin bizarre du même auteur. Peut-être que si je dormais au bord de la mer, je rêverais de krakens. Mais je suis loin dans les terres : je n'ai pas vu la mer et sa beauté depuis des jours. Je crois que mon malaise vient autant de ce manque que de la fièvre. Aujourd'hui, quand je regarde en arrière, il me semble que j'ai du mal à accepter sur le moment le nombre de trucs nouveaux que j'ai vus – pas seulement les ponts, les églises, les clochers et les arbres, mais l'immensité incroyable que la catastrophe a laissée. Cette masse m'écrase le crâne comme s'il se retrouvait pris dans le gros étau de l'atelier paternel.

Je commets un acte méprisable en quittant cette maison. Je me le reproche désormais, même si j'ai du mal à savoir pourquoi, tout comme j'ai du mal à savoir ce qui m'a pris. Je le regrette dès l'instant où, jetant un regard derrière moi, je vois la colonne de fumée noire monter à la verticale, même s'il est alors trop tard pour y changer quoi que ce soit. J'ai marché pendant quatre cailloux sans me retourner, car quitter un endroit où Jip a été et où il pourrait revenir me semble si dur que je crains de craquer et de retourner l'attendre – je le répète – pour toujours. J'ai fracassé les commodes vides et je les ai laissées à moitié dans la cheminée. Avant de partir, j'ai attendu qu'elles prennent. Lorsque je sors par la fenêtre du rez-de-chaussée pour la dernière fois, j'entends les flammes ronfler à travers le plafond.

C'est une crémation. Un bûcher funéraire. Une cérémonie viking. Une fin, soulignée. Un signal d'adieu dans le ciel, lancé à la face de ce qu'il subsiste du monde, pour honorer un chien avant de se disperser au vent. Telles sont certaines des réflexions qui me viennent tandis que je m'éloigne vers l'encoche dans les collines en ne pleurant pas du tout. Puis, quand je m'arrête et que je regarde en arrière, je comprends la méchanceté de l'acte. Je n'ai vu la maison que par le prisme de ce qu'il m'y est arrivé, sans tenir compte de l'abri qu'elle m'a offert le temps que je me rétablisse. Je l'ai incendiée et, ce faisant, j'ai brûlé le foyer des animaux qui vivaient dans ses murs, sous ses planchers, et des oiseaux qui nichaient sous ses poutres. J'ai aussi brûlé les arbres qui la pressaient de toutes parts, alors qu'ils n'ont rien fait, sinon pousser où ils le pouvaient. J'ai connu la malchance dans cette maison, mais on ne peut pas plus le lui reprocher qu'à la pluie de tomber. La seule saloperie commise, j'en suis l'auteur, à son encontre. Je continue mon chemin, en ravalant ma honte. À chaque pas, ma certitude grandit : je viens de me condamner au mauvais sort.

Tu connais la complainte de ce vieux marin qui arrête un passant sur trois ? Papa nous la lisait au coin du feu l'hiver, et y repenser aujourd'hui me glace tout autant qu'à l'époque, quand je l'entendais faire les voix des personnages, décrire l'océan Arctique chargé d'icebergs, et l'autre mer, chaude, calme, qui les prenait au piège, par la suite, peuplée de serpents de mer et de vaisseaux fantômes. Il me semblait qu'il parlait d'une autre planète. Ce jour-là, j'ai l'impression de vivre ce poème. De ressembler au vieux marin, sauf que je dérive non pas en mer, mais sur une terre dont j'ignore les règles – jusqu'à ce qu'il soit trop tard. Je n'ai jamais compris que le marin abatte l'albatros qui les a sauvés, et je ne comprends toujours pas que j'aie brûlé la maison où j'avais trouvé abri. Pourtant, je l'ai fait. Exprès. Pour m'en prendre à quelque chose dans ma frayeur, ma perplexité, mon chagrin. Je n'ai aucun besoin de voir l'éclat des flammes écarlates au pied de la colonne de fumée noire qui s'élève au-dessus de la mare et du bosquet pour me rendre compte que, comme le dit le poème, j'ai commis une atrocité.

J'ai abattu l'albatros.

17

Malheur

Je m'éloigne du doigt de fumée accusateur, le cerveau résonnant au rythme clopin-clopant sur lequel mon père scandait toujours le poème. Si tu écoutes quelqu'un lire les mêmes vers assez souvent, ils se gravent dans ton esprit, au point qu'ils sont non seulement plus faciles à mémoriser, mais aussi plus difficiles à oublier. Pourtant, j'aurais vraiment aimé oublier ces lignes qui se répétaient en écho :

Et moi, j'avais commis l'action infernale,
L'action qui, bien sûr, leur porterait malheur :
Car tous affirmaient que j'avais tué l'oiseau
Grâce à qui la brise soufflait. Ah, misérable,
Disaient-ils, misérable, avoir tué l'oiseau
Grâce à qui la brise soufflait[1] *!*

Bon, je me dis, au moins, je n'ai pas besoin de brise. J'ai mes jambes.

Et elles dérouillent : ce jour-là, je transfère plus de cailloux que les deux ayant précédé la perte de Jip. Je marche à toute allure afin d'avoir mal partout et

---

1. Samuel Taylor Coleridge, *Le Dit du Vieux Marin*, trad. Henri Parisot, Librairie José Corti, 1947. *(N.d.T.)*

oublier la question déchirante : pourquoi se lancer dans la recherche sans doute futile d'un cabot, si c'est pour perdre l'autre par la même occasion ? Dans ma honte et mon dégoût, je continue d'avancer au coucher du soleil, puis la nuit, sous la lune, jusqu'à ce que les nuages débarquent, après quoi je me fais un lit de fortune sous un petit pont en dos d'âne qui permettait jadis à une départementale d'enjamber une voie ferrée. C'est sec : on se croirait dans une maison privée de la moitié de ses murs. Je dors bien, je me réveille au chant des oiseaux dans les arbres alentour et je repars sous le soleil, optimiste. Ce sentiment perdure toute la matinée et s'amplifie même un peu quand je hume de la fumée devant moi en gravissant la première véritable côte sur ma route depuis que j'ai quitté le littoral. Vu la direction du vent, ça ne vient pas du bûcher funéraire de Jip derrière moi. Et je sais que j'approche du point repéré il y a une éternité du haut de la plateforme panoramique fouettée par la pluie au sommet de la tour, le feu vacillant au loin dans la tempête, l'étincelle d'espoir et de mystère qui a éveillé ma curiosité alors que j'éprouvais une juste colère et que je pouvais m'appuyer sur la compagnie d'un bon chien. Avant que je perde Jip et que j'abatte l'albatros.

Une partie de moi a dû rester alerte et prudente, car lorsque j'atteins le sommet de cette longue pente, j'ai mon arc à la main et une flèche encochée.

Le feu n'est pas d'origine humaine. Je découvre un brûlis comme sur les pentes couvertes de bruyère chez moi. Le feu a tracé dans les fougères et les ajoncs son sillage en forme de langue, reconnaissable entre tous. Je le remonte sur toute sa longueur, de son point le plus large jusqu'à son extrémité étroite où je trouve un petit bosquet protégé du vent au fond d'un creux sous la ligne de crête. Les arbres qui devaient se situer contre le vent sont verts, les autres calcinés, et on voit sans mal le départ du feu, un impact de foudre. Un tronc se dresse encore, plus haut que ses voisins mais mort, fendu. Les moitiés écartées révèlent le duramen charbonneux. Je me demande ce qui me paraît le plus terrible – la scène, ou l'énergie qui l'a causée, cet éclair jailli du ciel. Même sur le moment, j'y vois un mauvais présage. J'ignore encore qu'un jour je saurai ce qu'a ressenti cet arbre fendu sans crier gare.

Le brûlis parti de l'impact de foudre est tout récent. Il n'y pousse rien. L'odeur est fraîche, forte. Le feu a une origine naturelle. L'étincelle d'espoir dans le lointain n'était qu'une illusion et l'aventure entamée en conséquence n'était qu'un mauvais calcul qui a tué mon chien.

Ma solitude persiste. Je m'assieds sur la crête pour poser les yeux sur la campagne en contrebas. Le meilleur moyen de gérer ma déception, c'est de calculer à l'aide de la carte quelle distance j'ai parcourue, où je me trouve et combien de kilomètres il me reste à faire pour atteindre le repaire de Brand. Je l'appelle comme ça : le repaire. L'endroit où des pirates et des pillards rapportent leur butin. Fantaisiste, oui, mais au point où j'en suis à ce moment-là, j'ai une vision du monde déformée pour la simple raison que j'en connais si peu. Je le sais maintenant, parce que j'ai eu tout le temps d'y réfléchir. À l'époque, je lui applique le filtre des livres que j'ai lus et qui le décrivent avant sa fin – ça fausse le point de vue. Comme les vieilles lunettes de soleil que Bar mettait quand elle pêchait, celles qui changeaient l'aspect de l'eau. Enfin, si on veut, car elles supprimaient les reflets à la surface pour te permettre de percer les profondeurs. Mon filtre à moi ne paraît guère m'aider à repérer les trucs cachés.

La carte est aussi utile que frustrante. J'ai une vague idée de l'endroit où je me trouve, même si j'ai foiré mon relevé pendant ma fièvre, les jours où je marchais en comptant mes pas, mais en oubliant d'en garder la trace grâce à mon astuce des cailloux, qui n'est pas si astucieuse que ça quand on l'oublie.

Avant tout, je prends soin de monter le plus possible et de me positionner au bord d'une lande haute afin de dominer la région. Ma boussole indiquant le nord, je déploie la carte à mes pieds et je l'oriente dans la bonne direction. Je leste les coins pour la protéger du vent et je passe un long moment à tâcher de faire correspondre les repères si clairs sur la feuille avec les détails du terrain brouillés par la végétation au fil des ans. Il me faut presque tout le reste de la journée pour y parvenir à peu près, et même quand je vais me coucher, j'ai encore des doutes. Je compte rejoindre la courbe arborée à cinq kilomètres environ pour vérifier s'il s'agit, comme je le suppose, de l'une des grandes routes figurant sous la forme d'un numéro précédé de la lettre M. Si ça se confirme, la suivre me permettra d'atteindre une métropole au centre du pays, après quoi je devrais pouvoir pousser vers l'est le long de plus petites routes et d'une voie ferrée pour arriver plus ou moins à destination. Ce sera mieux que de naviguer à vue en s'aidant d'encoches dans les collines. Surtout qu'une fois que je descendrai de ce plateau, il n'y aura plus de hauteurs devant moi.

Au réveil, je cherche Jip du regard, puis je me rappelle qu'il ne va plus me dire bonjour le matin. Je bois de l'eau, je consulte la carte et je pars. Mon estomac me répète qu'il lui faut se remplir et mes jambes se demandent pourquoi elles n'ont pas droit à quelques heures de repos supplémentaires.

J'atteins la M là où elle s'enfonce dans l'épaulement du versant que je descends. Les accotements marqués sont des rubans violets et verts. Quand je m'enfonce entre les plantes qui m'arrivent au menton, leurs cosses éclatent avec fracas, projetant des graines en tous sens. Au début, je sursaute, mais bientôt, je trouve ça plutôt sympa, au point de fouetter les plantes au passage pour provoquer d'autres explosions.

Même si l'herbe et la mousse ont envahi la chaussée, je vois qu'elle avait la largeur de plusieurs voitures et qu'une barrière de rails métalliques et de câbles d'acier la divisait. Ce fleuve de verdure sinue entre les berges violettes sur des kilomètres. Je la suis, non sans vérifier ma boussole tous les cailloux pour m'assurer que je tiens la bonne route – qu'elle ne me ramène pas sur mes pas.

Sur cette route, j'assiste à deux scènes aussi étranges que merveilleuses, chacune à sa façon, avant que la malchance revienne sur ses ailes d'albatros.

La première tient du miracle.

À l'endroit où la route emprunte une profonde entaille dans un versant, il y a un pont impossible – magnifique, fait de deux rubans de pierre que j'imagine en béton. L'un supporte une route qui enjambe la brèche, remplaçant la crête retirée.

L'autre le soutient par une arche à couper le souffle qui, jaillissant de la droite de la découpe, semble à peine effleurer le tablier et retombe sur la gauche. De toute évidence solide comme le roc – il tient debout malgré l'exposition aux intempéries depuis plus d'un siècle, voire cent cinquante ans –, il n'en paraît pas moins si léger et joyeux qu'il évoque davantage un mouvement qu'une construction, comme un saut sculpté dans la pierre. Un saut et un numéro d'équilibriste. Et toi, l'aurais-tu trouvé merveilleux ? Ou aurais-tu conduit ta voiture en passant dessous sans lui prêter attention ? Étant donné le nombre de miracles qui t'entouraient, il t'arrivait de t'arrêter pour en admirer un ?

L'autre merveille se trouve sur le pont et me toise de là-haut : un taureau. Ou une grosse vache. Mais l'animal me paraît être un mâle, avec ses cornes trapues et son énorme bosse de muscles au niveau des épaules. L'intérêt que je lui porte n'est pas réciproque : lorsque je passe sous le pont, puis que je me retourne, il n'a pas pris la peine de traverser pour me regarder partir. Je n'en ai encore jamais vu et il ne me fait pas peur, quoique je doute d'être capable de le tuer d'une flèche s'il m'attaque. Jusqu'alors, la bête la plus massive que j'aie croisée, c'est un poney – et chassée, un cerf. Ce taureau paraît aussi longiligne que noueux. Il doit lui suffire de bander ses muscles pour que mes flèches rebondissent. Et en admettant qu'elles le pénètrent, il y a trop de chair entre la peau et les organes vitaux, même pour l'arc le plus puissant. Jetant un dernier regard au pont en m'éloignant, je me félicite que les vaches et les taureaux soient herbivores. Un bestiau de cette taille mangeant de plus petits mammifères serait terrifiant.

En revanche, il me nourrirait pendant une année entière si je le tuais et que je pouvais fumer ou saler la viande. Et il y a d'autres façons de tuer qu'avec un arc. On peut utiliser un piège. J'y réfléchis, peut-être parce que l'univers a un sens de l'humour décalé ou du timing parfait.

Avant la fin de la journée, c'est sur moi que le piège se refermera.

J'ai faim – c'est comme ça que ça commence. Le régime de baies me nourrit, mais me retourne un peu l'estomac. Je pense me trouver à une demi-journée de marche soutenue de la métropole où je devrai quitter la route M et suivre la voie ferrée jusqu'à la côte – si je la trouve. Comme je tiens une bonne moyenne, je décide de dénicher des lapins à abattre. J'attends donc que la route descende vers le plat – une lande qui remplace des champs cultivés. Je m'écarte ensuite pour continuer parallèlement à la chaussée, l'arc bandé. D'abord, je lève un lièvre qui détale trop vite pour que je réagisse, puis deux petites queues blanches plongent dans les fourrés avant que j'aie pu bien viser. Il y a assez de gibier pour que j'évite de tirer à la moindre occasion. Sans la certitude de toucher la cible, inutile de gaspiller une flèche toujours précieuse.

Je quitte la lande pour une zone aménagée le long de la M et reliée à un alignement semblable de bâtiments de plain-pied de l'autre côté de la route par un pont trop fragile pour les voitures qui a cédé au milieu et s'est effondré sur la chaussée. Sans doute une passerelle. Couverte, comme un long tube. Ça devait protéger de la pluie. Un vaste toit rectangulaire est tombé de guingois sur des armoires rouillées : des distributeurs d'essence – j'en ai vu sur les Uists. D'un côté, il repose sur un tank, mon premier. Je le reconnais à son canon et aux chenilles rouillées de part et d'autre. J'ignore pourquoi un char militaire se trouve dans une station-service. Je monte dessus pour tâcher d'ouvrir les grandes écoutilles métalliques, mais la rouille les bloque. Je saute à terre et là, je me fige en voyant un visage d'enfant au bout du canon qui me contemple. Alors je comprends : c'est une tête de poupée qu'on a fourrée à l'intérieur. Pourquoi ? Ça aussi, je l'ignore.

Avant qu'il y ait le tank, ce devait être un endroit où les voyageurs qui empruntaient la route M venaient manger et se ravitailler en carburant. Le bâtiment bas sent l'humidité, la terre. Je ne fais pas confiance à son toit affaissé, mais par les fenêtres brisées, je vois les armatures rouillées des tables et des chaises.

Un panneau en plastique aux couleurs délavées me dit de goûter un Whopper.

Je ne sais pas ce qu'était un Whopper. Tu en as peut-être goûté un, toi. J'espère que tu l'as trouvé bon.

Je repars, longeant la route M. J'ai faim – j'espère lever des lapins. Quelques cailloux plus tard, ce que je vois dans un bosquet de bouleaux blancs m'arrête : un cerf, plus petit que ceux des îles, la robe moins sombre, les bois bien plus courts. Délicatement, je me débarrasse de mon sac à dos et je sors deux flèches. J'en glisse une à ma ceinture, dans mon dos, puis j'encoche l'autre en me rapprochant à portée de tir.

J'ai le vent de face, donc l'animal ne risque pas de me flairer, d'autant qu'il broute avec application l'herbe entre les arbres. J'avance lentement, un œil au sol pour m'assurer de ne rien piétiner qui pourrait faire du bruit et effrayer ma prochaine semaine de repas. Le cerf s'écarte, et je me dis que j'ai loupé mon coup, mais il a seulement décidé de passer à une autre touffe. Je pénètre dans le bosquet avec précaution, en tâchant de calmer ma respiration. Par-delà le ruban de bouleaux, il y a une masse de végétation plus haute, un vrai rempart de ronces et de plantes grimpantes qui surplombe le feuillage argenté comme un nuage noir.

Le cerf au pelage clair se détache sur ce fond. Il ne se doute pas de ma proximité. Peu à peu, je lève mon arc, avant de prononcer l'excuse et le remerciement muets que je tiens de Ferg depuis la première chasse où je l'ai suivi avec Bar, celle qui calme la respiration et porte chance. Puis je tire.

Je manque rarement ma cible. Et l'animal, tout proche, me présente son flanc. Je vois l'empennage se ficher à l'endroit précis que je visais, juste derrière l'épaule. D'instinct, le cerf fait deux pas, puis s'effondre. Je lâche mon arc, la deuxième flèche, et j'accours, dégainant mon couteau au cas où j'aurais touché le poumon et où il faudrait que je porte le coup de grâce. Selon Ferg, chaque seconde où on laisse un animal souffrir alors qu'on peut le soulager, c'est une malédiction garantie. Mais il est mort, touché en plein cœur, l'air triste comme toute proie qui vient de perdre la vie. Je remercie de nouveau en silence et je promets que la viande ne sera pas gâchée, ce qui n'est pas un enseignement de Ferg ou de Bar, mais quelque chose que j'ai ajouté en tuant mon premier cerf.

Je devrais le traîner dans la direction d'où je viens, mais il faudrait que je négocie des troncs abattus, alors qu'il y a une sente animale qui sinue à travers les arbres et qui me paraît dégagée. Comme je ne fais guère attention qu'à la lumière, afin de calculer si j'aurai le temps de le vider et le dépecer avant la nuit, je vois trop tard le sanglier. Jip l'aurait repéré, il m'aurait averti, mais il n'est plus là.

J'entends souffler et grogner avant de voir les petits yeux et les grosses défenses se tourner vers moi dans le sous-bois. Je me fige. Les yeux et les défenses se soulèvent alors qu'il se redresse. Ou se dresse. Je n'imaginais pas qu'un sanglier puisse atteindre une telle taille. Moins massif qu'un taureau, mais aussi robuste et musclé. Flippant. J'ignore ce que tu aurais fait si tu avais croisé un sanglier géant dans un bois isolé à ton époque, mais la bonne option, quelle qu'elle soit, m'échappe, à moi. Je recule pas à pas, sans le quitter des yeux.

Là, je dis en tâchant de mon mieux de l'apaiser. Là.

Grattant le sol, il souffle et grogne de plus belle. Ses yeux ont l'air méchant.

J'ignorais aussi qu'ils pouvaient courir aussi vite. Dans un geyser de terre, il se rue sur moi. Je fais volte-face et je détale. La suite est un amas confus que j'ai encore du mal à démêler. Je cours sans marge de manœuvre ni destination en vue. Je sens son souffle sur l'arrière de ma jambe, je tâche de me déporter, je heurte un arbre que je n'ai pas vu, je me retrouve sur le dos, le sanglier pivote sur lui-même et me charge, je saute sur mes pieds, et là, au lieu de son souffle, j'entends ses dents, elles se referment sur mon pantalon, je sens qu'il tire sur ma jambe, je trébuche, car s'il ne m'a pas mordu, il m'a fait perdre l'équilibre. Tandis que je vrille pour me relever malgré les ronces qui m'agrippent, il me saute dessus et plante une défense dans la cuisse de mon pantalon. Elle doit trancher comme un rasoir, car je sens l'air sur ma jambe : le tissu se fend de mon genou à la face interne de ma cuisse tandis que je bondis dans une tentative désespérée pour lui échapper. J'ai beau monter, m'éloigner de la tête de la bête, j'encaisse un énorme choc, comme si je recevais un coup de marteau. Ça n'a rien à voir avec une coupure : c'est un choc violent, contondant, et je me rends compte que c'est vilain en même temps que je me pends à une branche et que mon élan me permet de me mettre à l'écart. Il se contorsionne et pivote pour me taillader de nouveau, mais je me hisse hors de sa portée, avant de balancer une jambe dans un dernier gémissement de douleur et d'accrocher une autre branche du bout de mon pied. Pour l'instant, je reste là, tout tremblant, plus ou moins parallèle au sol.

J'ai senti l'impact près de l'artère de ma cuisse intérieure. Alors que je me cramponne désespérément dans ma posture horizontale peu commode entre deux branches fines, je sais que la perte de sang ne va plus tarder à me faire lâcher prise. Et que cette position ridicule manque de dignité. C'est peut-être toujours ça, la mort. Je me force à regarder ma cuisse.

Pas de nappe de sang. Rien qu'une jambe de pantalon déchirée.

Ça n'a pas de sens. J'ai senti le choc. Je me dévisse le cou pour voir pourquoi le sanglier fait tout un raffut en bas.

Il a mon guide des arbres et ma boîte de cire d'abeille empalés sur sa défense. J'avais le livre dans ma poche pour pouvoir identifier les arbres que je croisais. Je profite de sa distraction momentanée pour me rapprocher du tronc de l'arbre, me remettre à la verticale et grimper plus haut.

Il y a du sang – mais pas le mien. Voilà ce qui l'a rendu si furieux qu'il m'a attaqué : il est blessé. Une plaie affreuse. Il lui manque une belle bouchée de chair sur sa patte arrière, près de la queue. Du sang séché la macule de la hanche au pied. Lorsqu'il change de position, je vois ses muscles mis à nu fléchir et frémir. Je n'ai guère le temps de m'apitoyer sur son sort, car, sa défense dégagée, il entreprend de tourner en rond autour du pied de l'arbre et de donner des coups de tête dans le tronc. L'arbre n'est pas bien grand, et ces assauts doivent l'affecter autant que mon poids que je transfère tant bien que mal de l'autre côté : dans un accès d'horreur, je le sens s'incliner de façon alarmante. J'ai certainement épuisé ma chance avec le livre qui m'a protégé la cuisse. Bientôt, l'arbre va s'abattre, me laissant choir à portée de sanglier. Dès qu'il commence à s'incliner vers l'entrelacs de ronces, je grimpe le plus haut possible, puis je me jette dedans.

Sauter dans un roncier n'est guère conseillé, à moins que l'alternative ne consiste à affronter un sanglier fou de douleur au point que rien ne le soulagera, sinon vous en infliger autant. Je sais que les épines me griffent, car j'en garde encore des cicatrices, mais sur le moment, je ne sens rien du tout : la terreur m'anesthésie tandis que j'essaie de me raccrocher au massif végétal. Il doit faire dix mètres de haut. En sautant, je me voyais atterrir au centre, les ronces me tailladant, trop fragiles pour me retenir. À la place, je heurte un obstacle si solide qu'il me coupe le souffle et que je manque m'évanouir. Je me cramponne, puis je me faufile à l'intérieur. Dans mon hébétude, j'ai du mal à comprendre ce que je vois.

Les Ordonnés, c'étaient les Boumeurs qui essayaient de nettoyer le monde et de le quitter en bon ordre. Ce sont eux qui ont empilé tant de vieilles voitures, je crois. J'ai percuté l'extrémité d'un essieu rouillé le long duquel je rampe pour me mettre à l'abri au cœur du roncier, puis je m'allonge sur un arbre de transmission, le temps de reprendre mes esprits et mon souffle. La muraille végétale cache un labyrinthe en trois dimensions de carrosseries rouillées. Quelques plantes grimpantes et autres ronces s'entortillent dans la structure, mais la plupart poussent dehors, au soleil. C'est un espace singulier, divisé par les carcasses de bagnoles, qui, sous cette couverture verdoyante, évoque les profondeurs de l'océan. Ce serait un havre de paix sans le sanglier blessé fou de rage qui renifle juste derrière la barrière d'épines.

Quand je me déplace, le squelette métallique tressaille. Quelque chose se détache et tombe avec fracas à travers les vestiges des cinq ou six autres voitures dessous en ricochant de l'une à l'autre. Comme cachette, il y a plus sûr que cet empilement. En regardant alentour, sans oublier de me cramponner, je vois l'état pitoyable des véhicules. Les panneaux rouillés sont tombés en poussière ou tellement criblés de trous qu'ils ne vont plus tarder à l'être. Les châssis en métal plus épais résistent mieux, ainsi que les roues et les essieux – voilà ce qui assure la cohésion de l'entassement. Les planchers sont presque tous absents ou trop abîmés pour qu'on s'y risque. Les sièges ont pourri jusqu'aux ressorts eux-mêmes rouillés. Aucun recoin ne semble digne de confiance. Il paraît clair, quand je change de nouveau de position et que j'entends un long grincement en réaction au mouvement, que la structure tout entière attend le moindre prétexte pour s'effondrer. Et dans le cas où ça n'arriverait pas, je crains de tomber à travers l'enchevêtrement de métal acéré et rouillé et de m'y empaler, ou de me faire écraser par un essieu ou un bloc-moteur qui aurait dégringolé de plus haut.

J'hésite sur la conduite à tenir, à part assurer mon équilibre. J'ai vu le sanglier abattre un arbre à coups de tête et, s'il s'attaque au bas de la pile, il n'aura guère de mal à la renverser, avec des résultats désastreux, surtout pour moi. À l'observer, je l'estime capable d'agir par pure méchanceté. Si mon arc et ma flèche gisent dans le sous-bois derrière lui, je n'ai aucun moyen de les atteindre en l'esquivant, et ni le moindre espoir de le tuer d'une flèche, sauf coup de chance incroyable.

On dirait que ma seule option, c'est de me tenir à carreau, allongé sur mon essieu, jusqu'à ce que le sanglier se lasse et s'en aille. Il n'a pas l'air d'avoir d'autre projet, toutefois : il reste sur place, à souffler de colère, il me semble, jusqu'à ce que je comprenne – à force de l'entendre – qu'il souffre. Je tâche de songer aux aspects positifs de mon aventure, tel le miracle du petit guide sur les arbres qui m'a sauvé la vie. Après tout, ça pourrait être pire.

D'ailleurs, il se met à pleuvoir. Le métal devient glissant. Pire, la voiture au-dessus est une des rares à posséder encore des bouts de carrosserie, dont un toit incliné juste comme il faut pour recueillir la pluie et la déverser sur moi en une petite cascade. Inconfortable, dangereux, glacial. Plus je m'efforce de rester immobile, plus je me raidis, et plus j'attends, plus je souffre des griffures subies en me jetant dans ce pseudo-refuge au sein des ronces. Une fois de plus, je m'avoue que j'ai été bête de partir à la poursuite de Brand sans attendre de renfort. Cette réflexion en amène une autre : le pire n'est pas de mourir dans l'isolement le plus complet, car si jamais ça m'arrive, je ne m'en apercevrai pas, mais d'avoir perdu Jip. C'est ma faute. Si je n'avais pas décidé de quitter la mer que je connais pour cette terre dont j'ignore tout, il serait encore en vie, et à mes côtés.

Je ferme les yeux et tâche de me changer les idées, afin d'oublier la perspective toujours plus probable que je tombe de l'essieu pour me faire déchiqueter par tous les bouts de métal rouillé au-dessous de moi, mais je n'y arrive pas. Mon chien refuse de quitter mes pensées. Il me hante. Chaque fois que j'essaie de m'en détourner, il est là, tel un fantôme. Un souvenir d'un moment de joie ? Jip est là. Mon départ à bord du *Doux-espoir* pour ce voyage idiot ? Il est encore là. Un bon feu au cœur de l'hiver sur mon île ? Il est toujours là. Au point que je m'imagine l'entendre aboyer.

Le sanglier cesse de renifler et se fige.

Les seuls bruits, ce sont la pluie et les aboiements.

J'ouvre les yeux. Je n'ai rien imaginé. Jip aboie, et il se rapproche. C'est incroyable, indiscutable. Jip est en vie, il arrive, et son excitation audible indique qu'il a senti mon odeur. Le moral revient. Puis le sanglier souffle, se retourne, trottine vers le vacarme, et mon moral dégringole. Jip a un cœur de lion, il ne sait pas refuser le combat, mais il n'a que le corps d'un terrier. La bête qui va à sa rencontre, bien plus massive et lourde, arbore des défenses capables de lui ouvrir le ventre d'un seul mouvement.

Non ! je hurle. Jip, non ! Va-t'en ! Non, Jip ! Pars d'ici !

Au son de ma voix, ses aboiements redoublent.

Mes entrailles se liquéfient.

Non, Jip ! Saleté de clébard ! Tire-toi de là ! Saleté de clébard !

J'entends couiner de colère et, sans mentir, je sens la terre trembler quand le sanglier doit charger à sa vue.

Le chien répond d'un grondement rauque.

NON, JIP ! je hurle. Je dégringole du haut de mon essieu en me raccrochant comme je peux aux carcasses de voitures le long de ma descente, un vague espoir me poussant avant même que je me rende compte de ce que je viens de faire.

NON, JIP !

Un coup de tonnerre retentit.

Et le monde cahote.

Et les couinements se taisent.

Je me fige. Il n'y a plus d'autre bruit qúe celui de la pluie et les oscillations des carcasses de bagnoles empilées au-dessus de moi et dérangées par ma brusque descente. Je contemple la muraille de ronces qui me dissimule le sort de mon chien.

Qui surgit et aboie à ma vue, fou de joie, de l'autre côté.

Une fois de plus, j'oublie les épines et je traverse, et on est ensemble, et il saute et tourne autour de moi, à aboyer, à me lécher, la queue floue, et j'essaie de le serrer, le caresser et le gratter tout à la fois, et on fait un tel fouillis de joie que j'en oublie le sanglier, puis ma main se coince dans la corde que Jip a au cou, avant que j'en prenne bien conscience et que je m'étonne de ce qu'elle fait là, j'entends une branche craquer, je relève la tête, je suis du regard la corde et, tout au bout, je la vois.

Je vois la silhouette encapuchonnée, le cheval à la robe claire qu'elle monte, le fusil à deux coups qu'elle tient pointé vers le ciel comme une lance de chevalier.

Elle me voit, hoche la tête, puis scrute le sous-bois, avec soin. Enfin, elle revient à moi et elle prend la parole.

Eskeelyana doe-travek voo ? elle fait.

À l'intonation, elle pose une question.

Eskeelyana doe-travek voo ? elle répète avant de reporter son regard derrière moi.

Aucune idée de ce qu'elle raconte.

Je ne comprends pas ce que ça signifie, je dis.

Je comprends ce que le fusil signifie quand elle l'abaisse, qu'elle le pointe sur moi et qu'elle m'indique d'un geste de sortir du bosquet tout en faisant reculer son cheval dans la clairière. Elle tire sur la corde de Jip. Il résiste. Je le caresse.

Je me demande si elle entend mon cœur battre la chamade malgré le bruit de la pluie.

Un nouveau signe de son fusil, puis une grimace, comme si mon absence de réaction lui faisait mal.

Veet, elle dit. *Veet.*

D'accord, je dis. D'accord. J'arrive.

18

John Dark

Le sanglier est mort. La balle lui a emporté une partie de la tête. La blessure est aussi laide que sur son dos, mais plus fraîche. Je découvrirai bientôt qu'il ne s'agit pas d'une coïncidence. Elle a voulu le tuer la veille et ne l'a que blessé. Si Ferg dit vrai sur les malédictions accumulées tant qu'on laisse un animal blessé souffrir avant de l'achever proprement, elle risque de s'étouffer. Et la manière dont elle l'a achevé n'a rien de propre. Il a essayé de m'éventrer, oui, mais à contempler son corps martyrisé, j'ai de la peine pour lui. Il souffrait. Cette souffrance lui a été causée par un être humain. Je ne lui reproche pas d'avoir attaqué l'être humain suivant qu'il a croisé.

Cependant, je ne passe guère de temps à le contempler ou à envisager la situation. Il y a trop à assimiler. Son cheval. Les deux autres chevaux derrière elle, sans cavalier, reliés par une corde, de gros ballots accrochés sur les flancs. Tous trois sont gris clair, tachés de beige, la crinière blanche. Ils sont beaucoup plus gros que nos petits poneys des îles. Très calmes, ils ne s'intéressent même pas à moi.

Oo son lays owe-truh ? elle fait, balayant le paysage d'un geste interrogateur. Elle grimace encore et je m'avise qu'en réalité, elle souffre bel et bien.

Je ne comprends pas, je dis.

La pluie s'atténue. La femme relève sa capuche. Ma première impression, c'est qu'elle a une chevelure assortie à son cheval – grise, robuste, et sauvage, car entortillée par le vent. Ma seconde impression, c'est que son visage en inclut deux, l'un âgé, marqué par les intempéries, mais qui a gardé en lui l'autre, plus jeune, qu'il était autrefois.

Elle grimace une fois de plus et désigne le cadavre.

Sallo ! elle dit, en crachant dessus. *Pew tan de sangliay.*

Elle crache de nouveau, puis tourne son cheval, afin que je voie son flanc opposé et ce qui la fait grimacer à chaque mouvement.

Il a la robe rosie. Je crois d'abord qu'il est blessé, mais en remontant à la source de l'éventail de sang, je constate que la plaie se trouve sur la fesse de la femme. Elle a essayé de la bander à l'aide d'une écharpe.

Je ne m'attendais pas à trouver des gens sur la terre ferme – pas avant d'arriver chez Brand. On m'a toujours seriné qu'elle était déserte. Ça me paraissait logique. Comme je l'ai dit, on m'a fait calculer le nombre infinitésimal d'individus qui subsistent dans le monde. Par ailleurs, il semblait s'être passé là quelque chose qui avait rendu l'endroit hostile aux êtres humains. En réalité, je n'ai rien vu qui le confirme au cours de mon voyage jusqu'ici, au point de me demander si ce n'était pas une histoire racontée par nos grands-parents pour s'assurer qu'on restait à l'écart, et à l'abri, aux confins du monde, tandis que les derniers Boumeurs disparaissaient.

Enfant, j'avais plutôt tendance à obéir, mais peut-être tous les enfants éprouvent-ils le besoin d'enfreindre les interdits, qu'il s'agisse de lieux à ne pas visiter ou d'objets à ne pas toucher. De là vient sans doute mon désir secret de voir ce monde défendu. J'ai grandi depuis ce temps-là, certes, mais j'ai entamé cette expédition avec autant d'excitation que de juste colère. Et même si je ne comptais pas croiser qui que ce soit, j'ai, bien entendu, envisagé cette possibilité. Ce que je n'avais pas imaginé, en revanche, c'était qu'on ne puisse pas se parler.

Toi, tu l'aurais imaginé, puisque tu venais d'un monde où s'entassaient des gens parlant un méli-mélo de langues différentes. En fait, quand je regarde ta photo, maintenant, je me rends compte que j'ignore si on aurait pu parler, toi et moi. Je pensais que tu t'exprimais dans la même langue que moi, mais peut-être que tu venais d'autre part, comme elle. Cette terre n'est pas plus la sienne que la mienne. Je finirai par découvrir qu'elle a traversé le chenal qui la sépare de la terre encore plus importante au sud. Elle est française. Mais avant de savoir ça, j'apprendrai trois détails beaucoup plus importants la concernant : elle est gravement blessée, elle a besoin d'aide et elle est très autoritaire. Je pense que le mot qui la décrit le mieux, c'est « impérieuse ». Elle et son fusil donnent l'impression de diriger le monde. Et elle déteste qu'on voie chez elle une quelconque faiblesse.

Au début, communiquer pose problème. Elle paraît à la fois frustrée et un peu vexée que je ne parle pas sa langue, ce qui est bizarre, puisqu'elle me fait sortir d'un des ballots un dictionnaire anglais-français. De toute évidence, elle a prévu le souci, sinon, elle ne l'aurait pas apporté. Une fois en possession de ce petit livre, on passe de la langue des signes à la version améliorée où, en plus, on désigne les mots dans le dictionnaire. Mais ça, c'est bien après qu'elle m'a montré comment monter son abri et qu'elle a réussi non sans mal à descendre de cheval.

L'abri est un rectangle de coton huilé avec des œillets de métal auxquels pendent de longs lacets. Elle me montre où l'attacher entre deux arbres, puis elle me jette des piquets en alu afin que j'attache le fond et j'obtienne un toit en pente. Elle me fait signe de m'écarter, toujours avec le fusil, et met pied à terre de l'autre côté du cheval, sans doute pour que je ne la voie pas tressaillir et gémir. « Impérieuse » signifie fière avant tout.

Je vais l'aider, mais, là encore, elle me chasse d'un geste.

Elle fait deux pas vers l'un des chevaux, visiblement afin de prendre quelque chose dans un des sacs, trébuche, pousse un cri et s'affale de tout son long, sans se relever.

Tombée sur le fusil, elle halète sous l'effet de la douleur que lui cause sa blessure. Je bondis et je retire l'arme. Ce n'est pas ce que je pourrais faire de plus doux, mais je veux qu'il dégage au cas où elle essaierait de l'attraper.

Elle souffle, grogne et me lance un regard furieux, l'air de vouloir m'incinérer avec ses yeux.

Si j'étais vraiment quelqu'un de bien, j'aurais tâché de voir si je pouvais lui venir en aide avant tout, mais je ne suis pas vraiment quelqu'un de bien. Je ne suis que moi. Il y a pire. Il y a sans doute mieux. D'abord, donc, je sors mon couteau afin de couper la corde de Jip. Ensuite, je regarde pourquoi il boite. Une plaie peu profonde fait presque tout le tour de sa patte avant, comme si on l'avait pris au piège à l'aide d'un nœud coulant. Il me lèche la main en remerciement, avant de porter son regard sur la femme, puis de le reporter sur moi.

Je sais, je lui dis.

En cassant le fusil, je découvre qu'il contient une seule cartouche – avec laquelle elle a tué le sanglier. Donc, quand elle s'en servait pour me mener à la baguette, elle bluffait. Il ne me semblait pas qu'elle menaçait de m'abattre, mais je préfère en avoir la certitude. Je le laisse posé par terre et je rejoins ses chevaux de bât.

Elle me crie dessus, mais sa voix s'affaiblit, et je l'ignore. Je trouve son sac de couchage que je pose sous l'abri qu'elle m'a fait ériger. Ensuite, je le désigne et j'utilise le langage des signes pour lui dire que je vais l'aider à l'atteindre. La première fois que j'essaie de la prendre par les bras, elle me tape sur les mains. Je recule et je fais toute une pantomime pour la calmer, la même que j'utilisais quand, sur les îles, je m'approchais des poneys à demi-sauvages auxquels on avait besoin de passer le licou. Je lui dis les mêmes choses qu'à eux de la même voix apaisante.

Tout va bien, je murmure. Tout va bien. Je ne vous veux aucun mal.

Ça vient peut-être du ton, en tout cas elle me permet de la mener jusqu'à l'abri. Je l'allonge sur son sac de couchage et j'essaie d'examiner sa blessure. De nouveau, elle me repousse en désignant les chevaux. Elle ne parle plus guère, peut-être parce qu'elle serre les dents sous l'effet de la souffrance. Je comprends qu'il faut décharger les bêtes, puis les entraver et les laisser paître. Les sacoches me prennent quelque temps à déboucler, mais les liens d'entrave sont posés dessus et les chevaux se les laissent passer sans trop de difficulté : ils ont l'habitude. Ils s'éloignent pour brouter à grand bruit.

Une nouvelle séance de grognements et de doigts pointés m'indique de fouiller une sacoche spécifique et d'y trouver la trousse de secours et le dictionnaire. Son matériel médical diffère du mien, mais il comporte des bandages propres et beaucoup d'herbes et d'onguents que je ne connais pas. Elle me les arrache pour essayer de traiter sa blessure. C'est le problème : elle ne peut pas se tortiller suffisamment pour l'atteindre. Elle a pu nouer une étoffe pour la protéger, mais la plaie proprement dite se situe dans son dos.

Je lui montre que je veux regarder. Agacée, elle secoue la tête. Je prends le livre. Je l'utiliserai des centaines de fois par la suite, mais je me souviens du premier mot que j'y ai cherché : « infection ». Le mot français est identique. J'en grommelle de surprise. Quand je le lui désigne, elle le lit, et une de ses commissures se soulève de façon microscopique.

Infection, je lui dis. Si on ne la nettoie pas, la blessure va s'infecter. Et vous, vous ne pouvez pas l'atteindre.

Anfecksee-on, elle convient.

Je lui reprends le livre et je trouve le mot suivant. Je nous désigne, moi, puis elle, puis le mot. Elle louche dessus.

Ay-day, elle dit.

Oui, je fais. Je vais *ay-day* vous.

Elle me dévisage de ces yeux vieux et jeunes à la fois.

OK, elle dit.

OK, je dis.

Elle tend la main et je lui passe le livre.

Elle désigne « propre », puis « fermer ». Je dois avoir l'air perplexe, parce qu'elle fait tss-tss avant de chercher un autre mot.

Coudre.

Elle montre son dos. Et grimace.

Coudre.

Elle fouille dans sa trousse de secours, en faisant tss-tss de plus belle. Visiblement, ce qu'elle veut ne s'y trouve pas.

Je vais fouiller dans mon sac à dos, puis je rapporte mon miel que je lui montre.

OK, elle dit, avant d'ajouter des trucs en français, mais je m'occupe de faire un feu. Au bout d'un moment, elle se tait et m'observe. Son visage devient aussi gris que ses cheveux. Le soir tombe. Je veux en terminer tant qu'il reste assez de jour. La plaie est longue, profonde. Je dois la nettoyer, puis tâcher de la refermer. Il y aura beaucoup à faire d'ici la nuit.

Elle ne m'aboie plus d'ordres, sans doute parce qu'elle me voit faire et approuve. J'allume le feu et j'utilise deux de ses casseroles pour mettre à bouillir l'eau qu'on transportait elle et moi. Au bout de dix minutes d'ébullition, j'y plonge les bandages que je laisse dix minutes de plus. Pendant ce temps, je fabrique un étendoir en branchettes de bouleau, après quoi j'y accroche les bandages pour qu'ils sèchent à la chaleur du feu tandis que je laisse refroidir l'eau bouillante. J'accélère le processus en la versant d'une casserole dans l'autre pour l'aérer.

Quand je commence, elle reste un peu plus chaude que la température corporelle. Je désigne le pantalon de la femme et j'indique qu'elle doit le retirer.

Pew-tan, elle dit, puis elle sort un couteau. Avant que je puisse l'arrêter, elle a passé la main dans son dos et coupé la ceinture du vêtement en grimaçant sous l'effort. Puis elle essaie de décoller les deux moitiés pour mettre la blessure à nu. Le sang a séché : le tissu raidi lui colle à la peau. Elle tressaille et pâlit.

Non, je dis. Laissez-moi faire.

Quand je découvre les dégâts, j'ai l'estomac qui se serre. La défense du sanglier a tranché assez profond pour que je voie les couleurs différentes de la graisse et du muscle. Je n'ai jamais vu pire, comme plaie. La perspective de devoir la recoudre me donne une sorte de vertige.

Commençons par le commencement, je dis. Commençons par le commencement.

Je l'aide à rouler sur le ventre. Comme j'imagine que ça va faire aussi mal que réduire une fracture – ça, j'ai vu Papa s'en charger pour Bar –, je pars trouver une branche un peu plus épaisse que mon pouce. J'en coupe une petite longueur et je la lui rapporte avant de mimer qu'elle doit se la mettre entre les dents et mordre dedans pour supporter la douleur.

Pew-tan, elle répète en levant les yeux au ciel. Mais elle hausse les épaules, s'exécute et se détourne.

La blessure ne pue pas, et la noirceur à l'intérieur n'est que du sang séché – ça aurait pu être pire. J'imprègne d'eau tiède le tissu ensanglanté afin de le décoller, puis je nettoie de mon mieux la fesse de part et d'autre de cette horrible coupure.

Je lui pose la main sur l'épaule. Elle ne se retourne pas.

Pardon, je dis. Ça va faire mal.

Elle hoche la tête et garde le silence tandis que je lave la plaie à grande eau. Son corps se tend et je me rends compte qu'elle est tout en muscles fins sous ses vêtements. J'essaie de faire aussi vite que possible. On n'entend que le bois qui craque entre ses dents.

Nettoyée, la blessure paraît encore pire : plus fraîche, et je vois où la chair a commencé à mourir. Si c'était une entaille au bras ou à la jambe, je pourrais envisager de me contenter d'un bandage serré, mais à cet endroit, il va falloir suturer.

Je reste si longtemps à étudier sa plaie pour décider de la suite des opérations, que je ne vois pas la femme tourner la tête pour me dévisager.

Anfecksee-on ? elle demande.

Pas encore, je réponds. Et je lui montre le pot de miel.

Ah, elle dit. Ah *bon.*

Elle acquiesce et se retourne.

Par souci de propreté, je fais bouillir l'aiguille que j'ai pour réparer les accrocs des sacs, des voiles, des vêtements.

Je me brûle les mains en les lavant au savon à barbe. Elle me regarde, allongée sur le ventre, en se démanchant le cou. Je lui montre l'aiguille avec une grimace d'excuse.

Mared, elle dit.

Pew-tan ? je fais.

C'est la première fois que je lui vois un vrai sourire. Son masque de gravité se fissure, laissant filtrer un peu de soleil inattendu.

Wee, elle dit. *Pew-tan.*

Elle prend le bâtonnet, le mord et se détourne de nouveau.

Ce serait plus facile si elle s'évanouissait. Elle tressaille quand je verse le miel dans la plaie, pourtant ce n'est que le début. Même si j'ai commis des atrocités, piquer cette chair vivante avec une aiguille et enfiler les points pour ne laisser qu'une entaille plissée est l'un des rares trucs qui me filent encore des cauchemars. Je couds mal dans le meilleur des cas. La suture ressemble à du barbelé, mais j'ai fait au plus vite et au plus propre. Quand j'arrive au bout de la blessure, je verse un trait de miel tout du long, je la couvre avec soin d'un pansement propre et je confectionne une compresse. Je m'apprête à prier la femme de soulever ses hanches afin que je puisse enrouler une bande qui maintienne le tout en place quand je vois qu'elle dort. Ou qu'elle a perdu connaissance. Elle respire, donc je la laisse tranquille. Je me contente de la surveiller pour éviter qu'elle abîme sa plaie en se retournant sur le dos.

Jip vient s'asseoir avec moi. Je me perds un long moment en sa compagnie. Il me lèche la main, je le grattouille, puis j'enfouis mon nez dans les poils rêches sur sa nuque et il me laisse le prendre dans mes bras et lui dire qu'il m'a manqué, que j'avais le moral à zéro quand je le croyais mort, que tout est ma faute. Ensuite, on reste pelotonnés à scruter le ciel et la dormeuse. Les chevaux broutent. La nuit tombe. Quand la femme se réveille, elle essaie effectivement de rouler sur elle-même, mais je l'en empêche. Elle boit un peu d'eau et se rendort.

Avant qu'il fasse noir, je suspends le cochon par les pattes arrière et je lui tranche la gorge pour que son sang, s'il n'est pas déjà figé, se vide pendant la nuit. Je rassemble les chevaux, je les attache chacun à son arbre, puis je vais me coucher. J'ignore si l'intervention a réussi ou si la femme va se choper une infection et mourir. En écoutant les bruits inhabituels de la nuit qui commence, je me demande si j'ai bien agi. Elle peut se révéler aussi dangereuse que Brand. Après réflexion, je conclus qu'elle l'est sans doute, mais je lui dois la vie et je lui dois Jip. L'un dans l'autre, j'ai sans doute fait ce qu'il fallait. Ensuite, je m'endors.

Je me réveille très tôt. La rosée perle sur la végétation. La femme me donne des petits coups avec un bâton. Elle doit pisser. L'aider à se lever pose problème. La soutenir tandis qu'elle s'accroupit tant bien que mal, la jambe tendue pour épargner ses sutures, est une autre paire de manches. Quand je la rallonge sur son sac de couchage, elle est toute blanche.

Door may, elle dit en désignant mon propre lit d'un coup de menton. Elle se rendort aussitôt.

À son réveil suivant, je grille des tranches de sanglier sur le feu, et les trois chevaux, détachés, paissent de nouveau. J'ai aussi exploré ses sacoches, sans comprendre la logique de sa collection visiblement réunie au cours de ses voyages : certains des objets – les outils, par exemple – sont utiles, les autres ont simplement dû lui plaire, comme la petite tête en bronze, ou la poupée faite maison avec des boutons cousus ensemble qui repose dans une vieille boîte pleine de colliers scintillants.

Elle m'observe, et j'ai du mal à lire son expression. Puis elle m'adresse un signe de tête, comme pour me féliciter.

Mare-see, elle dit. *Mare-see*.

Je lui apporte un bout de viande. Elle roule sur son flanc indemne et mange accoudée. Lorsqu'elle a fini sa tranche, elle rote, aussi fort que Papa. Elle sourit, contente d'elle. Ensuite, elle prend le dictionnaire, le feuillette, trouve un mot et me le montre en haussant un sourcil.

Nom ?

Griz, je réponds. Je m'appelle Griz.

Je la pointe du doigt.

Mwah ? elle dit, le sourcil toujours haussé. Elle hausse les épaules, comme si les noms lui importaient peu et qu'elle ne s'embarrassait pas d'en porter un, à la différence de tout le monde. Elle prend l'air pensif, l'air d'en choisir un parmi plein d'autres.

John, elle dit.

John ? je répète.

Wee, elle fait en hochant la tête. John Dark.

19

Un lien

Même si on ne parle pas la même langue, j'aime bien John Dark. Ce qui n'est pas son vrai nom, juste le son qu'il m'évoque. Celui d'origine n'est pas le vrai non plus, je le découvrirai plus tard. Elle l'utilise à titre de plaisanterie, et il convient autant qu'un autre à une Française. Pour que je saisisse la blague, il faudra cependant qu'on me l'explique, longtemps après qu'on aura pris des chemins différents.

Si je me souviens clairement du premier jour, les suivants se confondent. J'hésite à repartir sur les traces de Brand, mais je me vois mal quitter cette femme avant qu'elle puisse se lever et pisser toute seule. Quel intérêt de la recoudre si c'est pour la laisser mariner dans sa merde ? J'aurais gaspillé du bon miel – sans parler des points de suture beaucoup moins bons. Et, bien entendu, je veux savoir quelle histoire elle a à raconter, pourquoi elle est là, d'où elle vient, ce qu'elle a vu, ce qu'elle sait. Elle a l'air d'avoir roulé sa bosse.

D'abord, c'est elle qui me tire les vers du nez. À l'aide du dictionnaire et de nombreux haussements du sourcil, elle me demande D'où ? et je le lui indique sur la carte – à peu près. Je ne lui fais pas assez confiance pour montrer le lieu exact. Famille ? se révèle plus simple. Quatre doigts répondent à la question. Tout comme Seul ? qui obtient un pouce levé. Pourquoi ici ? est plus dur : non sans mal, je pointe un par un les mots « un homme voler mon chien ; je le retrouver, reprendre chien ». Elle me fait recommencer, faute d'arriver à me croire. J'ajoute « barbe rouge » la seconde fois, au cas Brand lui dirait quoi que ce soit, mais son regard ne donne pas l'impression qu'elle le connaît. Où ? c'est facile. Je le lui indique sur la carte. Et comme elle l'a déployée, je lui montre aussi où j'estime qu'on est. Elle m'en fait sortir une autre de son propre sac : la sienne – de meilleure qualité, car collée sur du tissu – montre la même topographie. On convient qu'on est non loin de la grande ville au milieu du pays.

On détermine qu'elle vient de France, ce qui ne m'étonne plus, car j'ai lu la couverture de son dictionnaire tout crade. Ce qui me surprend, c'est sa réaction quand je lui demande Où votre bateau ? Elle secoue la tête, me fait comprendre qu'il n'y en a pas et désigne les chevaux en levant les yeux au ciel : jamais elle n'aurait pu les faire tenir sur un bateau. Ensuite, avec deux doigts, elle mime une marche à pied. Je secoue la tête, indiquant la mer. Elle lâche un petit rire, puis désigne sur sa terre ferme un point qu'elle relie à la mienne en passant sur la mer. Puis elle claque des doigts, exigeant le dictionnaire. Elle trouve le mot « tunnel » qui, comme « infection », est identique dans les deux langues. Je ne la crois pas : même s'il y avait jadis un tunnel sous la mer, il se serait rempli par infiltration au bout d'un siècle et plus, à condition que la montée du niveau des océans ne l'ait pas d'abord submergé par ses entrées. Elle continue d'insister sur le fait qu'elle est arrivée à cheval sous la mer, équipée de la lampe à huile qu'elle me montre accrochée à l'une de ses corbeilles.

Qu'elle mente m'indiffère. Je ne lui ai pas non plus dit toute la vérité sur le lieu d'où je viens. En revanche, je respecte l'énormité du mensonge. Ferg me l'a dit un jour : quitte à mentir, autant y aller carrément, ce qu'elle semble faire. Elle refuse que je sache où elle a planqué son précieux bateau.

Je demande pourquoi elle est venue ici. Son expression se modifie. Elle indique encore le mot « famille », puis « fille » – plusieurs filles, vu sa mimique – et enfin un mot que je prends pour *pest*, « vermine » ou « casse-pieds » en anglais, jusqu'à ce que je m'aperçoive que je le lis en français, avec un *e* à la fin : « peste ».

Je regrette, je dis.

Elle hausse les épaules et, pendant un long moment, son regard s'égare dans le lointain.

Je veux lui poser d'autres questions, mais je vois bien sa tristesse, sa fatigue. Avec Jip, je pars au ruisseau qui dévale le versant derrière nous. En remplissant nos bouteilles, je m'interroge sur la peste dont elle parle. Il s'agit sans doute d'une maladie normale qui devait facilement se soigner dans le temps avec les médicaments qu'on n'a plus. Après tout, la peste est une infection qui touche de vastes populations et inflige de terribles dégâts. Or, il n'y a plus de population suffisante pour que la peste s'y répande. Aujourd'hui, je me dis que je me suis trompé et qu'elle a utilisé le terme exact, mais, sur le moment, c'est que je pense.

Elle passe le plus clair de la journée à dormir. Le reste du temps, elle m'observe, penchant la tête, comme si elle avait du mal à me cerner. À la fin de cet après-midi-ci ou de celui du lendemain, elle me dit l'autre raison de sa venue. Elle se tapote la poitrine, puis elle indique plusieurs mots dans son dictionnaire : Je. Chercher. Quelqu'un. Aussi.

Quelqu'un ? Je désigne le mot anglais et hausse le sourcil pour imiter son expression interrogative.

Kel Kun, elle dit. *Kel Kun Demoevay.*

J'ignore qui peut être cette personne, mais le regard de la femme s'égare de nouveau.

Je change le pansement matin et soir, sans sentir d'odeur d'infection, même si la ligne de plaie est irrégulière, rouge et, les deux premiers jours, chaude à un point préoccupant. Je lui applique ma dernière réserve de miel, elle se gave du contenu de sa trousse de secours – entre le miel en baume, les poudres et les feuilles en tisane, la guérison semble se poursuivre.

Elle a plusieurs habitudes, dont elle ne démord pas, que je trouve étranges. On a peut-être toujours cette impression face à quelqu'un d'autre. Il y a les bâtons *loo garoo*, de longues torches en bois couronnées de tissu imprégné de sève de pin qu'elle n'allume jamais, mais qu'on doit garder à proximité du feu tous les soirs. Quand je l'interroge à ce sujet, elle se borne à pointer son doigt vers la pénombre, les chevaux et la nuit alentour.

Poor lay loo, elle dit.

Je mime une question avec ma figure. Elle sourit.

Lay loo, elle répète, avant de prendre l'air je-te-fais-peur-mais-pas-vraiment.

Lay loo ? elle fait, remuant les sourcils. *Lay loo garoo.*

Les torches deviennent donc des bâtons *loo garoo*, rituel – à mon avis – inutile qui la rassure. Jusqu'au jour où, bien sûr, ils se révéleront tout sauf inutiles.

Plusieurs détails deviennent évidents tandis qu'on attend qu'elle cicatrise. D'abord Jip s'est pris dans un collet qu'elle a posé pour attraper des lapins non loin de son campement. J'en trouve plusieurs, confectionnés avec le fil de fer qu'elle garde dans l'une de ses sacoches. Quand je les rapporte, elle pointe du doigt les nœuds coulants, puis la patte du chien, et hausse les épaules, l'air désolé. Ensuite, elle a vu la maison que j'ai incendiée et l'a rejointe à cheval pour voir de quoi il retournait, comme je l'avais fait pour le feu aperçu du haut de la tour. Elle aussi a vu là un signe éventuel de présence humaine – mais, contrairement à moi, elle avait raison. Elle dit avoir craint que le feu soit dû à Kel Kun Demoevay.

Un après-midi, elle désigne les chevaux et me demande, par gestes, si je sais monter. On ne monte pas les poneys sur l'île : on les accompagne à pied alors qu'ils transportent des charges. Mais comme, enfant, je l'ai bel et bien fait – entre les panières de tourbe auxquelles je me cramponnais –, j'acquiesce.

Le lendemain, on arrive à court de miel. Elle décide que l'état de sa plaie lui permet de marcher et de monter. Malgré ses cheveux gris, elle demeure robuste, et maintenant que la douleur a diminué et l'infection – si c'en était une – disparu, elle a retrouvé son énergie.

Elle utilise le mime et le dictionnaire pour me dire qu'elle veut que je l'accompagne à la grande ville, où elle a vu un énorme nid d'abeilles. Elle désigne mon pot. Je comprends qu'elle veut me rembourser en remplaçant le miel que j'ai utilisé pour guérir sa plaie. J'hésite : j'ai hâte de repartir à la recherche de Brand et j'exulte d'avoir retrouvé Jip, mais je n'ai guère envie de me séparer de la femme. Finalement, je hoche la tête, car la grande ville se situe plus ou moins dans la bonne direction. Elle passe la journée à réorganiser ses sacoches, puis dépose la charge de l'un de ses animaux de bât dans un arbre, près des piles de voitures qui lui permettront, comme elle me l'indique, de la retrouver au retour, puis elle me fait grimper sur le cheval soulagé de son fardeau pour un galop d'essai.

Jip aboie de me voir chevaucher, et le canasson s'ébroue, partagé entre le sarcasme et la frustration, comme s'il sentait ma nervosité soudaine, mais elle lui dit quelques mots qui, semblant agir comme un charme, l'apaisent aussitôt. Il fait encore un peu jour, mais après deux tours afin que je m'habitue au transport sur le siège haut perché qui oscille, on regagne le campement et on passe une dernière soirée à se gorger de sanglier et de baies.

Le lendemain matin, elle fait grise mine tandis qu'on selle nos montures et qu'on entame la descente de la colline. Les traits figés, elle serre les mâchoires pour retenir les cris de souffrance qui pourraient lui échapper lorsque son cheval cahote sur le terrain inégal. Comme c'est un matin brumeux, elle a relevé sa capuche. Jip décrit des zigzags sur le versant devant nous, surprenant des lapins lève-tôt, mais il a plus la tête à les poursuivre qu'à les tuer, et on a bien mangé tous les trois la veille au soir.

Le temps qu'on atteigne l'ancienne route M, le soleil a dissipé l'essentiel du brouillard ; l'atmosphère se réchauffe, y compris entre ma compagne de voyage et moi. Au début, elle chevauche à mes côtés, m'observant d'un œil critique. Puis, au bout de cinq ou six kilomètres, elle décide que les instructions qu'elle m'a communiquées par mimiques – il faut se tenir droit, serrer avec ses genoux, guider d'une main relâchée, éviter de tirer sur les rênes, et ainsi de suite – ont un peu amélioré mes compétences en équitation : elle émet un grognement appréciateur.

Bravo, Griz, elle dit.

J'ignore ce qui me surprend et me réjouit le plus : son approbation ou cette première utilisation de mon nom.

Elle reprend la tête, menant le cheval de bât par la bride. Ma monture la suit volontiers. À la queue leu leu, on sinue entre les arbres jeunes et plus vieux qui envahissent la route M. C'est bizarre, de monter un animal. Je n'y ai guère songé quand on me baladait sur les poneys, mais, là, je le sens. Il s'agit moins de bouger sans faire grand-chose – j'en ai pris l'habitude avec le vent sur un bateau – que de profiter du mouvement d'une autre créature qui ne cesse, il me semble, de tituber d'une manière contrôlée, toujours sur le point de trébucher ou au moins de perdre son rythme spécifique. Au fil de la journée, j'apprends à ne plus résister. Oubliant de me tourmenter, je me détends jusqu'à sentir que je fais partie de l'animal. Ce qui ne te dira sans doute rien, à moins que tu aies fait du cheval et éprouvé cette sensation. Non, tu devais sans doute rouler en voiture. Ça te paraissait aussi grisant, ou tu redoutais que le moteur échappe à ton contrôle comme moi que le cheval bronche ?

À mesure qu'on progresse, la ville s'élève autour de nous, telle une végétation qui se presserait de toutes parts. Une fois de plus, l'échelle de ton monde, et de votre nombre, me tombe dessus. Il y a les carcasses de longs bâtiments bas qui devaient être des usines, puis les labyrinthes de plantes qui marquent l'emplacement des rues aux maisons individuelles toutes semblables, puis, au loin, venant vers nous, une autre route en remblai qui enjambe sur ses piliers de béton trapus des friches pleines de buissons, d'arbres et de ruines.

Quel bruit faisaient vos villes, lorsque toutes ces artères grouillaient de voitures ? Elles geignaient, grondaient, grognaient ? Ou rugissaient ? Y avait-il un son différent pour chaque voiture et chaque camion ? Savais-tu sans regarder ce qui approchait ? Et vu l'abondance des routes, comment évitiez-vous de vous rentrer dedans, si vous rouliez aux vitesses indiquées dans les livres que j'ai lus ?

J'avais du mal à rester sur le qui-vive, aux aguets, or je ne faisais que monter à cheval. Autrement, j'aurais peut-être évité de me jeter dans la gueule du loup.

Mais le danger ne s'annonce pas toujours. On allait juste récolter un peu de miel.

Il faut parfois se méfier des douceurs.

20

Kel Kun Demoevay

La journée commence bien. Le soleil est haut dans le ciel, mais il ne fait pas trop chaud, les oiseaux pépient à tue-tête et les lapins détalent en quantité suffisante pour réjouir Jip tandis qu'on se fraie un chemin vers le centre de la ville.

Les chants d'oiseaux me font l'effet d'une nouveauté. Sur les îles, il y a parfois des appels, des croassements, ou le cri d'un volatile esseulé survolant la lande, mais la faune ailée est trop dispersée pour produire la rumeur incessante qu'on entend sur la terre ferme. Ce tumulte de sons contradictoires – aucun n'est particulièrement bruyant – réclame une attention constante : ici un roucoulement, là un gazouillis, ailleurs un cui-cui. Et comme ils diffèrent, je n'arrête pas de me tourner dans tous les sens pour localiser le responsable. À force, la mosaïque se fond en une vague sonore, comme la mer. Elle devient un arrière-plan dont j'évite d'isoler les éléments. Le temps que je rencontre John Dark, ce vacarme omniprésent a fini par me sembler – telle la mer, là encore – un bruit apaisant. J'ai aussi pris l'habitude qu'il ne sonne pas de la même manière à l'aube qu'au crépuscule. Et même si je n'ai guère progressé dans l'identification des espèces, je sais reconnaître les pigeons des pies grâce au petit guide trouvé à la boutique du musée.

Un oiseau se différencie par ses plumes sable et brunes. Il croise notre chemin alors qu'on descend la rampe qui nous fait quitter la route en remblai. Il doit s'agir d'une grive musicienne. Elle pépie d'un ton enjoué en nous survolant, et quand je jette un coup d'œil vers ma compagne, je constate qu'elle laisse glisser son masque austère, révélant le visage plus juvénile, tandis qu'elle aussi suit du regard le volatile qui s'élève dans le ciel bleu limpide et qui semble chanter et voler par simple plaisir.

Puis son masque retombe, et elle pousse son cheval vers une brèche dans les ruines envahies par la végétation. Elle sait où elle va, et mon cheval la suit. Un bâtiment a renoncé voici peu à tâcher de rester debout et il s'est affalé dans la rue qu'il a bloquée d'une barricade de briques et de verre. John Dark claque la langue avec dédain et fait tourner son cheval dans une ruelle, sans doute pour éviter que nos montures se coupent ou trébuchent sur ces décombres. J'ai enfin remarqué qu'on détermine sans mal l'âge des ruines à leur couverture végétale. Les décombres récents se dérobent sous les pieds, mais dès que la mousse, l'herbe et les racines s'en emparent, ils gagnent en stabilité, cimentés par la terre et les plantes.

On émerge de la ruelle et on poursuit entre des buissons rabougris montant presque à l'encolure des chevaux. C'était autrefois un espace dégagé au centre de la ville, éclairé par des lampadaires. La rouille les a réduits à des bouts pointus, ou ils se sont tordus et renversés, entraînés par le poids de la végétation qui les recouvre, mais leur espacement régulier les rend faciles à repérer une fois qu'on a vu le motif. Il y a aussi des arbres qui ont poussé au hasard parmi eux, et après que je me baisse pour en négocier un, imitant John Dark qui me précède, je me redresse pour découvrir les trois hommes debout devant moi.

Ils nous tournent le dos. Comme celui du milieu a la main levée pour saluer, je porte d'instinct mon regard plus loin au cas où je verrais quelqu'un répondre par un signe. Mais il n'y a personne, ni là-bas ni ici, d'ailleurs, car ce sont des statues face à un énorme enchevêtrement de décombres qui marque l'effondrement d'un grand stade, colline de plaques de béton et de tuyaux tordus, le tout lié par la couverture de végétation. Vêtus de shorts, ils se tiennent par les épaules, comme des frères. L'un d'eux, le chauve, serre un ballon de football contre sa hanche. Lorsque, guidant mon cheval, je passe devant eux, je découvre leur expression. Ils ont moins l'air de sourire que d'attendre – quelque chose qui est déjà passé ou, à l'inverse, qui n'est jamais arrivé. Ils n'ont plus qu'une ruine à contempler. Ça ne semble pas les déranger. Des ronces ont poussé autour de leur piédestal, mais je distingue encore un mot gravé dessus : BEST. Ce devait donc être les meilleurs joueurs de l'équipe. Je suis en train de les dévisager – je me demande à quoi ils ressemblaient en chair et en os – quand John Dark me siffle.

E. C., elle dit en immobilisant sa monture.

En mettant pied à terre, elle grimace et se raccroche au pommeau de selle pour éviter de tomber à genoux. Que je voie sa faiblesse lui déplaît. Elle me montre avec ostentation comment faire passer les rênes par-dessus la tête du cheval de façon que, traînant devant lui, elles le dissuadent de partir, puis elle prend des affaires dans ses sacoches et m'indique de la suivre à l'assaut de l'amas de décombres.

Laissant là ma monture, je m'exécute. Comme il y a du verre brisé sous la mousse, on avance avec précaution, mais l'écroulement date de si longtemps que la nature a enfoui les éclats dans le sol, stabilisant le terrain. Marcher dans les pas de John Dark m'amène au sommet de la colline verdoyante que les ruines forment désormais et d'où mon regard plonge vers ce qui était autrefois un terrain de football, transformé en oasis dissimulée, avec un bosquet de chênes à une extrémité et un fourré d'aubépines en pleine floraison au milieu. Entre les arbres, les lapins qui filent dans l'herbe haute montrent une queue toute blanche quand ils détalent en nous voyant. Motivé au possible, Jip part comme une flèche et s'enfonce dans le sous-bois.

Les trois autres côtés du stade sont en meilleur état, mais, au-dessus de deux d'entre eux, le toit en surplomb qui abritait les spectateurs du soleil et de la pluie a culbuté sur les multiples rangées de sièges en plastique rose. Imaginer le nombre de personnes dans cet endroit, l'image et le bruit que ça faisait, me donne mal à la tête. Est-ce que l'absence a un poids ? Je crois que oui, car un fardeau m'écrase, invisible. C'est une impression beaucoup plus forte que celle ressentie face aux rues désertes, peut-être à l'idée de tous ces gens choisissant de venir s'amasser dans un seul lieu. Non, les fantômes, ça n'existe pas. Rien ne hante ce stade, sinon un souvenir : des gens l'ont peuplé, voire surpeuplé, et le voici dépeuplé – au sens où quelque chose n'est défait qu'après avoir été fait. C'est l'atmosphère que je m'efforce de saisir depuis que j'ai mis le pied sur la terre ferme. Elle diffère du vide de l'absence. J'y vois plutôt de la solitude, non pas la mienne, mais celle du monde privé de vous tous. Il vous a connus, et vous avez disparu. Et pendant un certain temps, peut-être, jusqu'à ce que s'effacent les signes de votre présence, vos maisons, vos routes, vos ponts, vos stades de foot, tous réabsorbés par la nature, vous lui manquerez.

D'accord, c'est bizarre de penser et d'écrire ces idées folles pour qu'un garçon mort depuis longtemps qui ne les lira jamais connaisse mes théories sur un monde qu'il ne verra jamais. Peut-être que c'est ce qui arrive quand on vit si longtemps seul, comme moi désormais. Peut-être que je me parle à moi-même.

Bref, on passe un bon après-midi. Jusqu'à un moment précis.

Une fois descendue de cheval, John Dark paraît mieux supporter la douleur de sa plaie et marcher avec davantage de souplesse. Elle m'amène au centre de ce qui était le terrain, ferme les yeux et pose un doigt sur ses lèvres. J'écoute. Et, alors qu'elle les rouvre et me regarde, l'air interrogateur, j'entends…

Un bourdonnement ténu, un bruit léger qui se déploie à l'arrière-plan et caresse les oreilles. Les abeilles, en nombre considérable, prospèrent dans l'immense jardin clos qu'est devenu le stade.

Près de deux arbres abattus qui ont commencé à pourrir par le milieu, il y a une sorte de cabane en bois sur roues. À la fin du monde, une personne a dû décider de venir vivre sous la protection des murs du stade. Peut-être qu'elle élevait des abeilles. Son abri sur roues est devenu une ruche géante. Les arbres abattus aussi. L'endroit est bien abrité et la prairie qui a remplacé la pelouse doit constituer une excellente réserve de nourriture pour les insectes.

John Dark pointe du doigt un feu de camp récent, puis se désigne, elle. J'en déduis qu'elle était là il y a peu de temps. Voilà comment elle est au courant pour les abeilles. Ensuite, elle m'indique l'un des arbres abattus avec un sourire. On va prendre le miel à l'intérieur.

On travaille ensemble, plutôt silencieusement. Elle parvient à me montrer avec des gestes ce qu'on va faire. Je ne sais pas si le silence sert à éviter que les abeilles s'agitent, ou qu'il est plus simple de mimer l'activité physique que de la décrire, mais c'est une façon étrangement calme et intime de passer du temps avec quelqu'un.

Avec le recul, durant ces quelques heures, je me sens plus proche d'elle que de quiconque en dehors de ma famille. En compagnie des Lewisiens, une distance subsistait, peut-être parce qu'on formait deux tribus – on collaborait, mais les miens avaient davantage en commun avec moi. Face à une seule personne, toutes ces barrières disparaissent. On s'exprime à l'aide de nos mains et de nos yeux.

Intime, donc.

Elle fait un feu sur les ruines du précédent et l'alimente jusqu'à ce qu'il prenne. Puis, à l'aide de son couteau et du plat de la lame d'une hachette, elle applique les braises sur un orifice du tronc abattu dont le bois commence à roussir et se consumer. M'indiquant d'entretenir le grand foyer, elle nourrit le petit sur lequel elle ajoute ensuite du combustible humide. Il s'agit de garder le cœur chaud, mais de l'étouffer juste assez pour qu'il fume en abondance. Un peu plus tard, elle m'envoie dans le bosquet prélever l'assise d'un siège. J'en broie deux – le plastique est devenu cassant avec l'âge –, mais, au troisième essai, j'obtiens un carré grossier que je rapporte, après quoi elle me fait éventer le panache gris afin qu'il pénètre dans le tronc par le trou.

Je précise qu'avant tout ça, on s'est drapé la tête de toile à sac qu'elle avait dans ses sacoches, puis on a boutonné nos vêtements afin de réduire les risques que des abeilles nous piquent en s'y introduisant. Elle porte des gants, aussi. À défaut, je me suis emmitouflé les mains dans du tissu. J'ai lu dans le temps une vieille BD sur une divinité égyptienne revenue d'entre les morts en momie. C'est à ça qu'on ressemble – mi-grotesques, mi-ridicules. D'autant que je tâche de faire un courant d'air avec le siège pour que la fumée rentre et que les abeilles sortent. Mais bien sûr, il n'y a personne qui puisse nous voir ou rire du spectacle qu'on doit offrir au milieu des volutes et de l'essaim qui commence à évacuer le tronc en vrombissant et à nous tourner autour.

Empoignant sa hachette, John Dark attaque le bois pourri, élargissant l'ouverture et mettant à nu le rayon de miel. Le nid est formé de grands lobes de cire pulpeux et mystérieux du fait de leur aspect organique qui tranche sur la régularité géométrique du rayon. Des grappes d'insectes continuent de ramper sur les lobes, ce qui leur donne un aspect vivant. On rapproche le petit feu et on évente la fumée jusqu'à ce que la plupart soient sortis ou assoupis. Puis, sans prévenir, elle passe la main à l'intérieur et coupe deux lobes. Les abeilles se mettent en colère, se réveillent, et certaines passent par la fente que j'ai laissée dans mon voile.

L'une d'elles me pique à la paupière. J'ai beau tenter de continuer à éventer avec mon siège, j'ai l'impression qu'on m'a planté dans l'œil une aiguille chauffée à blanc. Retenant un cri, je m'écarte et je lâche le morceau de fauteuil.

J'entends John Dark rire et je la suis en titubant. Quand on quitte la brume protectrice, les abeilles bourdonnent plus fort, mais, chose étonnante, aucun nuage ne nous assaille pour se venger du larcin. On part de l'autre côté du terrain s'asseoir sur les degrés de béton qui s'effritent.

L'air ravi, elle dépose avec précaution les rayons de miel volés dans l'herbe à nos pieds, puis elle regarde le tronc qui fume dans le lointain.

Mared ! elle dit.

Alors, elle prend sa plus grosse bouteille d'eau, retourne dans la fumée et la nuée d'insectes. Un acte héroïque. Et juste. J'aime beaucoup. D'un coup de pied, elle écarte le feu du trou et verse de l'eau sur le bois qui se consume. Si elle a volé du miel aux abeilles, elle veille à ce que leur maison ne brûle pas. Elle ramasse même l'assise du siège pour le poser sur l'ouverture élargie pour leur offrir un toit tout neuf. Puis, moitié courant, moitié dansant, elle revient se mettre hors de portée des abeilles, en riant. Une fois de plus, elle paraît plus jeune que son visage habituel le laisse supposer. Elle s'assied près de moi et déroule les bandes de toile à sac qu'elle utilise pour emballer le premier rayon de miel qui fait le même diamètre que sa tête, quoique plus plat, puis elle claque des doigts : je dois ôter mon voile pour envelopper le second. Mon œil a enflé au point de se fermer, et elle paraît étonnée à sa vue – de son aspect ou du fait que je n'ai rien dit, je ne le saurai jamais.

Car l'autre abeille qui s'était faufilée – sans que je m'en aperçoive – sous mes couches de tissu se met à bourdonner de colère contre mon cou, et tout déraille. Je déboutonne à toute allure le col de ma chemise, et John Dark écarquille les yeux. Je me dis qu'elle a percé mon secret, mais je vérifie et elle se détourne, donc ce n'est pas ça : elle cache quelque chose. Je me réjouis que ma pire crainte ne se soit pas réalisée, et mon œil me fait vraiment mal, ce qui explique que je ne prenne pas le temps de réfléchir à ce qui a pu la faire réagir.

Elle fouille dans son sac, en retire un objet qu'elle fourre dans sa poche, se retourne vers moi, puis se penche, détache un bout du rayon et presse un peu de fluide doré sur l'index de son autre main.

Après quoi elle indique mon œil et lève son doigt enduit de miel.

Bon, elle dit. *La me-ay say bon poor sa.*

Je la laisse badigeonner ma paupière enflée. C'est gluant, chaud, et soudain tout devient confus, rapide, douloureux – au niveau, non pas de mon œil, mais de mon cou, parce que John Dark a profité de mon point aveugle pour ressortir de sa poche ce qu'elle y avait mis, me le passer autour de la tête et le serrer.

Le fil de cuivre de l'un de ses collets me rentre dans le cou lorsqu'elle passe derrière moi et me dérobe le couteau à ma ceinture. Tout va si vite que je me fige, perplexe, durant une seconde, puis j'étouffe et j'essaie de glisser mes doigts sous le nœud coulant, alors elle me siffle à l'oreille et me pique la nuque avec la pointe de ma lame sans faire couler le sang, juste à titre d'avertissement.

Elle enchaîne les phrases, à toute allure, crachant les mots dans une litanie rageuse. Je ne comprends rien à ce qu'elle dit, mais ça n'a rien d'aimable. Soudain, le couteau accroche mon collier en perles d'acier et elle le fait pivoter jusqu'à ce qu'elle puisse examiner le pendentif : le huit porte-bonheur dans son cercle de flèches.

Le silence se fait. Je ne bouge pas. Je crois sentir du sang goutter du fil de cuivre qui me garrotte. C'est peut-être de la sueur.

Je n'entends que le bourdonnement des abeilles au loin, et mon cœur qui cogne dans ma poitrine comme un secret pris de panique qui essaierait de s'évader.

Pew-tan, elle crache. Il y a dans son ton autant de surprise que de déception. Et de colère. Surtout de colère.

Elle tire sur la chaîne, qui casse, avant de considérer mon pendentif au creux de sa paume afin d'examiner le symbole gravé.

Mon huit porte-bonheur, au milieu de ces flèches qui vont dans tous les sens.

Porte-bonheur ? Je commence à en douter.

Et avec le collet qui m'étrangle, je me vois mal aller où que ce soit.

Quoi ? je demande, la voix rauque. Qu'est-ce qu'il y a ?

Elle brandit le pendentif devant mon œil indemne et lâche un véritable torrent verbal dont je comprends trois mots tout en me montrant le symbole – trop proche pour que je le voie nettement.

Ooh ate eel ? elle fait. *Ooh ate eel ?*

21

Key ayt voo

Le pendentif est une clé. Je ne trahis rien en l'écrivant. Je sais que c'en est une parce qu'elle me montre le mot dans son dictionnaire par la suite, alors qu'elle essaie de me faire dire où je l'ai trouvée et ce qu'est devenu l'individu à qui je l'ai prise. Et je ne trahis rien pour la simple raison que le mystère demeure sur ce qu'elle ouvre. Mon récit ne raconte pas un voyage mystérieux qui se terminerait sur l'ouverture d'une porte merveilleuse par une clé magique. Ce n'est pas ce genre d'histoire. Je la rédige du mauvais côté d'une porte verrouillée qui n'a pas de clé et dont j'ignore si elle finira un jour par s'ouvrir.

Bon, je n'ai que sa parole, j'imagine. Ça ne ressemble à aucune clé que j'aie pu voir. Et ce qui l'intéresse, c'est plutôt de qui je la tiens et comment. J'essaie de lui expliquer que je l'ai trouvée au sommet de la tour, mais ma réponse ne fait que l'énerver. Elle ne me croit pas. Elle me demande sans arrêt où est l'homme, en plantant son doigt sur les mots « où homme ». Et aucune de mes explications ne lui convient – pas homme – quel homme – trouver clé – trouver clé sur tour – pas savoir –, toutes mes réponses remuent le couteau dans une plaie invisible.

Elle me secoue avec rage et me regarde droit dans les yeux.

Ay voo ? elle dit. *Voo, Griz. Kee ayt voo ?*

Je ne peux que hausser les épaules, toujours perplexe.

Je ne sais pas ce que vous voulez, je dis. Moi, je n'ai rien contre vous.

Elle me ligote les mains dans le dos avec un autre collet, puis relâche le nœud coulant qui m'étranglait. Jip revient tandis qu'elle m'attache au métal rouillé qui fixe les sièges aux gradins du stade. Inquiet, il lâche un lapin à mes pieds et nous regarde, sentant la tension qui règne. Elle se redresse, crache encore quelques mots à mon adresse, puis s'éloigne vers les chevaux.

Jip la suit des yeux, puis les pose de nouveau sur moi et il gémit, étonné – je n'ai pas ramassé le lapin et je ne l'ai pas non plus gratté entre les oreilles.

On est dans la mouise, mon gars, je dis.

Je tire sur le lien qui m'entrave les poignets, et je renonce aussitôt, de peur de me taillader les veines.

Il me voit grimacer, gravit les marches au trot, scrute mes mains attachées dans mon dos. De nouveau, il gémit.

Ça va, je fais. Tout va bien.

Il me lèche les poignets. Du bout des doigts, je lui gratte le cou de mon mieux. Puis il s'écarte et aboie.

Ne t'en fais pas, je dis. Elle finira par se calmer.

J'ai tort. Elle revient, menant les chevaux par la bride, les met à paître sur le terrain envahi par les mauvaises herbes, gravit les marches en portant mon sac, me dépasse, emprunte une entrée où celles-ci disparaissent dans la structure. Le palier forme une grotte de béton au flanc du versant. Elle y dresse son campement, allumant un feu et déroulant son sac de couchage. Si je me dévisse le cou, j'arrive plus ou moins à voir ce qu'elle fabrique.

Elle parle toute seule, à voix basse, d'un air rageur. Après avoir défait mon sac et déversé son contenu par terre à ses pieds, elle les étale avec grand soin, puis les trie. J'ignore ce qu'elle cherche, mais elle ne le trouve pas. Ça l'irrite encore plus. Elle s'accroupit pour m'observer comme si tout ce qui ne va pas dans le monde était ma faute. Son silence et la fixité de son regard me perturbent. Il n'y a plus trace de sa version juvénile, celle qu'elle m'a fait voir plus tôt ce jour-là, avant le coucher du soleil.

Quand la nuit tombe, le toit et les murs en béton du palier où elle a fait son feu dessinent un cube de chaleur dans l'obscurité. Je ne me ressens que davantage la fraîcheur du soir. Le froid s'accentue – aucun besoin d'avoir une truffe de chien pour sentir la pluie dans l'air. Jip monte les marches et la regarde. Elle l'ignore. Il s'assied et aboie, une fois. Vu l'attention qu'elle lui porte, elle pourrait tout aussi bien être sourde.

Elle ne me donne rien à manger ni à boire, et me laisse le dos calé contre les armatures de siège. J'essaie de scier le fil de fer sur les vieux supports métalliques, mais ça fait mal et, en les palpant du bout des doigts, je constate que je n'arrive guère qu'à les débarrasser de la rouille et à leur rendre leur lissé. Mon entrave ne semble pas du tout disposée à céder – si quelque chose doit être scié, ce seront mes poignets. Je n'ai d'autre choix que d'attendre. Elle refuse de me donner mon sac de couchage ou de me permettre de m'allonger. J'ai déjà passé de mauvaises nuits dans des coins étranges et je peux dormir dans presque toutes les conditions si la fatigue s'en mêle, mais là, c'est bien pire. Et ça ne s'arrange pas, surtout quand les visiteurs nous tombent dessus.

Il y a tout d'abord la gêne physique. Au fil du temps, j'ai l'impression que le rembourrage entre mes os et le béton froid se réduit. Ensuite, avoir les mains liées dans le dos m'endolorit la nuque, les épaules, et m'endort les bras. Je ne cesse de remuer les doigts pour éviter de m'engourdir. Si la position la moins incommode, la tête en arrière et appuyée sur le siège en plastique, m'oblige à scruter le ciel nocturne, elle me soulage un peu la nuque.

Mais pas le cerveau : mon esprit m'empêche de dormir tout autant que l'inconfort. Je tâche de garder mon calme, en vain. Mes idées noires tourbillonnent follement, comme les pales d'une éolienne par grand vent. Je reviens sans arrêt sur ce qui s'est passé depuis que j'ai rencontré John Dark. Je me figurais qu'on avait plus ou moins établi un rapport de confiance. Elle était venue à mon aide, et moi, en retour, je l'avais soignée. Il me semblait aussi qu'on se comprenait un peu, grâce au mime et au dictionnaire.

Croiser l'une des rares personnes qui restent dans ce vaste désert et découvrir qu'on ne peut pas discuter faute de parler la même langue, c'était déjà une sale blague, mais on avait réussi à se débrouiller. Le pire, c'est que je l'aimais bien. Si je n'avais pas grand monde à qui la comparer, comme je l'ai déjà dit, je la trouvais plutôt fiable. Et sincère. Il ne m'avait pas semblé qu'elle tentait de me pousser à l'apprécier ou à lui faire confiance. Je prenais son attitude au premier degré : dure, rugueuse, mal embouchée, mais honnête. Brand, avec le recul, était trop bon conteur pour que quelqu'un de plus habitué que moi aux autres lui fasse confiance. Il se donnait en spectacle. Un jour, j'ai récupéré un livre intitulé *Traité de prestidigitation des pièces de monnaie*, de J.B. Bobo, et j'ai passé tout un hiver interminable à m'entraîner aux tours de magie qu'il présente. Ce qui permettait leur réalisation – en plus de doigts agiles –, c'était d'amener les gens à observer la mauvaise main au bon moment et donc à louper ce qu'on faisait en réalité. Brand procédait de cette façon. Son sourire et ses histoires faisaient partie de la mise en scène : pendant que tu regardais ailleurs, il te faisait les poches. John Dark ne lui ressemble en rien. Et une question gênante m'obsède. Comment j'ai pu me tromper sur elle à ce point ? Qu'est-ce que j'ai mal compris de vital dans nos échanges hésitants ? Pourquoi elle paraît soudain se méfier de moi autant que je me méfie de Brand ? Les regards qu'elle m'a adressés et les mots qu'elle m'a crachés au visage après avoir découvert la clé à mon cou donnent le sentiment qu'elle s'estime dupée ou trahie. Mais par quoi ? Où est le rapport entre la clé et Kel Kun Demoevay ? Ou je me trompe depuis le début et elle a toujours présenté un danger pour moi. Ça m'étonne qu'elle ait prévu de me piéger dès notre rencontre, mais va savoir. Peut-être qu'il lui fallait juste une paire de mains supplémentaire pour la recoudre. Non, ça n'a aucun sens. Rien n'en a. Ces réflexions tournent dans mon crâne, sans fin, m'empêchant de dormir et même de me reposer.

Si j'ai senti la pluie dans l'air, je ne la vois pas arriver – les nuages noirs qui nous surplombent masquent les étoiles et la lune. Mais je la sens quand les premières grosses gouttes tombent de l'obscurité sur mon visage tourné vers le ciel. Je cille pour chasser l'eau de mes yeux, puis je baisse la tête d'instinct au moment où l'averse se déchaîne. En trois secondes, je me noie presque. La pluie martèle le béton avec une telle violence que les gouttes me font l'effet de rebondir pour détremper le petit peu de moi qu'elles ont pu manquer à la descente.

Jip aboie après l'averse, puis je sens des mains dans mon dos et j'entends toute une litanie de ce qui doit être des jurons en français : John Dark, qui a eu pitié de moi, me détache et me traîne dans sa grotte sèche et chaude. Elle m'y rattache les poignets, devant moi, cette fois, ce qui est beaucoup mieux, avant de me faire asseoir sur mon propre sac de couchage contre le mur opposé de l'autre côté du feu.

Merci, je dis.

Elle grogne et s'adosse, le regard aussi dur que le béton auquel elle s'appuie.

Je ne sais pas ce que j'ai fait de mal, je dis.

Door may, elle dit, avec une pantomime où elle ferme les yeux et pose la tête sur ses mains jointes. *Door may.*

Quoi que ses mots signifient, elle veut de toute évidence que je dorme. Je n'ai rien contre. La journée me laisse dans un état d'épuisement total après le tour qu'elle a pris, mais j'ai l'esprit trop chamboulé pour que mon corps se repose. Son regard me transperce par-dessus les flammes courtes du feu. Comme ça devient difficile à supporter, je me tasse sur moi-même, fermant les yeux pour ne pas avoir à choisir entre le soutenir – et peut-être irriter davantage la femme – ou l'éviter – et sans doute lui paraître plus louche. De façon inattendue, ça m'aide à me calmer. Privé de la vue, j'écoute : le tapotis de la pluie sur le béton semble presque aussi reposant que la rumeur de la mer dont j'avais l'habitude en m'endormant. Même si je garde le dos humide, la chaleur que je ressens devant moi me sèche et m'assoupit. Jip vient se coller à moi et la tiédeur de son corps pallie mon inconfort autant que ma tristesse et ma solitude. Dans ces conditions, faire semblant de dormir pourrait vite devenir dormir tout court, si une idée ne persistait à me ricocher dans le crâne.

Pourquoi John Dark veut-elle que je m'endorme ? Qu'est-ce qu'elle va faire quand j'aurai sombré dans l'inconscience ? Je doute qu'elle veuille me blesser. Ou me tuer. Elle en a eu l'occasion dès l'instant où elle m'a passé le nœud coulant autour du cou. Sur notre île, je ne me doutais pas que notre visiteur comptait nous dévaliser, et il s'est gardé de le faire d'entrée de jeu – il a attendu qu'on dorme. Se méfier du sommeil, c'est affreux. Brand ne s'est pas borné à voler ; il m'a laissé un cadeau détestable qui a continué de m'empoisonner la vie en me privant de la seule possibilité de récupération physique. Dans l'une de mes lectures, quelqu'un « a tué le sommeil ». Voilà ce que cette ruse m'a fait. Mon sommeil n'a pas été vraiment tué, mais, depuis le vol, il est entrecoupé et ça empire – au point que le repos me fuit. J'ouvre alors les yeux et je découvre qu'elle m'observe toujours. Elle arbore une mine satisfaite, comme si elle me prenait sur le fait.

Elle pointe un doigt vers moi.

Voo, elle dit. Puis on jurerait qu'elle parle anglais. Deux mots à peine, mais c'est presque certainement de l'anglais. *Freeman voo ?*

Ça m'échappe.

Voo, répète-t-elle. Cette fois, elle brandit la clé et décoche de petits coups dans ma direction. *Ate voo an Freeman ?*

Les deux mots semblent n'en faire plus qu'un.

Non, je dis. Je lui montre mes poignets attachés. Non, je ne suis pas un homme libre.

Elle secoue la tête, comme si elle ne me croyait pas.

Pew-tan, elle fait, avant de rajouter deux bouts de bois sur le feu et de se tasser contre le mur, de sorte que les flammes lui cachent les yeux.

La pluie tombe sans faiblir durant une heure. Quand elle se calme enfin, son fracas reflue, laissant entendre les sons qu'elle masquait, les cascades sur les gradins et les allées, les ruissellements un peu partout, mais surtout la respiration de John Dark. Bon, sa respiration ne serait pas assez forte pour dominer tous ces bruits d'eau : John Dark ronfle.

Peut-être que si cet orage soudain n'avait pas éclaté, elle aurait refait mon sac après sa fouille. Ou peut-être qu'elle se serait contentée de pousser mes affaires en tas contre le mur. Hors de ma portée. Mais non. Elles restent étalées par terre. Et bien que le feu se réduise à des braises, la lueur rougeâtre me permet de distinguer le reflet de mon Leatherman.

Jip se réveille dès que je bouge. Son corps se raidit. Il faut qu'il reste tranquille. Je me tourne, je pose les mains sur lui et je le caresse pour lui communiquer par le toucher que tout va bien. Je ne veux pas qu'il émette un bruit susceptible de perturber le ronflement régulier de la dormeuse de l'autre côté du feu. Puis je me propulse à l'aide de mes coudes et de mes genoux, centimètre par centimètre, sur le béton froid, vers l'outil et – du moins je l'espère – la liberté.

Quelque chose me frôle. Je me fige, mais ce n'est que Jip qui va au bord du palier pour jeter un œil dehors et renifler l'air nocturne. Le léger cliquetis de ses griffes sur le sol dur me paraît horriblement fort, mais le ronflement se poursuit sans la moindre pause et je me détends.

Si je me focalisais moins sur le Leatherman que j'essaie d'atteindre, je remarquerais peut-être que le chien se fige. Et j'imagine que s'il faisait moins sombre, je verrais le poil se hérisser sur son échine. Mais bien que les nuages se soient évacués, laissant la lune poser un peu de lumière sur le terrain, je ne regarde pas Jip. Retenant mon souffle, je tends les mains vers l'outil multifonction. Le métal crisse sur le béton, un bruit ténu qui, là encore, me paraît assourdissant, puis je sens le poids familier du rectangle d'acier poli dans ma main et je découvre que je peux l'ouvrir sans difficulté malgré mes poignets entravés – il devient ainsi une paire de pinces.

Si je ne craignais de lâcher les pinces en les retournant tant bien que mal vers mes coudes, je décèlerais peut-être du mouvement sur le terrain en contrebas. Il doit bien y voir du bruit, même ténu.

Et si la facilité avec laquelle je glisse la mâchoire ouverte des pinces entre mes poignets assez loin pour placer le collet dans le coupe-fil au bas de la tenaille me réjouissait moins, je remarquerais peut-être que le ronflement s'interrompt.

Si je me focalisais moins sur ma libération, j'anticiperais mieux ce qui va se passer, j'imagine. Hypothèse inutile, en tout cas.

Le menton sur le béton humide, je me penche pour mettre tout mon poids sur mes doigts qui serrent les poignées du Leatherman.

Un déclic retentit, fort comme un coup de fusil, quand le coupe-fil tranche le collet. Puis l'événement se produit, qui en réunit trois en simultané.

Jip aboie et plonge dans la nuit.

John Dark dit *pew-tan* d'un ton furieux.

Et un cheval hurle dans l'obscurité en contrebas.

22

Loo garoo

Un quatrième événement se produit, mais un instant plus tard.

Il s'agit d'un hurlement aigu, sauvage, qui paraît creuser une fissure dans l'obscurité. Et répondre aux aboiements de Jip. Des grognements et des grondements suivent, hérissant eux aussi les poils sur ma nuque. Je n'en ai jamais entendu de tels, mais nos ancêtres, à toi et moi, les connaissaient, et peut-être que leur souvenir subsiste, tout au fond de mon cerveau, car mes entrailles se liquéfient et que je dois serrer les cuisses pour éviter de me pisser dessus.

Se son day loo ! John Dark plonge le bâton *loo garoo* dans les braises. Le tissu imprégné de goudron s'enflamme et elle me saute par-dessus pour dégringoler les marches en direction du bruit, arme à la main.

Soit il lui a échappé que je me suis détaché les mains, soit ça lui est égal.

Un bruit de tonnerre fend la nuit quand elle fait feu sur quelque chose qui pousse une nouvelle série de hurlements et de jappements. Je me dresse d'un bond, j'empoigne mes flèches et mon arc que j'encorde d'un geste et je cherche du regard mon couteau.

Comme j'entends Jip aboyer et gronder de plus belle, je descends à toute allure dans le sillage de John Dark en me dirigeant sur sa torche embrasée qui décrit des courbes sur le terrain.

La pluie sur la mousse rend les marches glissantes, mais je ne perds pied qu'en bas : j'essaie de m'arrêter, je dérape et je tombe sur un genou, si fort que j'en déchire ma jambe de pantalon, comme je le découvrirai par la suite. J'encoche une flèche, puis, enfin – je halète et je frissonne, mais je suis immobile, au moins –, je commence à me rendre compte de ce qui se passe.

Tout d'abord, je prends ce que je vois pour des chiens. Ce n'en sont pas. Et jamais tu n'aurais cru en croiser en liberté sur cette île de ton vivant. Enfant, j'ai lu un livre sur leur retour après des siècles d'extinction, mais ce n'était qu'un conte. Ils étaient bien plus anciens que ton pays apprivoisé, et plus encore que le désert que nous avons hérité des tiens, mais il ne fait aucun doute qu'ils trouvent leur place dans la contrée sauvage que le temps ramène.

Ce sont des loups.

Dans le rond de lumière de sa torche, John Dark se tient près des chevaux dont l'un a une nappe de sang sur le flanc. Un loup mort gît à ses pieds. Et Jip, debout à ses côtés, tient à distance les loups qui leur tournent autour. Ils se déplacent la plupart du temps, ne restent immobiles qu'une seconde lorsqu'ils s'arrêtent, toujours en mouvement, toujours aux aguets. Je vois leurs yeux luire de l'autre côté des montures, derrière la femme. Leur mouvement circulaire dissimule le fait qu'ils se rapprochent lentement mais sûrement. Elle doit s'en rendre compte, car elle pivote, traçant des arcs de feu avec sa torche afin de tenter de les repousser.

Les chevaux, terrifiés, les yeux fous, tiennent bon. D'abord, je crois qu'ils se fient à sa protection, et puis je me rappelle qu'elle les a entravés pour éviter qu'ils s'éloignent.

Plus grand que les autres, l'un des loups va à droite quand ils vont à gauche, ce qui ajoute à la confusion, ainsi qu'à la difficulté à les suivre. Il se déplace ployé. Si John Dark essaie de surveiller tous les animaux, Jip ne quitte pas celui-ci des yeux. Raidi, il frissonne sous l'effet de la tension qui monte en lui. Son attitude me terrifie presque autant que les loups. S'ils se rapprochent trop, il tuera le grand en premier avant de passer au suivant, et ainsi de suite. Il fonctionne de cette façon. Né pour ne pas céder un pouce de terrain, il estime forcément – en bon terrier – qu'il va gagner. Jamais il ne renoncera, jusqu'au jour où il perdra. À ce moment-là, il n'aura plus de souci à se faire, puisqu'il sera mort.

C'est un loup énorme. De la taille de deux Jip, voire deux et demi.

Je m'aperçois que la manière de se déplacer de la meute a un but : détourner juste assez l'attention de John Dark pour que chaque bête se rapproche un peu chaque fois qu'elle lui tourne le dos un petit moment. Je l'avertirais bien d'un cri, mais je ne veux pas la distraire – d'autant que moi aussi, de toute évidence, je me laisse hypnotiser par la manœuvre.

Au point de louper le premier bond du grand loup vers la croupe du cheval blessé.

Jip, loin de se laisser déconcentrer, le heurte par le travers comme un bélier miniature et le mord au cou tandis que la puissance de son assaut les envoie tous les deux culbuter dans l'herbe. Son adversaire se dégage et le devance pour se redresser, coinçant le chien entre lui et les autres. Il gronde et s'avance tandis que deux membres de la meute plus petits se glissent derrière Jip.

John Dark darde alors sa torche vers le grand loup qui se tourne et la regarde au moment où elle braque le fusil sur son museau.

L'arme fait long feu.

Toutes les munitions de ton époque qui subsistent sont si vieilles et imprévisibles qu'elles risquent de foirer, ce qui explique qu'on m'ait appris à maîtriser l'arc. Le regard que le loup lui lance en reculant devant les flammes de la torche montre un mépris presque humain.

L'un des animaux derrière Jip s'élance pour lui trancher d'une morsure les tendons de la patte arrière, et le chien fait volte-face, si vite que j'entends les dents de l'autre claquer dans le vide. Le grand loup se détourne alors de John Dark comme s'il avait des yeux derrière la tête pour se jeter sur la nuque exposée de Jip.

Il tressaute en plein saut et s'affale sur le dos du chien, aussi lourd qu'un sac de briques, et aussi inanimé. Le penon de ma flèche dépasse de la base de son crâne. En admettant que je retrouve un jour un arc, je ne ferai jamais aussi bien. Le plus étrange : je ne me rappelle pas avoir songé devoir agir, avoir visé, avoir tiré. Je ne me souviens que de la flèche qui file, de ma certitude de toucher ma cible, de l'impact évoquant le bruit d'une hache plantée dans du bois. J'ai dû lui trancher la moelle épinière, le tuant sur le coup.

Jip doit s'en rendre compte avant ma proie, car au lieu de mordre l'animal qui lui a atterri dessus, il s'ébroue pour le faire glisser à terre et passe sous le ventre des chevaux afin de reprendre son poste auprès de John Dark : il surveille les membres de la meute dont elle ne peut pas suivre la ronde.

Elle me regarde dans l'obscurité. Si elle est surprise de me voir libre et avec une nouvelle flèche encochée, elle n'en montre rien.

On core deu fur, elle crie en agitant sa torche vacillante. *On core deu fur !*

Ce qu'elle veut paraît clair, tout comme le fait qu'elle n'est plus la seule à me suivre des yeux. Faisant volte-face, je regagne au pas de course le campement où j'empoigne les bâtons *loo garoo* et j'en allume un.

Je l'entends hurler en bas. *Veet ! Veet !*

Jip jappe pour souligner l'urgence de ce terme que je ne comprends pas.

Au pied des marches que j'ai descendues quatre à quatre, je saute la barrière et je cours sur les loups, en balançant comme une faux la torche tendue devant moi. Ils me livrent passage et je déboule dans le cercle où je retrouve Jip, John Dark et les trois chevaux. Inutile de parler. Le bâton qu'elle tient rend l'âme. Je lui tends le dernier éteint et elle l'allume pendant que je tiens les bêtes sauvages à distance avec le mien. Le chien aboie après moi, ravi d'être au milieu du danger. Il doit se réjouir d'avoir sa meute avec lui, même s'il y en a une plus grosse qui nous encercle.

On est ensemble, mais la nuit va durer plus longtemps que nos deux dernières torches. John Dark triture la sienne dans la main dont elle se sert pour casser son fusil à deux coups qu'elle recharge. Même si je la comprends, la voir le refermer ne me rassure guère. Il n'y a aucune garantie que l'une ou l'autre des cartouches fonctionne, et l'illusion de la sécurité représente un danger en soi. Par habitude, je vais récupérer ma flèche sur le grand loup. Je fais un mouvement de balancier avec ma torche pour écarter les autres, puis, du pied, je le retourne sur le dos. Il est robuste, beaucoup plus lourd que je ne l'aurais cru, et il a tellement l'air d'un chien que j'éprouve un accès de culpabilité, mais je me penche, je pose un pied sur son cou et j'extrais ma flèche entièrement enfoncée. Ses congénères donnent l'impression de gronder plus sourdement. La hampe est rouge tout du long quand je termine de la retirer. D'un coup de poignet, je projette un arc écarlate dans leur direction – le sang qui s'est accumulé sur l'empennage. Ça ne fait que les enrager : deux d'entre eux se mettent à hurler.

Je risque un coup d'œil vers John Dark que je surprends à tressaillir quand elle change de position. De toute évidence, sa blessure lui fait mal. Peut-être que les points de suture ont cédé. Les torches se consument. On va manquer de temps.

Je sais ce qu'on doit faire.

Là ! je hurle, désignant le cube rouge dans les ténèbres au-dessus de nous. On amène les chevaux près du feu !

Elle me dévisage. Je désigne les chevaux, puis je fais de mon mieux pour mimer qu'on doit tous monter les marches pour rejoindre l'abri de la boîte en béton et de son feu.

Ce sera plus sûr ! je crie. Il y a des murs ! Le feu durera plus longtemps que…

Elle me gueule dessus d'un ton rageur, mais en hochant la tête. Je crois qu'elle me dit compris, fermez-la et allons-y avant que les deux dernières torches s'éteignent et qu'on se retrouve aveugles et sans défense dans le noir.

Vite, elle me rejoint, me passe sa torche, désentrave les trois montures. Elle empoigne leurs rênes, met son fusil en bandoulière et me reprend la torche, puis désigne d'un coup de menton la grotte carrée qu'éclaire le feu.

Al on zee, elle dit.

Sous l'escorte de la meute, John Dark mène tant bien que mal les chevaux. Elle leur fait franchir la barrière, ce qui leur déplaît, puis gravir les marches étroites et raides entre les longues rangées de sièges, ce qui leur plaît encore moins. Jip, en couverture, nous tourne autour lui aussi. Il nous serre de près, grondant à l'adresse de chaque loup qui nous colle un peu trop. Moi, je ferme la marche, à reculons pour tâcher de garder dans mon champ de vision les animaux qui nous suivent comme ceux qui nous flanquent. Je porte également mon arc en bandoulière, mais, de ma main libre, je tiens une flèche pour planter l'assiégeant qui me sauterait dessus. À part des grondements sourds, on n'entend que le bruit des fers sur l'escalier humide. Puis mon dos heurte la croupe de l'un des chevaux qui hennit et rue. Si son sabot me manque, sa patte qui me frôle me déséquilibre et je m'affale, la tête en avant, le bras entre deux dossiers. Un craquement retentit et me persuade que mon arc vient de se briser, mais ce n'est que la flèche. La torche gît sur la marche suivante, sous un siège en plastique qui s'enflamme déjà. Plus bas, deux loups se rapprochent, tapis au sol, les yeux luisants, avides.

Je sens des pattes sur mon dos qui signent mon arrêt de mort, puis j'entends la bête qui me piétine aboyer. Mes deux assaillants battent en retraite et je comprends alors que Jip m'a sauté dessus pour me défendre. Je me remets debout comme je peux avant de me précipiter vers la torche, que je ramasse.

Pendant le reste de l'ascension, le chien me serre de près, comme s'il se méfiait de ma capacité à me débrouiller, ce en quoi il n'a peut-être pas tort. Tout du long, il émet un léger grondement, presque subsonique, dont la vibration contre ma cuisse me réconforte. On souffre une dernière fois tandis que John Dark amadoue les montures apeurées et les tire sur le palier, mais on se retrouve enfin dans le réduit, protégés par trois murs, avec la cage d'escalier derrière à surveiller et l'ouverture devant à défendre.

On reste là à haleter, soudain immobiles, sans trop savoir quoi faire désormais, sinon attendre.

Mared, elle dit.

Les chevaux n'ont accepté qu'à contrecœur de gagner le fond du palier, au-delà du feu. Ils s'y pressent les uns contre les autres, toujours nerveux. John Dark ajoute quelque chose qui m'échappe, d'un ton irrité, soucieux. Je suis son regard. Le feu a baissé. Et il manque de bois en quantité suffisante pour brûler jusqu'à l'aube.

Pas de problème, je dis. J'ai la solution.

Le siège auquel j'ai mis feu par accident brûle toujours à mi-chemin du terrain. Il éclaire à contre-jour les loups qui forment un demi-cercle bosselé sur les gradins. Les poils hérissés sur ma nuque et les grondements de Jip vers l'obscurité au-dessus de notre palier me persuadent que le cercle est fermé : il y a aussi là-haut, en embuscade, des loups prêts à nous sauter dessus si jamais on s'aventure trop loin de notre refuge.

Je désigne à John Dark le siège qui brûle, puis les plus proches de l'entrée de notre grotte, avant de me défaire de l'arc dans lequel j'encoche une flèche. Comprenant mon langage corporel, elle hoche la tête.

Pendant qu'elle sort mettre le feu aux sièges en contrebas, de part et d'autre des marches, je la couvre en pointant ma flèche vers la pénombre au-dessus. Aucun loup n'attaque, ni maintenant ni plus tard, quand on retourne enflammer d'autres sièges à mesure que chaque paire s'éteint. Peut-être qu'il n'y en a aucun sur les gradins supérieurs, ou que ceux qui s'y dissimulent redoutent mon adresse au tir, ou encore – ce qui me paraît le plus plausible – que l'épaisse fumée noire dégagée par le plastique en train de brûler les pousse à aller se réfugier ailleurs, sous le vent.

On tient jusqu'au petit jour, protégés par le feu. Indemnes, mais au prix d'un goût et d'une odeur chimiques qui s'attarderont dans ma bouche et mon nez durant des jours. Je comprends pourquoi il reste tant de plastique – des fragments décolorés d'on ne sait quoi s'échouant sur les plages aux saloperies se délitant petit à petit comme les sièges de ce stade. Si vous aviez essayé d'incinérer ce monceau d'ordures, vous auriez asphyxié votre monde.

L'aube se lève sur une absence totale de loups, hormis le cadavre dans l'ancien terrain de football en contrebas.

John Dark et moi, on a veillé à tour de rôle. Le jour est venu pendant que je dormais. Je me réveille pour la voir qui me pousse du bout de sa botte et indique le terrain d'une inclinaison de tête.

Eels on twos party, elle fait. *Lay loo. Eels on twos party.*

Quoi que ça signifie, c'est positif, car elle a sa tête plus jeune et plus enjouée.

Puis elle prend l'air grave.

Eel foe parlay, elle dit. *Tew nay pas un day Freeman.* Okay. *May eel foe parlay day Freeman.*

Elle tire la clé de sa poche, la regarde et me la montre.

OK ? elle fait. OK, Griz ?

Je hoche la tête. Sur le moment, je ne vois pas trop ce qu'elle veut dire, mais, au moins, elle n'essaie plus de me ligoter. Je crois que ça va mieux entre nous. Après la rude épreuve qu'on a vécue, elle sait que je les ai sauvés, les chevaux et elle, et que le malentendu à propos de la clé n'est qu'un malentendu, qu'on va résoudre.

Ça vient peut-être du soleil en train de surgir au-dessus de la tribune opposée, mais tout semble plus sûr. Plus fiable. Plus optimiste.

Il se trouve qu'elle veut me raconter une histoire.

Toi et moi, on sait déjà que ce genre de truc, c'est garanti sans danger.

23

Le Freeman

Elle raconte l'histoire des Freeman durant notre voyage, par intermittence, sur plusieurs jours, en recourant au mime et aux mots du dictionnaire. De ce fait, il y a certains détails qui m'échappent encore, mais j'en saisis les grandes lignes. Je sais que John Dark est venue ici pour un motif spécifique à la recherche d'un Freeman bien précis, et je sais ce qu'elle lui reprochait : d'avoir tué ses filles.

Mais avant qu'on aborde qui étaient – ou sont encore – les Freeman, je dois revenir à notre périple. Après la nuit des loups, on quitte le stade. Le cheval qui a été mordu ne paraît guère souffrir de son flanc jusqu'à ce que John Dark passe une couche de miel sur sa plaie. Il tressaille, hennit, tente de la mordre. Alors que je lui tiens la tête, son spasme manque me jeter à terre.

Dès l'aube, elle m'a demandé comment j'avais trouvé la clé. Je lui ai parlé de mon mieux de la tour, du tas de vêtements, de mon impression que la personne – « Freeman », d'après elle – s'est suicidée en se jetant du haut de la plateforme. Elle m'interroge sur les vêtements et je lui décris les bottes ainsi que le blouson à capuche rouge, ce qui la convainc.

Et la désamarre, si j'en crois ses yeux, car elle reste assise un long moment sans me regarder – ni regarder ailleurs. Il me semble qu'elle oublie ma présence pour se contenter d'observer ce qui l'a éloignée. Découvrir que celui qu'elle traquait est mort ne la libère pas. Ce vide qu'elle avait en elle, elle l'a comblé par sa quête pour le retrouver. Maintenant que c'est devenu impossible, au lieu d'être satisfaite, elle ne ressent qu'une perte d'un genre différent. Soudain, elle n'a plus de but dans la vie. Ce qui explique peut-être pourquoi elle reste avec moi pendant qu'elle se cherche un nouveau but : elle a besoin de compagnie. Ou alors, elle en sait davantage sur ma propre destination qu'elle ne veut bien l'admettre. Mais elle chevauche à mes côtés, ce qui ne me déplaît pas, d'autant que j'y gagne une monture. Et alors qu'on voyage, qu'on campe, qu'on se repose près d'un feu ou d'un ruisseau, voilà ce qu'elle me raconte de son histoire, façon puzzle.

Avec sa famille, ils habitaient loin de la mer, à proximité des montagnes entre ce qui était jadis la France et la Suisse. De bonnes terres cultivables, de la neige en hiver. Du côté suisse, il y avait un grand lac où, l'été, ils allaient pêcher. Leur quotidien s'organisait autour des chevaux comme le nôtre autour des bateaux. Cet aspect de l'histoire se suit sans mal. Ils vivaient là à cause des Freemen, même si personne dans sa famille n'en avait jamais vu. Et les Freemen y avaient vécu à cause du « cercle du cerveau » souterrain.

À partir de là, nos problèmes de communication rendent le tableau un peu flou. Selon elle, il y avait un grand cercle, souterrain, rempli d'un cerveau. Ça me paraît bizarre. On se reporte au dictionnaire plusieurs fois et on finit par convenir que le cerveau désigne des engins, des ordinateurs. Elle ne les a jamais vus – ils se situent dans un tunnel circulaire cent mètres sous terre –, mais ils doivent être hors circuit depuis longtemps, puisqu'il n'y a plus d'électricité pour les animer et alimenter leurs souvenirs. Le père du père de son père est descendu un jour dans les profondeurs en compagnie de l'un des derniers Freemen et il a vu cet anneau qui, à l'en croire, bourdonnait. Plus tard, les Freemen ont éteint les lumières, le bruit a cessé et ils ont abandonné le tunnel avant de partir en verrouillant l'entrée derrière eux.

C'est l'histoire que racontait sa famille : ils sont venus là quand les derniers vieillards travaillant sur ces machines souterraines étaient très âgés et ils les ont aidés jusqu'à la fin. Ces vieillards, c'étaient les Freemen. Jusqu'à leur mort, ils ont essayé de rappeler à l'anneau souterrain un maximum de découvertes humaines pour le rendre humain à son tour. Ils ont tenté d'enseigner leurs secrets à ses grands-parents, mais trop tard : c'étaient déjà des cavaliers, des fermiers. Ils n'étaient pas la science, elle dit. Elle le formule ainsi parce que c'est ainsi qu'on lui a raconté : c'étaient des fermiers, et pas la science. On a expliqué à sa famille que le cerveau souterrain n'était qu'un parmi d'autres dans le monde entier. Autrefois, plusieurs groupes de Freemen tâchaient d'aboutir au même résultat.

Vie, elle dit en désignant les mots dans le dictionnaire. Vie dans machine. Corps mourir. Pas bébés qui contenir nouvelle vie. Freemen essayer faire aller vie dans machine.

Puis elle trouve un nouveau mot et son doigt carré tapote la page.

Freemen folie.

Freemen dire : vie dans silicium.

Je lui demande ce que ça signifie.

Elle hausse les épaules. Ses arrière-grands-parents lui ont assuré que les Freemen en parlaient souvent.

Freemen dire vie plus grande que gens. Pas bébés. Pas nouveaux corps. Donc vie pas dans corps. Dans silicium.

Le silicium est une sorte de roche. La vie dans la roche ?

Ça n'a aucun sens sur le moment, et encore moins aujourd'hui, même si j'en sais un peu plus sur les Freemen et sur le scientifique dont ils ont adopté le nom. Mais cette partie de l'histoire, je la tiens de mon pire ennemi qui me la racontera plus tard en anglais. Et bien que ça m'aide à comprendre, connaître l'ambition de leur projet et la gravité de leur échec ajoute à ma tristesse et à ma solitude. Et à mon impuissance.

Tu avais un Internet. Tu vivais dans une toile qui te reliait à toutes les réponses ayant jamais existé. Tu les transportais partout avec toi dans un rectangle de verre et de métal qui tenait dans la poche, mais qui parlait aux satellites. Tu n'as jamais eu le loisir d'être idiot ou ignorant.

Ici, du mauvais côté d'un monde à l'agonie, on s'efforce de reconstituer ce qui s'est passé à partir de fragments épars qu'il faut attraper au vol lorsque le vent les balaie. Comme pour le tank de l'armée avec la tête de poupée fichée dans le canon sous le toit effondré de la station-service, je ne saurai jamais le fin mot de l'histoire. Ni sa signification. Je n'aurai jamais la vue d'ensemble.

Il était donc censé y avoir d'autres Freemen et, malgré la fermeture du tunnel, sa famille n'a jamais oublié où se situait la porte au cas où l'un d'eux ferait son apparition. Trois générations ont passé, après quoi il paraissait clair que les Boumeurs Freemen avaient tous disparu, bien sûr.

Jusqu'à ce qu'il descende à cheval depuis l'est, arborant la clé qui correspondait au symbole sur la porte de la grotte et que j'ai prise pour un pendentif. L'homme qui les a tués.

Il venait de loin, au-delà des montagnes. Ce n'était pas l'un des vieillards. Sa famille avait appris auprès des Freemen. Ils n'étaient pas devenus des cavaliers. Ni des fermiers. Ou pas seulement. Ils apprenaient ce que leurs pères et leurs grands-pères avaient appris. À être ce qu'il était. Électricien. Le mot du dictionnaire est presque identique en anglais et en français, à une lettre près.

Comprendre machines pas, elle dit grâce au dictionnaire. Savoir seulement allumer.

Le bonhomme et sa famille ont donc appris la maintenance électrique d'un lieu où d'autres Freemen avaient enfoui un ordinateur, et ce savoir s'est transmis de génération en génération.

Énergie foyer électricien pas marcher, John Dark indique. Mauvais moment. Électricien venir trouver famille moi.

Quand l'ordinateur souterrain que sa famille entretenait depuis toutes ces années a rendu l'âme, il s'est mis en quête de l'un des autres ordinateurs pour le faire marcher.

En vain.

Cerveau mort, elle tapote. Énergie mort.

Elle est accroupie près de moi au-dessus du feu de camp dans le noir quand elle me dit ça : je me rappelle qu'elle doit incliner le dictionnaire pour capter la lueur des flammes.

Ordy nator footew, elle dit, avant de cracher dans le foyer.

Puis il a tué sa famille. Sans le faire exprès. Mais quand tu es mort, la manière t'importe beaucoup moins qu'aux survivants. Il a apporté une maladie.

La pest, elle l'appelle.

C'est peut-être pour ça qu'il est venu chercher une autre installation des Freemen : sa famille était morte de *la pest*. En tout cas, il l'a amenée avec lui, car elle a vu les cicatrices des furoncles sous ses aisselles quand il se baignait. Les siens avaient guéri ; les gens de John Dark n'ont pas eu cette chance.

Jay ew dla sharns, elle dit, les traits crispés, l'expression amère, avant de cracher de nouveau dans le feu.

Sharns, comme elle me le montrera dans le dictionnaire par la suite, s'écrit « chance » et signifie la même chose.

Son amertume dément son affirmation.

Il est parti pendant qu'elle soignait les derniers de ceux qu'elle aimait. Une fois qu'elle les a enterrés, elle l'a suivi, sans autre idée que le besoin de l'envoyer les rejoindre.

Je la comprends sans qu'elle ait à l'exprimer, mais, avant de ranger le dictionnaire ce soir-là, elle me montre le mot.

« Vengeance. » Le même dans les deux langues.

24

Une démangeaison entre les omoplates

Elle me montre ses aisselles après qu'elle m'a parlé de *la pest* : aucune cicatrice de furoncle. Ainsi, je sais qu'elle n'a pas attrapé la maladie et qu'elle ne véhicule pas d'infection, contrairement à l'électricien. Il s'agit d'un geste d'amitié : entre nous, tout va bien, et ça continuera. Jusqu'alors, je n'avais pas songé que, si l'autre avait contaminé sa famille, Joan Dark pouvait être porteuse elle aussi. Ça ne dissipe pas totalement le souci que je me fais désormais, car je connais mal les maladies et leur propagation. Je ne sais pas ce que sont les germes, en fait, et s'ils agissent tous de la même manière.

Bref, on chevauche ensemble. Je m'inquiète de choper *la pest*, mais pas suffisamment pour partir de mon côté. Je finis par juger que, si les germes doivent passer d'une personne à l'autre, ils l'ont sans doute déjà fait, d'elle à moi, quand je l'ai recousue, son sang plein mes mains. Elle m'a l'air en pleine forme, et au bout de deux ou trois jours je n'y pense plus, car j'ai d'autres sujets de préoccupation.

Le plateau s'abaisse vers l'est et la végétation se modifie. La lande broussailleuse, si vaste soit-elle, n'est rien en comparaison de l'immense étendue d'arbres vers laquelle on descend. Le centre de la terre ferme est devenu une forêt gigantesque de feuillus, surtout des hêtres, des chênes et des sycomores. Sur la carte, le terrain devrait grouiller de villes et de villages reliés par des routes et des voies ferrées. D'en haut, les motifs, évidents sur le papier, quoique datant de plus d'un siècle, n'ont pas grand-chose en commun avec les variations de la mosaïque boisée. On contemple une jungle de cimes. On jurerait voir des nuages – mais verts.

C'est alors que ma boussole nous rend vraiment service, car, une fois dans la forêt, il n'est plus question de naviguer à vue. Sous les arbres, le monde change. Comme la canopée filtre le soleil, la lumière du jour se marbre et verdit. On se croirait sous l'eau – voire dans une histoire, comme celle de mon enfance sur le hobbit, que Ferg nous a lue au cours d'un hiver trop rude pour qu'on puisse faire quoi que ce soit dehors pendant des semaines d'affilée. Bien que j'aie adoré le livre, j'ai dû me représenter ses forêts et leurs étranges créatures, car, je le répète, il n'y a pas de bois sur les îles : les seuls nains, ce sont les arbres rabougris eux-mêmes ; dont on ne risque pas de tomber – on a plus de chances de trébucher dessus.

Jamais je n'aurais imaginé cette futaie profonde et verte. On y entend beaucoup plus de chants d'oiseaux. Et on y voit beaucoup plus d'insectes, comme ce gros scarabée tout noir et brillant qui m'a fait sursauter en détalant près de ma joue quand je m'adosse à un arbre lors de notre première halte. Ses rostres m'évoquent des bois de cerf et il fait la taille de mon pouce : un jouet en métal. Il y a aussi des papillons. Je n'aurais pas cru en croiser dans un bois, or ils sont partout, des orange, des violets, et mes préférés, des noirs et blancs qui, au lieu de battre des ailes aussi souvent que les autres, se contentent de planer entre les arbres sans effort apparent.

L'absence d'horizon lointain renforce les bruits proches – les sabots sur le sol, les petites branches qui craquent ou qui fouettent l'air quand on les écarte au passage et, surtout, les sons intimes : l'ébrouement des chevaux, ma respiration. Et John Dark qui fredonne. En selle, elle fredonne toujours. Ça n'a rien d'atonal, mais ce n'est pas une mélodie unique, ni un mélange de celles que je connais, plutôt l'idée d'une mélodie à laquelle il manquerait des bouts. J'ignore si elle s'en rend compte. Je le supporte la plupart du temps, même si parfois je trouve ça agaçant. Surtout quand j'ai sommeil et faim – auquel cas je trouve à peu près tout agaçant.

Je sais que rêvasser sur l'histoire du hobbit paraît bizarre quand on accomplit un voyage si important. Après tout, je veux reprendre mon chien à quelqu'un qui risque fort de s'y opposer sans merci. Ce n'est pas le moment de songer aux magiciens et aux elfes d'un conte pour enfants. J'ai envisagé ce que récupérer Jess pouvait exiger et je sais qu'en dernier ressort, le cas échéant, je recourrai à la force. Comme Brand est plus costaud que moi, il faudra sans doute que j'utilise mon arc, de loin, au risque de le blesser, voire de le tuer. Il y a une chance non négligeable que ma flèche perce involontairement une artère, et je n'ai pas la prétention de croire pouvoir m'en tirer par le bluff. Donc, au terme de ce voyage, la violence apparaît comme un probable deuxième choix, si mon choix initial, la discrétion et le larcin, échoue. Je table vraiment sur le fait que j'excelle à me fondre dans le décor quand je chasse.

Dans l'idéal, Brand sera là (ce qui n'est pas garanti), je m'approcherai furtivement (pourvu qu'il fasse nuit), Jess gardera son calme lorsqu'elle s'apercevra de ma présence (un miracle en soi) et se laissera emmener sans bruit. Voilà qui rendrait la monnaie de sa pièce au voleur en lui offrant le réveil brutal que je lui dois : découvrir qu'on s'est fait damer le pion. Au cours de certaines des rêveries que je m'autorise, je lui pique son bateau et je repars à la voile, ce qui lui donne l'occasion d'arriver trop tard sur la plage ou la jetée pour faire mieux que lever le poing, vexé de me voir lui échapper. Dans d'autres versions, il exhibe son sourire éclatant et secoue la tête en bon perdant, avouant qu'il s'est fait dévaliser par un pirate plus rusé que lui. J'ai toutefois une quasi-certitude : « les loups ne se mangent pas entre eux » n'est qu'une expression que j'ai lue et non un code applicable au monde réel. Bref, l'histoire s'achèvera dans le sang. Je me demande ce que ça m'inspirera. À ma grande honte, une colère noire m'a paru normale face à ses méfaits – voler Jess, empoisonner ma famille, m'abandonner sur Iona, brûler mon bateau –, mais la violence, c'est épouvantable, et, dans les moments de calme, je me creuse la cervelle pour trouver d'autres moyens d'atteindre mon but. Mieux vaut user de son cerveau que de son poing. Un cerveau peut tout contenir, de l'infiniment grand – les étoiles, les planètes – à l'infiniment petit – les germes. Voire ce qui n'existe pas – les hobbits. Un cerveau accueille l'univers entier, un poing ne renferme que ce qu'il peut saisir. Ou frappe ce qu'il ne peut pas.

Est-ce que l'homme qui a écrit sur le hobbit a trouvé son inspiration dans une futaie ? Malgré le vacarme des oiseaux, c'est un coin tranquille, apaisant. Sans la boussole, il serait facile de s'y perdre. C'est un labyrinthe sans parois, juste des troncs d'arbres, des buissons, des sentes animales. John Dark chevauche la capuche relevée, dont ses cheveux gris s'échappent, assortis à la robe de sa monture. De derrière, elle ressemble un peu à une magicienne. On imagine sans peine des yeux nous observer dans cette forêt derrière l'écran des feuillages et des ronces. Et les plus grands arbres nous toiser, suivant notre progression. Je pense souvent au livre tandis qu'on va vers l'est en sinuant parmi les hêtres et les chênes, ce qui explique sans doute que je baptise le lieu où on finira par trouver refuge la Maison Hospitalière, du nom de l'endroit où les voyageurs du livre font une halte très méritée. Et notre Maison Hospitalière se révèle contenir un genre de magie, même si celle-ci s'explique plutôt par la gentillesse de certaines personnes mortes depuis longtemps que par l'intervention d'elfes immortels.

De ce côté-ci de la terre ferme, les bois ont tout englouti. J'ignore la raison de cette différence avec l'ouest du pays – mais ça rend le voyage étrange. Souvent, quand je scrute un roncier, je vois qu'il dissimule un corps de maison, avant de regarder alentour pour constater qu'on traverse un ensemble – village, banlieue – dont les édifices se réduisent à des tas de paillis ou des coquilles vides où poussent des arbres de trente mètres. L'indice révélateur : les « troncs minces » qui se révèlent être des lampadaires restés debout et épargnés par la pourriture. Bien entendu, les maisons en brique et en pierre résistent mieux que celles en plâtre, en bois et en plastique, mais la plupart ont tout de même vu leur toit s'effondrer, si bien qu'elles regorgent de verdure luxuriante.

De ce côté-ci de la terre ferme, dans cette immense forêt, on a beaucoup plus de mal à distinguer les arêtes vives de ton monde.

Un après-midi, on se retrouve à longer une énorme falaise vert sombre dont je comprendrai plus tard qu'il s'agit d'une haie d'ifs. Quand on atteint un trou, on aperçoit derrière des frênes qui poussent autour d'une église en pierre décolorée. La plupart des stèles sont tombées par terre – si je remarque la première, me renseignant sur la nature de l'ensemble, c'est parce que mon cheval y dérape. Je baisse les yeux, je lis l'inscription « Je retourne à la maison de mon père », et je comprends que je me trouve dans un cimetière. Le bâtiment trapu a gardé son toit. Il paraît tapi au sol, comme s'il comptait se battre avec les arbres qui empiètent sur ses murs, la plupart atteignant au moins la hauteur de son clocher courtaud.

Le jour commençant tout juste à décliner, il reste deux heures de clarté, mais John Dark est fatiguée : d'un bruit de gorge et d'un geste, elle indique qu'on devrait passer la nuit là, en montrant la porte d'un coup de menton. Je préférerais poursuivre, mais pas au point de refuser d'emblée. Même si on n'arrive pas à forcer la porte, le porche d'entrée fera une grotte bien abritée où dormir.

Alors on entend Jip gronder. Tout se fige. John Dark, prenant soudain son fusil en main, regarde de-ci de-là pour voir à quoi le chien réagit. Prenant mon arc en bandoulière, j'encoche une flèche. Un papillon violet nous frôle, l'unique mouvement apparent dans le bois. Ce qui semble inquiétant.

Un silence complet vient de tomber. Plus aucun oiseau ne chante.

Tout est immobile au point que l'air alentour paraît vibrer du grondement de Jip.

Je ne vois rien. Mais j'ai l'impression qu'il y a là quelque chose d'imposant et de conscient de notre présence, la même impression qu'au musée, quand on dormait avec la dame en robe jaune et qu'on s'est réveillés pour entendre autant que pour sentir une grosse masse tourner en le frôlant l'angle de l'édifice dans la rue en contrebas.

Pa bon, John Dark murmure, en faisant reculer les trois chevaux hors du cimetière. Les armes toujours brandies, on reprend notre route, à l'affût d'un moindre mouvement, d'un moindre bruit. Au bout de dix minutes, alors qu'on aborde l'ascension d'une pente, les chants d'oiseaux reprennent.

J'ignore ce qui a alarmé Jip – l'église elle-même, ou une bête qui lui a déplu –, mais tandis qu'on s'éloigne, il demeure en arrière-garde, décrivant des petits cercles dans notre sillage et fixant du regard la direction d'où on vient, le poil hérissé et la truffe au vent. C'est troublant, mais aussi rassurant de le savoir là pour sentir ce qui nous reste invisible.

Griz, elle dit. Je me tourne : elle a immobilisé son cheval près d'un hêtre dont elle désigne le tronc.

L'écorce gris-vert a été lacérée, et récemment. Des stries profondes y apparaissent, exposant l'orange vif du cambium et l'aubier plus pâle. Faites par une créature non seulement puissante, mais imposante, elles s'étalent un mètre cinquante ou quatre-vingt au-dessus du sol pour les plus basses.

Pa bon. John Dark, de sa main, imite une patte balafrant l'arbre. *Gross griefs. Pa bon do too.*

Elle mime le fait de garder les yeux et les oreilles ouverts, puis repart. Je fais halte près du tronc pour tâter les entailles. Rageuses, appuyées, elles demeurent humides. Leur auteur ne doit pas se trouver bien loin. C'est peut-être la créature qu'on a sentie parmi les frênes près de l'église.

Jip pisse sur le tronc par défi, l'air de rien, puis on s'en va. Je me demande s'il pourrait s'agir d'un sanglier tel que celui qui m'a attaqué. Les stries proviendraient alors de ses défenses. Dans ce cas, ce serait un sanglier géant, une idée inquiétante à la tombée de la nuit, quoique plus rassurante que ma vraie hypothèse : ce sont bien des traces de griffes. J'ignore quel animal que je croyais natif de la terre ferme a pu les faire.

Les zoos ? J'en ai lu des descriptions, vu des photos. Des lieux où on mettait les bêtes quand leur habitat naturel était éradiqué par les fermes, les mines et autres. C'était bien ? Tu y allais ? On avait l'impression de rendre visite à des prisonniers ou c'était sympa ? À ton avis, ils savaient qu'ils ne rentreraient jamais chez eux parce qu'on avait rasé ou brûlé leur territoire pour le remplir de gens et de machines ? Ils étaient peut-être contents que vous leur ayez trouvé un abri au lieu de tous les tuer. Ou furieux. J'ai vu dans un livre la photo en noir et blanc d'un chimpanzé derrière des barreaux qui avait le regard d'un être humain : perdu, effrayé, malgré son sourire de détraqué. Peut-être qu'il montrait les dents.

Bref. Les zoos.

J'y pense en m'éloignant de l'église et du hêtre tailladé, et voici la teneur de mes réflexions : qu'est-ce qui est arrivé aux animaux tandis que les gens vieillissaient et mouraient peu à peu ?

Vous les avez tués dans leurs cages ou vous les avez relâchés pour repeupler le monde qui se vidait ? Je vous croyais trop occupés pour renvoyer des bêtes sauvages où vous les aviez prises. Je peux me tromper. Il me paraissait plus probable que vous les laissiez vieillir et mourir aussi ou que vous les endormiez. Alors qu'on chevauche, une autre idée me vient, qui m'obsède : quelqu'un a pu les libérer pour leur permettre de rentrer chez eux, et certains ont préféré rester. Après tout, il fait plus chaud qu'autrefois. La terre ferme, qui n'était pas l'habitat idéal quand on a amené leurs ancêtres dans les zoos du Nord, a vu son climat changer, peut-être au point de leur convenir. Je pense aux tigres et aux lions, mais il pourrait s'agir d'ours. Et quitte à envisager ça, je préfère que ce soient des ours, car, pour autant que je sache, ils n'ont pas l'habitude de traquer les gens et les chevaux.

Comme Jip surveille toujours la piste derrière nous, j'ai du mal à évacuer la démangeaison entre mes omoplates qui, dès que je tourne le dos, m'indique qu'on nous observe.

25

La Maison Hospitalière

John Dark a la même démangeaison entre ses omoplates. Au lieu de se retourner, elle regarde de part et d'autre bien plus souvent que d'habitude en évitant de remettre le fusil dans le fourreau accroché à sa selle devant ses genoux. Elle sait que Jip et moi, on assure l'arrière-garde et elle nous fait confiance, je crois. Le cheval de bât entre nous et elle paraît nerveux, lui aussi. Que ce soit parce qu'une longue journée de voyage s'achève ou parce qu'il sent une présence sur notre piste, son anxiété m'amène à accorder davantage d'attention aux ombres qui s'allongent autour de nous dans le soir.

Soudain, Jip entre en action : il plonge dans le sous-bois en jappant à tout rompre. On s'arrête et on pivote sur nos selles. Faute d'y voir, on écoute. Le chien s'enfonce dans les broussailles sans cesser de donner de la voix. Difficile de savoir s'il poursuit une proie – et laquelle. Son aboiement ténu s'interrompt, de même que ses bruits de course.

La pan ? John Dark demande en mimant des oreilles de lapin au-dessus de sa tête.

Je hausse les épaules, puis je me retourne, mes sens aux aguets dans la pénombre de la fin d'après-midi. Que Jip ait détalé m'inquiète, et qu'un tel silence soit tombé n'arrange rien.

Je siffle, j'attends, puis je siffle à nouveau.

Je m'apprêtais à me détourner quand il sort des buissons au petit trot, la tête levée, tirant la langue, très content de lui.

John Dark paraît contente, elle aussi, mais je constate qu'elle se dépêche de dissimuler son sourire quand elle me voit la regarder.

Jip, elle dit en se tapotant la tempe comme pour vérifier si elle n'a pas de fracture. *Eel ay foo.*

J'ai fini par comprendre ce que *eel ay* signifie en français. Le dernier mot est limpide dans le contexte, vu la mimique.

Oui, Jip, je dis en secouant la tête. Tu es *foo*.

Le chien continue de haleter et sourire, sa langue écarlate pendante. Sa mine satisfaite, vu qu'il ne rapporte pas d'ami lapin mort, me renseigne : au lieu de poursuivre un truc, il l'a mis en fuite. Je ne le vois pas chasser un lion, un tigre, ni même un ours, à moins qu'il ne s'agisse d'un bestiau petit et timide, mais quand on reprend notre chemin, je ne sens plus cette démangeaison entre mes omoplates. Et comme on n'a jamais vu quoi que ce soit sur nos talons, il se peut qu'on ait inventé notre poursuivant : une ombre dans nos têtes. On se détend un peu et on continue.

La halte suivante intervient au bout d'une demi-heure, quand John Dark, après avoir traversé un bosquet de petits noisetiers, tire sur ses rênes pour immobiliser sa monture. Émergeant à ses côtés, je suis son regard.

La Maison Hospitalière se situe dans une clairière au bas d'une forte pente, avec des arbres derrière et un pré devant. Les arbres ne sont pas verts, mais d'un violet soutenu qui se rapproche du noir d'encre dans la pénombre. Ce sont, je le sais déjà à ce moment-là, des hêtres pourpres. La pierre du bâtiment semble pâle en comparaison. Imposant, il comporte deux étages. Il devait déjà être vieux de ton temps. Plus large que haut, on le croirait niché au creux du versant, comme s'il jouissait depuis des siècles du confort de regarder de haut le monde changer. Un haut mur le prolonge d'un côté, tandis que de l'autre s'étalent deux édifices bas de la même pierre vieillie.

Bon, John Dark dit. *E. C.*

Elle pousse sa monture jusqu'au mur. Un vantail en chêne grisé par l'âge et ponctué de têtes-de-clou grosses comme une bernique s'y découpe. Elle met pied à terre. Le battant lui résiste et ses gonds grincent de façon alarmante quand elle le tire, déracinant les touffes d'herbe qui ont poussé sur son passage depuis la dernière fois qu'on l'a ouvert. Ensuite, elle franchit la porte et disparaît. Je descends de cheval à mon tour, prenant le temps de m'étirer, puis de gratter les poils entre les oreilles de Jip, après quoi, comme j'entends qu'elle me hèle, je la suis.

C'est – c'était – un jardin clos. Où il subsiste juste assez d'ordre pour voir qu'il y avait autrefois un verger au centre et des serres le long des deux murs bien exposés. Si l'une s'est effondrée, l'autre reste à peu près intacte. John Dark s'y trouve, souriante, les lèvres dégoulinantes. Elle tient un fruit à moitié mangé que je prends pour une pomme, mais elle me fait signe de venir et en cueille un autre sur l'arbre en espalier derrière elle. La journée a été longue, étouffante. En m'approchant, je pénètre dans une atmosphère capiteuse comme je n'en ai jamais connu : un distillat de soleil, de chaleur, de douceur, de propreté. Rien sur mon île n'a un tel parfum. Et la pomme n'en est pas une. Au lieu de brillante, sa peau est mate, duveteuse, jaune et rose, presque rouge.

John Dark sourit de plus belle et mord dans celle qu'elle a dans la main.

Pesh, elle dit. *Pesh bonn*, Griz, *pesh bonn*.

Je prends une bouchée qui conserve la chaleur du soleil de cette longue journée. La chair est plus suave que celle d'une pomme – même si les seules que j'aie goûtées, dures, amères, petites, venaient du jardin clos d'Eriskay. Son goût, ample, généreux, dépasse en termes de douceur tout ce que je connais, sans l'amertume de la marmelade de Brand. Sa saveur vous envahit, si affirmée qu'elle semble dotée d'une forme, d'une rondeur aimable. Aussitôt, ma bouche s'emplit d'une salive qui se mélange aux sucs en prévision du morceau suivant. Il me semble manger un sourire, ou encore le parfum qui nous entoure. Tu trouverais ça saugrenu, je parie. Vos magasins devaient regorger de *pesh* et d'autres produits encore plus exotiques. Tu ne te souviendrais sans doute même pas de la première *pesh* que tu as mangée, entre tous les goûts dont tu avais l'habitude. De l'abondance incroyable de ton monde disparu, voilà une richesse que je ne t'envie pas. Je possède ce que tu n'as pas eu : la splendeur de ma première *pesh*, dégustée au soleil, dans la chaleur de la fin d'une longue journée. Un moment parfait.

Il n'y en a pas tant que ça.

On laisse les chevaux paître entravés pour la nuit, puis on fait face à la maison. Les fenêtres, étroites, ont des carreaux en losanges tenus par des rubans de plomb comme celle que j'ai laissée en flammes, mais celle-ci paraît beaucoup plus ancienne. Avoir incendié l'autre par malveillance me gêne, mais ici l'inscription peinte sur la porte, encore visible, me réconforte.

BIENVENUE, ÉTRANGERS

Comme pour le verset de la Bible sur l'église de South Uist, quelqu'un s'est servi ici d'une bombe de peinture, mais d'une main plus sûre et plus généreuse. Si la couleur, autrefois vive, a viré quasiment au blanc, le message, lui, est demeuré très lisible.

John Dark le contemple, avant de me dévisager.

OK, je dis.

Je la dépasse et j'essaie d'ouvrir la porte qui est aussi en chêne, comme le portillon du jardin clos. À l'épaisse couche de mousse qui a poussé sur la pierre de seuil, je vois que, de mémoire d'homme, personne ne l'a ouverte et je m'attends à ce qu'on doive la défoncer à coups de pied, mais elle s'ouvre en n'opposant qu'une faible résistance et sans trop grincer. C'est assez inhabituel pour que je me tourne vers John Dark avec qui j'échange un regard étonné.

OK, je fais. *Bon.*

Wee, elle fait. Bon.

J'entre. La pièce, vaste et basse de plafond entre ses murs lambrissés, donne une impression de générosité. Un grand escalier mène aux étages supérieurs. Il y a des tapis dans le vestibule, rectangles sombres sur le parquet plus clair, avec des motifs complexes aux couleurs atténuées par le temps et la poussière omniprésente. Cette couche de poussière, c'est le seul signe d'abandon. On a laissé la maison en bon ordre. Comme on va bientôt le découvrir, il s'agit d'un choix.

Griz, John Dark fait.

Je me tourne pour la voir debout à côté de la grande table qui occupe le centre de la salle et sur laquelle se trouve un cadre sous la vitre duquel on a glissé deux feuilles couvertes de gros caractères.

NOUS AVONS PRIS CONGÉ.
NOUS SOMMES DANS LA SALLE DE BAINS
AU SOMMET DE L'ESCALIER.
NE PRENEZ PAS LA PEINE DE NOUS DÉPLACER.
NOUS SOMMES HEUREUX LÀ,
COMME NOUS L'AVONS ÉTÉ DE NOTRE VIVANT.
FAITES COMME CHEZ VOUS.
IL Y A DE LA NOURRITURE DANS LE JARDIN CLOS,
DU BOIS DE CHAUFFAGE DANS LE CABANON À CÔTÉ
DE LA PORTE DE DERRIÈRE.
PRENEZ CE QU'IL VOUS FAUT.
NE VOUS PRIVEZ PAS.
RESTEZ OU PASSEZ VOTRE CHEMIN,
COMME IL VOUS PLAIRA.
PORTEZ-VOUS BIEN.
SOYEZ HEUREUX.
SOYEZ GENTILS.

Après deux lectures, je m'éclaircis la voix et je m'efforce de traduire pour John Dark. Ça me fait bizarre de lire un texte qui m'est destiné, rédigé dans le passé à mon intention. Enfin, je sais qu'il ne m'est pas destiné à moi, Griz, mais à quiconque entrerait dans la maison et le découvrirait – et ça, c'est moi.

Une fois que je lui en ai expliqué le sens, on monte sans avoir besoin d'en convenir préalablement. Ça nous paraît normal. De présenter nos hommages.

Ils ont pris congé soigneusement, proprement, ensemble. Réduits à des os, entremêlés dans la baignoire géante que ce qui ressemble à des pieds de chien surélèvent, ils reposent crâne contre crâne – l'un plus gros que l'autre. L'eau a fini par s'évaporer, laissant une ligne de niveau ocre, friable, qui ne doit pas être que de la rouille. Un couteau gît par terre sous la cuve. Un regard sur la pièce suffit à imaginer leurs derniers instants : partout des soucoupes de cire fondue, et là où il n'y a pas de restes de bougies, ce sont des vases et des seaux pleins de fleurs et de branches dont il ne subsiste que des brindilles sèches qui tombent en poussière quand je les effleure. Il y a une bouteille verte avec du papier alu autour du goulot et deux verres renversés mais intacts parmi les ossements. On dirait que le grand serrait le petit contre lui. Je suppose qu'il peut s'agit d'un homme et d'une femme, mais je ne connais pas la différence au niveau des squelettes. Ils ont décoré la pièce de bougies et de fleurs, ils sont entrés dans le bain, ils ont bu le vin, puis ils se sont tranché les poignets, peut-être dans de l'eau chaude, et j'espère qu'ils ont eu l'impression de s'endormir dans les bras l'un de l'autre. L'endroit ne paraît ni triste, ni lugubre – les os, c'est des os –, ni hanté. Je le répète, les fantômes, ça n'existe pas. Il me semble toutefois violer leur vie privée.

John Dark n'en pense pas moins, je suppose.

Eels etay four, say john, elle dit. *Tray four.*

Elle hoche la tête, ressort et descend explorer la maison. Je longe le couloir pour jeter un œil dans les chambres des deux côtés. Ils ont recouvert tous les meubles de draps, pour les protéger, je crois. Ces tissus sont là depuis si longtemps que leurs plis se sont remplis de poussière, et je tousse parce que j'en ai déplacé un pour regarder dans un placard s'il n'y avait pas des bottes ou des habits à récupérer quand j'entends un bruit qui me donne le frisson.

C'est un cri de femme, aigu, soutenu, tremblotant, et je ne reconnais pas John Dark. Puis d'autres voix retentissent, que je n'en ai jamais entendu.

Je manque me pisser dessus.

Alors, je l'entends qui m'appelle.

26

Tannhäuser

Au rez-de-chaussée, il n'y a pas de femme qui hurle ni d'autres personnes. Il y a John Dark devant une grosse boîte munie d'une manivelle sur le flanc, recouverte d'une pellicule de matériau marbré jadis censée évoquer le cuir, mais usée, effilochée. Le contreplaqué ressort aux angles. Le couvercle est ouvert. À l'intérieur, malgré le bras métallique tubulaire en col de cygne appuyant dessus, tourne un disque, sorte de grande assiette noire. Quand je prends le temps d'y regarder de plus près par la suite, je constate que le bras ne fait que l'effleurer de la pointe d'une aiguille qui suit un sillon en spirale allant du bord extérieur au cercle intérieur. Le centre montre une étiquette ronde en papier rouge et or.

Le hurlement, c'est un chant, comme les autres voix. Et le bruit en fond, de la musique. Grande. Je ne connaissais pas votre musique. Pas ainsi. J'en avais entendu, bien sûr, mais c'était de la petite musique – les guitares de Ferg, le flûtiau de Bar, et j'ai trouvé fascinante la tristesse du violon de Brand dans l'église sur Iona. Mais ce n'était qu'un ou deux instruments à la fois, et je voyais la musique se jouer. C'était chouette, mais c'était rien comparé à ça. Ici, j'écoute une musique si imposante, si profonde, que j'ai peine à imaginer les instruments. C'est choquant. Effrayant. Excitant. Et j'en retire toutes sortes de sensations, car ça me donne un accès à ta réalité. Au lieu de fouiller des ruines étouffées par la végétation et de trier les vestiges ébréchés et pourrissants que vous avez laissés dans l'espoir de reconstituer votre monde à partir d'une pile de déchets, je tombe sur une machine à voyager dans le temps : j'entends ce que tu aurais entendu en tournant la manivelle du lecteur. Ce que ces musiciens morts depuis bien longtemps ont créé leur a survécu, ainsi qu'à leurs enfants et petits-enfants, à la Castration, aux Boumeurs, et ainsi de suite jusqu'au présent.

Je sais que vous disposiez de divers moyens d'enregistrer l'image et le son, mais vos appareils ne fonctionnent plus. Les circuits électriques, corrodés, n'ont pas survécu ; vos écrans, petits et grands, ne nous servent plus que de surfaces planes. Cette machine se passait d'électricité. Par la suite, je l'ouvre avec précaution : elle recourt à un gros ressort qu'on remonte avec la manivelle. En se relâchant, il fait tourner le plateau sur lequel repose le disque. L'aiguille capte d'une manière ou d'une autre le son au creux du sillon et l'émet par le biais d'une sorte de haut-parleur monté sur le col de cygne.

Cette technologie ancienne a survécu, elle. On croirait à de la magie, ce disque qui recueille des voix, les garde en lui plus d'un siècle, puis qui les libère au contact d'une aiguille. Le son grésille, comme capté près d'un feu qui crépite alors que les artistes chantent et jouent, mais on entend très bien la musique. Il faut que le disque s'arrête pour que je voie sur l'étiquette le portrait du chien assis devant un cône fixé sur un autre type de lecteur. C'est un terrier comme Jip et Jess, mais tout blanc. Le dessinateur a rendu au mieux la façon dont ils écoutent quand quelque chose attire leur attention, la tête penchée. Au début, je crois que le morceau de musique s'intitule *La Voix de son maître*, mais je trouve par la suite des disques identiques comportant la même étiquette mais d'autres textes, ce qui me fait comprendre qu'il s'agit du nom de la société qui les fabriquait.

Say bon, John Dark décrète, et je suis d'accord.

On laisse la musique tandis qu'on visite toute la maison, une pièce après l'autre, en suivant à la lettre les instructions sur la table du vestibule. Chaque fois qu'un disque se termine, l'un de nous deux va en mettre un autre, ou on retourne juste celui qu'on vient d'écouter. Certains morceaux t'apaisent au point que tu voudrais t'asseoir pour l'apprécier ; d'autres te donnent envie de courir, de te remuer, de danser. Ça t'aurait moins impressionné, je pense. Tu n'aurais pas vu ça comme de la magie. Tu devais avoir des centaines de morceaux que tu pouvais écouter. Je doute que tu aies été émerveillé par la capacité d'une machine à enregistrer des interprétations de musiciens et à les conserver de telle sorte que tu puisses les apprécier à ta guise, ou que tu te sois étonné d'une voiture qui se déplaçait toute seule ou d'un avion qui volait. Quel luxe, de s'habituer à des miracles pareils !

Je trouve une plus grosse boussole qui se déplie, dotée d'un miroir rond et d'une sorte de visée. On l'a conçue pour la marche, je pense, car elle pend à un lacet qu'on peut se passer autour du cou. La cuisine contient des couteaux et, encore mieux, un fusil à aiguiser en forme de crayon qui tiendra dans mon sac sans me charger. Pour la même raison, je ne prends que deux couteaux, dont un fait d'un seul morceau d'acier inoxydable, au manche noir creusé d'indentations pour assurer sa prise. Dans la bibliothèque, le tiroir du bureau renferme des canifs. J'emporte celui dont la poignée argentée, carrelée, arbore un écu rouge frappé d'une croix blanche. Sans être aussi génial que mon Leatherman, il reste très chouette : une scie, une pointe et un tournevis en plus de la lame, le tout à peine terni. La lame redevient très tranchante une fois aiguisée. Enfin, je prends des jumelles très puissantes. Il y a le mot Trinovid gravé dessus, et leurs lentilles restent limpides, non voilées, ce qui est inhabituel. Quand je les emporte jusqu'à la fenêtre, elles font bondir les arbres au loin dans la pièce, ou presque. Elles me plaisent à cause du pouvoir qu'elles me donnent sur les distances : je verrai où je vais. J'ignore alors que ça causera ma perte.

Et il y a les livres. Une pièce entière garnie de rayonnages du sol au plafond, voisine de celle où se trouve la boîte à musique. Ils n'intéressent pas John Dark, car ils ne sont pas en français, mais comme la pièce est restée dans l'ombre et au sec, ils sont en très bon état. D'un carré de tissu, je me fais un masque et j'explore les bibliothèques. La poussière des livres, c'est la pire, d'après mon expérience. Je n'en veux pas dans mes poumons : je tousserais toute la nuit. Je trouve quelques bouquins que je connais, comme de vieux amis en pays étranger, au milieu d'une multitude que je ne connais pas. Si je n'étais pas en route pour récupérer ma chienne, je resterais ici un long moment, à lire, à écouter de la musique et à manger des *pesh*.

Un livre attire mon attention, intitulé *Surpris par la joie*. Le titre m'évoque ma sœur perdue, Joy, et puis je reconnais le nom de l'auteur, parce qu'il a écrit d'autres livres que ma mère nous lisait quand on était petits. Le genre de livres que j'aimais, sur un groupe d'enfants partis à l'aventure – passés par une armoire, ils trouvaient un pays magique, des lions dotés de la parole et une sorcière blanche maléfique. Celui-ci a l'air très différent – ce n'est pas un roman, mais un livre de souvenirs sur la vie de l'écrivain. Cependant, il inclut un poème qui porte le même titre. Je me souviens de ses premières lignes qui m'ont paru très familières.

Surpris par la joie et impatient comme le vent
Je me retourne alors, transporté – bigre ! ce n'est
Que Toi, depuis longtemps dans ce tombeau muet.

Joy était toujours pressée, tâchant de rattraper ses aînés, avec la ferme intention de faire les mêmes choses qu'eux, même si elle était beaucoup plus jeune. Et le vent les avait emportés, son cerf-volant d'abord, elle ensuite, du haut de la falaise à l'arrière de l'île où l'océan était, il est vrai, un tombeau muet. Je le relis plusieurs fois – je n'ai guère l'habitude de la poésie, et quand je tombe sur « bigre » dans un livre, je sais qu'il s'agit d'un vieux mot et que le texte n'a pas été écrit pour moi, ce qui fait que mon cerveau décroche, mais le reste du poème s'éclaircit. En fin de compte, je comprends qu'il parle de faire son deuil de quelqu'un et d'être trahi par cette seconde de bonheur pendant laquelle on oublie sa perte, et de se sentir encore plus mal parce que cet instant irréfléchi sonne comme une trahison de l'être disparu.

On fait du feu dans la cheminée, puis on ouvre les fenêtres pour s'asseoir et regarder la lumière mourir dans le paysage. La musique qu'on écoute nous fait le même effet que cette maison : le bon truc au bon moment. D'après l'étiquette, il s'agit de l'« Ouverture » de *Tannhäuser*. Je me rappelle le second *a* surmonté des deux points. Un nom étranger, sans doute. Et où que puisse se situer Tannhäuser, je parie qu'on peut y voir un superbe coucher de soleil ou une aube magnifique, car la musique convient à l'un comme l'autre. On mange des *pesh*, du sanglier rôti sur le feu, et on se repasse ce disque jusqu'à la nuit. Il commence lentement, avec assurance, sur une mélodie douce mais puissante, puis un autre instrument – un violon, je crois, ou peut-être plus d'un – vient poser une question mélancolique à laquelle répondent d'autres violons qui échafaudent une fontaine sonore d'où des ruisseaux de violons retombent, d'une manière évoquant les centaines de sources et de filets d'eau qui jaillissent sur les pentes de l'île après une averse. Tantôt la musique t'élève en tourbillon, tantôt elle te balaie en fragments ordonnés. Ça ne veut rien dire pour toi tant que tu n'as pas écouté l'« Ouverture » de *Tannhäuser*, et comme tu n'existes que dans ma tête, ça ne doit rien vouloir dire pour personne à part moi. Et peut-être toi, puisque je te parle à toi qui es piégé ici avec moi.

Regarder le crépuscule écarlate briller, puis virer au bleu au-dessus de l'immense forêt tandis que cette musique passe et repasse, c'est une expérience que je n'oublierai jamais. J'ignore ce que les oiseaux et les animaux du coin pensent de la musique. Ils sont sans doute aussi stupéfaits que nous, faute d'avoir entendu quoi que ce soit d'approchant.

On dort dans le salon de musique avec le feu qui projette des ombres sur le plafond. À mon réveil, le ciel est redevenu rouge. Je remets le disque une dernière fois, constatant ainsi que le morceau gagne encore en efficacité au lever du soleil. Il paraît plus optimiste. Je prends ça pour un bon présage.

Je sors jeter un coup d'œil aux chevaux. Pendant ce temps, John Dark met un morceau différent, plus rapide. Quand je rentre, je la surprends qui se tortille et se trémousse – pour se figer dès qu'elle m'entend. Elle se retourne, le visage juvénile et le sourire franc.

Dance ay, elle dit en me faisant signe d'approcher. *Dance ay, Griz. Say cool.*

Et, dans ce que j'appelle déjà la Maison Hospitalière, on danse, John Dark et moi. Jip débarque et se met à sautiller autour de nous en aboyant. Il remue la queue, mais je ne sais pas s'il nous accompagne ou s'il veut dire qu'on a perdu la tête. On danse sur un morceau qui s'appelle « Tiger Rag », puis sur un chanteur qui s'appelle Louis Jordan, et ensuite, j'ai dû me montrer un peu trop enthousiaste en tournant la manivelle, car le lecteur cesse de fonctionner, du coup je le démonte. Je crains d'avoir trop serré, voire cassé le ressort, et piégé toute la musique sur le disque d'où elle ne pourra pas s'échapper. Une vive culpabilité me glace alors que je m'assieds et qu'à l'aide de mon nouveau canif et du Leatherman je dévisse le haut de l'appareil. Je le penche pour voir le mécanisme, je le secoue, je le tâte – aucun bruit, rien de cassé apparemment. John Dark, qui m'observait avec attention, s'absente, puis revient avec un petit bidon doté d'un embout et d'un piston.

Wheel, elle dit avant d'enfoncer le piston. Une gouttelette dorée surgit et tombe par terre. Elle me tend le bidon dont je me sers pour huiler le mécanisme et l'orifice par lequel passe la manivelle. Ensuite, je remonte tout. Par miracle, ça marche.

On en reste là pour la danse. En regardant le ciel, je vois qu'il est près de midi. Je n'ai aucune envie de partir, mais rester serait un piège. Un chouette piège, bien intentionné de la part des anciens occupants qui ont fermé hermétiquement leur maison pour en faire un refuge à l'intention de ceux qui viendraient plus tard – mais un piège malgré tout.

Je fais bien comprendre que je veux m'en aller.

Onay bee ain E. C., John Dark dit.

Je sais, je dis, mais je dois partir.

Je désigne l'est.

Je dois récupérer mon chien, j'ajoute.

Après une séance de mime et de dictionnaire, elle fait un tour dans le jardin clos, et je vais chasser le lapin avec Jip – mais ils sont partis, ou ils dorment dans leurs terriers. Je me pose avec lui pour contempler la mer d'arbres au sud-ouest, écouter les chants d'oiseaux et le murmure du vent. Il roule sur le dos à mes pieds, ce qui n'est pas si fréquent de sa part et qui me paraît une tentative pour me remonter le moral. Je le gratte là où il préfère sur son flanc et sa patte pédale dans le vide comme chaque fois.

On regagne la maison où on trouve John Dark et des *pesh* fraîches. Elle tapote dans le dictionnaire le mot « demain ».

OK, je dis.

OK, elle dit.

On explore la maison chacun de son côté une dernière fois avant la nuit, examinant les objets stockés avec soin pour les gens de passage. Je décide d'emporter deux guides différents sur les arbres et les plantes, et trois livres de poche reliés cuir au papier bible. Longs, mais légers. Il s'agit de l'*Iliade*, *L'Île au trésor* et l'*Odyssée*. J'en ai entendu parler dans d'autres ouvrages. Il y a beaucoup à lire dans ces volumes peu épais et j'estime qu'on aura de nombreuses soirées à occuper.

Je prends aussi un chapeau et un long ciré. Son col a servi de repas à une famille entière de mites, mais le tissu kaki est lourd, robuste. Il me servira de tapis de sol.

On se passe *Tannhäuser* en admirant le coucher du soleil, puis on ravive le feu et on se couche. Demain devrait être une grosse journée. Je dors profondément d'un sommeil sans rêves, prophétiques ou non. Je me réveille aux premières lueurs, pour découvrir John Dark déjà occupée à emballer ses affaires et à charger les chevaux. Je jette un dernier regard sur la bibliothèque en évitant de penser à toutes ces histoires merveilleuses que j'abandonne, puis je m'attelle à mes propres préparatifs en vue du départ.

27

Faux départ…
ou un aller-retour

La journée commence tôt. Dès le début, elle se teinte de tristesse pendant qu'on selle les chevaux, qu'on sangle leurs sacoches et qu'on dit au revoir à la Maison Hospitalière.

Sur le moment, j'espère que tout ira bien et que je pourrai repasser par là un jour, mais le monde, si vaste et désert soit-il, regorge de beaucoup plus de surprises que tu l'imaginerais, et donc, avant même qu'il m'arrive ce qui va m'arriver, je sais que revenir dans ce havre de bonheur n'a rien de garanti.

On a pris – comme suggéré – les affaires qui nous seront utiles, apprécié le confort et le calme de la maison, envisagé d'emporter le tourne-disque et décidé de le laisser. Un jour, quelqu'un d'autre passera par là et la musique remplira de nouveau les pièces. Je pense que le couple dans la baignoire le mérite bien.

Pendant que John Dark charge les sacoches, je cueille de la lavande sur le massif qui divise le jardin clos, puis je monte dire merci. Oui, c'est bizarre de saluer une baignoire pleine d'os, mais j'en ai envie. Je m'en acquitte vite, dans mon coin, car je ne veux surtout pas devoir m'expliquer. Je ne ressens ni honte ni gêne, rien de tel. Tout simplement, ça me paraît beaucoup trop compliqué de recourir aux signes et au dictionnaire. J'ai des doutes sur mes raisons, mais aucun sur la nécessité de le faire. Jip monte avec moi.

John Dark est déjà passée par là. Elle a vidé l'un des vases de ses tiges séchées qu'elle a remplacées par des roses fraîches, de grosses fleurs rebondies poussant sur le mur bien exposé de la maison. Leur odeur embaume la pièce. Je souris au chien avant de retirer d'un autre récipient un fagot qui tombe à moitié en poussière entre mes mains. Je dispose ma lavande et je salue de la tête les occupants de la baignoire.

Merci, je dis. Nous aussi, on a passé un bon moment ici.

Il n'y a que Jip pour m'entendre et il ne semble pas me trouver stupide. Je ferme la porte en repartant, et on descend. John Dark nous attend. Avisant les restes de tiges séchées dans ma main, elle a un bruit de gorge. J'ignore si elle est gênée que j'aie vu ses roses ou si elle croit que moi je le suis de révéler ma démarche – on n'abordera jamais le sujet.

Al on zee, elle fait d'un ton brusque. *Foe part ear.*

On ferme la maison en veillant à la laisser aussi étanche qu'on l'a trouvée, puis on enfourche nos montures et on se dirige vers l'est.

Au fond, la Maison Hospitalière est un lieu de mort qui enseigne une leçon dangereuse et séduisante : la mort n'a rien de terrible. C'est un repos bien mérité, un long sommeil paisible. Telles sont les idées qui me viennent alors que je m'en éloigne, et même s'il y a pire, ce ne sont pas des pensées idéales quand on a une tâche à accomplir. Je devrais les garder pour plus tard et y revenir une fois que j'aurai pris de l'âge. Elles vous émoussent, tandis qu'alors, je crois encore qu'il me reste des années à me frayer un chemin en terrain inconnu.

La fin arrive vite, et souvent sans prévenir.

Tout joyeux, Jip court en rond autour de nous alors qu'on descend la pente pour aborder un terrain plus plat et moins forestier que celui qu'on vient de traverser : même s'il reste boisé, on distingue çà et là les contours des anciens champs trahis par des haies droites qui ont poussé jusqu'à évoquer un genre de fortifications naturelles. Au cours de la première heure de trajet, on doit rebrousser chemin deux fois après avoir abouti dans un cul-de-sac de prunelliers impénétrables.

Soudain, on débouche sur une clairière praticable, mais envahie de berce du Caucase. À ce moment-là, je ne connais pas son nom, mais je l'apprendrai dans l'un des guides pris dans la Maison Hospitalière au cours des nombreuses nuits solitaires près du feu qui suivront. Si tu as déjà vu du persil d'âne, ça y ressemble, en beaucoup, beaucoup plus grand. Plus grosses que mon bras, ses tiges nervurées aux poils raides, tachées de violet, nous surplombent de trois ou quatre mètres. Elles portent un bouquet blanc en forme de bol, comme un parapluie retourné, de deux mètres de diamètre. Toutes les fleurs font face au ciel. Passer paraît facile entre ces tiges bien espacées. Jip s'élance à grands bonds, mais John Dark s'arrête net, se tourne vers moi, désigne les plantes et dit :

Pa bon.

Depuis le temps, je sais ce que ça signifie en anglais. Elle mime une vive démangeaison, puis elle relève sa capuche et tire sur ses manches pour se faire des gants. Je l'imite. On a parcouru trente mètres dans le champ de berce, et je suis en train de regarder la tige hérissée de l'une des plantes les plus énormes en me demandant si ce sont les poils qui sont *pa bon*, quand un bruissement et un cri retentissent, suivis d'un choc sourd et d'un horrible craquement, assez forts pour que je les ressente à travers les sabots du cheval. Le temps que je me retourne, John Dark a disparu. Je regarde de l'autre côté, au cas où je ne l'aurais pas vue me contourner, mais il n'y a plus que moi sous ces végétaux bizarres.

Puis Jip aboie et se précipite pour gratter le rebord d'un trou que je découvre dans la végétation au sol. John Dark et son cheval y ont chuté.

Je saute à terre et je cours à la fosse. Tous deux bougent : ils sont en vie, mais bien que j'y voie mal, je constate la gravité de la situation avant même que mes yeux s'habituent à l'obscurité. Avant même que le cheval se mette à hurler et qu'il essaie en vain de se relever sur ses jambes avant brisées pour s'efforcer de se dégager du tuyau rouillé dressé à la verticale qui l'a transpercé de part en part.

Il y a bien longtemps, quelqu'un a enfoui une citerne dans ce champ. Une grosse citerne. Elle est restée là tandis qu'il se changeait en jungle de berce du Caucase, puis la corrosion en a fait un piège en embuscade, jusqu'à ce qu'enfin John Dark longe une tige par le mauvais côté et crève son toit. Désarçonnée quand sa monture s'est empalée, elle a atterri dans trente centimètres d'eau.

Je la vois qui lève la tête vers moi, bouche bée – ce qui m'indique qu'elle est dans le bon sens et qu'elle ne risque pas de se noyer. Je cours au cheval de bât, j'attrape la corde qu'elle garde dans l'une des panières, j'en noue une extrémité autour de la base de la plus grosse tige de berce que je trouve, puis je regagne le trou au pas de course.

Jip jappe. John Dark crie mon nom, mais les hurlements de sa monture et les bruits d'éclaboussures m'empêchent d'entendre ce qu'elle peut dire d'autre. Je tire sur l'attache pour en éprouver la solidité, j'adresse une prière à un dieu auquel je ne crois pas, et puis je me laisse glisser dans la citerne le long de ma corde. Les aboiements de mon chien deviennent frénétiques.

Tout se passe mal et vite, en bas. Aujourd'hui encore, j'ai du mal à me souvenir de l'ordre des événements. Dans ma tête, c'est comme un vase brisé. Je vois les éclats, mais ils ne forment plus un objet intact.

Au fond de la citerne, l'obscurité règne. Le ciel brille au-dessus du trou dans le toit. Mes yeux essaient sans cesse de s'accommoder aux niveaux de luminosité contrastés.

Il vaut sans doute mieux que j'y voie mal, mais les flashs et les fragments qui me parviennent rendent la scène encore plus cauchemardesque.

John Dark a du sang qui lui ruisselle sur la figure et le nez tout de travers. Elle tente de ramper dans l'eau noire vers le cheval, mais sa jambe a un souci.

J'essaie de ne pas penser à l'animal qui, bloqué, se débat sur son pieu rouillé, les jambes avant démantibulées.

Il souffle des bulles roses en haletant et en hurlant.

Ses yeux fous sont les objets les plus blancs au monde. Plus brillants que le ciel au-dessus de nos têtes.

Titubant dans l'eau, je rejoins John Dark. Elle a réussi à se jeter au cou du cheval qui rue et se tord dans ses bras.

Croyant qu'elle essaie de le réconforter, je veux lui crier après.

Je suis en colère, si je me souviens bien. L'espace d'un bref instant, je crois l'être.

Je veux lui dire qu'on n'en est plus là. Lui dire ce qu'on doit faire, ce que je dois faire, maintenant, avant tout. Mais je n'ai pas les mots. Je n'ai que le couteau, dans ma main.

Je l'ai dégainé sans m'en rendre compte.

Aujourd'hui encore, cette scène m'apparaît comme un véritable cauchemar. J'ai l'impression d'y être.

Une partie de son visage me regarde.

Je pense qu'elle ne comprend pas.

Non, Griz ! elle hurle.

Je crois qu'elle ne veut pas que j'intervienne. Qu'elle n'a pas idée de l'horrible souffrance de l'animal.

Je vois alors qu'elle n'essaie pas de le réconforter, mais d'atteindre quelque chose de l'autre côté, sans y arriver. Elle le désigne à mon intention.

Ses doigts frémissent sous l'effet de la tension nerveuse. Ils se tendent vers ce que je devrais voir, ce à quoi je devrais penser.

Je me précipite de l'autre côté de la citerne pour tâcher de sortir le fusil de son fourreau.

Au début, il résiste, puis le pauvre cheval s'efforce de se relever dans un nouveau spasme, et l'arme se libère.

Veet, Griz ! elle hurle avant d'enfouir son visage dans la crinière pour ne plus voir.

Veet !

Je me penche par-dessus John Dark et je colle le canon comme je peux derrière la tête de l'animal, là où l'échine dorsale se connecte au cerveau. C'est une posture très malcommode. La crosse ne repose pas convenablement contre mon épaule. Je n'ai plus le temps de rechercher la perfection.

J'appuie sur la gâchette.

Je le répète : il arrive que les vieilles munitions fassent long feu.

Dans ce cas précis, la prière au dieu auquel je ne crois pas a dû trouver une oreille attentive, car la citerne tremble et résonne d'un coup de tonnerre. Sous l'effet du recul, la crosse dérape sur mon épaule et me percute la pommette.

Le cheval s'affale, à l'agonie.

Les oreilles sonnant, je perds l'usage de l'ouïe. Je ne sais pas que le recul m'a fendu la pommette et que je vais garder un cocard et l'œil injecté de sang pendant des jours. J'ignore si les sanglots étouffés que j'entends vaguement viennent de moi ou de John Dark.

Des deux, sans doute.

La sortir de la citerne pose un problème qui, sans la corde sur son cheval de bât, resterait insoluble. La jambe cassée, elle a reçu en chutant un coup formidable au visage et à la tête. Elle est trempée, comme moi, d'eau fétide. Il n'y en a que trente centimètres au fond, mais elle pue et le sang de l'animal s'y mélange désormais.

Par bonheur, elle s'évanouit dès ma première tentative d'extraction, la corde passée sous ses bras.

Soulever un tel poids mort, c'est terriblement difficile. Je n'y arriverai pas sans aide. Je la redescends. La voir affalée sur le cadavre de sa monture m'écœure. Je défais l'extrémité nouée à la grosse tige de berce, je la rattache au pommeau de ma selle, puis j'éloigne mon cheval.

Ça demande plusieurs essais. Elle encaisse d'autres coups quand je tâche de tendre la corde suffisamment pour pouvoir courir jusqu'au trou et la rattraper avant que le cheval, sous son poids, la rabaisse hors de ma portée.

Je réussis enfin à l'empoigner par la capuche et à la hisser hors de la citerne avant qu'il recule. Elle écope de quelques plaies et bosses supplémentaires, mais elle se retrouve à l'air libre, le souffle irrégulier, les yeux fermés comme si elle ne comptait plus jamais se réveiller.

Je ne sais pas quoi faire pour sa jambe. Je ne sais pas quoi faire ensuite. Mais elle est en vie. L'action stimule toujours la réflexion, donc je relance la corde et je retourne chercher ses sacoches, le fusil, et le couteau que j'ai perdu et que je mets une éternité à retrouver dans l'eau.

Son cheval ne bouge plus. Je lui flatte l'encolure en signe d'excuse – il est encore chaud – et je ressors. John Dark n'a pas repris connaissance entre-temps.

Il n'y a pas de jolie façon de faire ce qui suit. Espérant qu'elle reste inconsciente, je vais dans le bois qui borde le champ, je coupe des bâtons, je les rapporte et je les retaille à la longueur de sa jambe. J'ai vu ça, enfant, lorsqu'un des Lewisiens est tombé d'un toit sur North Uist. C'était simple. Je retire ma ceinture, la sienne, et je leur rajoute des crans avec la pointe de mon couteau.

Puis je lui fais très mal. Elle gémit, tressaille et, à un moment, elle ouvre les yeux sans rien voir en lâchant une plainte grave d'homme, mais elle ne se réveille pas tandis que je fends son pantalon pour examiner les dégâts, que je tâte sa fracture et que je la réduis comme je peux. Au jugé, je m'arcboute et je tire sur sa jambe jusqu'à aligner de mon mieux les fragments osseux. Elle gémit beaucoup. En guise d'attelles, j'attache deux bâtons de part et d'autre avec les ceintures, ce qui me facilite la tâche quand vient le moment de glisser les autres jusqu'à ce que sa jambe soit bien tenue – protégée par ce faisceau.

Je songe à lui redresser le nez tant qu'elle est évanouie, mais je n'ose pas. Je transpire d'effort. Et j'ai peur du résultat. Si je la réveille, autant que ce soit en faisant un truc utile : je n'aurai sans doute pas d'autre occasion. Je ramène le cheval de bât et je réorganise les sacoches sur ses flancs pour qu'elles forment une couche dans le sens de la largeur. Ensuite, je dépense mes dernières réserves de force et de chance pour la hisser dessus et l'y attacher. J'utilise la corde en la saucissonnant de telle sorte qu'elle ne risque pas de tomber.

Je tourne ma monture et, le cheval de bât sur nos talons, je repars à travers le champ de berce du Caucase en direction de la Maison Hospitalière.

Il se met à pleuvoir. Soit le dieu auquel je ne crois pas compense le coup de pot du fusil qui a tiré au premier essai, soit il a un côté malveillant. Ou alors, il en existe plusieurs et celui-ci aime marier le climat à l'humeur du moment.

Je n'essaie pas de me protéger de la pluie, vu le bain pris au fond de la citerne, mais j'étale sur John Dark le ciré que je comptais utiliser comme tapis de sol. L'idée me vient que je l'enveloppe dans son linceul, comme un cadavre, et je me demande si elle respirera encore quand je le retirerai.

On regagne la Maison Hospitalière par le même chemin. Le retour me paraît prendre trois fois plus de temps que l'aller. Au lieu de patrouiller autour de nous, Jip trotte à mes côtés en levant la tête de temps à autre pour voir comment je vais. Je lui dis que ça baigne, mais ma voix paraît confuse, piégée dans ma tête. Les arbres m'abritent un peu de la pluie, sans plus, et à mesure que je retrouve l'ouïe, je n'entends que les montures qui clopinent et l'eau qui goutte du feuillage. Puis on gravit le versant dégagé sous la pleine force de l'averse, et si les chevaux ne glissent pas trop sur l'herbe détrempée, ils semblent plus flageolants, le sabot moins sûr.

Je trébuche en mettant pied à terre devant la porte qu'on a quittée avec tristesse mais espoir le matin même et je tombe sur un genou. Jip aboie, soucieux, puis vient me lécher. Je me relève, et on regarde si John Dark a survécu.

Ôtant la bâche, je découvre ses yeux fixes, écarquillés. Je sentais mes jambes menacer de me lâcher quand elle cille.

Ça va, je dis. Ça va aller.

Sans me regarder, elle baisse les paupières et se détourne.

Elle s'attend sans doute à ce que je lui refasse mal. La descendre est à peine plus facile que la hisser. Je dégonde la porte d'une des cabanes de jardin délabrées et je l'appuie en biais contre une table que j'ai traînée hors de la maison, afin d'obtenir une sorte de rampe. Ensuite, je détache la blessée et je m'efforce de la tirer sur le sommet du plan incliné sans imprimer de mouvement trop brusque à sa jambe.

J'essaie d'aller le plus doucement possible, mais, une fois encore, je manipule un poids mort. Elle ne se plaint guère de mes efforts au début, puis garde un silence complet, pour la simple raison, je crois, qu'elle perd de nouveau connaissance sous l'effet de la douleur. Ou de son choc à la tête.

Une fois que je l'ai allongée dessus, je tracte la porte par terre, en haut du perron, puis dans la maison en m'écorchant les phalanges car on passe juste par l'encadrement. Enfin, la voilà à l'abri de la pluie.

Je juche le battant en équilibre sur un tabouret capitonné pour le mettre au niveau du canapé confortable devant la cheminée, puis je la fais glisser sur les coussins. Ses yeux papillonnent tandis que je lui retire de mon mieux ses vêtements détrempés, dévoilant d'autres vilaines contusions. Je pense qu'elle a aussi des côtes cassées. Je regarde son nez aplati sur le côté. Papa a redressé celui de Bar quand elle l'a écrasé sur le plat-bord du *Doux-espoir* après avoir glissé sur un rocher deux étés plus tôt. Je sais qu'il faut s'en occuper au plus vite. Comme il s'est déjà écoulé une demi-journée, c'est le moment ou jamais. Je le laisserais peut-être tel quel si elle respirait mieux, mais je pense que dégager ses narines la soulagera des accès de gros reniflements qui la secouent parfois. Je plaque donc mes mains sur ses tempes, je coince son nez entre mes pouces et je me dis que réduire sa fracture à la jambe était une autre paire de manches – autant y aller franco. Les dents serrées, je le lui tords de toutes mes forces pour le redresser. Elle gémit, ouvre les yeux d'un coup et les referme aussitôt. La torture que je lui inflige me soulève le cœur, mais en retirant mes mains, je vois avec plaisir qu'il a retrouvé sa place au milieu de son visage au lieu de toucher sa joue. Quand je la borde de couvertures, il me semble qu'elle dort, même si je n'ai aucune idée de ce qui peut différencier le sommeil du coma.

Je voudrais bien dormir sur l'autre canapé moi aussi, mais d'abord, j'allume un feu, avant de sortir ôter leurs sacoches et leurs selles aux deux chevaux que je conduis à l'abri sous un arbre.

Pour conserver mon énergie, je mange – sans y prendre aucun plaisir. Les *pesh* ont un goût amer et le lapin fumé est si coriace qu'il me fait mal aux dents lorsque je m'escrime à en extirper un restant de saveur. Ensuite, je mets sur le feu une marmite remplie d'eau et de viande de sanglier qui cuira pendant la nuit, et je me débarrasse de mes vêtements sales encore trempés.

Je n'ai pas été à poil depuis que j'ai nagé dans la piscine derrière la maison que j'ai incendiée. Et je ne l'ai jamais été en face de qui que ce soit d'extérieur à ma famille. Le froid, la fatigue, l'épuisement m'accablent, d'autant que je pense, au fond, que John Dark est plongée dans un coma dont elle ne sortira plus. Elle est en train de mourir : il n'y a qu'à voir les contusions sur ses côtes cassées. Je n'ai aucune idée des dégâts internes qu'elle a pu subir, aucun espoir de les traiter, quels qu'ils soient. Dans cet état d'hébétude, je reste un long moment devant les flammes, m'appuyant des deux mains au manteau de la cheminée pour laisser le feu me rôtir.

Lorsque je me retourne pour me réchauffer le dos, elle a les yeux ouverts, posés sur moi. Je lui rends son regard, puis je pivote et m'enroule dans une couverture. Je relève la tête. Elle a les paupières closes. J'ignore si elle a vu quoi que ce soit.

Elle ne dit rien le lendemain ni les deux jours suivants, où elle alterne entre un sommeil de plomb maladif et un état de veille sans confort ni dignité. Je la nourris, de *pesh* et de sanglier bouilli. À l'aide de bols et de casseroles, de gants de toilette pour l'essuyer, et d'une bâche sur les coussins du canapé, on gère ses besoins, puisqu'elle ne peut pas se lever. Ça m'est égal de l'aider à pisser et à chier, mais elle déteste devoir s'en remettre à moi.

Le seul point positif, c'est que son nez désenfle, et même si elle garde des yeux au beurre noir, ils encadrent au moins une arête plus ou moins centrée dans un visage symétrique.

Je crois comprendre son silence. Tel un terrier blessé, elle se retire en elle-même pour guérir. Le premier matin, quand je reviens dans la pièce en rapportant du bois de chauffage, Jip, grimpé sur le canapé pour s'allonger contre elle et lui communiquer sa chaleur, me regarde d'un air interrogateur.

Je lui dis que c'est *bon*.

28

Solitude

Ça se résume à pisser et à chier. Voilà ce que Papa disait sur la vieillesse et la maladie, et sur le fait de s'occuper des blessés. Il n'avait pas tort.

Avec le mauvais tour pris par les événements, je me mets à craindre que Brand arrive chez lui et reparte avant que je le rattrape. Le temps que je perds à soigner John Dark me déplaît. Je pourrais la laisser et partir à tout moment, bien sûr, mais elle n'est pas capable de se lever de son lit pour se soulager, donc je la condamnerais à mourir dans ses besoins – et ça, c'est moi qui n'en suis pas capable.

Les jours se confondent. Je la nourris, je l'aide à faire ses petites affaires, je la nettoie quand elle les fait en dormant – une répétition sans fin. C'est de plus en plus dur, car elle ne peut ou ne veut pas parler, et je commence à redouter qu'elle perde la vue, par-dessus le marché : tantôt elle louche, tantôt elle fixe le néant et ses yeux grands ouverts ne semblent pas réagir à ce qui se produit devant eux.

Si elle n'est pas morte, peut-être qu'elle agonise. En tout cas, elle ne semble guère se rétablir. Je me distrais à l'aide des livres de la bibliothèque pendant qu'elle dort, mais mon plaisir de lecture n'est plus ce qu'il était : je devrais repartir sur la piste de

Brand et Jess. J'ai trop le loisir de réfléchir. À force, ma conviction de le trouver là-bas faiblit. Je remets en cause la logique qui me pousse à croire que les marques sur la carte pointent vers le Norfolk, qui lui servirait de base arrière, et chaque fois je découvre de nouvelles raisons de regretter de m'être lancé dans une quête aussi insensée sur la foi de preuves aussi minces. Je me reproche de suivre un mirage parce que j'avais besoin d'agir au lieu d'accepter la perte de Jess. J'aurais plutôt dû rester chez moi, veiller sur ma famille et me contenter de Jip.

Mais j'en reviens toujours au même point.

Brand m'a volé ma chienne. Je n'ai pas le choix. Il doit s'attendre à ce que je le poursuive. Question de loyauté. Même si je ne la retrouve jamais, je dois essayer. Faire de mon mieux. Dans mes moments de clarté, je comprends que j'agis ainsi parce que je n'arriverais plus à me regarder en face – ni à regarder Jip – dans le cas contraire.

Dans la perspective d'un avenir meilleur, même s'il paraît peu probable, je m'apaise en m'occupant. Ça fonctionne mieux que de rester à lire et à cogiter tandis que mes doutes tournent en rond sous mon crâne. Je fabrique des béquilles pour John Dark. Je creuse un trou non loin de la porte du jardin, en guise de toilettes, je retire le siège d'une chaise robuste pourvue d'accoudoirs, puis je la place au-dessus du trou. Je remplis un seau de cendres, que je laisse tout près de la chaise.

J'envisage bien de lui fabriquer un fauteuil roulant, mais aucune des roues que je trouve ne tourne – l'essieu mangé par la rouille ou le pneu tombé en lambeaux. J'en viens à jalouser le temps que Jip lui consacre, une attitude stupide et méchante. Je fume de la viande dans la grande cheminée, avant d'en accrocher une belle réserve aux murs. Je déniche le maximum de casseroles, de poêles et de bouteilles, je les remplis d'eau et je les laisse tout autour de la pièce.

J'ignore si elle comprend ce que je fais. Elle m'observe, impassible. Ses meurtrissures pâlissent, arcs-en-ciel ténus, lui laissant la peau aussi grise et décolorée que ses cheveux.

Je vis ces journées comme si je me noyais dans un océan de désespoir, surtout parce que j'hésite entre deux options que je trouve justes et qui s'annulent mutuellement.

À la fin, c'est elle qui choisit.

Je me réveille. Elle a disparu. Dans la lueur de l'aube, on se croirait sous l'eau. Le feu éteint est réduit en cendres. Je me dresse sur mon séant. Les béquilles aussi ont disparu. Tout comme Jip.

Assise sur le siège au-dessus du trou dans le jardin, elle pleure à la suite de l'effort fourni pour arriver jusque-là, mais aussi de frustration, car l'une des béquilles a basculé dans l'herbe et elle ne parvient pas à la rapprocher avec l'autre. Quand je débarque sur l'herbe mouillée de rosée, elle détourne la tête. Je ramasse la béquille et la lui donne sans un mot. Au bout d'un moment, je comprends pourquoi elle reste immobile : elle ne veut pas que je voie l'effort qu'il va lui falloir pour se lever. Je regagne la pièce, mais je l'observe à son insu, par la fenêtre. Elle se redresse en tremblant, puis se propulse non sans mal jusqu'à la porte où elle s'appuie contre le jambage, haletante. Garder sa jambe levée l'épuise : elle met à contribution des muscles inutilisés depuis des jours, voire des semaines. Je n'en tiens plus le compte, car le total me fait l'effet d'un fardeau qui m'écrase et m'étouffe.

Elle me regarde, hoche la tête. Je l'aide à passer du seuil au canapé. Elle s'allonge et s'endort aussitôt.

Sans vraiment se rétablir, elle devient plus mobile. Elle se doute qu'elle a un problème crânien et un autre interne. Je la vois tressaillir et porter les mains à ses tempes jusqu'à ce que la douleur passe. Ça me fait penser à Papa qui voulait trépaner Maman après qu'elle s'est fêlé la tête, mais je ne vois aucun fluide s'écouler des narines de John Dark. Et je ne cherche pas de chignole.

Elle se fait comprendre sans dire un mot. Je lui apporte le dictionnaire et elle m'indique un crayon. Puis elle désigne le tourne-disque. Je lui mets de la musique. Enfin, elle me fait signe de partir : elle veut être seule.

Je sors chasser avec Jip. Il chope un lapin, j'en abats deux – mais j'en loupe un troisième et je passe une demi-heure agaçante à chercher ma flèche au milieu d'un gros roncier.

À mon retour, elle dort. Elle se réveille, mange, se rendort. Je lis jusqu'à la nuit, puis je me couche.

Dès l'aube, on me tapote les côtes.

Debout au-dessus de moi, elle m'a donné un petit coup de sa béquille. Je me redresse sur mon séant et elle me tend un mot. Elle a dû passer tout son temps pendant que je chassais à trouver les mots dans le dictionnaire. Elle ne sait toujours pas conjuguer les verbes anglais, mais le sens de ses phrases ne laisse aucune ambiguïté. Je déplie le feuillet. Elle passe au jardin et utilise bruyamment les toilettes.

Je sais avec précision ce qu'elle a écrit, car j'ai gardé son mot, plié dans le livre où j'écris ceci.

VOUS ALLER CHERCHER VOTRE CHIEN.
JE AVOIR MAL PAS GUÉRIR.
JE VOULOIR PAS VOUS ME VOIR COMME ÇA.
JE PRÉFÉRER VIVRE AVEC SOUVENIRS.
EAU. MUSIQUE. NOURRITURE. TROU DANS SOL.
MERCI, GRIZ.
ALLER MAINTENANT. IMMÉDIATEMENT.
VITE MEILLEUR FAÇON DIRE AU REVOIR.
PRENDRE CHEVAUX.

Si elle croyait se rétablir, elle m'aurait dit de prendre une seule monture. Je m'essuie les yeux.

Elle a raison : il faut dire au revoir vite. Inutile de traîner, de discutailler. Elle m'a donné sa permission. Elle a résolu mon problème à ma place.

Elle revient et s'appuie à l'encadrement de la porte.

Bon ? elle fait.

Je hoche la tête.

Veet, elle dit. *Allay, veet.*

Les fontes bien garnies du cheval de bât, je les traîne à l'intérieur et je les laisse près du canapé. Elle hoche la tête. Outre des objets utiles, il y a aussi tous les souvenirs qu'elle a apportés de France par le tunnel. Je cueille un panier de *pesh* pour elle, un sac pour moi, et je selle les montures.

Revenant la saluer, je lui donne le panier. Je la surprends qui gratte Jip derrière les oreilles, même si elle fait semblant de rien dès qu'elle me voit. Là, je m'aperçois que je ne sais pas comment lui dire au revoir comme il faut. Elle me fait signe d'approcher, et elle m'étreint, si fort qu'elle doit serrer dans ses bras tous les gens qu'elle a perdus.

Ou elle profite au mieux de l'un de ses derniers instants de compagnie humaine.

Elle s'adresse à moi en anglais. Elle a dû répéter avec le dictionnaire. Elle parle d'un ton rauque, les mots déformés dans sa bouche émergent avec un accent français, mais je la comprends sans difficulté.

Griz, elle dit. Griz. Merci. Mes amitiés.

Je lui rends son étreinte, je dis « mes amitiés » aussi, puis ce que je veux dire ensuite se coince dans ma gorge et on reste là jusqu'à ce qu'on ait repris contenance. Ensuite, elle me lâche et me repousse avec fermeté, avant de me tendre une autre feuille pliée.

Lire pas maintenant, elle dit avec soin.

Puis elle m'embrasse sur les deux joues et se rassied sur le canapé en évitant mon regard et en me chassant d'un geste impérieux, comme une reine.

Je pars à cheval avec cette boule de perte aussi familière qu'impossible à avaler coincée derrière le sternum. Dans mon dos, le tourne-disque passe le morceau rapide et enjoué sur lequel on a dansé et ri. Bon, elle ne danse pas, mais elle fait bonne figure et s'efforce de me réconforter. Il repasse trois fois, puis elle est trop crevée pour remonter la manivelle ou on est désormais trop loin pour l'entendre.

Sans arrêt, Jip lève les yeux vers moi, se fige, regarde en arrière vers la maison, puis court à mes trousses et lève de nouveau les yeux comme pour poser une question à laquelle je n'ai aucune réponse valable. Après que la musique a cessé, je presse l'allure. Maintenant que la décision est prise, ça ne sert plus à rien de s'attarder.

On parcourt de nombreux kilomètres depuis le champ de berce du Caucase avant la tombée de la nuit, pour se retrouver à l'orée d'un terrain plus hétéroclite qui s'étend devant nous.

Je fais boire les chevaux à une mare et je les entrave pour la nuit.

J'attends d'avoir mangé et déroulé mon sac de couchage pour sortir le mot. Il fait trop sombre, mais je ravive le feu et je m'assieds de façon à pouvoir le lire à sa lueur. Il ne dit pas grand-chose, mais de telle sorte qu'il me brise le cœur et que je regrette encore plus d'avoir dû la quitter. Je l'ai dans mon autre main alors que j'écris ceci.

TU MENTIR MOI, GRIZ.
PAS GRAVE. JE COMPRENDRE.
MAIS JE SAVOIR POURQUOI TU ÊTRE SI SOLIDE.
TU RAPPELER MOI MES FILLES.

Et oui, j'ai les yeux qui piquent quand je les ferme pour chercher un sommeil qui se dérobe tout au long de cette nuit glaciale. Et non, ce n'est pas à cause de la fumée du feu de bois.

29

Première vue

Je le sais : mes livres me rendent sensible. Papa ne lit que des manuels pratiques qui ne racontent aucune histoire, et à part s'asseoir avec Maman près du feu et lui tenir la main quand il croit qu'on ne le voit pas, il n'est guère porté sur les émotions. Sec, brusque, résolu, c'est un homme d'action : il a dans sa tête une liste de tâches à accomplir qu'il modifie sans cesse, ajoutant ou retirant des points.

Tout en m'éloignant de John Dark, je tâche de ressembler davantage à mon père. Chaque soir, en allumant le feu, je me retiens de me demander si elle est morte durant la longue journée qui vient de s'écouler, si elle a allumé son propre feu ou si la Maison Hospitalière a retrouvé le silence et abrite un cadavre de plus. Je n'ouvre aucun de mes livres, même pas les nouveaux. Je me dis que je n'ai pas besoin de m'adoucir par de telles distractions, mais je me promets que si je mène à bien ma quête insensée, je m'autoriserai à lire autant que je le voudrai en récompense. À la place, j'utilise la carte et la boussole pour essayer de me repérer et de rester sur le bon chemin.

Mon plus gros coup de chance alors qu'un soir je cherche à m'abriter de la pluie qui a repris, c'est de trouver ce que je prends d'abord pour un grand appentis en métal recouvert de plantes grimpantes. Il y a de la place pour les chevaux et moi. Ce n'est qu'après avoir allumé le feu que je vois les lettres gigantesques sur le dessous et que je comprends : un énorme panneau routier miraculeusement resté lisible s'est abattu de guingois contre des arbres qui ont continué de pousser tout autour. Il me faut une nuit de réflexion, mais une fois que je trouve ce que je dois faire, connaître ma position devient facile : je mesure les distances entre les diverses localités, puis, à l'aide d'un bout de ficelle, je les rapporte à l'échelle imprimée en bas de la carte. Ensuite, je repère les villes que le panneau indique, je trace des cercles du diamètre correspondant aux distances, et le point où ils se chevauchent tous, c'est là que je me situe.

Connaître ma position renforce ma détermination tandis que je poursuis ma route. J'ignore les maisons que je croise plutôt que de perdre davantage de temps à les explorer. Je dors à la belle étoile, ou à l'abri de la bâche de John Dark, et je prends l'habitude de me focaliser sur ce qui m'attend. Être soldat devait ressembler à ça quand il fallait se préparer à la guerre – ne pas vouloir se battre, mais se remettre les idées en place et anticiper toutes les facéties du destin. Chaque matin, dès le réveil, je m'entraîne à l'arc, vidant trois carquois avant de manger et de repartir. Le midi, j'en vide trois autres. Le soir, juste avant la tombée de la nuit, trois derniers. Jip reste souvent assis à me regarder, comme s'il se demandait ce qui me prend de chasser un tronc d'arbre, ou combien de flèches je dois y planter pour le tuer.

J'affûte mon esprit en m'efforçant de me rappeler chacun des moments passés en compagnie de Brand afin de le percer à jour plus facilement lors de notre prochaine rencontre. Je répète les arguments que je devrai peut-être employer. J'aiguise mes couteaux, également.

Je vise la froideur méthodique, impassible, de mon père. Jip me complique la tâche, car il s'éclate à courir partout et à goûter l'énorme variété d'odeurs nouvelles que ce nouveau paysage lui offre. Même avec un nez humain, je sens la richesse de la palette olfactive. Pour lui, la terre ferme, ça doit ressembler à ma découverte de la grande musique sur le tourne-disque. Les îles sont des lieux tout simples : l'eau, le sel, la lande, les fleurs sauvages. L'équivalent de la musique d'une guitare, d'un flûtiau, ou du violon de Brand. La terre ferme, avec sa diversité de plantes, de fleurs, d'arbres, c'est un orchestre pour lui. *Tannhäuser* par les narines. Il chasse avec moi, il dort contre moi pour me tenir chaud. Sa joie est contagieuse. Il me rapporte des lapins, un rat. Un matin, tôt, il part aux trousses d'un lièvre de l'autre côté de la colline que je gravis. Quand j'atteins la crête, dix minutes plus tard, il se tient là, sans l'ombre d'un lièvre, mais silhouetté par le soleil levant, le nez au vent, la queue droite, à scruter ce qui, d'après ma carte, ne devrait en aucun cas se trouver là.

C'est un marais salé. Plus loin, exhalant une odeur de sel que même moi je sens, il y a la mer, bien plus proche que la carte ne m'amenait à le croire. La terre a disparu, avalée par l'eau montée avec le réchauffement climatique. À Eriskay, en allant nager, on voit l'ancien quai du ferry à un mètre sous la surface. À Berneray, on amarre son bateau aux cheminées des maisons qui bordaient autrefois la laisse de mer. Même si le monde reste immense, les terres émergées ont, je pense, diminué depuis ton époque. Ici, les plaines de l'est, dont celle bordant la mer du Nord, sont désormais englouties.

D'où la position sur la carte de la base de Brand en amont du fleuve. Elle n'est pas cachée loin de l'estuaire. La mer l'a trouvée, voilà tout. Ça explique les lignes qui me semblaient bâclées, « empiétant » sur la terre ferme : cette terre n'est plus ferme, changée en marécage ou en fond marin. Mettant pied à terre, je sors mes nouvelles jumelles, je les cale sur une branche basse et j'étudie le panorama. Les arbres se raréfient, laissant place à un entrelacs de langues de terre et de péninsules qui pénètrent dans le marais, hérissé ici et là de grands massifs de roseaux pareils à des îles, et parcouru par des échassiers. À d'autres endroits affleurent les squelettes des anciennes haies qui délimitent les vastes champs noyés. Des carcasses de bâtiments effondrés, renversés, ponctuent le marécage, l'air surpris par leur naufrage. Certains des vieux pylônes électriques géants ont survécu à un siècle entier de tempêtes et les câbles qu'ils soutenaient tout au long de leur marche héroïque s'abaissent jusqu'à l'eau avant de se perdre pour de bon sous les vagues au loin.

Le chant des mouettes, quoique ténu, se reconnaît aussitôt et menace de ramollir, par la nostalgie qu'il m'évoque, la dureté à laquelle je m'astreins. J'ai lu que les odeurs sont de puissants mémentos, mais le bruit adéquat te sort aussi de ta coquille. L'espace d'un instant, mon esprit m'entraîne vers Mingulay et une existence plus simple. Puis Jip aboie et me ramène brusquement au présent.

Il me toise, la tête penchée. Comme si quelque chose m'échappait. Il aboie de nouveau et porte le regard sur les alentours. Narines dilatées, il hume une odeur dans le vent.

Je sors la carte pour essayer de faire correspondre ce que je vois aux indications des cartographes, mais c'est difficile, d'autant que je n'ai qu'une vague idée de ma position réelle. Je prends mon temps, car je me situe encore sur une légère élévation de terrain. Une fois que je me rapprocherai de la nouvelle côte, ce plat pays boisé me dissimulera tous les repères subsistants.

C'est le soleil bas qui me révèle le village envahi par la végétation. Je discerne un éclair et, cherchant son origine, je repère des fenêtres reflétant la lumière à travers un bosquet de saules au loin, si loin que je n'ai pas vu le fleuve derrière. Dès que je localise les maisons et les ruines embroussaillées qu'elles jouxtent, je les observe avec attention à la jumelle et je remarque deux détails. Le premier, c'est l'éolienne qui tourne très lentement. Le second, ce sont des verticales trop régulières pour être des arbres, qui me paraissent des réverbères privés de leurs lampes. Poursuivant mon observation, je vois une autre lueur terne, de l'eau, sans doute le fleuve, et, vers la mer, d'autres droites qui me persuadent que les réverbères sont en fait des mâts et qu'il y a là un mouillage fluvial.

J'étais en train de me dire qu'il me faudra à peine une matinée pour rejoindre cet endroit quand j'avise les voiles plus loin sur la berge.

Des voiles rouges.

30

Attention à ce que tu veux…

C'était un pari.

Depuis que j'ai volé la carte, je sais que j'aurais pu commettre une grossière erreur. Les lignes rayonnant depuis l'endroit que j'observe n'indiquaient peut-être pas le foyer de Brand et, dans le cas contraire, il n'y avait aucune garantie qu'il y retourne – il avait peut-être entamé un autre voyage de plusieurs années vers des coins du monde qu'il n'avait pas encore explorés. Par ailleurs, elles pouvaient ne pas correspondre à ses allées et venues, mais à celles d'un marin mort depuis longtemps qui aurait laissé sa marque sur cette vieille carte récupérée par Brand ensuite.

Longeant l'échine brisée de la terre ferme, j'ai passé des jours et des nuits de solitude à envisager ces éventualités. Je commençais à me demander si je ne prenais pas mes désirs pour des réalités. À mesure que les pertes s'accumulaient – pas seulement la disparition de Jess, à l'origine de tout, mais aussi le *Doux-espoir*, et même John Dark –, j'en venais à redouter plutôt qu'espérer atteindre ma destination. Il me semblait logique d'estimer que ma chance avait tourné, mais depuis l'incendie de mon bateau, je n'avais plus d'autre choix que finir ce que j'avais commencé. Avec l'accident de la citerne enterrée, j'ai jugé que le sort s'acharnait. Pourtant, j'ai continué, moins par entêtement ou par conviction que faute de trouver une façon différente de gérer ces terribles pertes – je devais jouer la main qu'on m'avait distribuée, me cramponner à un espoir insensé. Ce qui revient à dire que j'étais trop bête pour voir un autre chemin et que j'aurais dû accepter ma défaite, mais que j'ignorais comment faire.

Je n'ai jamais brillé aux cartes. Ferg ou Bar me battaient à chaque coup, parce que je m'accrochais un peu trop, avec l'éternelle certitude que la carte suivante, jusqu'à la dernière, m'offrirait l'unique chance sur cinquante-deux de parachever une main victorieuse.

Espère moins et calcule plus ! Bar aurait dit.

Mais, à mes yeux, tenir le compte des cartes comme s'il s'agissait d'un problème de maths relevait moins d'un jeu que d'une corvée. Si j'aimais jouer pour l'aspect social, je gagnais rarement. En revanche, les rares fois où je les battais, la fureur que mes très consciencieux frère et sœur exprimaient rendait ma victoire plus douce.

Voilà l'impression que je ressens face à ces voiles rouges. Une victoire espérée, mais totalement inattendue. Très, très douce. Si douce que je devrais éviter de baisser ma garde et continuer de croire que tout ça pourrait mal tourner.

Je dois me rapprocher. Faire profil bas, étudier le terrain. Pratiquer la ruse, la prudence, contrebalancer la témérité initiale de ma traque par un plan bien pensé pour la conclure dans les meilleures conditions. Ce coup de chance, il ne faut pas le gaspiller.

Je m'avance avec précaution, en m'assurant qu'on reste, les chevaux et moi, à couvert sous les arbres. Je veux arriver assez près pour pouvoir observer avant de tenter quoi que ce soit.

Je garde Jip près de moi en lui passant une corde autour du cou. Je lui dis qu'il nous faut rester discrets, qu'il ne doit pas aboyer et que la corde ne sert qu'à l'empêcher de poursuivre une proie et de trahir notre présence sans le vouloir. Je parle dans le vide, bien sûr, mais j'ai toujours expliqué les choses aux chiens. Pour moi, même si les détails leur échappent, ils comprennent le ton de ma voix. Jip déteste être en laisse, mais au bout d'un moment, il arrête de tirer sur la corde et revient trottiner à mes côtés. De temps à autre, il me regarde comme pour demander si ce petit jeu n'est pas fini, mais je secoue la tête et je lui répète que c'est nécessaire.

Au bout de deux heures d'une lente avancée, j'entrave les chevaux et j'escalade un arbre. Tu en as sans doute escaladé plein. Peut-être que tu avais même une cabane. Pour moi, il s'agit d'une première. La fois où j'ai bondi dans un arbre pour échapper au sanglier ne compte pas. J'éprouve la solidité de chaque branche au cours de mon ascension, puis, quand je m'arrête, je me tiens, un bras autour du tronc, pour regarder vers l'est derrière le voile du feuillage. Vers le mouillage.

De nouveau, j'ai l'impression qu'on s'est égarés : je ne le trouve pas. La brise souffle, les branches se soulèvent telles des vagues, les nuées de feuilles autour de moi murmurent et bruissent. C'est très paisible. Je regarde encore dans les jumelles et, cette fois-ci, je repère les voiles et les bâtiments, plus proches que je ne l'aurais cru.

Au loin, il me semble entendre aboyer un chien.

Je redescends de l'arbre le plus vite possible de peur que Jip réponde et révèle notre position.

Le vent vient de derrière nous, et au sol, sous les arbres, le bruit est étouffé. Mon chien n'a donc rien senti ou entendu qui aurait pu l'inciter à se manifester, mais comme je ne tiens pas à ce qu'il nous trahisse, je rebrousse chemin sur un kilomètre afin de l'attacher – ce qui le mystifie et le vexe – avec le cheval de bât à un vieux pin solitaire, très grand. Son écorce rouge zigzague vers le ciel et il porte des branches vert sombre chargées de cônes et d'aiguilles qui oscillent dans la brise. D'autres pins plus anciens se sont abattus autour de lui, leurs racines et leurs troncs grisonnants formant une palissade naturelle à sa base. Ce sera un repère facile à retrouver au retour, et il se situe assez loin pour que les aboiements de protestation de Jip ne s'entendent pas. Je lui laisse une poêle pleine d'eau, puis je m'agenouille et je lui ébouriffe des deux mains les poils du cou en le regardant dans les yeux.

Il faut que j'y aille en solo, je fais. Ça ira. Je reviens vite.

Sur le moment, je n'ai pas l'impression de proférer trois gros mensonges.

Ça fait bizarre de partir sans lui. Comme si j'étais à poil. Il m'accompagne toujours chasser. D'habitude, il fait des allers-retours, prend de l'avance, revient jeter un œil sur moi. Je jurerais qu'il me manque une jambe. Que je marche bizarrement. Avec timidité. Artificiellement. Je me sens asymétrique. Et sans protection.

Mais je continue, aux aguets, l'arc brandi.

Je suis en reconnaissance. Pas question de commettre une imprudence. Je ne cesse de me le répéter. J'avoue toutefois que si Jess déboulait par miracle, on filerait dare-dare en tablant sur le fait que Brand, sans chevaux, ne nous rattrapera jamais dans le vaste dédale de déserts et de ruines entre ici et chez moi. Dans mon esprit, si je ne trouve pas de bateau à retaper pour revenir sur mes pas une fois de retour sur la côte ouest, il me suffira de chevaucher jusqu'aux vestiges du vieux pont de Skye, puis de gagner Skye à la nage avec les chiens. De là, ça ne posera guère de problème d'atteindre l'extrémité la plus à l'ouest de la grande île et de brûler des trucs jusqu'à ce que Papa, Ferg ou Bar – voire l'un des Lewisiens – vienne par la mer voir ce qui se passe.

L'espoir ça te soutient dans une période agitée. Il peut aussi t'enfoncer si tu le laisses détourner ton attention au mauvais moment. J'imaginais avec plaisir leur surprise à tous de me voir attendre sur la plage avec les deux chiens quand l'arbre devant moi me crache des éclats d'écorce à la figure sous l'impact d'une flèche.

Bouge plus, une voix assourdie lance. Ou la prochaine est pour toi.

Le côté positif, c'est que ce n'est pas Brand. En revanche, croire que j'étais le seul à posséder des chevaux était une erreur : il y a trois cavaliers arborant des masques à gaz et des foulards. L'un tient un fusil muni d'un long chargeur incurvé ; les deux autres pointent leurs arcs sur moi.

D'accord, je dis.

Ils me regardent fixement. Ne pas voir leurs visages me perturbe, mais ils paraissent mal à l'aise, eux aussi. Comme s'ils ne savaient pas non plus quoi faire.

Je m'appelle Griz, je lance avant d'esquisser un salut de la main.

Bouge plus, l'homme au fusil répète. Et tais-toi.

Il doit lui falloir du calme pour réfléchir.

Je hoche la tête.

Tu es malade ? l'un des archers demande.

Il a une voix plus jeune.

Oui, l'homme au fusil dit. Bien vu. Tu es malade ?

Non, je réponds. J'ai juste besoin de me reposer.

Tu as été malade ? l'autre archer demande.

Pas spécialement.

Où sont les autres ? le premier archer reprend.

Il n'y a que moi, je dis.

L'homme au fusil rigole.

Et d'où tu viens ? il fait.

Du nord, je dis. Je viens du nord. Qui êtes-vous ?

Ferme-la, il balance au second archer qui ouvre la bouche pour répondre.

Puis il se tourne de nouveau vers moi.

Laisse tes armes ici, il dit.

Je prends mon couteau, mon autre couteau, et je les plante dans le tronc.

Plus de couteaux ? il demande.

Je secoue la tête. Mon Leatherman n'en est pas vraiment un. S'ils me fouillent, je prétendrai l'avoir oublié.

Mais ils ne me fouillent pas. Ils ne s'approchent pas.

Qui êtes-vous ? je répète. Je ne veux aucun mal à…

On aura tout le temps de causer, l'homme au fusil dit.

Il tire de ses sacoches quelque chose qu'il me jette et qui atterrit dans l'herbe à mes pieds avec un cliquetis de métal.

Passe l'un de ces trucs à tes poignets et referme bien, il dit. Je veux entendre le bruit. Joue pas au con.

Il s'agit de deux paires de menottes, l'une argentée, l'autre d'un noir mat.

Pourquoi ? je fais.

Ils m'arrêteraient si je repartais, ou on n'en est plus là ?

Parce que sinon, je t'abats, il dit. Navré, mais je n'aurai pas le choix.

Il paraît plus ou moins navré, et tout aussi résolu à m'abattre.

Je me penche pour les mettre. Les gonds sont bien huilés, et les bracelets se referment avec un déclic. Je me redresse et je montre les deux paires pendant chacune à un poignet. Je vois mal pourquoi il a voulu que je fasse ça.

Maintenant, referme-les l'une sur l'autre, il dit.

Je comprends. J'aurais trop de mal à me menotter avec une seule paire – mes poignets ne plieraient pas dans le bon sens –, tandis que là, c'est facile.

De toute évidence, ils ont l'habitude du truc.

Vous ne voulez pas vous approcher, hein ? je fais. Voilà pourquoi vous en utilisez deux. Autrement, il en suffisait d'une pour m'attacher. Qu'est-ce qui vous fait peur ?

On n'a pas peur, le second archer riposte, comme si je l'insultais.

Gaspille pas ta salive, l'homme au fusil lui conseille. Je te le répète, tu auras tout le temps de lui parler s'il survit.

Si je survis à quoi ? je demande.

À la quarantaine, il répond.

31

En quarantaine

La quarantaine, c'est une cellule à moitié enfouie dans un bunker. Ou la cave d'un bâtiment effondré. Peut-être un poste de police. Peut-être une ancienne caserne. C'est assez loin de l'amarrage où se trouvent les voiles rouges, même si on peut voir le mât et le village voisin depuis les fenêtres des cellules sur l'un des flancs du bunker. Il y a six cellules, trois de chaque côté d'un couloir central.

On m'a mis loin de la localité à dessein, pour respecter la quarantaine. Ils refusent d'attraper mon éventuelle maladie. En admettant que je porte une quelconque épidémie, ce qui n'est pas le cas.

Ils me font marcher devant eux en me guidant de la voix à travers les arbres jusqu'à la lisière du village envahi par les mauvaises herbes, puis vers le bunker. Ils mettent pied à terre et les deux archers me font descendre un escalier, après quoi l'un d'eux m'ordonne de me tenir le plus loin possible pendant qu'il ouvre une grille et s'éloigne, son compagnon m'indiquant de passer. Obéissant à leur ordre, je vais tout au bout du couloir avant qu'ils s'approchent de la grille et la referment.

Les lourdes portes possèdent des fentes qui permettaient aux geôliers d'autrefois de jeter un œil sur les prisonniers.

Ne ferme aucune de ces portes, l'un des archers dit d'une voix indistincte en remontant l'escalier. Tu serais coincé à jamais, car on n'a pas les clés. Utilise les WC de la cellule du fond à droite. L'évacuation existe toujours, mais il te faudra un seau d'eau.

Attendez, je lance. Vous avez peur de quoi ?

On est juste prudents, il fait. Le dernier visiteur a amené une peste qui a tué trois personnes. Putain de Freeman… Tu vas rester là un mois. On verra si tu tombes malade. Ensuite, si tu as survécu, on sera ravis que tu nous rejoignes.

Il ne veut pas vous rejoindre, dit une voix dans l'ombre de l'une des cellules que je croyais vides.

Lasse, terriblement familière, elle trahit de la déception à mon égard.

Il veut juste récupérer sa fichue chienne, elle ajoute.

Je me tourne et je tâche de percer l'obscurité.

Sa barbe se fend d'un mince sourire qui révèle un éclair de dents blanches.

Je t'avais dit de rentrer chez toi, Griz. Je t'avais prévenu.

Brand. J'en ai le souffle coupé. La porte claque en haut de l'escalier, puis les cavaliers s'en vont.

Il ne fait pas mine de se lever de sa couchette. Et il ne dit rien d'autre.

J'entre dans la cellule opposée et je m'assieds sur le banc en béton pour le regarder, encadré par les deux portes. J'ai l'impression qu'un long moment se passe. Tout ce silence finit par aspirer l'air du bunker : parler paraît le seul moyen de continuer à respirer.

Où est Jess ? je dis.

Elle va bien, il dit.

Où est-elle ? je dis.

Tu as pris la carte, il dit. C'est comme ça que tu es arrivé ici, pas vrai ?

Où est ma chienne ? je dis.

Tu as trouvé un autre bateau ? il dit. C'est ça ? Mais non. Aucune chance que tu en aies trouvé un en état de naviguer. De nos jours, si tu tombes sur un bateau, il faut en cannibaliser vingt autres pour avoir la quantité voulue de cordages, de voiles et de gréement. Non. Tu n'as pas trouvé de bateau. Tu es venu à pied.

Il se lève de sa banquette, se campe dans le rayon de lumière tombant sur le seuil, me regarde de plus près, secoue la tête et sourit largement.

Je voudrais le tuer. Je déteste la violence. Pour moi, c'est une forme de stupidité. Mais là, pour ce sourire, je pourrais le tuer, je crois.

Tu es un gamin qui en a, il dit. Du genre têtu. Un peu comme la petite toux dont on n'arrive pas à se débarrasser, mais je te reconnais cette qualité. Tu as toute mon admiration.

Je n'en veux pas, je dis. Je ne veux que Jess.

Jess est un bien précieux, il dit. Une chienne capable de mettre bas, c'est rare.

Toutes les chiennes peuvent avoir des chiots, je dis. Ça n'a rien d'exceptionnel.

Si, il dit. Oh que si !

Je le fusille du regard.

Tu as traversé la terre ferme ? il dit.

Je me garde bien de hocher la tête.

T'as jamais vu de meute de chiens sauvages, hein ? il dit. Étrange, non ?

Je hausse les épaules.

Il me semble qu'on a parlé de ça sur ton île, non ? il dit. Les Boumeurs ont laissé du poison pour les meutes de chiens affamés qui leur faisaient peur une fois que la population a diminué, et ce poison a réduit la capacité des chiennes à avoir des chiots. Du moins, c'est ce qu'on raconte.

Face à cette hypothèse, je me détourne. Elle a la finalité détestable d'une vérité fâcheuse. J'ai honte d'appartenir au genre humain.

Les chiens nous tiennent compagnie depuis le début. De tous les animaux qui ont parcouru à nos côtés la longue route du temps, ce sont eux qui ont marché au plus près de nous.

Et ils en ont payé le prix. Putain de nous.

Peut-être que la Castration n'était pas un accident.

Peut-être qu'elle était bien méritée.

C'est ce qui fait de Jess une denrée rare, il dit.

C'est quoi, une denrée rare ? je dis.

Je le sais. En gros. Mais je me demande si lui le sait. Et je veux un peu de temps pour rassembler mes idées et oublier que des millions de chiennes ont dû se demander pourquoi elles ne pouvaient plus avoir de portées.

Quelque chose qu'on négocie, il dit.

Et vous êtes négociant, je dis. Quand vous n'êtes pas un voleur.

Parfois, il dit en hochant la tête. La plupart du temps, je ne suis qu'un voyageur. Je ne croise pas assez de gens pour pouvoir négocier avec eux.

Mais assez pour les dévaliser, je dis.

Ah bon ? il dit. Tu es monté sur mon bateau. Comme un voleur, toi aussi. Sans invitation. Tu m'as piqué ma carte.

C'est différent, je dis.

Tu as vu le convertisseur à bord ? il dit.

Pendant que j'y réfléchis, je laisse le silence aspirer un peu d'air dans la pièce.

Je ne le cherchais pas, je dis. Il faisait noir.

Tu n'as pas vu où je l'ai laissé sur la plage de votre île, alors, il dit.

Je le dévisage. Il me sourit de toutes ses dents, puis hausse les épaules, magnanime.

Bon, je pige. Tu me courais après comme si tu avais le feu au derche, donc tu n'as pas trop eu le temps de jeter un œil.

Mais enfin…, je dis.

Et tu dormais quand ton père et moi on parlait devant le feu, il dit. Donc, tu n'as aucune idée des marchés qui ont pu être passés. Pas vrai ?

Papa n'aurait jamais refilé Jess, je dis. C'est ma chienne.

Tu en es sûr ? il dit. Tu es sûr que ton père ne conclurait jamais un accord où il sacrifierait un truc pour en sauver un plus important ?

Jess est à moi, je dis. Personne n'a le droit de la troquer.

D'accord, il dit. Tu dois avoir raison.

Les menteurs mentent. C'est ce qu'ils font. C'est ce qu'il fait. Il ment et, du coup, il essaie de s'arranger pour que je me mente. Pour que je me méfie de la famille. Les menteurs mentent : ils te détournent de ce que tu crois savoir et te persuadent qu'ils détiennent la nouvelle vérité. Tu as dû en connaître beaucoup dans ton monde surpeuplé. Tu devais le savoir d'emblée. J'imagine que tu y étais préparé et que tu savais les gérer. Je n'avais jamais croisé de menteurs avant que Brand débarque dans notre existence, mais je savais déjà comment ils opèrent et ce dont ils se nourrissent : ils veulent que tu te retrouves déstabilisé et isolé, pour que tu te noies dans le doute.

C'était en bonne voie quand je m'avise de ce qu'il fait.

Si tout vous réussit à ce point, je dis, qu'est-ce que vous fabriquez en cellule ?

Ça, il dit, c'est une bonne question. Mais réponds d'abord à la mienne. D'homme à homme. Tu vas tenter de me tuer ?

Quoi ? je dis.

Une fois de plus, son franc-parler me déroute.

Tu me fusilles du regard comme si tu allais me sauter dessus d'une minute à l'autre, il dit, et on se retrouve dans un espace confiné, donc on ferait bien de régler le problème, pour ne pas nous épuiser. Je te repose la question. D'homme à homme. Tu vas tenter de me tuer ?

Vous êtes plus costaud que moi, je dis. La violence, c'est stupide, de toute manière. Et vous avez seulement volé mon chien. Pas tué toute ma famille.

Je marque une pause. Est-ce qu'ils se sont rétablis ? Je les ai laissés pâles et nauséeux.

Alors ? il dit, ses yeux bleus brillant.

Alors, d'homme à homme ? je dis. Je ne vais pas vous tuer.

Il hoche la tête.

D'accord, il dit. Ça vaut mieux, si on doit passer du temps enfermés ici.

Surtout si vous me rendez ma chienne, je dis.

Faute de savoir comment le prendre, il finit par opter pour un sourire, quoiqu'un peu de guingois. J'ai la satisfaction de sentir qu'il se demande ce que je mijote.

Bon, qu'est-ce que vous faites ici ? je dis.

Ils n'ont pas menti, il dit. Un voyageur isolé, un Freeman, est passé, porteur d'une maladie donnant des furoncles aux aisselles qui a tué trois d'entre eux après son départ vers le nord.

Il doit s'agir de celui dont John Dark m'a parlé. Celui qui donne *la pest*, le Freeman dont j'ai la clé en pendentif.

Les Prez ont donc décidé que tous ceux qui viennent de l'extérieur doivent attendre en quarantaine pendant un mois sans tomber malades pour être acceptés dans l'enceinte, il dit. Voilà pourquoi ils portent des masques et des foulards. Ils refusent de respirer le même air que nous tant qu'ils ne sont pas sûrs qu'on est sains.

Les Prez ? je dis.

Les Préservateurs, il dit. C'est le nom qu'ils se donnent. Pas les types les plus sympas. Ils n'ont pas trop le sens de l'humour. Ce qu'ils ont, c'est une mission. Mais même s'ils ne voyagent plus guère, ce sont d'excellents négociants pour le peu d'entre nous qui faisons le tour du monde.

Quelle mission ? je dis.

Ils veulent préserver la race humaine, il dit. Repeupler la planète. Réparer ce qui a changé. Pour eux, « changé » égale « cassé » et les splendeurs d'antan vaudront toujours mieux que les possibilités du futur. Ce sont de gros reproducteurs qui veulent inverser le cours du temps et refusent de croire que ça puisse être impossible. Ils sont têtus comme toi, mais ils ont moins de cœur.

Typique de Brand. Il te déstabilise, puis il te glisse un petit compliment pour que tu lui fasses un peu confiance.

Ce qui n'est jamais la bonne méthode. Comme je vais le découvrir. De nouveau.

Un homme averti n'en vaut pas toujours deux. Parfois, on consacre tant d'efforts à chercher le piège dont on connaît la présence qu'on tombe dans celui d'à côté.

32

Visiteurs

Je dois leur parler de Jip. Il devrait s'en sortir pendant un jour ou deux, mais le peu d'eau que je lui ai laissé ne durera pas. Il vaudrait mieux qu'ils le prennent, pour lui éviter une mort horrible. Il faudra aussi désentraver le cheval de bât et le ramener ou le laisser divaguer.

Je décide toutefois d'attendre le lendemain, au cas où je trouverais un moyen de m'évader. Jip me le pardonnera. Après tout, j'ai encore mon Leatherman. Comme ils avaient peur de me toucher, ils ont négligé de me fouiller.

Vous avez essayé de fuir ? je dis à Brand.

Pour quoi faire ? il dit. Ils finiront par me laisser sortir. Je n'ai pas la peste. Je suis bien nourri. Je me repose, au point de rattraper mon sommeil en retard. Aucun souci, quoi. Et ils m'apprécient.

Donc, ils vous connaissent mal, je dis.

De nouveau, cet éclair blanc fend sa barbe, le petit sourire qui me crispe désormais.

Ils ne voyagent plus, il dit. Ils passaient leur temps à le faire, mais leurs trois meilleurs marins sont partis par une belle journée d'été, ils ont franchi l'horizon où s'amassait une vilaine tempête qui a duré un jour et une nuit, et ils ne sont jamais revenus. La mer les aura engloutis. Maintenant, les survivants estiment que c'est trop dangereux. Alors ils m'aiment bien parce que je m'aventure dans le monde où ils n'osent plus aller et que je leur rapporte des trucs utiles.

Comme ma chienne, je dis.

Ah, oui, il dit. Ils aiment pouvoir élever des chiens de garde. (Il soupire.) Des loups attaquent leurs moutons et ils redoutent que ces bêtes finissent par s'en prendre à eux, ce qui est idiot, car les loups n'attaquent jamais les humains. Je l'ai lu dans un livre.

Je me garde de le détromper. Peut-être qu'un jour, il se fiera à un loup, croyant au mensonge qu'il a lu, et il aura la mauvaise surprise que je lui souhaite.

Je vais essayer de m'évader, je dis.

Ne fais pas ça, il dit. Ça les fichera en rogne.

Si je réussis, ce ne sera plus mon problème, je dis.

Tu ne réussiras pas, il dit. Et si tu me racontais ton voyage ? J'adore les bonnes histoires.

Moi aussi, je dis. Mais celle-ci n'est pas finie.

Le silence s'installe. Moi, ça ne me dérange pas, mais lui, il déteste.

Pour passer le temps, je regarde par les trois fenêtres côté mer. J'aperçois le haut de ses voiles rouges. Et une traînée de fumée, de la taille d'un feu de bois, un peu plus loin, qui indique l'enceinte des Préservateurs. Je vois du mouvement derrière les arbres qui la dissimulent, mais ce ne sont guère que des éclairs fugitifs. Le mouvement le plus marqué, c'est celui des voiles qui montent et descendent.

Qu'est-ce qu'ils font à votre bateau ? je dis.

Il traverse le couloir, entre dans ma cellule et regarde par la fenêtre. L'avoir si près de moi me dérange. Je ne sais pas pourquoi. Il sent la mer et la fumée. Et il a quelque chose de dangereux, comme l'attraction obscure du bord d'une falaise.

Je m'écarte.

Il aspire de l'air entre ses dents, puis claque la langue. Ça donne l'impression qu'il ravale son irritation.

Ils font les andouilles avec, il dit. L'un d'eux doit essayer d'apprendre à le manœuvrer.

Peut-être qu'ils n'ont pas tous peur de l'océan, je dis. Peut-être qu'une fois qu'ils sauront faire ce que vous faites, ils vous apprécieront moins.

Il reste un moment à regarder. Je vois bien qu'il déteste qu'on tripote ses affaires. Ironique.

Ils ont tous peur d'un truc, il dit. C'est comme ça qu'ils fonctionnent.

Ils sont combien ? je dis.

Voilà soudain qu'on a envie de causer, il dit.

Je contemple son dos.

Je vous propose un troc, je dis. Je vous raconte comment j'ai trouvé mon chemin jusqu'ici, et vous me parlez d'eux.

Il se retourne pour me dévisager.

Je veux les connaître mieux, je dis.

C'est une erreur, il dit. Une belle erreur. Ça va te déplaire.

Ça me déplaît déjà, je dis. Je n'ai pas rencontré grand monde. Ces gens m'intéressent. On m'a raconté qu'il ne reste personne d'autre sur la terre ferme.

Et si tu découvrais que certains des autres trucs qu'on t'a racontés sont faux, ça te déplairait encore plus, il dit.

Non, je dis. Je serais moins ignorant.

Tu veux les connaître parce que tu prépares un truc, il dit. C'est inutile. Contente-toi d'attendre. Ce qui doit arriver arrivera.

Ils sont combien ? je dis.

Tu ne renonces jamais, hein ? il dit avant de se rasseoir sur la banquette en ciment.

Non, je dis. Pas vraiment.

Neuf, je pense, il dit. Mais il y en a quelques-uns de plus dans un autre endroit sous clé.

Un bunker comme celui-ci ? je dis.

Non, il dit. Pas une cellule. Une sorte de résidence privée. Derrière une clôture.

S'il ne reste personne dans le monde, qui essaient-ils de tenir à l'écart ? je dis. Ils n'ont quand même pas construit une clôture rien que pour vous.

Elle ne sert pas à empêcher les gens d'entrer, mais de sortir, il dit. Je crois.

Pourquoi ? je dis.

Ça ne me paraît pas très logique. Ce n'est pas comme s'il restait tant de monde sur la planète qu'on peut se permettre de gaspiller des corps utiles en les enfermant.

C'est comme ça qu'ils protègent les génisses, il dit. C'est là qu'ils gardent les filles et les femmes.

Les génisses ? je dis.

Leur expression, il dit.

Je sens mes entrailles se crisper. Le vertige me prend. Je m'assieds et je regarde mes pieds jusqu'à ce que ça passe.

J'avais tort, donc. Ils ne gaspillent aucun corps utile.

Je sens ses yeux sur ma nuque.

Ça te plaît, alors ? il dit.

Selon vous, ce sont de grands négociants, je dis. Qu'est-ce qu'ils aiment négocier ?

Les gens, Griz, il dit, et il y a de la tristesse dans sa voix, comme s'il m'en informait pour la seconde fois, comme si c'était quelque chose que j'aurais dû déduire de ce qu'il m'a déjà expliqué. Ils font commerce d'êtres humains. De filles, surtout.

Puis il m'interroge sur la première partie de mon trajet, quand je l'ai suivi de l'église jusqu'à la jetée où il a mis le feu au *Doux-espoir*. Même si je n'en ai aucune envie, je lui en donne un résumé, pour deux raisons : il refuse de me dire quoi que ce soit d'autre jusqu'à ce qu'on « échange », et me rappeler ces événements, les lui décrire, ça me change les idées.

Je m'interromps au moment où il a incendié mon bateau : c'est son tour. Il me parle des Prez, puis je lui raconte mon voyage vers le sud sur la terre ferme, en omettant les loups et John Dark. Je suppose qu'il ne me dit pas tout sur les Prez non plus, mais voici ce que je retiens de la discussion.

Pour autant qu'il sache, les Prez sont les derniers à vivre sur la terre ferme et ils forment le groupe le plus important qu'il a croisé au cours de ses trajets. Leur mission, d'après eux, consiste à repeupler le monde, ainsi qu'il me l'a déjà dit. Et ils l'estiment si cruciale que la fin justifie les moyens. De l'avis de Brand, s'ils étaient plus nombreux, ils lanceraient des raids, captureraient des familles entières et les ramèneraient à leur Préserve où elles vivraient en esclaves. Par chance, ils n'ont pas les effectifs requis, donc ils font autrement. Ceux qui savent naviguer partent et, s'ils croisent des familles, ils font leur offre. Aucune famille normale n'accepterait de donner un enfant, mais les Prez font quand même leur proposition parce qu'ils se voient comme des bons samaritains, même si les autres ne le comprennent pas. Puis ils reviennent, de préférence la nuit, enlèvent l'enfant si possible, et disparaissent avant l'aube. Un vol dans l'intérêt général. C'est ainsi qu'ils le justifient.

Un jour, leurs marins se sont volatilisés. Peut-être dans la tempête dont Brand parlait. Selon moi, ils ont voulu piquer un enfant à la mauvaise famille, on les a pris sur le fait et on les a punis. Une meilleure fin, à mon idée.

Les Prez restent donc ici par peur de s'aventurer plus loin que nécessaire pour la pêche en eaux peu profondes. À la place, ils comptent sur ce que Brand appelle les Marchands des mers. Il en fait partie, et il sait qu'il y en a deux autres, même s'il n'en a rencontré qu'un. Des gens comme lui, qui vont et viennent sur les océans, explorent, commercent – qui ont la bougeotte –, mais sont ravis de troquer leurs trouvailles contre de la nourriture ou tout ce qui peut leur manquer. Comme de la compagnie.

Son mot me paraît lourd de sens, mais je ne demande pas plus de précisions et Brand passe vite sur le sujet.

Les Prez ont une réserve de médicaments pré-Castration qui, par miracle, semblent pour la plupart encore efficaces. On peut troquer presque n'importe quoi avec cette monnaie d'échange. Ils cultivent aussi une plante, qu'on peut fumer ou cuisiner, qui rend le monde plus supportable et apaise la douleur et les soucis. Ils indiquent aux Marchands des mers qu'ils veulent des filles et paient bien. Volées, troquées, peu importe, tant qu'on les ramène à la Préserve. Ils s'efforcent de soulager les consciences en soulignant qu'elles sont bien traitées. En membres de la famille.

Il voit mon expression.

Je sais, il dit. Et pour ce que ça vaut, Griz, je n'ai jamais accepté leur offre. Au moins un de mes collègues l'a fait. Et tu sais le pire ?

Il y a toute une liste de « pire », apparemment, je dis.

Il hoche la tête.

Le pire, c'est qu'ils se prennent toujours pour les gentils, il dit.

Au bruit dehors, on se lève pour voir ce qui arrive.

La bouffe, il dit. On est bien nourris. Tu vas voir.

Ils sont trois. J'en reconnais un à son masque à gaz. Ses compagnons sont nouveaux. L'un porte un type de masque différent, l'autre un foulard et des lunettes de protection.

Ils ont de vieux paniers en plastique suspendus au bout de perches. Ils s'approchent juste assez pour jucher les paniers contre les barreaux des fenêtres, puis ils s'éloignent aussitôt comme si toucher le bâtiment où on se trouve à l'aide d'un long bâton présentait un risque potentiel.

Comment va ? l'homme que je reconnais crie.

Au poil, Brand lance d'une voix enjouée, détachée, comme s'il n'avait pas l'ombre d'un problème.

J'espère que ça va durer, l'autre brame, genre amical.

On sera bientôt fixés, son voisin fait, l'air d'apprécier beaucoup moins Brand. C'est demain soir, l'inspection.

Au passage, vous auriez la gentillesse de me rapporter mon violon ? Brand dit. Il est au pied de ma couchette. Un étui noir, impossible de se tromper.

On fera ça, le plus amical dit. Hâte de t'entendre jouer.

Au moins, on peut partager la musique sans craindre la maladie, Brand dit.

En effet, l'autre dit.

Oh, un dernier truc, Brand dit. Qui est-ce qui tripote mes voiles ?

Oh, ça, c'est Tertia, l'homme répond. Elle veut juste voir comment ça marche. Je peux lui dire d'arrêter, si tu préfères.

Ce serait chouette, Brand dit. Mon bateau, c'est chez moi. Je ne voudrais pas qu'on me l'abîme.

Évidemment, l'autre fait. Elle est trop curieuse, de toute façon. Mais elle s'occupe bien de tes chiens.

Remercie-la pour moi, Brand dit en me jetant un coup d'œil.

Ils repartent. Brand, qui est plus grand, passe les bras par les barreaux et rentre la bouffe et l'eau.

Je ne veux pas qu'on tripatouille mon bateau, il dit.

Tertia, je dis. Drôle de nom.

Ça vient d'une langue ancienne, il dit. C'est un numéro. Ils utilisent des numéros comme noms.

Pourquoi ? je demande.

Encore une fois, ils aiment le passé, il dit. C'est pour ça qu'ils font tout pour le ramener. Mais je trouve que baptiser quelqu'un selon ce système, c'est lui donner l'idée qu'il est une chose, pas une personne. Celui qui a parlé le plus, c'est Quintus. Ça signifie « cinq ».

Et Tertia, qu'est-ce que ça signifie ? je dis.

Il hausse les épaules.

Je l'ignore, il dit. Quatre, trois, peu importe. Les numéros des femmes et des filles se terminent par un a, ça, je le sais.

Il me dévisage.

Et l'inspection, c'est quoi ? je dis.

Oh rien ! il dit. Ils nous inspectent pour voir si on a des furoncles, si on est infectés.

Ça se passe où ? je dis.

Là-bas, il dit en désignant la grille au bout du couloir. On reste là, on tourne sur nous-mêmes, on montre les aisselles et l'entrejambe. Rien de méchant. Ils font ça tous les soirs.

Donc, il faut se déshabiller, je dis.

Oui, il dit, mais ils ne te touchent pas. Ils restent à l'écart et ils regardent, pour être sûrs. Bon, courage. Mangeons. La bouffe est bonne et un estomac plein chasse les idées noires. Ils ne vont pas t'empoisonner.

33

La vérité te libérera
(et autres mensonges)

Certains poisons pénètrent par la bouche. D'autres, par l'oreille.

Brand a toujours bien parlé, sachant adoucir son discours d'un sourire ou d'une plaisanterie pour dissimuler le goût révélateur de ce qui vous bouffera de l'intérieur par la suite.

La nourriture est bonne, oui : du pain, des pommes de terre, une feuille verte amère, de l'agneau – de pré-salé, il dit. On sent l'âpreté du sel dans la chair, ainsi que la douceur sous-jacente. Ça a un peu le goût du mouton de chez moi, et l'espace d'un instant, j'y retourne dans ma tête : je me demande ce qu'ils mangent et de quoi ils parlent autour de la table. Et même si Maman ne participe plus aux conversations, j'ai une envie si forte de me retrouver à ses côtés près du feu et de lui tenir la main que j'arrête de manger.

Je te le finis si tu n'as plus faim, Brand dit.

Secouant la tête, j'enfourne une bouchée d'agneau. Mâcher m'évite de devoir parler pour le moment.

Donc, vous avez menti, je dis.

Ah bon ? il fait en haussant un sourcil. Peu probable.

Chez moi, vous disiez avoir grandi ici. En racontant vos voyages. Avoir grandi dans ces marais, sur une île au milieu d'un estuaire. Vous aviez perdu votre famille et vous étiez parti explorer le monde. Alors, soit vous mentiez à l'époque, soit vous mentez maintenant. Soit vous n'avez pas grandi ici, et vous mentez. Soit vous avez grandi ici, et vous faites partie des Prez.

Il me dévisage.

Je t'aime bien, Griz, il dit. J'aime que tu ne renonces jamais. J'aime aussi que tu me... déstabilises. Comme avec cette question.

Ce n'est pas une question, je dis. Juste l'exposition d'une vérité ou d'une autre.

Un chien avec son os, il dit. Je t'ai parlé de l'archipel en Suède, et des filles toutes pâles ?

Oui, je dis.

Ça, c'était chez moi, il dit. Et ces filles étaient mes sœurs.

Étaient ? je dis.

Elles le sont peut-être toujours, il dit. Mais si tu en parles aux Préservateurs, je te tue. Pigé ?

Quand il ne sourit plus, qu'il vous scrute telle une statue aux yeux bleu glace, c'est quelqu'un de très différent.

Ouais, je dis. Si ce que vous m'avez dit d'eux est vrai, je comprends pourquoi vous ne tenez pas à ce qu'ils sachent, pour vos sœurs.

Tu comprends que je ne plaisante pas ? il dit.

Je ne sais pas trop, je dis.

Les crevasses du rocher escarpé de son front se modifient.

Comment ça ? il dit.

Vous êtes vraiment un bon menteur, je dis. Vous savez vous servir de vos histoires pour obtenir ce que vous désirez. Et me balancer que vous me tuerez si jamais je révèle que vous venez de cet archipel est une bonne façon d'essayer de me persuader que c'est vrai.

Son visage devient plus grave, plus froid, plus dur, puis la grande pelle écarlate de sa barbe se fend de nouveau sur une abondance de dents blanches et le puits rose de sa bouche. Il rejette la tête en arrière et éclate d'un rire tonitruant.

Griz ! il s'étrangle en me donnant un grand coup de poing dans l'épaule – pas pour me faire mal, mais pour exprimer une étrange affection. Griz, je t'aime bien. Je t'adore. Tu es un gamin, mais tu as oublié d'être bête, c'est clair.

Je ne suis pas un gamin, je dis.

Quand ta barbe poussera, tu seras un homme, il dit. Il n'y a rien de mal à être un gamin.

Vous avez raison, je dis. Mais ma barbe ne va pas pousser de sitôt.

Pas encore, il dit en me cognant au même endroit.

Jamais, je dis. Et si vous me donnez encore un coup de poing, je vous le rends, et ce ne se sera pas dans l'épaule.

Je ne te voulais pas de mal, il dit.

Je sais, je dis, mais pour un type rusé, vous êtes plutôt idiot.

Idiot, hein ? il dit.

Autant que moi, je dis. Parce que je vous ai cru, vu que vous racontiez bien et que vous apportiez des cadeaux genre la marmelade, et on croit ce qu'on voit quand on vous dit quoi voir.

Il me jette un coup d'œil. Puis il me scrute.

Puis il se redresse, l'air décontenancé.

Je suis idiot, il dit. Merde alors. Je suis aveugle, même.

Vous avez raison, je dis.

Tu es…, il commence.

Oui, je dis.

Je suis une fille.

Il gonfle les joues et scrute le bout de ses bottes. Comme s'il avait soudain du mal à me regarder.

Bon, il dit, ça, ce n'est pas bon. Surtout ici et maintenant.

Non, je dis. Pas bon du tout.

34

Les menteurs mentent

Pourquoi me raconter ça ? Brand fait après avoir soumis ses bottes à une longue inspection détaillée. Je t'ai dit qu'ils veulent des filles par-dessus tout.

Comme reproductrices, je dis.

C'est peut-être un jeu de lumière, mais il paraît tressaillir.

S'ils nous font nous déshabiller, vous allez vite être fixé, je dis.

Mais pourquoi m'en parler maintenant ? il dit, l'air fâché pour une raison que j'ignore.

Pour pouvoir vous proposer un marché, je dis. Vous êtes marchand, pas vrai ?

Griz, il dit, ces Prez, ils…

Je sais ce que la reproduction signifie, je dis. (Je doute qu'il entende ma voix se fêler.) Vous me prenez encore pour un gamin faute de barbe. Je n'ai pas l'âge que vous croyez. Gardez ça à l'esprit.

Il hoche la tête. Je n'ai jamais vu une expression aussi partagée. D'un côté, il est fasciné au point de ne pas pouvoir détourner son regard, de l'autre, il préférerait être n'importe où ailleurs.

Donc, je veux passer un marché, je dis.

Griz, tout ce que tu as à négocier, ils vont te le prendre de toute façon, il dit.

Je vous explique, je dis. Ils vont voir que je suis une fille. Puis ils vont attendre de voir si j'ai *la pest*.

La quoi ? il dit.

La peste, je répète sans accent, avant d'enchaîner aussitôt pour éviter des questions qui m'obligeraient à évoquer John Dark. Une fois que je ne serai plus en quarantaine, ils vont vouloir faire de moi l'une de leurs reproductrices, n'est-ce pas ?

Oui, il fait. Tu m'en vois navré.

Il a l'air si abattu que je le croirais presque.

Là, on ne peut rien faire, je dis. Ça va arriver.

Une fois de plus, la fêlure dans ma voix lui échappe. Je me racle la gorge pour la dissimuler.

Donc, je dis, quand je serai dehors au lieu de croupir ici, vous allez m'enlever et me ramener chez moi.

Il me dévisage.

Tu me crois meilleur que je ne le suis, il dit.

Oui, je dis. Je vous crois meilleur que vous ne croyez l'être.

Je ne l'ai pas écouté sans retenir certains de ses trucs. Un peu de douceur pour faciliter les choses. Il n'y a pas de mal à le flatter.

Mais ce n'est pas sur ça que je compte, je dis. Je compte sur votre intérêt personnel et je vous fais une meilleure offre que la leur.

Laquelle ? il dit.

Vous savez ce que vous ignorez encore sur moi ? je dis en glissant ma main par l'échancrure de ma chemise. Ce que vous ignorez encore sur ma famille ?

Non, il dit.

Non, je dis. (Je lui montre la clé.) On est des Freemen.

Je lui indique la gravure.

Vous savez ce que ce symbole représente ?

Il se penche pour l'examiner.

L'infini, il dit.

À ce moment-là, je comprends que le huit n'en est pas un, qu'il faut le lire couché et non debout. Oui, c'est l'infini.

Comment vous le savez ? je dis.

Je l'ai déjà vu, il dit. Ça signifie l'infini dans toutes les directions.

Exactement, je dis. Et vous savez ce qu'il y a derrière les portes que cette clé ouvre ?

Des cerveaux électriques morts, il dit. Des ordinateurs en panne.

Non, je dis, pas partout. Sauvez-moi, et je vous amènerais là où sont stockés des médicaments et des appareils en bon état.

Il me dévisage.

Sinon, laissez-moi ici, je dis. Je passerai le marché avec eux. Je préférerais que vous m'aidiez, parce que vous avez un bateau, mais je peux rentrer par voie de terre, même si ça me prendra plus de temps. Je sais que ça ira.

De vieux appareils qui fonctionnent ? il dit. Lesquels ?

Des écrans qui bougent, qui vous montrent des images et des histoires. De petits ordinateurs qui font des calculs. Des boussoles électriques, des jumelles qui mettent l'horizon à portée de main et qui en font des films qu'on peut regarder plus tard. Des lecteurs de musique.

J'arrive à bout d'idées pour le tenter.

Tu crois qu'il me faut un marché pour me persuader de t'aider, il dit d'une voix quelque peu blessée.

Oui, je fais. Vous me l'avez dit vous-même. Vous êtes un marchand. C'est un marché honnête.

Tu refuses de croire que j'essaierais de t'aider simplement parce que ces gens sont mauvais ? il dit.

J'aimerais, je fais. Vraiment. Vous n'avez pas idée à quel point. Mais rien de ce que j'ai vécu avec vous ne parle en votre faveur. Et comme vous le disiez, je ne suis pas bête.

Il me dévisage.

Au moins, vous avez vu juste sur un point, je dis.

Il prend une profonde inspiration.

Ça ne va pas être simple, il dit. Et on va devoir mettre un plan au point avant qu'ils reviennent.

Vous avez raison, je dis.

Des lecteurs de musique ? il dit.

Je hoche la tête. Il est ferré.

35

Un choix opéré

Brand est le premier menteur que j'aie rencontré, je crois. Résultat : j'avais du mal à gérer ces gens-là. À l'époque, du moins. Maintenant, voilà ce que je sais : quand un menteur annonce dire la vérité, mieux vaut écouter ses histoires avec encore plus d'attention – il ne va pas tenter d'y cacher la vérité, mais elle en sera totalement absente. Et elle résidera dans ce qu'il passe sous silence. Tu écoutes la forme de son mensonge, tu vois la place qu'il prend, puis tu recherches la vérité dans les espaces vides.

Tu as utilisé la carte pour venir ici, il dit.

Oui, je dis.

Et elle est où, là ? il dit.

Peu importe, je dis.

Je refuse d'évoquer – pour lui ou quiconque – Jip et les chevaux. Pour l'instant. Ce sera en dernier ressort.

Ne les laisse pas la trouver, il dit. Je parle sérieusement.

D'accord, je fais. Ils ne la trouveront pas. À moins que je leur indique où elle est.

Si je leur disais où détacher Jip et s'occuper des chevaux, ils la trouveraient. Ils fouilleraient forcément mes sacs. Mais pourquoi le lui dire ? Il secoue la tête. Les menteurs savent repérer les mensonges et les demi-vérités, je parie.

Griz, il dit, s'ils trouvent cette carte, ils te tueront.

Me menacer n'est pas la meilleure entrée en matière pour notre marché, je dis.

Je ne te menace pas, il dit. Je t'avertis. J'essaie de t'aider. S'ils trouvent la carte en ta possession, ils vont croire que tu as fait quelque chose de mal. Et te punir.

J'y réfléchis. J'essaie de voir la forme de son histoire.

Autrement dit, vous avez fait quelque chose de mal, je dis. Je vous ai pris la carte. Si elle prouve que vous avez fait quelque chose de mal, il me suffira de leur dire ça.

Je leur expliquerai que tu mens, il dit. Non que j'y tienne, mais je le ferai si tu m'y obliges. Question de survie.

Ce sera votre parole contre la mienne, je dis.

Ils me connaissent, il dit. Ils me font confiance. Je leur rapporte des trucs qu'ils aiment, dont ils ont besoin. Ils t'ont trouvée à rôder dans le coin. Tu leur as caché des choses.

Que je suis une fille, par exemple, je dis.

Ça, il dit, mais surtout que tu fais partie des Freemen.

Je me demande si je n'ai pas creusé mon propre piège.

Le dernier Freeman passé par ici a tué diverses personnes auxquelles ils tenaient, il dit. Donc ils ne seront pas trop enclins à t'apprécier ou à te croire. Mais enfin…

Il paraît souffrir en marquant une pause pour me toiser.

Griz, il dit. C'est une discussion idiote. Toi et moi, on est dans le même camp. Jamais je ne te trahirai. Sauf si toi, tu me trahis. Je ne dis rien d'autre. J'essaie de t'expliquer que garder la carte hors de leur portée est une question de survie.

Parfois, Jip et Jess me regardent avec de grands yeux pour me faire comprendre qu'ils ont faim, mais qu'ils n'y peuvent rien, comme quand on est sur le bateau et qu'ils ne peuvent pas chasser. C'est l'impression que donne son regard d'un bleu chaleureux. Je m'oblige à me rappeler qu'il peut virer au glacial.

Qui est mort ? je dis.

Moi aussi, je peux avoir un regard glacial.

Je n'ajoute rien. J'attends. Et il déteste le silence. Il finit donc par se rapprocher, bras écartés, mains ouvertes, afin de démontrer qu'il ne me veut aucun mal, puis il entreprend de me raconter une nouvelle histoire, à voix basse, comme s'il y avait quelqu'un dehors qui pourrait entendre.

Bon, ils ont peur des longs voyages, il dit. Comme ceux qu'ils faisaient pour enlever des filles.

Oui, je dis. Les trois hommes qui les faisaient sont partis et ne sont jamais revenus, à cause d'une tempête.

Je n'ai jamais parlé de trois hommes, il dit. Intéressante, cette hypothèse de ta part. Non, c'étaient deux hommes et une femme. Et c'était elle le meilleur marin. Par ailleurs, quand on les croisait pour la première fois, c'était elle qui mettait les gens à l'aise. Elle parlait aux filles comme aux hommes, et tout le monde l'appréciait, pour des raisons différentes. Au passage, ces lignes sur la carte, c'est elle qui les a toutes tracées.

Je lui jette un regard, ce qui me trahit un peu.

Tu croyais que c'était moi, il dit. Pas vrai ?

Je le crois toujours, je dis.

J'ai vu le trait de crayon qui indiquait son trajet vers notre île. Je ne comprends pas pourquoi il ment à ce sujet, mais je suppose que ça s'éclaircira s'il continue de parler.

Cette carte leur appartenait, il dit. Aux trois marins. Elle illustre où ils se rendaient. Si tu étais à bord du *Falki*, je te montrerais leur destination.

C'est quoi, le *Falki* ? je dis.

Mon bateau, il dit. J'y ai d'autres cartes planquées.

Planquées ? je dis.

Je te répète qu'il ne vaudrait mieux pas les trouver, il dit. Bref, ce sont les cartes de leurs voyages.

Donc ils ne se sont pas noyés, je dis.

Il se rapproche un peu.

Non, il dit. Ils ne se sont pas noyés. Ils ont atteint leur destination sans souci. Mais ils n'en sont jamais repartis.

Puis il me raconte une autre histoire.

Il m'affirme que c'est la vérité vraie. Je n'en sais rien. Les Préservateurs sont venus chez lui sur l'archipel suédois sous prétexte de commercer, mais en fait pour enlever les filles toutes pâles qui étaient ses sœurs. Et sa famille et lui, ils ont réussi à les en empêcher, parce qu'ils n'étaient pas stupides.

Ils ont débarqué, fait étape, mangé avec nous, demandé si on aimerait rejoindre leur village – et quand on a répondu non, qu'on était bien où on était, ils sont repartis bons amis. Puis ils sont revenus à la nuit, il dit. Ils n'avaient plus rien d'amical. Ils avaient l'arme au poing. Et des menottes. Ils ont expliqué qu'ils ne voulaient qu'une fille. Une « dîme », comme ils l'appelaient. Tu sais ce que c'est, la dîme ?

Non, je dis.

Un genre de pot-de-vin, il dit. Comme quand on prenait l'impôt aux gens et qu'on les mettait en prison s'ils ne le payaient pas. Sauf qu'une dîme, c'est pour les dieux. Ces gens-là sont dangereux, parce qu'ils croient qu'ils agissent sur l'ordre de leur dieu. Ça signifie qu'ils n'ont pas besoin de se comporter comme des êtres humains.

Donc vous les avez tués, je dis.

Pas le choix, il dit. Même si on s'était cachés, ou qu'on s'était contenté de les repousser, ils seraient revenus. Ils savaient où on vivait. Et on aime l'endroit où on vit. On ne voulait pas passer notre temps à nous cacher d'eux, à nous déplacer, à redouter ce qui se passerait la prochaine fois qu'ils essaieraient ou qu'ils amèneraient des renforts. On ne savait pas qu'ils étaient si peu nombreux ici. C'est pour ça que je suis venu, la première fois : pour voir s'ils représentaient une menace. J'ai découvert alors qu'ils avaient pris peur après que les autres n'étaient pas rentrés. Ils se sont détournés de l'océan.

Et vous les avez tués, je répète. Les autres.

Oui, il dit. Mes sœurs sont des femmes fortes. Elles n'entendaient pas devenir des reproductrices au service de quelqu'un. Je ne voulais pas qu'on les enlève. Nos parents non plus. Ni nos amis.

Des amis. Des parents. Il n'a parlé que des filles très pâles en racontant l'histoire, à l'origine. Là, il semble venir d'un village. Je ne dis rien, mais je garde l'idée en tête. Il peut s'agir d'un nouveau mensonge.

On savait qu'ils repasseraient : il y avait une lueur dans le regard des deux hommes après qu'ils ont rencontré mes sœurs, il dit. Alors on a attendu et quand ils sont revenus à la faveur de la nuit, on a fait ce qu'il fallait. Ça ne m'a pas plu, mais il le fallait. Ils avaient choisi. Ils auraient pu rester à l'écart, mais non, ils sont revenus, avec leurs armes et leurs menottes.

Malgré ça, vous avez quand même cru pouvoir voler mon chien sans risque qu'on vous poursuive, je dis.

Un chien, ce n'est pas une sœur, il dit.

Non, je dis. Mais ça reste un membre de la famille.

On garde le silence, puis il finit par aller s'allonger dans sa cellule en face, pour fixer du regard le plafond.

Pour toi, je suis quelqu'un de mauvais, il dit au bout d'un moment.

Je ne réponds pas. Quel intérêt ? Je dois établir un plan. Si je leur suggère d'aller chercher Jip et les chevaux, ils découvriront la carte, ce qui n'est pas bon, car il n'y a aucun moyen de savoir comment ils réagiront. Elle prouve plus ou moins que son détenteur a pu jouer un rôle dans la mort et la disparition de leurs proches. Mais si je ne dis rien et que je n'arrive pas à m'évader à temps, les chevaux et Jip mourront attachés et entravés. Et dans ce bunker à moitié souterrain avec ses murs en béton, ses barreaux aux fenêtres et sa grille d'entrée, je doute qu'une évasion soit rapide, en admettant qu'elle soit possible.

Le choix n'est pas compliqué, bien sûr. Je sais ce que je dois faire. Le problème, c'est la manière. J'ai du mal. Je tâche de me persuader que le calme et la ruse me suffiront à éviter le pire. Car Brand a raison. Ils le croiront avant de me croire, moi. Et comme il semble que je vais devoir compter sur lui pour m'aider à fuir cet endroit à l'issue de la quarantaine, ce serait absurde de le trahir ou même de les amener à s'en méfier un peu plus. J'ai pu constater que l'un de ceux qui apportent la bouffe l'apprécie, mais que l'autre est beaucoup moins amical. Inutile d'ajouter aux doutes de ce dernier.

Je peux décrire mes sentiments à l'égard de Brand, à ce moment précis, comme suit : j'irais bien claquer la porte de sa cellule, ainsi qu'on nous l'a fermement déconseillé, pour qu'il se retrouve enfermé derrière une porte démunie de clé. Ça lui ferait les pieds et ça me libérerait de sa compagnie. J'imagine que peu d'autres individus se jetteraient sur leur lit pour scruter le plafond dans cette attitude ostentatoire et irritante. C'est presque puéril, comme si lui – le voleur – m'en voulait à moi – la victime – de lui reprocher son larcin et d'en parler franchement.

La chienne me tire de mes réflexions, ses aboiements excités reconnaissables entre tous.

C'est Jess, toujours plus proche. Mon cœur paraît doubler de volume et cogne pour jaillir de ma cage thoracique.

Je grimpe sur la corniche sous les fenêtres et je regarde entre les barreaux. Comme le bunker est à moitié enterré, l'ouverture ne se trouve que vingt centimètres au-dessus de l'herbe. J'aperçois Jess et Saga, puis une silhouette qui leur court après en passant gauchement un masque à l'approche de la prison. Si Saga est toujours en laisse, Jess court dans ma direction à grands bonds, traînant sa corde derrière elle. Elle a dû sentir mon odeur et s'échapper.

Jess ! je crie, et je passe ma main par la fenêtre, l'épaule encastrée entre deux barreaux. Jess ! Bonne fille !

Le Prez qui la poursuit parvient à poser le pied sur le bout de la corde et à stopper brutalement ma chienne qui perd l'équilibre et glapit en s'effondrant. L'autre s'empare de son lien en tâtonnant dans l'herbe, puis tombe assis, tirant Jess vers lui.

Hé ! je hurle, avant de sentir une main me tirer en arrière.

La quarantaine, Brand dit en jetant un regard par-dessus ma tête. Ils ne peuvent pas laisser le chien entrer en contact avec toi, ou ils devront trouver une solution pour empêcher ton infection éventuelle de se propager.

Le Prez prend Jess dans ses bras. Il – ou elle – porte à une main un gant qui paraît tordu, comme si le cuir dissimulait une blessure. La personne ne semble guère s'en soucier. Les yeux du masque sont posés sur moi, pas sur la chienne.

Pas de souci ! Brand crie. Elle a dû sentir mon odeur.

Évitons qu'ils découvrent que tu la connais, il dit tout bas à mon intention. Ça soulèverait des questions auxquelles on n'a pas de bonnes réponses.

Le masque à gaz nous observe toujours. Jess semble se calmer un peu, mais elle ne cesse de se tortiller dans les bras de ce Prez pour essayer de me rejoindre.

Même si j'ai détesté la manière dont elle s'est retrouvée projetée à terre par la corde, Brand n'a pas tort. Et je vois bien que le Prez la manipule avec douceur, pour l'apaiser et non pour la punir.

Ils auraient pu l'abattre si jamais ils estimaient qu'elle nous avait touchés, Brand dit, comme s'il lisait dans mes pensées.

Je me contente donc de couver Jess du regard et de m'étonner qu'au bout de tous ces kilomètres parcourus, elle soit, contre toute attente, là où je la croyais.

Le Prez se relève et me dévisage. J'ignore s'il a un regard amical ou hostile, car le masque m'interdit de le déchiffrer : les verres reflètent le ciel gris acier, sans rien révéler.

Jess gémit, jappe, tire sur sa corde. Le Prez se baisse et, d'une main sûre et douce, habituée à la façon dont un chien aime qu'on le touche, l'apaise. Puis se détourne soudain.

Voilà ce qui emporte ma décision. Quand j'y réfléchis, je sais que je l'ai prise pour quelques bonnes raisons et toutes les mauvaises. La première bonne raison, c'est le traitement appliqué à Jess après l'avoir brutalement arrêtée – ce n'est pas le comportement de quelqu'un de cruel envers les animaux, au contraire. Ma chienne a réagi comme si elle lui faisait confiance.

La seconde, c'est qu'une épaisse queue de cheval oscille entre ses omoplates quand elle me tourne le dos, et que son mouvement de balancier m'évoque Bar.

Je me dis, à tort, qu'une femme sera plus compréhensive.

La troisième, c'est qu'avec des loups dans le coin comme les Prez le croient, Jip et les chevaux n'auront aucune chance, attachés et entravés qu'ils sont, même pour une seule nuit.

Cette décision aura des conséquences désastreuses, mais je persiste à croire que c'était la bonne, vu ce que je savais à ce moment-là.

Hé ! je crie. Hé, vous !

La Prez s'immobilise, sans se retourner.

J'ai un chien, je crie. Et des chevaux. Attachés là-bas. Ils attendent que je retourne les chercher.

Griz, Brand dit dans un grondement d'avertissement.

Si je vous dis où les trouver, vous pouvez les récupérer ? je dis en me dégageant de la main sur mon bras. Ils ne sont pas loin, mais ils ne sont pas en sécurité, tout seuls.

Griz, Brand siffle, ne…

Ils sont attachés, je dis. Ils ne peuvent pas s'enfuir ni se défendre si on les attaque. Et le chien va mourir de faim ou de soif si on le laisse là.

S'ils trouvent la carte…, Brand dit.

Ils vont la trouver, je fais, détournant la tête pour cacher ma bouche, comme si le masque à gaz pouvait lire sur mes lèvres alors que je murmure. Mais je n'y peux rien. Je vous l'ai dit. Ce qui vaut pour Jess vaut pour Jip. Ce sont des membres de ma famille. Quand bien même ils ne le seraient pas, quel genre de personne il faudrait être pour laisser un animal sans défense et sans nourriture ?

Une personne qui veut rester en vie, il dit d'un air grave. Ces Prez n'ont aucun sens de l'humour. Et le dieu qu'ils adorent n'a pas l'air enclin au pardon.

La Prez se retourne et penche la tête pour m'observer.

Je vous en prie, je dis.

C'est Tertia, Brand dit.

Tertia, je m'appelle Griz, je dis. Je vois que vous aimez les chiens. Je vois que vous savez vous y prendre avec eux. S'il vous plaît, sauvez le mien, et je vous laisse les chevaux.

Elle continue de me dévisager.

Tu crois qu'elle va être gentille parce que ce n'est pas un homme, Brand dit tout bas. Grossière erreur.

Une fois de plus, on jurerait qu'il lit dans mes pensées.

Jess gémit et tire sur la corde dans ma direction.

Tertia reste statufiée. Je n'ai aucune idée de ce qu'elle va décider. Elle est tellement immobile que j'ignore même si elle réfléchit à ce que j'ai dit.

Un jour, j'ai demandé pourquoi elle ne se trouve pas avec les reproductrices, Brand dit. Ils m'ont répondu qu'elle est trop dure. Comme une falaise abrupte à laquelle la vie ne peut pas se raccrocher, si je dois les citer. Elle est dure, sans aucun doute, mais elle aime bien Saga. Et l'autre aussi, à ce qu'on pourrait croire.

Il se détourne de la fenêtre et s'assied sur la banquette, les yeux sur la cellule.

Ma chienne, que vous avez volée, je dis. Jess.

Tu vas nous faire tuer, il dit.

J'ai la charge de mon chien, je dis.

Et moi, de mon cou, il dit. Je t'avertis : je l'aime tel quel, entier, intact. Je ferai tout pour qu'il le reste.

Tous les coups sont permis, je dis.

Quoi ? il dit.

Un truc que j'ai lu. Ça signifie qu'on fait ce qu'on a à faire. Comme moi, à l'instant.

Je me retourne vers Tertia et je lui dis où j'ai laissé Jip et les chevaux, en lui décrivant le pin solitaire entouré d'arbres abattus.

Je ne sais toujours pas si elle va réagir, mais elle écoute, puis elle s'éloigne d'un coup, tirant les deux chiennes. Elle disparaît derrière la crête de la pente douce qui descend vers la localité.

Rien n'a changé, Brand dit. Ils vont attendre la fin de la quarantaine. D'ici là, ils auront vu que tu es une fille, et tu finiras reproductrice. Tu n'auras réussi qu'à nous mettre en danger.

J'ai sauvé mon chien, je dis. Et…

Je m'interromps avant « les chevaux de John Dark ». John Dark, c'est une bonne chose qui m'est arrivée, et je ne veux pas que ce voleur la connaisse. S'il venait ensuite à l'évoquer, il souillerait son souvenir.

… mes chevaux, je finis. J'ai sauvé mes chevaux.

Tu estimes vraiment que la vie d'un chien vaut celle d'un humain ? il demande.

Une vie, c'est une vie, je dis. Et ces vies-là étaient sous ma responsabilité.

Tu es folle, il dit.

Je sais ce que je suis, je dis. Et je sais ce que vous êtes.

C'est-à-dire ? il fait.

Quelqu'un qui ne sait pas ce qu'il est, je dis. Qui se ment, y compris à lui-même. Qui vole, mais se croit bon.

Il me regarde, le regard aussi pâle et froid que la glace.

Vous vous croyez héroïque parce que vous avez bien agi en sauvant vos sœurs ? je fais. À l'époque, admettons. Mais là ? Vous pillez, vous mentez, vous volez des chiens ?

J'ai envie de lui taper dessus. Je me contente de cracher par terre.

Un héros, ça n'a rien d'éternel, je dis. Si vous chiez sur votre passé, il ternit.

Je crois que je te préférais garçon, il dit.

Mais non, je dis.

Je lève la tête pour le regarder droit dans les yeux.

Vous voyez ? je dis. Vous ne savez rien de vous.

36

Traîtrise en réunion

Les mensonges arrivent à l'aube. Ils n'ont rien d'un vol de colombes, non : ils débarquent tels des oiseaux de proie qui arrachent et déchirent les chairs pour ne laisser que des os parfaitement nettoyés.

Brand et moi, on n'a plus échangé un mot une fois la nuit venue. Je sais qu'il m'a regardé attendre à la fenêtre où je m'usais les yeux à tâcher de voir si quelqu'un était allé chercher Jip et les chevaux. Quand le noir a tout englouti, sauf les étoiles et une lueur dans le village qui pouvait être une lampe ou un feu, j'étais encore là, l'oreille tendue pour capter ce que mes yeux ne voyaient plus.

Mais une pluie battante s'est mise à tomber tôt, qui a duré toute la nuit : je ne voyais ni n'entendais rien d'autre. J'ai utilisé les vieilles toilettes en acier dans la cellule du fond, tâchant de me ficher des bruits que Brand avait dû entendre, puis j'ai vidé un seau d'eau pour tout évacuer, regagné une cellule dans laquelle il ne pouvait pas me voir depuis la sienne, et dormi, étonnamment, d'un sommeil profond et sans rêves.

Ce sera ma dernière bonne nuit. Aujourd'hui, elles sont entrecoupées, inconfortables, et même si je m'assoupis vers l'aube, j'émerge plus crevée que la veille, comme si j'avais passé mes rêves à courir, encore et encore, pour me réveiller entre ces quatre murs avec, en guise de fenêtre, une fente munie de barreaux.

Peut-être que le sort savait ce qui m'attendait et qu'il m'a offert, par pitié, un dernier repos réparateur.

Un bruit de ferraille rapide et insistant me réveille. Je sors de ma cellule en titubant et je cille face aux silhouettes campées derrière la grille au bout du couloir. Brand émerge par sa porte. La silhouette la plus grande cesse de cogner le canon de son pistolet entre deux barreaux.

Debout côte à côte, épaule contre épaule, le visage caché par des masques dont je vois – à cette distance – qu'ils sont tous différents, rapiécés par du ruban adhésif ou des bouts de cuir, je trouve qu'ils ressemblent à des juges. Ils ont des voix assourdies mais compréhensibles. Ils sont quatre : trois de haute taille et Tertia, plus petite.

Le deuxième plus petit qui se tient entre les deux autres hommes est leur chef, de toute évidence. Bien qu'il porte un masque, il émane de sa personne une sorte d'énergie qui me rappelle le bourdonnement des ruches dans le stade en ruines il y a une éternité.

Il brandit la carte.

Tout en la voyant et en tâchant de me préparer à ce qui va suivre, j'éprouve un vif soulagement, car s'ils l'ont en leur possession, Jip a été sauvé.

Toi, l'homme à la carte dit en me désignant.

Je m'appelle Griz, je dis, en tâchant d'ignorer l'arme en métal noir qu'il pointe de l'autre main vers le sol.

Ne l'énerve pas, Brand fait derrière moi, tout bas, à ma seule intention. Lui, c'est Ellis. Le père.

Ellis agite la carte.

Où te l'es-tu procurée ? il demande.

Je l'ai trouvée, je réponds.

Où ? il dit. Où l'as-tu trouvée ?

Il donne l'impression de s'adresser à un enfant soit idiot, soit impoli à dessein. Sa voix lui ressemble, brève, tendue, susceptible de devenir beaucoup plus sonore et méchante à tout moment.

Sur un bateau, je dis.

Je le vois carrément frémir d'impatience.

Où ? il fait.

L'une des silhouettes derrière lui prend alors la parole. Bien qu'elle soit de plus haute taille, elle me surprend : elle s'exprime d'une voix féminine.

Qui y avait-il sur le bateau ? elle demande. Qui y avait-il sur le bateau et que leur as-tu fait ?

Il n'y avait personne sur le bateau, je dis.

De toutes mes forces, je me retiens de regarder Brand dont les yeux me forent des trous dans la joue. Son silence me fait l'effet d'un cri. J'espère qu'ils ne l'entendent pas, ne se demandent pas pourquoi ce pirate d'habitude si volubile ne dit rien.

Il était vide, je dis, ce qui est exact.

J'ai bel et bien trouvé la carte sur un bateau vide. Ça rend le mensonge plus crédible. Je n'ai aucun besoin de bâtir une histoire sur le néant. Elle dispose d'un fond de vérité.

Il n'y avait personne à bord, je dis.

Menteur, la femme crache.

Elle avance d'un pas, comme si sa rage subite la poussait à franchir les barreaux métalliques pour me secouer.

Laissez-le parler, Ellis dit. Laissez-le dire ce qu'il veut.

Son calme semble ténu, haineux.

Mais je n'ai rien à dire.

Ils m'observent.

Ce n'est pas un garçon. C'est une fille.

Une voix familière vient de rompre le silence.

Mais ce n'est pas celle de Brand.

C'est celle de la fille. De Tertia.

Elle relève son masque de sa main gantée tire-bouchonnée et me fusille du regard.

Mon univers se fend en deux.

Je n'ai jamais vu cette femme de ma vie. Et je la connais depuis ma naissance.

Si je n'ai jamais vu la femme qu'elle est devenue, la fille qu'elle était fait partie de moi, tout autant que mon propre cœur. En fait, elle est la fêlure la plus profonde de ce cœur, la plaie adorée avec laquelle nous avons tous vécu.

Je m'attendais à ce que Brand me trahisse.

Je ne m'attendais pas à ce que ce soit ma sœur morte qui s'en charge.

La haine dans ses yeux élargit la fêlure et me déchire. Je tombe à genoux si soudainement, si violemment que Brand doit me rattraper pour m'épargner de m'affaler de tout mon long.

Tertia ! Ellis fait d'un ton sec. Remets ton masque, *tout de suite*.

Joy continue de me fusiller du regard, l'hostilité et la rage de son regard nous reliant dans un moment interminable et indissoluble. Je n'arrive pas à respirer. Elle non plus, je crois.

Mais comment… ? j'arrive à murmurer.

Ils m'ont vendue, elle dit.

Je ne comprends pas de quoi elle parle. De qui elle parle. Je me relève tant bien que mal et je m'approche jusqu'à me tenir contre la grille.

Ils m'ont vendue pour se faciliter la vie, elle dit. Pour vous la faciliter à tous.

Qui ça ?

Alors elle me frappe. Comme si j'avais posé une question trop énorme pour qu'on y réponde. Son poing ganté est un nœud d'os et de peau qui passe entre les barreaux, me fend la lèvre et laisse un goût de sang dans ma bouche. Ce goût m'étonne davantage que l'impact qui me repousse. Un coup, c'est un coup. Le sang, c'est intime.

Pourquoi tu n'es pas venue plus tôt ? elle dit, ses yeux durs brillant de larmes comme de l'acier humide. Tu étais ma sœur. Tu faisais partie de moi. Mais vous m'avez tous abandonnée pour qu'on m'amène dans ce plat pays...

Tertia ! Ellis hurle. Ton masque ! Ou je jure devant Dieu que je te...

L'homme qui se tient entre lui et Joy empoigne le masque et le lui remet de force. On ne saura jamais ce qu'Ellis allait faire au nom de son dieu. À la place, il claque des doigts et bafouille, comme s'il s'étranglait de rage.

Retire ce gant et brûle-le ! il éructe. Sans lui, je te foutrais en quarantaine aussi, petite conne ! Et maintenant, tire-toi d'ici avant que je te bousille l'autre main !

Autant que la menace cruelle, ce doit être la perspective de se retrouver encore plus près de moi qui la pousse à ôter son gant et à repartir par l'escalier d'un pas hésitant.

Ensuite, ça devient pire.

Si je ne me rappelle pas les événements dans le bon ordre, car le choc me rendait somnambule, j'ai ce kaléidoscope dans la tête. Ils m'ordonnent de me dévêtir. Pour vérifier mon sexe. Ce n'est pas le déshabillage ni la démonstration de pouvoir qui me perturbe – j'ai déjà nagé toute nue devant ma famille et les Lewisiens sans y attacher d'importance. Ce n'est que de la chair. Le plus épouvantable, c'est que les hommes se tournent tandis que les femmes m'inspectent. Comme si mon corps était une saleté qu'on ne devait pas les obliger à regarder. Comme il est derrière moi, j'ignore si Brand me jette un regard à la dérobée, mais vu que c'est un voleur, je n'en attends pas moins de lui.

Puis je dois m'asseoir sur une chaise face à eux derrière la grille, parler de la carte et décrire comment je l'ai trouvée. La lèvre fendue et enflée, les mots venant par saccades, je répète mon histoire, encore et encore, et plus ils me posent de questions, plus elle gagne en réalité à mes yeux, peut-être parce que je bâtis mon mensonge sur la vérité de mon larcin sur le bateau de Brand, le *Falki*. Je n'ajoute que deux détails – j'aurais trouvé le bateau échoué près d'une jetée pareille à celle de Blackpool où j'ai mouillé le *Doux-espoir* et il aurait eu un souci en mer, vu ses voiles déployées mais déchirées et ses ancres relevées.

Quand ils demandent ce que les trois personnes qui selon eux formaient son équipage sont devenues, je leur dis que je n'en sais rien, mais que si elles ont réussi à gagner le rivage, les loups les ont peut-être tuées, vu que la région en regorge. Pourquoi mentir ainsi ? À ce moment-là, je caresse toujours l'illusion de parvenir à m'évader d'une façon ou d'une autre et qu'il vaudrait mieux, dans ce cas, qu'ils craignent la terre ferme derrière eux autant que l'océan devant. J'ignore alors que je vais rester là, à rédiger ce témoignage. Sans espoir de recouvrer ma liberté ni de rentrer chez moi.

Tout à coup, ils décident de me flanquer là où je me trouve désormais. Dans la cellule du fond. Et ils poussent la porte – qui se verrouille.

Je ne savais pas qu'ils allaient la fermer. Je pousse un cri quand je comprends que c'est ce qu'ils s'apprêtent à faire et j'entends Brand qui essaie aussi de les en dissuader.

Le déclic de la serrure retentit, nous assourdissant. Peut-être qu'il paraît bruyant à cause de son caractère définitif.

Je me rappelle une rumeur de voix étouffée par la lourde porte d'acier massif. L'idée, c'est qu'ils doivent nous laisser en quarantaine, mais pas ensemble, au cas où on baiserait.

Ils n'utilisent pas le mot. Ils disent « se reproduiraient ». Le ton de leur voix assombrit davantage cette journée qu'un gros mot ordinaire l'aurait fait.

Quand Brand proteste à propos de l'absence de clé, ils lui assurent qu'ils trouveront le moyen de m'extraire à l'issue de la quarantaine, même s'il leur faut percer le mur.

Ne vous en faites pas, Ellis dit. On n'en a pas tant qu'on la laisserait pourrir là. Elle recevra nourriture et eau comme vous. Nous ne sommes pas des sauvages. Elle finira par s'en rendre compte. Nous allons bien nous occuper d'elle.

Son « pas tant » fait allusion au nombre de leurs reproductrices.

Je me souviens mal du reste de la journée. La révélation que Joy est en vie et la haine qu'elle me témoigne me laissent dans une sorte d'hébétude.

Ça m'anéantit. J'ai l'impression d'être cet arbre foudroyé sur la crête, la source de la lueur que j'avais vue du haut de la tour – fendu en deux, son duramen calciné, mort sur pied. Je garde en bouche la saveur du sang. Son goût salé et ce qu'il symbolise me rendent malade. Au sens littéral. Je gis sur ma couche, l'esprit en déroute face à l'horreur, sans entendre ce que Brand répète par la fente de la porte, puis je sens les spasmes me secouer comme si mon corps se rebellait à la suite des révélations de ma sœur. J'atteins la cuvette juste à temps pour vomir tripes et boyaux dans ce qui paraît une litanie de convulsions. Quand elles se calment enfin, je tremble de faiblesse. Je retourne m'allonger, sans parvenir à trouver le repos. J'ai la nette impression que je ne dormirai plus jamais. L'horreur absolue du sort dévolu à Joy me vide la tête. Je ne crois pas penser à Jip, à Jess ni à quoi que ce soit d'autre qu'au cauchemar dans lequel je viens de plonger.

À un moment quelconque de cette journée perdue dans le flou, on m'apporte nourriture et eau – de l'eau pour boire et de l'eau pour évacuer le contenu de la cuvette des WC. Par ma fenêtre, ils passent un vieux tuyau rouillé dans lequel ils font passer l'eau que je verse dans une gourde et dans les seaux vides qui se trouvent là. Quand on me demande si je veux autre chose, j'ai la lucidité de réclamer mon sac à dos qu'ils m'apportent aussi après l'avoir délesté de tout ce qui évoquerait un outil ou un couteau en plus des médicaments, mais, au moins, c'est comme ça que je récupère ce carnet où j'écris.

Bienvenue dans le présent.

37

Le présent

Je suppose que tout devient routine à force de répétition – même la tristesse, l'horreur et la solitude. Jip et Jess me manquent, même si je les aperçois parfois au loin entre les arbres alors qu'on les promène en laisse. Je crois qu'ils me manquent encore plus que mon chez-moi, ce qui est bizarre. Peut-être parce qu'ils sont assez proches pour que je les voie et presque assez pour que je les touche.

Je suis en quarantaine depuis vingt-trois jours dans ce cube de béton où je ne fais qu'écrire. J'ai l'impression qu'on ne me laissera jamais sortir.

Il ne me reste que le quart d'un crayon. Je vais devoir en demander un neuf.

Ils nous donnent des repas corrects, ils ne lésinent pas sur l'eau et ils me demandent souvent ce que je veux. Je réponds que je veux sortir et ça leur paraît si banal qu'ils prennent ça pour une blague et qu'ils en rient comme si on partageait un moment agréable. Ils m'ont expliqué que mon incarcération dans ce cube de béton, c'est pour mon bien. Ma protection (de Brand) et la leur (des germes imaginaires que je pourrais transporter et leur transmettre). Ils le croient sans doute. Selon eux, quand j'aurai la permission de sortir d'ici, ils me revaudront ça : je les apprécierai, leur foyer et eux, et j'aurai envie de rester. J'essaie de sourire, je dis peut-être, mais je souris mal quand je voudrais hurler à la place. Je souris pour les aider à me faire confiance.

Ils n'ont aucune idée de ce que je fais la nuit.

Ils viennent s'asseoir à n'importe quelle heure du jour sur le vieux tabouret sous ma fenêtre et m'inondent de questions. Sur ma famille, sur la façon dont je les ai rejoints sans me faire dévorer par les loups, sur mon envie d'épouser la foi de leur dieu qui aide à comprendre pourquoi le monde abonde en épreuves visant à démontrer l'amour qu'il nous porte, et ainsi de suite. Comme ils croient aussi aux germes, ils gardent leurs masques.

Je leur raconte que ma famille est morte, car je ne veux pas qu'ils sachent où elle vit, et que j'étais en sûreté au beau milieu de la terre ferme parce que Jip excelle à tenir les loups à l'écart. Je veux ce qu'ils le nourrissent et qu'ils les traitent, Jess et lui, comme des atouts. Je leur dis aussi que j'aimerais savoir pourquoi – puisque la reproduction leur paraît si importante – leur divinité est un père, pas une mère. J'ajoute que j'apprécie toutefois les cloches de leur église.

Ce qui est vrai. J'aime bien les entendre à la fin de la journée, quand ils vont tous prier ensemble, car ça signifie qu'il reste un jour de moins avant qu'ils viennent percer le mur et me sortir de là, après quoi je n'aurai qu'à serrer les dents et à compter sur Brand pour tenir sa parole et m'aider à m'enfuir avant que le quotidien devienne trop sombre ou répétitif. Mais, comme on ne se parle plus alors que j'écris ces lignes, peut-être qu'en réalité je déteste les cloches parce qu'elles peuvent au contraire rythmer le compte à rebours de sa nouvelle trahison.

Pour Ellis, apprécier les cloches, c'est un début. Il y a des chances que j'en vienne à aimer son dieu parce que son dieu aime tout le monde. Je ne discute pas. Dans ma famille, on aime tous les homards qu'on pêche dans les profondeurs des flots limpides. Je doute que les homards nous aiment, eux. Et qu'ils y soient obligés.

Il me demande si j'ai déjà « été avec un homme », d'une manière aussi arrogante que furtive.

Je ne réponds pas.

Il ose s'approcher, comme s'il redoutait que les autres l'entendent.

D'après lui, ça me plaira. Sa voix douce me donne la chair de poule. Il promet qu'il me rendra heureuse. Que ça n'a rien de douloureux, mais que ça ouvre sur un univers de sensations merveilleuses auxquelles il se fera un devoir de m'initier. Il me dit de ne pas craindre de le décevoir : il me montrera comment lui donner du plaisir aussi.

Il a trébuché en repartant, je crois, parce que les verres de son masque étaient un peu embués. Je le vois l'ôter une fois qu'il s'est éloigné et les essuyer.

Alors qu'on se parle encore, Brand et moi, je l'interroge sur la main de Joy. Je veux savoir pourquoi elle est tordue. Pourquoi elle porte un gant.

Ce qu'il m'explique me fait aussi mal que le poing qui est passé entre les barreaux.

Je ne sais que ce qu'ils m'en ont dit, il fait. J'ignore dans quelle mesure c'est exact.

Parlez, je dis.

Il me regarde par le judas.

Ellis lui a donné un enfant, il dit.

Il lui a donné celui de quelqu'un d'autre, ou il l'a mise enceinte ? je demande.

Il l'a mise enceinte, il dit.

Il y a un mot pour ça, je dis.

Je sais, il dit.

Mais je n'ai pas de mots. Que de la tristesse. Et, soudain, le besoin de trouver Joy, de l'étreindre et de lui confier que je comprends pourquoi elle est si dure, si fâchée. Je suis encore stupide. Trop tendre. Je ne comprends rien à rien.

Elle a porté le bébé à terme, mais il était mort-né, il dit. Autrefois, les médecins l'auraient peut-être sauvé.

Joy. Qui continue de me briser le cœur. Je me laisse aller sur le lit et je scrute le sol.

Elle était trop jeune, Brand dit. C'est ce qu'a estimé la femme.

Quelle femme ? je dis.

La grande qui était à côté d'Ellis, Brand dit. Mary. Elle s'appelle comme la mère de leur dieu. D'après elle, Tertia était trop jeune, donc le bébé est mort, et du coup, elle est inutile parce que son ventre n'enfantera plus.

Sa main, je dis.

Ellis a voulu réessayer, à ce qu'elle m'a raconté, Brand dit. Des années plus tard. Il a peut-être prétendu que c'était pour la reproduction, mais je crois plutôt que c'était pour le plaisir. Il a des petits yeux envieux. Il a tenté de la forcer à l'aide d'un tisonnier chauffé à blanc. D'où cette main brûlée et mutilée qui ressemble à une griffe.

Il lui a brûlé la main, je souffle.

Non, Brand fait. Tertia lui a dit non, et qu'il ne lui faisait pas peur, et Ellis a dit qu'on allait bien voir, puis il lui a mis le tisonnier devant la figure en lui demandant si elle était toujours aussi courageuse, et…

Sa voix s'éteint.

Et ? je dis. Et quoi ?

Elle l'était, Brand dit. Elle a attrapé le fer rouge et elle l'a repoussé. Elle a la main calcinée, déformée, il a failli perdre l'œil, et en garde une marque sur la joue, sous ce masque.

Tant mieux pour elle, je dis.

Oui, il dit. Tant mieux. Elle a du répondant. Pas étonnant que ce soit ta sœur. Elle te ressemble, en plus.

C'est pour ça que j'ai commencé à me couper les cheveux très courts sur les tempes et la nuque, comme un garçon : Maman, même dans ses pires moments, était bouleversée de me voir. Elle me prenait pour Joy enfin revenue. Je croyais que Papa m'en voudrait de sacrifier mes couettes, mais non, il a dit que ça rendait bien et il a même retaillé le tout. En fait, maintenant que j'y repense, il devait aussi vouloir que j'aie l'air d'un garçon au cas où les autres reviendraient chercher des filles. Et puis, j'aime bien mes cheveux comme ça. Quand je suis dehors à faire un truc en plein vent, ils ne me gênent plus.

Voilà pourquoi il a choisi de me présenter comme un garçon à Brand. Pour me protéger. Il s'agissait aussi d'un avertissement. Ne fais pas confiance à cet inconnu. Ni à aucun autre. C'est pour ça que j'ai menti aussi à John Dark. Papa a toujours eu tendance à me couver, mais pour lui, Bar est assez grande pour prendre soin d'elle. Il ne s'est pas habitué au fait que j'ai grandi et que je me défends aussi bien qu'elle, maintenant.

C'était plus sûr d'être un garçon qu'une fille, même de ton temps ?

Je repense à ce que Joy a dit d'autre.

Vous croyez qu'ils l'ont vendue ? je dis. Mes parents ?

Ses yeux disparaissent du judas et je l'entends glisser le long de la porte pour s'adosser au battant.

Et toi ? il dit.

Jamais de la vie, je dis. Jamais de la vie.

À titre de dîme, il suggère. Tu crois qu'ils auraient pu faire ça ?

À cause de ce qu'elle a raconté ? je dis. Pour qu'ils fichent la paix au reste d'entre nous ?

Oui, il dit. Ton père l'aurait fait.

Je n'ai même pas besoin de réfléchir.

Non, je dis.

Parce que tu es sûre qu'il est gentil ? il dit.

Non, je dis. Parce qu'il n'est pas tendre.

Non, il dit au bout d'un moment. Non, il n'en a pas l'air.

Il ne l'est pas, je dis. Moi non plus.

Ni moi, Brand dit.

On n'est pas pareils, je dis. Vous n'êtes pas comme nous.

Peut-être, il dit. Mais on est tous du Nord. C'est plus dur, là-haut. Et la tendresse n'amène à rien.

Il est comme ça, Brand. Toujours à dire le truc superflu. Je pense qu'il aime trop le son de sa voix. Alors, il en rajoute et il se vante – et on lui fait moins confiance que s'il avait su la fermer.

« On est tous du Nord », c'est une phrase qui a l'air pleine de sens, mais qu'on tapote dessus et elle se révèle creuse au possible.

Je suis navré qu'elle te déteste, il dit.

Il est comme ça aussi, il peut prononcer les mots qui se glissent sous ta garde et te percent le cœur.

Moi aussi, je dis. Et je ne sais qu'y faire.

J'y ai réfléchi, il dit.

Ce n'est pas votre sœur, je dis. Vous n'êtes pas obligé.

Non, il dit. Mais je ne peux pas me retenir d'imaginer qu'elle aurait pu être l'une de mes sœurs. Et à l'effet que ça doit faire.

Il sait si bien t'émouvoir qu'il faut le haïr pour pouvoir s'en protéger.

Ils lui ont empoisonné l'esprit, il dit. Pour tâcher de la pousser à accepter son sort. Pour l'empêcher d'essayer de fuir. Si vous l'aviez effectivement vendue, où est-ce qu'elle aurait pu retourner ?

Elle était si jeune, je dis.

Ce monde est si foutrement vieux que plus personne n'est jeune, il dit. On vit tous à crédit.

Ça n'a aucun sens, je fais après y avoir réfléchi.

J'essaie juste de dire qu'on est tous au bord du gouffre, il dit. L'extinction, ça te parle ?

Plus ou moins, je dis. Oui.

Bah, c'est nous, les humains, il dit. Menacés d'extinction.

À ce moment-là, on parlait encore. Ce n'est plus le cas. À cause du Leatherman et de ce que je trafique la nuit : me faufiler sous mon lit et creuser le mur. J'ai voulu marquer le passage des jours à l'aide du tournevis plat, en grattant la peinture, et j'ai constaté que le plâtre dessous venait avec. Le matériau poudreux se limite à une fine couche sur ces blocs bosselés dont vous vous serviez pour bâtir – plus gros que des briques, et creux. Du coup, je suis passée sous le lit, j'ai gratté de plus belle, et en un rien de temps j'ai exposé un bloc entier. Si je le descellais, j'atteindrais la cellule voisine, donc je pouvais peut-être faire pareil au niveau du petit mur sous les barreaux par lesquels Joy m'avait frappée.

Brand m'a dit que j'étais folle.

Puis il m'a dit qu'ils allaient m'entendre.

Puis il m'a dit que j'allais nous mettre tous les deux dans la merde. Il a ajouté qu'il me dénoncerait si je continuais, vu que, même s'ils ne m'entendaient pas au début, ils finiraient par découvrir ma tentative d'évasion et ils sauraient que lui s'était tu.

Je lui ai dit qu'il devait faire ce qu'il avait à faire et que je devais faire ce que j'avais à faire.

Il ne leur a rien dit.

Mais il a arrêté de me parler.

Je t'ai dit que c'est un livre qui m'a sauvée. Tout le temps où je suis restée allongée sur le flanc à gratter le ciment dans les joints des blocs, je pensais au *Comte de Monte-Cristo*, une aventure jouant sur les erreurs d'identité, dans laquelle un homme s'entête à essayer de s'évader du château d'If – d'où on ne s'évade pas.

Ma tâche semblait tout aussi impossible. Si je franchissais un mur, quelle garantie avais-je de franchir le suivant ? Tu ne peux pas laisser les « si » et les « mais » t'arrêter. J'ai donc continué de manger, de boire, de dormir, d'écrire dans ce carnet – et de gratter les joints des blocs chaque fois que les Prez se trouvaient trop loin pour m'entendre. Je devenais un personnage hébété de ma propre aventure. Si j'en ignorais le dénouement, je savais que je ne devais pas m'arrêter, où que ça m'entraîne.

Et j'ai eu beau me fatiguer les yeux à la chercher, jamais je n'ai revu Joy. Même si, certaines nuits, je me réveillais et j'allais à la fenêtre, convaincue que ma sœur était venue me regarder dormir.

L'impression était plus forte qu'un simple rêve, presque tangible, telle une odeur mentale, mais chaque fois que je me ruais à la fenêtre, la nuit était déserte : seuls mes espoirs inassouvis passaient dans l'obscurité.

L'espoir a fini par rejoindre une bonne moitié des choses qui m'avaient poursuivie tout le long de mon voyage à travers la terre ferme : au lieu d'être bien là, il rôdait alentour, comme pour me distraire de la sombre réalité de ma situation.

Il y a une autre raison pour laquelle on a cessé de se parler, Brand et moi. Je m'abstiens de la mentionner ici par écrit, car j'ai poussé mon récit jusqu'au moment présent. De ce fait, chaque journée ressemble tellement à la précédente que je commence à rationner les événements.

Quand j'aurai tout couché sur le papier, je ne t'aurai plus, toi, comme interlocuteur, et je me retrouverai vraiment toute seule.

Mots écrits au dos de la photographie placée dans le carnet après les mots de la page précédente

Carnet où je rédigeais mon histoire volé cette nuit. Mets ces mots au dos de cette photo. Pas beaucoup de place. Écrit jusqu'à ce que la nuit tombe sur la banquette sous la fenêtre pour me débarrasser du truc le plus triste, qu'il ne gâche pas cette journée. Laissé livre sur banquette. Essayé de dormir. Livre disparu. Cœur brisé encore. N'ai même plus mon histoire. Pas extra, mais c'est la mienne.

Venue ici chercher ma chienne. Trouvé ma sœur morte. Elle me déteste. Je suis perdue.

Si vous trouvez livre, svp mettez ces mots avec. Qui que vous soyez. Mon ami imaginaire. Tous mes amis sont imaginaires. Même celui de cette photo, le gars et son chien à la fin du monde. J'aurais aimé lui parler, le croiser ailleurs qu'entre les lignes du récit que j'ai écrit pour lui et que j'ai perdu. Mais il n'y a pas de fin heureuse.

Je m'appelais Griz. Adieu. x

38

Ensuite

Je suis la personne qui a mis la photographie au dos de laquelle figurent ces dernières lignes entre les feuillets que vous tenez. D'abord, j'ai relu tout ce qui précède – ce livre –, les mots durs à déchiffrer, les interlignes serrés pour optimiser au mieux l'espace réduit, les lignes si minuscules qu'il m'a fallu deviner ce qu'elles disaient. À la fin, j'ai estimé que je devais glisser la photo entre les pages et expliquer comment mon histoire et cette image se voient réunies si loin du lieu où on m'a volé mon carnet. Il ne reste qu'un petit nombre de feuilles blanches, mais elles devraient suffire.

Je m'appelle Isabel. Ma mère me répétait que c'était un joli nom. Elle me disait que c'était celui de sa mère. Et oui, Isabel est devenue Grizabel dans la bouche de mon père alors que je ne marchais pas encore, puis il s'est retrouvé abrégé en Griz. Voilà, vous connaissez mon vrai prénom, plus classe, mais qui ne me va pas du tout.

Ce que j'ignorais, même si je m'en doutais un peu, c'est que c'était Joy qui m'avait volé mon livre.

Je disais que les histoires m'ont sauvée – celle-ci aussi. Parce que ma sœur l'a lue. Et comme un sort ou une prière – les bons mots dans le bon ordre –, ça a tout changé. Ou bien, peut-être que c'était une malédiction. Peut-être qu'une malédiction, c'est parfois une prière de désespoir vue du mauvais angle.

Il y avait – après tout – une mort à venir.

Mais d'abord, il y a eu du bruit sous ma fenêtre. Pendant les deux jours ayant suivi la disparition du carnet, j'avais mis toute mon énergie et ma détresse à gratter le mortier autour du bloc dans le mur sous mon lit.

J'avais gratté, griffé, creusé, cogné et juré jusqu'à avoir mal aux mains et l'impression que mon dos ne se déplierait jamais. Soudain, alors que j'étais recroquevillée sur le flanc dans ce petit réduit, j'ai capté un bruit. Je me suis figée.

Je n'ai rien entendu d'autre – mais ce rien évoquait trop une autre personne immobile. En train d'écouter. En train de m'écouter, moi. J'ai donc roulé de sous le lit jusqu'au centre de la cellule où je suis restée allongée sur le dos en levant les yeux dans le noir vers le clair de lune qui filtrait par la fenêtre barrée.

Tu es malade ? une voix a demandé.

La voix de Joy, mais très différente de la dernière fois, quand elle m'invectivait.

J'ai cessé de respirer, involontairement, comme si mon corps avait oublié qu'il le fallait. J'essayais de définir ce qui avait changé dans son ton.

Oui, j'ai fait. Malade d'être en prison. Sinon, je suis en bonne santé.

Bien, elle a dit. Vu que je n'ai pas mis leur foutu masque.

Un bras s'est levé, une main – mutilée – a accroché l'un des barreaux, puis son visage est apparu à la fenêtre, réduisant de moitié la clarté lunaire. Là voilà qui baissait les yeux sur moi.

À cet instant, c'était un miracle. Elle me ressemblait, je le constatais. Elle ressemblait à Maman. Et elle avait la même coiffure que Bar. J'ignore si c'était parce que ma famille me manquait, ou alors les gens en général, mais je l'ai dévisagée un long moment, en m'abreuvant de son caractère aussi étrange que familier.

Joy, j'ai dit en me dressant sur mon séant.

Maman n'est pas morte, elle a dit.

Non, j'ai dit avec retenue. Non, elle n'est pas morte. Elle ne parle plus. Mais elle sourit encore, sa main reste sa main, et elle aime bien qu'on s'asseye avec elle et qu'on la lui tienne.

Je me relevais peu à peu – avec précaution, exprès, pour ne pas la faire fuir.

Elle détestera la mienne, elle a dit d'une voix étranglée. Ce n'est plus qu'une griffe toute moche.

J'ai tendu le bras pour poser la mienne sur la sienne. Elle a tressailli, tenté de se dégager. Je l'ai retenue, empoignée. J'ai senti ses cicatrices, mais aussi la chaleur d'une main.

Brand m'a tout raconté, j'ai dit. Je suis vraiment navrée. Et ravie que…

Je sais, elle a dit. J'ai lu ton histoire.

Il n'y avait plus rien à dire, parce qu'il y avait trop à dire, alors on est restées à se dévisager. Elle a fini par se détendre et cesser de vouloir dégager sa main. Elle s'est détournée et a levé la tête vers la lune. Quand elle a pris la parole, c'était d'une voix âpre mais posée. Seul le clair de lune trahissait l'humidité sur ses joues.

Elle a d'abord pris une grande inspiration.

Ils m'ont raconté qu'elle était morte, elle a dit. C'est ce qu'ils m'ont raconté et je l'ai vue allongée par terre. Puis je me suis évanouie ou ils m'ont fait un truc. Je suis revenue à moi une nuit, ou peut-être deux ou trois nuits d'affilée, puis pendant la journée, et là, je n'ai pas reconnu la terre qu'on longeait. Ils m'ont expliqué que j'avais été troquée par Papa, et que Maman s'était ravisée et m'avait poursuivie, et qu'elle était tombée, qu'ils ne lui avaient pas fait de mal, contrairement à ce que je pensais.

Et tu les as crus, j'ai dit.

Au début, non, elle a dit. Mais quand je n'ai pas vu Papa, Ferg et Bar venir à ma recherche, j'ai fini par penser qu'ils disaient la vérité.

Je regrette que tu aies perdu ton bébé, j'ai dit.

Oui, elle a dit. Moi aussi, même si je ne voulais pas de lui au début. Quand il est né comme ça, un pauvre bout de chou tout bleu, j'ai trouvé qu'il ressemblait à une poupée que moi seule j'aurais pu aimer. Ça m'a rendue triste à mourir.

C'était un garçon, j'ai fait.

Ellis m'a dit que ce n'était pas une aussi grande perte qu'une fille, elle a fait. Ils veulent des reproductrices, pas d'autres garçons. C'est pour ça qu'il se frotte les mains de ta venue.

Ellis, j'ai dit, il est…

Oui, elle a dit. Tout le mal que tu penses de lui ? C'est encore pire. Et à la manière dont il me regarde, on jurerait qu'il sait.

Qu'il sait quoi ? j'ai demandé.

Que je vais le tuer, elle a répondu. J'ai toujours voulu le faire. Et maintenant, j'y suis obligée.

J'avais passé ma vie – depuis ce jour horrible – à la voir comme une petite fille. Cette différence dans sa voix ? On aurait cru entendre Bar. Bar, si elle avait éprouvé le besoin de se montrer dangereuse et protectrice. C'était ma grande sœur qui parlait.

Mais non, j'ai dit. Tu peux me faire sortir d'ici ?

Non, elle a dit. Enfin, je peux ouvrir la grille au bout du couloir, mais ta porte n'a pas de clé. Ellis va prendre une masse et abattre un bout du mur le moment venu.

C'est presque déjà fait, j'ai dit, bredouillant d'excitation. Joy, j'ai quasiment fini. J'ai dégagé un gros bloc sous le lit. Il suffira de deux ou trois coups de marteau pour l'extraire et je pourrai sortir en rampant.

Ils entendront les coups, elle a dit. Le son porte loin. Mais je sais ce que tu peux faire.

À en juger par sa voix, mon excitation était contagieuse.

Quoi que je puisse faire, « on » va le faire, j'ai dit. Ou je ne bouge pas.

Comment ça ? elle a dit.

Je ne fais rien, j'ai dit. Pas toute seule. Ni maintenant ni peut-être jamais. Mais certainement pas maintenant. On le fait. Nous.

Quoi ? elle a demandé.

Tu connais la réponse, j'ai dit. On rentre à la maison.

Elle avait une meilleure idée qu'une masse : un cric. Comme celui qu'on met sous une voiture pour la soulever avec une manivelle. Elle s'est absentée quelques minutes, puis m'en a rapporté un qu'elle m'a passé à travers les barreaux, plus un tuyau similaire à celui à l'aide duquel ils m'amenaient de l'eau.

Je t'explique ce que tu dois faire, elle a dit.

Inutile, j'ai dit. J'ai pigé. Bon plan. Excellent, même.

Elle a souri.

Difficile à croire, elle a dit, mais tu as vraiment presque mon âge, pas vrai ?

Oui, j'ai dit.

Bon, elle a dit, Ellis m'interdit d'approcher de cet endroit, mais si le cric fonctionne, appelle les chiens quand je passerai à côté demain matin. Je les sifflerai, que tu saches quand jeter un œil. Si ça n'a pas marché, ne les appelle pas. On trouvera un autre moyen.

Qu'est-ce qu'on fait si on arrive à me sortir d'ici ? j'ai dit.

Longtemps, j'ai songé à les enfermer dans leur église et à y mettre le feu, elle a dit, mais ça paraît un peu excessif. Ils ne sont même pas mauvais. Pas sans Ellis. Des suiveurs, en revanche. Ils apprécient la religion. Ils ont l'impression d'être des élus, et elle atténue la solitude qu'ils éprouvent d'avoir été abandonnés par le monde, comme nous. Je crois qu'Ellis sait que son dieu, c'est du vent. Au moins à ses yeux. Mais c'était une manière de présenter une histoire sur laquelle ils pouvaient tous s'accorder et qui lui donnait le rôle principal. Qui peignait les reproductrices comme une bonne solution. Une œuvre divine. Ce qui justifiait que ça puisse paraître un peu inhumain.

On ne va pas les brûler vifs dans leur église, j'ai dit.

Non, elle a dit, et son regard s'est perdu dans le lointain comme si elle ne voulait pas que je voie ce qu'elle pensait. Non. Pas question. Mais il faut les empêcher de nous suivre.

On peut prendre le bateau de Brand, j'ai murmuré.

Elle a secoué la tête, avant de se rapprocher encore et de m'expliquer pourquoi.

Je ne pense pas qu'il écoutait, mais prudence était mère de sûreté.

Il m'a entendue quand j'ai coincé une extrémité du tuyau contre le cric à un bout de la pièce et l'autre contre le bloc. Quand j'ai actionné la manivelle, le crissement du béton sur le béton l'a réveillé. Il est venu voir ce qui se passait.

Ça a bien fonctionné. À mesure que le cric s'ouvrait, le bloc reculait, et même s'il s'est bloqué plusieurs fois, il m'a suffi de replacer le tuyau. Rapidement, j'ai disposé de ma trappe ouvrant sur la liberté.

Brand était assis sur le lit dans la cellule voisine quand j'y suis entrée en rampant.

Tu vas nous faire tous tuer, il s'est borné à dire.

Je lui ai demandé s'il avait un meilleur plan.

Oui, il a dit. Celui dont on était convenus. Où je te sauve à l'issue de notre quarantaine.

Vous voyez les deux raisons pour lesquelles le mien est meilleur ? j'ai demandé. Outre le fait de ne pas devoir finir sous Ellis avant que vous me fassiez évader ?

Ma foi, oui, il a dit. Une, en tout cas. Tu n'as pas besoin de te fier à moi pour te sauver.

C'est déjà beaucoup, j'ai dit, mais l'autre est plus cruciale encore : je me sauve toute seule.

Bon, moi, je sais que tu peux te fier à moi, il a dit, mais je ne peux pas t'en persuader. Et je ne discute pas le problème Ellis.

Il a désigné le trou dans le mur par lequel j'étais entrée, puis la grille verrouillée au bout du couloir.

En revanche, je ne vois pas l'utilité, il a dit.

Ça ne me dérange pas, j'ai répondu. Bonne nuit.

J'ai regagné ma cellule en rampant, remis le bloc en place et caché le tuyau et le cric sous mon lit afin d'éviter que les Prez les voient s'ils jetaient un œil le lendemain. Ensuite, j'ai tâché de me convaincre que je n'étais pas trop excitée pour m'endormir.

En milieu de matinée, j'ai entendu Joy siffler les chiens et, quand j'ai regardé par la fenêtre, je l'ai vue qui semblait les promener innocemment à distance raisonnable. Jip allait en claudiquant.

Jip ! j'ai crié ! Jess ! Bons chiens !

Elle a lâché la corde de Jip, comme par accident, avant de lui courir après. Il marchait d'un pas lourd vers moi, sa joie lui faisant ignorer la raison pour laquelle il boitait. Dans le lointain, un autre Prez venait d'apparaître.

Le chien est arrivé à ma fenêtre en m'aboyant après avec joie.

Bon chien ! j'ai fait. Bon, bon chien !

Ça nous a peinés tous deux que je me retienne de sortir la main pour le caresser, mais je ne tenais pas à ce que les Prez le croient infecté alors que la liberté nous ouvrait les bras.

Viens ici ! a crié Joy d'une voix courroucée en l'attrapant et en l'éloignant de la fenêtre avec ostentation.

Ce soir, elle a murmuré avec un clin d'œil.

Pourquoi il boite ? j'ai demandé.

Ellis lui a marché dessus, elle a dit. Ensuite, il lui a filé un méchant coup de pied.

Pourquoi ? j'ai fait.

Parce que je l'aime bien, elle a dit.

Elle s'est redressée pour saluer du geste le Prez qui virait de bord dans sa direction.

C'est bon ! elle a crié. Je l'ai chopé avant qu'il la touche.

Il a hoché la tête, levé la main et repris son chemin.

Une journée interminable. La nuit est tombée après qu'ils nous ont apporté à manger et qu'ils m'ont réapprovisionnée en eau par l'intermédiaire de leur tuyau. Ensuite, de façon exaspérante, il ne s'est rien passé à mesure que l'obscurité s'intensifiait. J'ai dû finir par m'assoupir.

Ma sœur m'a réveillée en cognant aux barreaux.

Allez, elle a dit. On y va.

J'ai sauté du lit et plongé dessous, le cœur battant, puis j'ai poussé le bloc et débouché dans la cellule voisine.

Joy n'avait pas perdu de temps. Elle tentait déjà d'ouvrir la grille quand j'ai rejoint le couloir. Elle testait l'une après l'autre les clés d'un gros anneau.

C'est une de celles-là, elle a dit. Ne t'en fais pas. On sera parties dans un rien de temps.

Et moi ?

La voix de Brand venait des ténèbres dans mon dos.

Vous pouvez venir, a dit Joy après un silence.

Merci, il a dit sans grande sincérité. (Il s'est avancé dans le clair de lune. Il n'était pas menaçant, mais sa présence a modifié l'atmosphère.) Mais si je vous suivais, je ne pourrais jamais repasser ici, et il doit y avoir trop peu d'endroits où les gens veulent faire du commerce pour que je puisse me permettre de perdre un marché potentiel.

Alors on vous laisse ici, j'ai dit. Ce sera mieux.

S'ils vous lancent sur nos traces et que vous obéissez, a dit ma sœur, je vous tue.

Joy, j'ai dit, pas besoin de faire couler le sang.

Peut-être que oui, peut-être que non, elle a dit. Mais c'est à moi de choisir. Ils m'ont tout pris, mais j'ai gardé ça. Ellis mérite…

On peut s'échapper sans tuer Ellis, j'ai dit.

Non, elle a dit d'une voix sourde. Non, Griz. Tuer Ellis, c'est fait. Voilà pourquoi il faut partir tout de suite.

Un puits de glace s'est ouvert dans mon estomac. Je l'ai dévisagée, et elle a haussé les épaules. Elle paraît la même – mais ce qu'elle a fait l'a changée. Obligé. Le sort d'Ellis m'était égal. Ce qui m'inquiétait, c'était que le fait de tuer ait transformé ma sœur, mais elle me semblait plus calme que jamais. Voire libérée d'un fardeau.

C'est fait, elle a ajouté. C'était ma décision.

Quoi ? a dit Brand. Sa voix rauque a rempli le silence qui avait fait imploser la pièce pour la métamorphoser en réduit minuscule, confiné.

Il a mangé un truc qui ne lui a pas réussi, elle a précisé en continuant d'essayer des clés. Bien fait pour lui. Il avait trop tendance à prendre ce qu'il n'aurait pas dû.

Bar lui enseignait l'herboristerie. C'était un des domaines que Joy avait hâte de maîtriser, au point de la harceler.

Le clair de lune a baigné sa joue lorsqu'elle s'est un peu écartée, s'appuyant contre la grille alors qu'elle insérait une nouvelle clé dans la serrure. J'ai vu qu'elle me regardait. Elle évaluait dans quelle mesure ça changeait nos rapports.

Il se faisait une joie de prendre encore une chose qu'il n'aurait pas dû, elle a dit.

Joy, j'ai dit.

Je ne pouvais pas le permettre, elle a dit. Tu le sais bien, Griz. Tout le monde est un peu malade, mais il a eu droit à une portion spéciale. Ils mettront ça sur le compte de l'agneau séché.

Ils ne sauront pas que c'est toi ? j'ai dit.

Non, elle a dit. Ils ne savent pas que je sais ce que je fais. Autrement, ils arrêteraient de se demander pourquoi je n'ai jamais eu de deuxième enfant. Peu importe. Ils croiront que je suis partie trouver mon propre buisson derrière lequel tout vomir.

Puis la bonne clé a joué dans la serrure, et Joy a tiré la grille. Je suis sortie à toute allure et j'ai accueilli à bras ouverts Jess que je croyais ne jamais revoir. Elle ruait et se tordait contre moi, la queue battant à tout rompre tandis qu'elle s'efforçait de me lécher la figure et d'écarter Jip qui voulait en faire autant. Même si on n'était pas encore tirés d'affaire, il m'a semblé que l'horizon s'éclaircissait.

Alors ? a dit Joy.

En levant la tête, j'ai vu qu'elle regardait Brand.

J'imagine que je vais devoir venir, il a dit, ou sinon vous allez me voler le *Falki*.

C'est la seule raison ? elle a demandé.

Oui, il a répondu. Enfin…

J'ai refermé la grille. Il m'a regardée la verrouiller.

C'est trop tard pour voler votre bateau, a dit Joy. Je m'en suis occupée avant de savoir qu'on allait partir, Griz et moi.

Qu'est-ce que vous avez fait ? il a dit en bondissant pour empoigner les barreaux.

Je ne l'ai pas incendié, elle a dit. Pas comme vous avec le *Doux-espoir*. Même si j'en avais envie quand j'ai lu ce que vous avez fait. Non, j'ai eu une meilleure idée.

Rouvrez la grille, il a dit. On…

Et je vous ai laissé votre chien, elle a dit. Vous n'avez donc aucun motif de nous suivre.

Griz, il a dit, qu'est-ce qu'elle a fait ?

J'ai coupé tous vos cordages, a dit Joy. Rien de définitif, comparé à un incendie. Vous pouvez me remercier. J'ai tout flanqué à l'eau. Les ancres aussi. Vous aurez du boulot pour le remettre en état de naviguer.

Mais elle ne l'a pas cramé, j'ai dit. Et si vous travaillez dur, le *Falki* vous ramènera chez vous.

Il m'a fusillée du regard.

Je sais où vous habitez, il a dit.

Moi aussi, j'ai dit.

Tu as cru à ma petite histoire, hein ? il a dit.

Oui, j'ai dit. Puisque vous essayez d'instiller le doute en moi, j'y crois même dur comme fer.

Il m'a dévisagée, l'air dur, puis sa barbe s'est fendue sur l'éclair blanc agaçant de son sourire.

Et si je vous suis ? il a fait.

Si vous amenez ces gens, cette histoire va mal finir, j'ai dit.

Et si je viens seul ? il a dit. Hein, Griz ?

Évitez, j'ai dit. Ça ne finirait pas bien non plus.

Joy nous a regardés.

Vous l'avez entendue, elle a dit. Ne venez ni avec eux ni seul.

Il s'est contenté de me toiser. Je me demande encore à quoi il pensait. Et je n'avais jamais vu cette lueur dans ses yeux.

Peut-être le doute.

Ne venez pas seul, elle a dit. Amenez vos sœurs.

Joy, j'ai dit en pivotant vers elle d'un coup.

Elle a haussé les épaules.

Ferg aimerait peut-être faire leur connaissance, elle a dit. Et personne ne connaît la fin de sa propre histoire, à part la toute fin, quand on meurt. Même pas toi, Griz. Bon, il faut qu'on y aille.

39

Le Nord véritable

On a décampé dans la nuit vers l'étable et les enclos qui devaient l'entourer. Les chiens à nos côtés – Jip courant avec plus de facilité à chaque foulée – gardaient le silence, comme s'ils savaient d'instinct qu'il ne fallait pas attirer l'attention sur nous. Joy avait mon arc et mes flèches attachés à la selle et nos montures prêtes. On a chassé les chevaux des Prez pour qu'ils ne puissent pas nous suivre, en gardant toutefois les deux meilleurs pour transporter les objets utiles qu'on trouverait peut-être au retour, puis on a galopé dans la nuit, vers le nord, par où j'étais venue, en suivant les chiens fous de joie.

J'ai voûté les épaules et retenu ma respiration, comme si je craignais de recevoir une balle à tout instant, jusqu'à ce que la localité disparaisse derrière la première crête. Quand on l'a perdue de vue et qu'on a plongé dans la nuit, je me suis enfin détendue. Personne ne s'est lancé à nos trousses, ni le lendemain ni les jours suivants.

Le retour est une autre histoire. Il n'y a pas de place dans ces dernières pages pour le raconter. On a toutefois effectué deux étapes qui doivent figurer dans ce récit.

La première, la Maison Hospitalière, visait à donner une sépulture à John Dark.

Peut-être parce qu'on approchait d'un lieu de mort, une sorte de cafard m'a prise. Joy aussi, je crois – le contrecoup après le soulagement de la fuite, si ça se trouve.

Tu penses qu'on aurait dû libérer les autres femmes ? j'ai demandé pendant qu'on négociait avec prudence l'étendue de berce du Caucase près de la maison.

Elles étaient libres, elle a répondu. Pour la plupart. Deux d'entre elles me tenaient quand Ellis m'a menacée avec le tisonnier.

On a poursuivi notre chemin.

Ce sera plus facile pour les moins fortes, maintenant qu'il n'y a plus Ellis, elle a ajouté.

On commençait à gravir la pente qui montait vers la demeure quand elle a poussé un soupir.

Je ne sais pas trop, Griz, elle a dit. Si on avait essayé de les persuader, on ne serait peut-être pas parties. La peur m'a sans doute empêchée de tout réussir.

Réussir en partie, c'est déjà bien, j'ai dit.

Admettons, elle a dit.

Puis, à l'issue d'une pause :

On pourrait y retourner en bateau un jour, pour voir.

On n'a pas pu enterrer John Dark, comme je le voulais. Surtout parce que John Dark ne le voyait pas d'un bon œil, vu qu'elle avait survécu. Elle avait chopé une claudication, ce qui l'agaçait, mais ne semblait guère la ralentir. Elle nous a donc accompagnées dans le Nord. Pendant que j'écris ces derniers mots, elle se prélasse devant la cheminée avec ma mère, Joy et Bar. Elle grattouille Jess derrière les oreilles.

Jess semble devenue la chienne de Joy. Et ça me ravit. Ce n'est que justice. Le spectacle m'enchante : si j'avais le don requis, je les dessinerais ensemble pour laisser leur image en conclusion de cette histoire. La fille morte qui n'était que disparue est revenue à sa mère, et la mère endeuillée dont les filles avaient disparu se retrouve dotée d'une nouvelle famille. Il y a là une symétrie bancale, un bonheur ravaudé. C'est peut-être de ça qu'il faut se contenter, ici, à la fin du monde. Et peut-être que chacun a toujours dû s'en contenter depuis la nuit des temps.

Notre seconde étape, c'était Glasgow. On a campé dans la bibliothèque où Maman et Papa avaient bâti une forteresse de livres pour y dormir. Son toit avait tenu, et j'y ai trouvé le livre de Freeman. C'était un des motifs de notre passage dans la ville, outre trouver un bateau à récupérer et à réparer pour rentrer chez nous. J'ai cet ouvrage sur les genoux en ce moment, sous les toutes dernières pages où j'écris. C'est un bel ouvrage sur la science – que nous avons perdue – et l'espoir – que nous avons gardé. Il y en a une bonne part qui m'échappe, mais ce que j'en saisis me réjouit et m'attriste à la fois. Ça concerne l'esprit autant que la science, et la vie, pas seulement l'humanité – son étrangeté, sa ténacité, sa capacité à s'adapter dans presque toutes les circonstances. Comme nous à notre meilleur, en fait. Il s'intitule *L'Infini dans toutes les directions*, et j'y ai appris que l'autre nom du premier Freeman, c'était Dyson. Je vois en quoi il a inspiré les Freemen à essayer de donner vie aux ordinateurs avant notre disparition. Même s'ils ont dû échouer, j'estime qu'essayer les rendait humains. Et je pense que cet homme m'aurait plu.

La vie sur les îles est identique et différente à celle sur la terre ferme. Plus rieuse, et plus prudente. Ayant visité les ruines de ton monde, je ressens comme jamais la fragilité de la vie, mais aussi sa splendeur. Jip et moi allons voyager davantage. Peut-être pas seuls. Peut-être que Joy nous accompagnera, avec Jess.

Je doute fort que les Prez débarquent un jour. Toutefois, je surveille l'horizon plus souvent qu'autrefois. Jip et moi, on trouve le temps d'aller au sommet de l'île presque quotidiennement et, par une belle journée, on a l'impression de voir à l'infini.

Joy dit que si je guette des voiles rouges, elles viendront du nord, et je lui réponds d'aller se faire cuire le cul.

Elle m'a aussi dit que personne ne connaît la fin de sa propre histoire, à part la toute fin, quand on meurt. Mais il ne me reste qu'une demi-page à remplir, et ensuite, ce livre sera terminé.

Je ne t'ai jamais expliqué pourquoi Brand et moi, on a arrêté de se parler avant que Joy me vole mon carnet, et là, je n'ai plus la place. Tant pis. Ce n'est peut-être pas aussi important que je le croyais sur le moment. Qu'on le croyait, lui et moi. Je n'en sais rien.

Mais sur ma dernière page blanche, j'écris ce que je sais.

Je sais que je suis coriace. Et que je suis stupide. Et futée. J'ai peur de plein de choses. J'essaie d'être courageuse. J'y parviens en général. Parfois, je passe tellement de temps à réfléchir que je ne fais rien. Parfois, je travaille si dur que j'oublie de manger.

Parfois, j'oublie de planifier. Je me rue, j'agis de manière impulsive, sans penser aux conséquences. Je parle trop. Je ne dis pas toujours ce que je pense et je ne pense pas toujours ce que je dis. Je tue des trucs. Je fabrique des trucs. Je casse des trucs. Je cultive des trucs. Je me perds dans les histoires. Je m'y retrouve aussi. Je les lis parce que j'aime me perdre. Et j'ai écrit celle-ci parce que je me croyais perdue, pour de bon, à jamais. Et parce que je n'avais plus d'espoir ni de pouvoir et que j'étais toute seule, je me suis inventé un ami imaginaire et je lui ai parlé dans un monde que j'ai fait avec des mots.

Puis un livre m'a sauvée. Ce livre, parce que Joy l'a lu et qu'elle y a trouvé la vérité. Me voici donc, à écrire bien plus que je n'aurais imaginé le faire, jusqu'au bas de la dernière page.

Ce qui donne au tout un aspect élégant, ordonné, sauf que rien ne s'est passé comme prévu. Personne n'est parfait. Et surtout pas moi. Je suis comme toi. Un être humain. Qui se cramponne. Qui espère sa fin heureuse. Mais qui sait que ça se termine mal.

Jusqu'au jour où me voilà surprise par la joie.

Remerciements

Les Hébrides extérieures occupent une place très spéciale dans mon cœur : je dois un grand merci à Lucy Rickards qui me les a présentées, sur quoi je suis tombé amoureux dans la minute. Merci également à Mary Miers dont la générosité sans limites m'a permis de partager la beauté des îles avec mes enfants dont l'univers s'est ainsi agrandi et enrichi d'autant.

De nombreux remerciements aux gens d'Orbit – surtout Jenni Hill et Joanna Kramer au Royaume-Uni et Priyanka Krishnan aux États-Unis (et tout particulièrement Jenni pour sa patience, sa compréhension, sa retenue…). J'ai une dette envers Lauren Panepinto pour la couverture (ainsi qu'à Jack Fletcher [@kid_woof] qui a aidé à dessiner le bon type de chien…). Merci à ma famille d'accepter avec autant de bon esprit l'écrivain grognon en son sein. D., merci d'être mon premier auditeur. Comme d'habitude, celui-ci est pour toi.

13559

Composition
NORD COMPO

Achevé d'imprimer en Slovaquie
par NOVOPRINT SLK
le 31 juillet 2022

Dépôt légal : août 2022
EAN 9782290367001
OTP L21EPGN000762-402835

Éditions J'ai lu
82, rue Saint-Lazare, 75009 Paris

Diffusion France et étranger : Flammarion